沉睡的殺手

ANNA O

Matthew Blake

馬修・布萊克 著　艾平 譯

我懼怕沉睡在我體內的
那頭幽暗之物。

——希薇亞．普拉絲（Sylvia Plath），
美國小說家

目錄

好評推薦

「《沉睡的殺手》作為一本討論度拉滿的頂級犯罪小說，關於一連串命案的內幕自然別有文章，絕非表面上呈現的事實般單純。在這個坐立不安的夢境世界裡，『你』到底是誰？這本小說充滿古典推理韻味的現代謀殺傑作，亦是一堂帶有神話色彩，令人不願離開教室的『大師級』心理學課。」

——喬齊安，台灣犯罪作家聯會理事、推理評論家

「一個讓人無法抗拒的構想，執行得精準細膩——絕對是今年最精采的驚悚小說之一。」

——李．查德（Lee Child），《紐約時報》暢榜冠軍《神隱任務》（*Jack Reacher*）系列作者

「一部令人驚豔的傑作。布萊克的寫作功力展露無遺，懸念節奏拿捏到位，角色刻畫出色，完全是專業水準。他設下的驚人轉折堪比《緘默的病人》（*The Silent Patient*），是我讀過最精采的之一。這本書注定暢銷，讀者肯定會急切期待他的下一本。」

——大衛．鮑爾達奇（David Baldacci），《絕對權力》（*Absolute Power*）作者

「扣人心弦、令人不安的犯罪小說，會讓你一路翻頁到深夜。安娜歐是睡美人，還是沉睡的殺手？這本充滿張力的驚悚小說，如夢似幻又撼動人心。」

——妮塔．普洛斯（Nita Prose），《紐約時報》暢榜冠軍《房間裡的陌生人》（*The Maid*）作者

「精采絕倫。這本小說黑暗迷人、布局精巧，讓人一翻開就停不下來，直到最後一頁。保證讓你熬夜看完。必定大賣，保證上癮。」

——莎拉．J．哈里斯（Sarah J. Harris），《天藍色的謀殺案》（*The Colour of Bee Larkham's Murder*）作者

「這部小說獨特又充滿轉折，如清醒夢般令人不安。那種讀完還會揮之不去的作品，會一直縈繞在你心中。」

——史迪格．阿貝爾（Stig Abell），貝利吉福德獎（Baillie Gifford Prize）非虛構寫作獎評審主席

「這可能是有史以來最精采的高概念驚悚小說。我兩天內一口氣看完，簡直是一場腎上腺素之旅。每個人都該讀這本書。」

——克蕾西達．麥克拉克林（Cressida McLaughlin），英國小說家

「《沉睡的殺手》堪稱心理懸疑小說的巔峰！這是一場深入人心黑暗面的高速旅程，情節轉折不斷，角色栩栩如生又極具魅力。這部小說展現了天生說故事者的才華。」

——傑佛瑞・迪佛（Jeffery Deaver），《人骨拼圖》（*The Bone Collector*）作者

「大膽又充滿創意的推理小說，也是一部富含思想的驚悚之作——諷刺的是，這本以『睡眠』為題的小說，會讓你熬夜讀完。《沉睡的殺手》讀起來如夢，卻像惡夢般不安；構想原創、文筆洗鍊、結局令人難忘。你絕對會記住她的名字。」

——A・J・芬恩（A.J. Finn），《紐約時報》暢榜冠軍《後窗的女人》（*The Woman in the Window*）作者

「《沉睡的殺手》揭示了一種聽起來像恐怖電影的睡眠障礙（我還特地上網查，結果是真的！）。布萊克精準掌握龐大角色陣容，情節懸疑緊湊、驚喜不斷，證明他已是頂尖驚悚作家。讓人聯想到《緘默的病人》的極致張力。」

——史蒂芬妮・羅貝爾（Stephanie Wrobel），《親愛的玫瑰金》（*The Recovery of Rose Gold*）作者

「我非常喜歡這本書，緊湊又有創意，轉折安排巧妙。」

——凱薩琳・庫珀（Catherine Cooper），英國驚悚與心理懸疑小說家

「引人入勝、構想高明、風格獨具。《沉睡的殺手》將是今年最受矚目的驚悚小說！」
——露西・克拉克（Lucy Clarke），英國暢銷心理驚悚小說家

「這本書會鑽進你的腦海。我可能再也睡不著了。」
——J・D・巴克（J. D. Barker），《紐約時報》暢銷書《門後疑雲》（*Behind a Closed Door*）的作者

國際媒體大推

「二〇二四年，最受矚目的驚悚小說。」
——《今日秀》（*The Today Show*）

「媲美《房間裡的陌生人》、《列車上的女孩》等暢銷鉅作。」
——《華盛頓郵報》（*The Washington Post*）

「一旦打開這本書，你就無法停下來。結構層層堆疊，張力堪比一場心理歌劇。」
——《科克斯書評》（*Kirkus Reviews*）星級好評

「布萊克從不給讀者或主角任何喘息空間，一個又一個顛覆預期的轉折接連襲來。故事的高潮精采刺激，即使是資深驚悚迷也可能被震撼。」

——《出版者週刊》（*Publishers Weekly*）星級好評

「《沉睡的殺手》施展了一種難以抗拒的魔力——部分來自布萊克對角色的出色描寫。主角普林斯是個極具張力的敘事者，讓人難以捉摸他究竟只是令人不悅，還是另有黑暗動機。小說高潮迭起、結局撼人，我……完全沒猜到。」

——《洛杉磯時報》（*Los Angeles Times*）

「節奏緊湊、扣人心弦……讓人徹底陷入其中。」

——《紐約郵報》（*New York Post*）

「毫不留情地推進至令人震驚且極具說服力的結局，緊湊之中充滿驚喜。」

——《安尼斯頓星報》（*The Anniston Star*）

「話題爆表，席捲書市。」

——《星期日郵報》（*The Mail on Sunday*）

「布萊克這部懸疑力作融合神話、心理學與真實犯罪傳說，描寫一名年輕女子在四年前疑似殺害兩名摯友後便陷入長眠。如今，是時候喚醒這位『沉睡的殺手』——接著一連串峰迴路轉的發展也將展開。這些反轉，保證會讓除了最資深的驚悚迷之外的所有讀者都驚掉下巴。」

——《人物》（*People*）雜誌

序

01

班

「人的一生平均有三十三年的時間在睡覺。」

她朝我湊近，好讓我聞得到她身上昂貴的香水。通常這時，就是我能預見結局的時刻。

「這就是你的工作？」

「對。」

「睡眠醫生？」

「我研究那些在睡夢中犯罪的人。」我的名片上冠著「博士」。班尼迪克·普林斯博士，聖堂，哈雷街。我是睡眠專家。我從未宣稱自己是醫生。

她看出我是認真的。「但這怎麼可能呢？」

「妳難道沒有好奇過，自己睡著時可能做過什麼壞事嗎？」

大多數人到了這時就會開始感覺不自在。多數犯罪都有遠因。我們喜歡聽那些跟我們一樣卻又不太一樣的人的故事。但是睡眠的世界無法這樣區分。

睡眠是普世皆然的現象，夜晚一如白晝恆常。

「怎樣的壞事？」

她沒有轉移話題。她還在聽我說話。「最惡劣的那種。」

「不是會醒來嗎？」

「夢遊的話就不會。我就遇過一些睡著時還能鎖門、開車的病人。有的甚至會殺人。」

「一定會有記憶的吧？」

「從妳眼睛周圍的紋路來看，我猜昨晚妳睡了五個半小時。」

她皺眉。「有這麼明顯嗎？」

「妳還記得那五個半小時發生了什麼事嗎？」

她頓了一下，用右手托住下巴。「我夢到一些事。」

「像是？」

「不記得了。」

「妳看吧。」

她的眼神突然變了，用不同的眼光看著我。她的音量更高，肢體語言也生動起來。「等等，我記得那個案子。叫什麼來著——」

最後一關來了。很少有約會能進行到這裡。我用職業介紹讓她們失去興趣，用睡夢中犯罪的故事嚇跑她們。要是這還不管用，最後這件事也一定會讓我得逞。

一旦得知這點，沒有人會留下。

沒有人。

「安娜歐，」我說。我啜了最後一口酒——名貴的梅洛葡萄酒，可惜了——然後伸手去拿外套。

「你就是那張照片裡的人。那個心理學家。」

我淡淡一笑，瞥了瞥錶。「是的，」我說。「我是。」

她說的是那張事發後登上各大頭版的照片──那場凶殘而血腥的慘案。那個決定命運的時刻，之後的一切都不一樣了。流亡與垮台之前。我是畫面中戴著眼鏡、頭髮凌亂、衣著稍嫌古板的那個人。那之後我便改頭換面。鬍鬚讓我看上去老了些，髮梢有些灰白。我的眼鏡更厚了，不再那麼像被哈利波特道具部門淘汰的玩意。但我改變不了眼睛和臉。

我不是當時的那個人了。我還是當時的那個人。

我等待那個問題到來，因為我總是會被問到那個問題，那個儘管事過境遷，依舊揮之不去的謎。它讓幾個家庭、幾對眷侶甚至幾段友情破裂。

「她有罪嗎？」我的約會對象問道，或者說是前約會對象。現在，我對她而言不過是個愛好血腥的變態，是聖誕假期或新年期間能津津樂道的軼事。「我是說，當她刺殺那兩個人的時候。她真的就這麼逃過了殺人的制裁？」

Part 1 一年前

02 班

倫敦

手機響起。

我總記得這聲鈴響。

第一件事，一切的開端。

已經很晚了，夜幕深垂，如墨般滲入。我半夢半醒窩在扶手椅上，托盤擺著涼掉的咖哩和一杯喝了一半的廉價葡萄酒。房裡的黑白電影仍在繼續播放，照得角落忽明忽暗。今晚放的是《火車怪客》（*Strangers on a Train*），我的最愛。大家都說《驚魂記》（*Psycho*）或《迷魂記》（*Vertigo*）才是驚悚大師希區考克的巔峰之作，但他們錯了。《火車怪客》可是有那場網球戲呢。

手機的震動把我拉回現實。我感覺眼皮重得很。我擦了擦手上的油，瞥了一眼來電顯示：**布魯教授（聖堂）**。我滑動接聽鍵，打起精神坐起，忍下一個大哈欠。

「喂？」

「班，抱歉這麼晚打給你，但這件事恐怕沒辦法等。」

她的語氣異常嚴肅，搭配上朦朧的夜色令我心頭一驚。維吉妮亞・布魯教授向來是最愛說笑打趣的那位。她總是穿著寬袍和跟鞋在牛津街上昂首闊步，要不然就是坐在朗廷酒店她專屬的那張角落座位，面前擺著一壺威士忌和一包興奮劑。

我隱約聽見電話那頭傳來一陣腳步和說話聲。布魯似乎還在聖堂。我看了看鐘，快半夜了。

「出什麼事了嗎？」

「可以這麼說。」布魯用她低沉而沙啞的聲音清了清嗓子。「恐怕這次是找你的。我剛接到一宗案件，事情有點敏感。」

我是司法心理學家，大多數主要的犯罪調查機構都找我當過顧問。英國國家犯罪調查局、美國聯邦調查局和國際刑警組織都有我的號碼。但這次聽起來比平常更機密。「這案子可有名有姓？」

電話那頭又傳來一陣雜音，布魯似乎有些分神。「來聖堂一趟，好嗎？我被告知不能在公開線路討論任何事。」

我名義上這週休假。最新一篇期刊論文快截稿了，還有三份病歷要寫，我原本打算明天要待在家解決那堆文件。話雖如此，不過敏感到不能在公開線路上討論的睡眠案件屈指可數。布魯這是在用神祕感要脅我，而我果然如她所願。

「妳總得給我點線索。」

我聽見電話那端吸了一口氣。布魯不發一語，然後重嘆一口氣。「你可能不會太高興的。」

外面寒風刺骨，九月的細雨把天空弄得混濁，想到要從匹黎可趕去哈雷街就讓我頭疼。我大可繼續待在悶得發慌的客廳看我的希區考克電影，再喝一杯葡萄酒。但那不是我的作風。

這就是為什麼我會接電話。為什麼我總是會接。

「是安娜歐案，」布魯終於鬆口。「他們有些東西想給我們看看。」

03 班

「聖堂睡眠診所」坐落於哈雷街的一小角，隱身在一棟老馬房改建的房子內，有著愛德華時期線條優美的磚牆，以及低調隱密的氣氛。訪客經常稱讚這地方靜得像座教堂，是藏在牛津街後方，夾在熙攘的攝政公園和卡文迪許廣場之間的一處綠洲。診所的部分建築看起來像是由波特蘭石雕刻而成。聖堂散發著一股王室的氣派，彷彿專為戴著假髮的侯爵和次要皇室成員所設。感覺像座神聖的殿堂。

夜色——或者該說是白天？我不確定，畢竟現在已經過了午夜——依然灰濛醜陋，計程車駛過水坑，把我放在空蕩的街角。我衝過雨中，甩了甩我那把破黑傘上的雨水。計程車離去得太急，把我的褲管後側濺溼了一片。我又在心裡咒罵了布魯一次，怨她把我叫來。

我走上單段階梯，輸入我的密碼，雨水讓按鍵變得又溼又滑。這棟老房子現在有四層樓，早已改建成辦公空間，門外只有一塊小小的銀牌寫著「聖堂睡眠診所」。上面有電話號碼，但沒有電子信箱。聖堂的網站刻意做得陽春，只列出職員的資歷而沒放半張照片。這種形象是特意營造的，這裡的一切都是。我們是徘徊在側翼的侍者，適時烘托一下場面。這是所有心理師的黃金守則：我們只聞其聲，不見其人。

大門沒有反應。我用袖子擦了擦按鈕，重新輸入門禁密碼。終於，金屬門鎖悄悄喀噠一聲，門開了。我好奇布魯有沒有叫其他人進來，像是我的睡眠專家同行和厲害的同事們。不過接待區和候診區依然大致都是暗的，空蕩死寂，感覺就像到學校上課，卻發現自己是教堂裡唯一的學生。看見平時熱鬧的公司變得如此冷清，心裡有點怪怪的。

「教授？」

我喊聲，但聲音迴盪後便消散。我打開天花板的燈，燈光照亮室內中性而柔和的色調。新鋪的地毯踩起來還是那麼舒適柔軟，空氣異常清新，是從牆內特製的清淨器輸送進來的。平時這裡還會放音樂，將訪客籠罩其中，直到帳單將他們拉回現實。聖堂給人一種子宮般的與世隔絕之感，遠離外界的紛擾。畢竟，睡眠是最原始的需求。

「教授？」

還是沒有動靜。我把雨傘靠在衣帽架旁，費力地脫下身上溼透的外套。接待櫃檯旁邊有一排螢幕，顯示著建築正後門的監視器畫面。我們的客戶需要這種措施。婚禮前夕的名人、為前途奔走的政客、狀態低潮的足球員、醜聞纏身的皇室成員——這些人全都拖著疲憊浮腫的臉，步入這個高雅的入口。睡眠就像食物和水，人人都不可或缺。聖堂是所收服心靈惡魔的現代聖殿。人們願意砸下大筆冤枉錢，只為了能好好睡上一覺。

我晃動並喚醒螢幕，前後門的畫面暗暗閃爍。我讓螢幕繼續亮著，因為太累不想爬樓梯而在電梯旁耐心等待。電梯門旁有張指紋斑斑的茶几，上面隨意放著幾本雜誌，我伸手拿起一本《新科學家》邊翻邊等。我們診所又被提到了，登在一塊小新聞欄裡。聖堂有一項有名的副業，就是為全球各地的刑事案件提供諮詢服務，和倫敦警察廳及其他執法機構都簽有利潤豐厚的合約。布魯博士是這塊業務的最高主管，《泰晤士報》曾經封她為「英國頂級睡眠大師」。那篇報導至今還掛在她辦公室的牆上。

電梯緩緩上升。我意識到自己對這棟建築的每個角落都瞭如指掌。我試著計算布魯的突發奇想曾經浪費了我多少夜晚，得出的結論是太多了。但是安娜歐的案子不一樣。布魯不會拿這個開玩笑。安娜歐是所有睡眠專家心中的聖杯。自從四年前案件發生以來，她就成了所有專家心中百思不得其解的謎團。

不，布魯不會那麼殘忍，至少對我不會。

我抵達頂樓。這裡號稱是行政區，實際上更像是個掃帚櫃。這層只允許職員進出，難怪裝潢得宛如惡魔島監獄。包含我在內，診所共有七名全職員工，另外還有十名合作的外部專家——神經科醫師、精神科醫師、心理醫師、心理諮商師與肌肉功能治療師——提供與睡眠相關的全套治療。我的辦公室在走廊盡頭，是少數幾間門鎖功能正常的房間之一。布魯的辦公室最靠近電梯，面積也最大，比其他辦公室都新，牆上掛有鍍金框的藝術作品，還藏了一台飲料小冰箱。

布魯在她的辦公室門口等我，表情煩惱糾結。她一頭猖狂的白髮難得梳得服貼，髮夾隨著哈欠晃動。她六十多歲，打扮隨性，歌劇女伶般豐腴的身材被鮮豔的衣服層次所掩蓋，包裹於金絲雀黃和草莓粉的顏色之中，鼻梁架著一副吉他手漢克．馬文式的眼鏡。儘管打扮走搖滾風，她卻鮮少展現疲態或流露想睡的跡象。布魯以千杯不醉的酒量自居，吃起東西毫無節制，胃口驚人。她是少數幾位還在奉行她那代人生活方式的人：兩瓶午餐*，偶爾午睡，對所有人資事宜送上中指。她犯了她所屬性別不為人道破的原罪：缺乏母性，而且毫不掩飾。她是老饕、說故事的高手，也是名智者。她奉理性為人生最高指導原則。這是她的天賦，也是她的詛咒。

她身後站著另一個人。與她相比，他看起來像隻狡猾的鼬鼠，一副拘謹的律師樣。是個陌生人。我開始好奇起來。

「好一個歡迎派對，」我說，感覺淋溼的右腿褲管緊貼在我的腿上。「介意告訴我是怎麼一回事嗎？」

我走進布魯的辦公室。那個鼬鼠相的男子站了起來，氣場近看時更加強大，一頭硬髮梳得一絲不苟。他看起來大約五十歲上下，長著鷹鉤鼻和美人尖。他椅子旁的桌上放著一個文件夾，上面印著一枚圖徽：「司法部」。我的手心開始冒汗。看來布魯說的是真的。這事已超過執法單位範圍，甚至超出了英國國家犯罪調查局的管轄。既然事關司法部，那可是內閣層級。

「抱歉，」布魯說。「但這件事真的拖不得。班尼迪克・普林斯博士，這位是史蒂芬・唐納利，司法部副法務長。」

唐納利伸出手，有氣無力地和我握了握。他直視我的眼睛，輕聲說：「在我們開始之前，普林斯博士，恐怕我得先說明幾條規矩。」

我壓下內心的驚訝。「規矩？」

他說話時帶著重感冒的濃濃鼻音，每說一句話就吸一次鼻子。「是的。如果你不介意的話，結束時還要簽幾份文件。」

「像是？」

「首先，今晚的會面從未發生。第二，你從未見過我。第三，你即將得知的事絕對不能流出這棟房子，或者精確一點說，不能離開這個房間。假如有人問起，你只是來辦公室拿病歷

* two-bottle lunches：過去，一些人或部分場合有盛重享用午餐的習慣，至少會開兩瓶酒，戲稱「兩瓶午餐」。

的，拿完就回家了。明白嗎？」

我差點笑出，但我看出他不是在開玩笑。「這是在演哪齣？」

「意思是你同意這些條件了嗎？」

「我有得選嗎？」

「沒有。」唐納利朝空椅子示意。「請坐吧。」

04
班

布魯關上門，也沒端出飲料來緩和氣氛。這場會面純粹是公事。她把自己沉進那張鼓鼓的皮革辦公椅，然後才點頭示意唐納利開始。

他臉上掛著劊子手般的微笑。「我就不侮辱你的智商了，普林斯博士。我相信你很熟悉安娜歐一案，以及二〇一九年八月發生在牛津郡的兩起凶殺案，對吧？這就是我要求見你的原因。」

我盯著唐納利，思索他的權限層級有多高。他上面是法務長，他的老闆，然後是司法部常務次長，再來是司法大臣，最後就是首相。為什麼這麼高層的官員會在午夜時分來聖堂見我，還指示不能在公開線路上討論細節？到底什麼事這麼重要？

活著的人很少有不知道安娜歐案的。這個案子衍生出了許多有聲廣播節目、Netflix 影集改編權、數不清的專欄文章、暢銷書，以及晦澀的學術期刊論文，其中有幾篇是我貢獻的。

「當然了。」

唐納利點頭。「你最近的一篇論文引起了一些……嗯，這麼說吧，一些重要人士的注意。」他從皮革方形小公事包裡拿出一份薄薄的馬尼拉文件夾，念出封面上的標題。「〈放棄生存症候群與犯罪心理：新診斷模型初探〉，《當代司法心理學期刊》。這是你最新發表的研究，對嗎？」

我瞥了布魯一眼，但她只回以一個冷淡的笑。「是的。」

「你好像很驚訝？」

「我的確很驚訝。因為那篇論文還沒經過同儕審查，更別說正式發表。我三週前才剛把它寄給編輯。」

唐納利同情地看著我，彷彿很不習慣這種天真。「我們的眼線偶爾會替我們留意可能有價值的文章。我可以向你保證，你在心身症方面的研究已經在白廳*引起不小的注意。」

這話讓我既不齒又興奮。我腦中浮現 Gmail 信箱信件咻一聲消失的畫面。那篇論文是以 Word 檔案的格式附加的。我想知道是編輯轉寄的，還是那些人一直在監控？我真的想知道這種事嗎？

唐納利又低頭看了他的馬尼拉紙文件夾一眼。「你的論文有很大一部分著重在安娜歐的案子上，跟你上一本書一樣。不過你在這篇論文提出了可能的治療方法，是書裡沒有的。我能否請教，你為什麼特別關注她的案子？」

我往後靠上椅背，又憤怒地瞪了布魯一眼。這根本是偷襲。沒有警告，沒有時間準備。我思考著該透露多少。「主要是編輯的主意，」我說。「她認為這樣才會引起關注，說不定還能登上大報。我的上一本書很暢銷，她希望學術期刊也能取得類似的成功。我就順她的意做了。」

「也就是說，你一定仔細研究過安娜歐的案子了？」

已經無法再避開事實不答，於是我說：「我前妻就是二〇一九年第一個抵達命案現場的警官。她當時隸屬泰晤士河谷重案及組織犯罪小組，這是她升上資深偵察官後的第一個案子。不過，我想你早就知道了。」

唐納利僅僅回了：「原來如此。」

「安娜歐案成為我們家庭生活的一部分很久了，幾乎和我們的女兒歲數一樣大。」一如以往，我加上必要的免責聲明：「當然，我要先聲明，我太太從未洩漏過任何機密。我使用的都是公開資料，以及世界上其他比較沒有爭議的放棄生存症候群案例。我的書和論文都是這樣寫出來的。」

「主要是爆發在瑞典的案例對吧，我記得。」

「還有哈薩克的群聚案例。兩座前蘇聯礦業與農業小鎮，鎮名是……」

「克拉斯諾戈爾斯克和卡拉奇。是的，沒錯，我們對那些案例很熟悉。」

我開始不耐煩了。我受夠這個面無表情的男人，和他神祕兮兮的回答。「容我冒昧，但我不明白，司法部怎麼會對一本大眾心理學書和一篇冷僻的期刊論文有興趣？」

唐納利又露出那抹殘酷而短暫的微笑。「在你的論文裡，你聲稱開發出一套新的診斷方法，可以喚醒放棄生存症候群的病人。是這樣嗎？」

他顯然讀過那篇論文，或至少讀過摘要。他明知道不是這樣，這表示他是在試探我。「不是。」

唐納利假裝驚訝。「不是嗎？」

「我的論文提出了一個理解心身症的新框架，特別是針對與睡眠行為相關的案例，包括睡

---

* 英國倫敦西敏區內的一條大道，自特拉法加廣場向南延伸至國會廣場，是英國政府中樞的所在地，因此「白廳」一詞亦延伸為英國中央政府的代名詞。

眠犯罪現象。我關注的是，夢遊者在犯罪時，對自己的行為究竟有無意識。比方說，殺人的時候。同樣的問題也適用於放棄生存症候群的病患。我們在睡眠時究竟知不知道自己在做什麼？我們該不該負刑事責任？睡眠究竟從什麼時候接管，意識又是何時結束的？」

「這是個頗具爭議的議題。」

這句話回答了我的下個問題。他顯然已經讀過那些攻擊我的部落格和社群媒體帳號。他當然讀過。自從我的書上市以來，我就成了全球鍵盤酸民的攻擊目標。

「有些人的觀念還停留在以前，認為神經系統疾病和所謂『功能性』障礙之間能清楚劃分，」我說。「他們認為，只要是發生在心理層面的事就不是真實的。我的研究就是在試圖扭轉這種觀念。有些人對此很有意見。」

「這是否表示，你有辦法幫助放棄生存症候群患者醒來？」

我被這直截了當的提問嚇了一跳。「要看情況。」

唐納利平穩地注視著我，那雙小眼睛彷彿要看進我的靈魂。「什麼情況？」

我動了動身子，東摸西摸，努力穩住心神。要是有口水喝就好了。

「主要是看病人睡了多久，」我說。「還有最初導致生病的外在因素是什麼。我的書是面向大眾的心理學讀物，我的論文有大量的學術研究背書，提出新理論並分析現有數據。但它不是萬靈丹。」

「以安娜歐為例的話呢？」

「四年屬於放棄生存症候群的極端案例。我的數據主要集中在一至兩年內的病例。」

「所以現在還是純理論？」

「目前是的。」

「要測試你的新理論需要多久？我是說，在現實世界測試？」

我大笑。「這很難說。」

「你一定有個估計的時間吧。」

「粗估的話，三個月，」我說。「最快的情況來說。」

唐納利看了看錶，似乎突然變得不耐煩。他收拾好文件，整齊地塞進公事包，好像準備回辦公室繼續值午夜後的晚班似的。他看了布魯一眼，俐落地點了下頭。

我轉向布魯，怒氣依然未消。「你們叫我來到底要做什麼？」

接下來，輪到布魯登場。她挪了挪椅子上龐大的身軀，展現出肥胖之人獨有的優雅。她以直截了當、實事求是的口吻開始對我說話，語氣就像在對囚犯宣讀權利。「司法大臣和英格蘭暨威爾斯檢察長剛剛核准，將病人 RSH493 從蘭普頓醫院重大精神病房暫時轉移至聖堂，由我直接監管。這項司法部命令受官方機密法保護，無論在這棟建築物內外，任何人若洩漏消息都將被起訴。你明白嗎？」

病人 RSH493。我知道這個編號。每個讀過報紙的人都知道。

蘭普頓戒護醫院，英國最後一所收治女性的高度戒護醫療機構。病人編號 493。

A・歐格維小姐。

唐納利和布魯雙雙站了起來，我也自動跟著站起，感覺口乾舌燥。

「不，」我說。「抱歉，但我不懂。這是什麼意思？」

布魯又瞄了唐納利一眼，然後說：「國際特赦組織即將向歐洲人權法院提起訴願，以非人道待遇為由要求釋放安娜．歐格維。英國皇家檢察署和司法部要是不能在那之前讓她出庭受審，可能會完全失去這宗案子。」

我消化著這個消息。「也就是說，安娜．歐格維必須具備受審能力。而要具備受審能力，她必須——」

「做一件她四年來從未做過的事，醒來。沒錯。」

原來。這才是他們打的真算盤。我突然想起學校歷史課那些可怕的故事：第一次世界大戰時，那些幾乎快餓死的未成年童兵從戰壕被拖出來，五花大綁地押赴刑場槍決，他們的彈震症被誤認為懦弱。兩種情況相似的程度令人發毛。我是心理學家，不是獄卒。

「我的工作是治療病人，」我說。「而不是宣判他們有罪。你們另請高明吧。」

這次又換唐納利開口，他的語氣已轉為厭煩。「我們找過了。這些年我們從美國、歐洲、亞洲乃至全球各地請來世界級的專家，都是真正的菁英。但這個領域的資源還是不足，而且遺憾的是，他們的方法最後都失敗了。普林斯先生，你的論文是我們最後一個可靠的希望。」

「為什麼要把她轉來這裡？」

「要是你天天出現在蘭普頓醫院，消息鐵定會走漏。此外，聖堂也是倫敦唯一一間能收容這種特殊病例的睡眠診所，你們有能力配合嚴格的保密措施。我們別無選擇。她今晚就會在警方聯絡官護送下移送過來，用假名登記。至於醫師你呢，要把她當成一般病人治療。」

「她一定會被人認出來的。」

「四年前也許會，但現在不會。將近五年的沉睡會改變一個人。」

「其他員工呢？」

唐納利說：「蘭普頓的一位護理師會陪同犯人過來，以派遣人員的身分在這裡工作。你是她的日常聯絡人，而布魯教授會負責和我們這邊聯繫，協調你的工作。歐格維小姐不會離開她的房間半步。你不能告訴任何人她在這裡。只有她的家人會知道，你日後可能會需要和她家人聯繫。國務大臣發誓會親自追究任何違反臨時安置條款的人。」

我被如此大膽的計畫一時弄暈了頭，也很生氣。「太荒謬了。你不會真心認為安娜．歐格維對大眾有危險吧？還是你們只是擔心報紙頭條怎麼寫？」

唐納利不為所動。「把這些話拿去對被害人家屬說吧。安娜．歐格維絕對不能被釋放，也不能無限期關押。這場鬧劇一定得結束。要不在官方機密法文件上簽字走人，要不在現實世界中驗證你的理論。這完全取決於你，普林斯博士。」

「如果我叫不醒她呢？」我說。「要是我的理論不管用呢？」

唐納利扣好他的大衣鈕釦，嘆了口氣。一整天發生的事似乎掏空了他。他用那雙冰冷的灰綠色眼睛盯著我。

「那麼，遲早，」他冷冷地說。「安娜．歐格維就能繼續肆意殺人了。」

05
班

安娜歐案的基本事實相對簡單明瞭，我想這也是為什麼人人都記得這樁案子的原因，裡頭赤裸的簡單性令人震驚。

二〇一九年八月三十日，凌晨三點十分，二十五歲的安娜．歐格維，某位高級影子內閣官員的千金，同時也是《基石》雜誌的創始編輯，在牛津郡一處農舍度假村的小屋內被人發現陷入沉睡，身邊有一把二十公分長的廚刀。隔壁小屋躺著她摯友的屍體：二十六歲的道格拉斯．比特，以及二十五歲的英迪拉．莎瑪。

隨後的屍檢發現，兩具屍體各有十處刀傷。刀上只驗出安娜的指紋，她的衣物上也沾有血跡，鑑定後證明上面的血跡與兩名被害人相符。同時，數位鑑識人員在安娜的手機上發現一則WhatsApp 訊息，內容是她陷入深度睡眠之前發出的部分自白。

從屍僵程度判斷，推估死亡時間為幾個小時之前。兩名被害人皆無生命跡象，傷勢致命。泰晤士河谷重案及組織犯罪小組的克拉拉．芬諾督察是第一位抵達「農場」度假村、進入犯罪現場的警官。她抵達時，歐格維小姐身上仍穿著沾有血跡的衣服。儘管她多次嘗試喚醒嫌犯，歐格維小姐依然沉睡不醒，毫無反應，隨後被救護車送往海德利街的約翰拉德克利夫醫院。

所有檢查結果都很正常。她還活著，身體機能也正常運作，怎樣都找不出致使她進入深度睡眠的神祕病症。

她卻再也沒睜開過眼睛。

輿論以無情的速度炎燒。安娜的母親，艾蜜莉．歐格維女爵，即刻辭去影子國務大臣的職務，並退出上議院。安娜的父親，全球基金經理理查．歐格維，也放棄了在曼哈頓開設新辦事處的計畫。案件的別名來自安娜的社群媒體帳號：「@安娜歐」。多數凶殺案的嫌犯都是智商不高的男性，有著餃子耳和殘暴的家暴紀錄，安娜歐卻是年輕、高學歷的女性，甚至還是廣為人知的雜誌記者和作家。這則新聞簡直是每家小報夢寐以求的題材。

媒體很快便挖出關於安娜的一切：在漢普斯德高級住宅區長大，少女時期的吸毒傳聞，牛津時期交往過的網路紅人男友們，甚至連她和英迪拉與道格拉斯一同創辦的《基石》的其他員工和實習生都不放過。身為心理學家，要說我學到了什麼，那就是：所有備受矚目的凶殺案都跟時機有關。八月正值新聞淡季，是最完美的時候。要是晚個幾個月，也許就不會如此轟動。

對我而言幸運的是，安娜．歐格維選了個好時機。

想當然，很快地，就連小報給她起的稱呼也分成兩派。相信安娜清白的人喚她「安娜歐」，認定有罪的人則稱她「睡美人」。然而，無論立場如何，沒有人能將目光從此事上移開。

說實話，我也不能。

06

班

聖堂的四層樓用途各異。一樓是接待大廳，是彰顯品味、歌頌專業室內設計的頌歌，地下室設有廚房和其他日常設施，二樓則供我們所謂的「快閃族」使用，接待那些尋求睡眠問題解方，卻不願全程投入的病人——他們不是搭乘黑賓士，就是搭私人飛機從倫敦城市機場而來。三樓和四樓服務的是真正投入療程的人，那些睡眠問題已經嚴重影響生活的客戶——長住客。聖堂的每位住院病患都有自己的專屬房間和浴室，氛圍好比私人醫院或高級住宅區的精品酒店。這裡提供客房餐飲服務，書籍、報紙和雜誌一應俱全。唯一的例外是一切電子產品：不能使用手機、筆電和 iPad。三四樓沒有無線網路，驕傲地活在類比年代，猶如久遠舊日留下的遺跡。

頂層歸員工專用。海藍色的牆面開始斑駁，極簡主義風格被公家機關的粗糙所取代，辦公室文件堆積如山。而這個晚上，我站在布魯辦公室的窗邊，望著樓下唐納利鑽進一輛光可鑑人的捷豹公務車，消失在燈光黯淡的黑暗中。

寒氣從老舊的窗子滲進來，頂層的每一間房都會透風。我頓時想起躺在收件匣的那封郵件，是開曼群島大學學院的副校長寄來的一份工作邀約。他在信中拋出誘人的提案：一份客座學者的職位，還有機會主持他們新成立的睡眠心理學碩士課程。我愚蠢地拒絕了，選擇留在陰雨的英國街頭，而非迷人的加勒比海灘。這份邀約從此成了一份「要是當初」的明媚想像，總在倫敦溼冷的夜晚來糾纏我。

布魯和我轉移陣地，來到走廊盡頭的員工餐廳。我把一對咖啡杯洗乾淨，從移動式小冰箱拿出一些過期的起司蛋糕。我們一邊用紙盤吃著起司蛋糕，一邊等著我們的速溶雀巢咖啡放涼。布魯一如往常地吃掉大部分的蛋糕，我只能撿剩下的碎屑。

然後，布魯開口：「我想你應該有些問題想問。」

我這人向來愛問問題，從一開始就是這樣。

布魯拿出另一個薄薄的馬尼拉文件夾，和唐納利的很像，將它推過掉滿碎屑的桌面。

我心不甘情不願地接過。「又是祕密檔案，這份也要我猜嗎？」

她微微一笑。「如果你想的話。」

我將目光投向文件，注意到司法部的徽印和最高機密等級的用章又出現了。「限閱」兩個血紅大字在封面上怒視著我。我取出資料，看見第一頁上有張大照片。照片中的背景是掛滿管子、一片死白的醫院，裡頭有名穿著病人袍的病患，躺在某種醫療床上。

病人是女性，年齡難以判斷。雖然她的頭髮剛梳洗過，雙眼卻緊閉著。髮型看起來也像是新剪的，不過髮根已有些許泛白。她的表情看似安詳，卻不再年輕。儘管一切線索到位，我還是花了一會才反應過來。

安娜．歐格維。

布魯仔細觀察著我。「我當時的反應跟你一樣。」

「所以唐納利不是在開玩笑。她看起來——」

這裡肯定有什麼誤會。二〇一九年時，安娜．歐格維風華正盛，有著二十多歲年輕人的意氣風發，前途一片光明。她的照片常見於各大報紙副刊和網路人物專訪，臉上掛著不羈的笑，頂著一頭精靈般的短髮。相較之下，這張新照片裡的人簡直是陌生人。她整個人透著一股死氣，壓過了其他所有特徵，頭髮也很像假髮。她全身呈現一種石膏般的質地，就像杜莎夫人蠟像館裡的蠟像。

我強忍下驚訝。「她看起來像個鬼。」

「這女人已經睡了四年。跟鬼差不了多少。」

「腦部活動呢？」

「據說還是老樣子。腦電圖等等都做過了，全都顯示她只是處於深度睡眠，只不過這一覺已經睡了將近一千五百天。」

「完全沒有任何變化嗎？」

「你看第五頁。」布魯說。

我翻到那一頁，頁面上是一系列顯示安娜腦功能和生理反應的圖表。人們往往昏沉入睡，忽然驚醒。腦電圖結果一如既往一切正常，但是生理反應水平在最末端稍微上升了一點。

「這是什麼時候的數據？」

「據說是四週前。這是唯一的異常狀況，監測顯示她對外界刺激的反應增強了。」

「當然也可能只是巧合。」

布魯不以為然地吸了下鼻子，然後說：「看看下一頁吧。」

我翻頁。雖然感覺自己被利用了，還是忍不住好奇。這個謎團深深吸引著我。下一頁的數據進一步展示了這些異常結果的細節。我查看日期，再核對週數。不知為什麼，四週前，安娜差點就要醒來了。這些圖表解讀下來只有這一種可能性。肯定有什麼事發生了。

「有任何可能的原因嗎？」

「沒有，」布魯說。「至少醫療團隊什麼也沒發現。」

「這麼說，就是個謎了。」

「永無止境的謎。」

兩人間的沉默被布魯的手機震動聲打斷。她接起電話，聽了一會，低聲應和幾聲後便掛斷。難得看見布魯以下屬姿態順從上級，感覺還真怪。

「他們到了？」

「預計再五分鐘。」布魯起身。「有空的時候把剩下的資料看完。裡面有我們要用的假身分細節，還有緊急聯絡人資訊，以防聖堂外出現棘手狀況。」

我感到胃部開始扭擰。「有多棘手？」

布魯像往常一樣揮手敷衍，對我的擔心不以為意。「有人守在你家外，在地鐵上跟蹤你，記者，之類的。都是些老規矩。」

我想像起愜意窩在家的自己，生活中唯一需要操心的事只有酸掉的酒和老電影。無趣是無趣，但很安全。「我們要怎麼跟其他同事解釋？」

「老樣子。」布魯收起馬尼拉文件夾離開，朝電梯走去。我跟在她後面走進電梯。她按了一樓。儘管醫生囑咐她走樓梯，但她總是堅定選擇電梯。運動，就像節食一樣，是凡人的事。

「就說是A級客戶，演藝合約裡有醫療保險條款，要是讓人知道她有睡眠問題會引發一堆法律糾紛。高價購買額外隱私和完全匿名。」

三樓有一區戒備更為嚴密的特別區域，專供購買聖堂診所「貴賓專案」的客戶使用。好萊塢明星、上市公司執行長——任何一旦承認有睡眠問題就可能動搖市場賠上數百萬保險賠償金的人。倫敦是國際客戶的最愛，他們會把治療偽裝成一週的觀光假期。診所設有特製的後門出口，貴賓區周圍也安裝了訊號干擾器，確保他們在此的影像不會外洩。甚至還有獨立的用餐空間和健身房，確保貴賓不會被員工以外的人看見。聖堂已經經營了二十年，聘有最頂尖的隱私權專業律師，從未發生過洩密事件。

「唐納利說，會有警方聯絡官，是我認識的人嗎？」

布魯沒看我。電梯顛簸著下降，帶我們抵達一樓。沉默是她慣用的擋箭牌。

「是誰？」我一邊走進那飯店般明亮豪華的大廳一邊問。

這時，她稍微轉過身來，下顎隱隱緊繃。「考慮到你的加入，最後決定讓本來就在核心圈裡的人來擔任警察廳的聯絡官。抱歉，班。這案子一開始就是她的。我無權插手。」

我們走到前門。我已經聽見車子在外面停下的聲音。

「拜託告訴我你在開玩笑。」

「但願我是。」

即便如此，我也明白：答案只可能是一個人。

07 班

這正是我們一直努力避免的狀況。

「班。」

「克拉拉。」

「你氣色不錯。」

「謝謝。」

「不過腰圍好像粗了。這些天晚上老窩在沙發吃微波千層麵是吧？又開始吃餅乾了？」

「見到你還是一如既往的愉快。請跟我來吧。」

受管制的貴賓病房位於三樓，要通過一連串迷宮般的安檢才能抵達。我們一語不發地向前走，等著電梯。

「體重玩笑。你認真？」

克拉拉——現在是芬諾偵緝主任督察了，自從她上次升遷以來——連瞥都不瞥我一眼。

「你我都是專業人士，班。這是我們之前說好的。這種狀況對我來說也不好受。」

「我看不太像。」

「你一直不接我電話。」

儘管發生了這麼多事，我還是想念她，但這話我說不出口。我想念我們在牛津的老房子，想念我們的女兒琪琪聽見我鑰匙轉動門鎖時衝進玄關的樣子。我想念那些和報紙一起賴在床上的星期天，想念那些難得不被手機鈴聲和新的輪班打擾的珍貴自由時光。我想念我們曾經一起構築的家。

離婚後，依據子女安置令，因為克拉拉在搬到倫敦前，保有房子，所以她擁有監護權，我只有探視權。我努力爭取共同監護，但因為匹黎可的住處沒有第二間臥室而受阻。

我負擔不起更大的房子，除非我先解決這個問題，否則克拉拉不會在共同監護權的問題上讓步。

我們誰都不想把事情鬧上法庭。

我們抵達三樓貴賓區的入口，這個入口和主要樓梯的入口是分開的。皇家監獄署的人已經完成艱鉅的任務，安全地將囚犯兼病患轉移到指定的房間。護理師正在熟悉環境，特種罪案槍械司令部的警官穿著派遣人員的便服，正在檢查監視系統。現在就只剩下我們兩個了。

我輸入貴賓區的密碼，等待指示燈轉綠。這裡的一切雪白得刺眼，更有醫院的感覺，宛如會議中心與老精神病院風格的混合體。我看見前方就是貴賓病房了。

「記住你在這裡的原因就好。」克拉拉說。

「治療需要我幫助的病人？」

「不，是個把兩名被害人各捅了十刀的囚犯。別把這當成驗證你心智理論的研究。叫醒她，然後讓我們做我們的工作。」

「如果妳和司法部願意讓我做我的工作的話。」

克拉拉露出往日那副不屑的態度，好像我們還在為洗碗機爭執似的。她是資深警探，我只是個四處漂泊的顧問。她以榮譽勳章從亨登警校畢業，還有牛津大學應用犯罪學碩士學位，而我只是個靠著開放大學學位和十年夜校課程成為睡眠專家的普通人。不知不覺間，這些細微的差異逐漸擴大，最終從刮痕演變為傷口。

「而且嚴格來說，她不是殺人犯。」

「捅死兩個人在你眼中不算謀殺？」

「至少在由十二位男女陪審員和任何法院認可的法官組成的法庭上，還不算。」

「這只是法律上的技術問題。」

「不，是事實。」

「我的天。她明明就在家庭群組裡承認是她做的。」

她傳到 WhatsApp 家庭群組裡的一條七字訊息早已人盡皆知，被轉載了成千上萬次。幾乎每部關於安娜歐的紀錄片都是這麼開頭的。

對不起。我想我殺了他們。

多數人認為她發訊息時一定是清醒的，連帶表示她在行凶時一定也是清醒的。有罪。但那些人不像我一樣研究過睡眠。即便生理上仍處於睡眠狀態，人們也能做出遠比發 WhatsApp 訊息更複雜的事。

「無罪推定原則。輿論法庭不算數。」

「那晚，你不在現場，班。你沒看見我看見的東西。」

我聽過現場的描述，我只能想像那一定非常恐怖。對克拉拉、對家屬，甚至對安娜本人來說都是。如果她在行凶後突然清醒，光是看見屍體的畫面，就足以將她逼入更深層而永恆的沉睡。身體自動關機。大腦超載。

這時，我感覺那股久遠的疼痛再次襲來，那種愛恨交織的情感。我有好多話想對克拉拉說，有太多事令我後悔。但我們的關係很久以前就變質了，久到難以定位是何時開始的。

「順帶一提，那次真的只是意外，」我說。「我是說上週。漏接妳的電話，還有忘了接琪琪。不該發生的。我很抱歉。」

克拉拉停下動作，撥開臉上一綹髮絲。「這週末好好安撫她，好嗎？」她說，語氣中又摻了點溫柔。「她自從看到那些照片後就不太對勁。她在你面前會展現從不在我面前展現的一面。」

「沒有這回事。」

克拉拉難過地一笑，然後看了看時間。「快凌晨兩點了，不到六小時後，我還得送小孩上學。我們快點開始吧，好嗎？該去見你新的窗口了。」

08

班

哈麗葉・羅勃茲，從蘭普頓戒護醫院借調來的資深護理師，依然在病房四處巡視。

「我們盡量讓她建立固定作息。」

「像是？」

她的語氣中有股銳氣，讓我想起學生時代的體育老師。她嬌小得像個精靈，栗色的頭髮輕拂著肩膀，眉宇間的善意和閱兵般的堅毅表情形成對比，是在病房待了幾十年所磨練出的紀律感。蘭普頓和布羅德摩*一樣，都帶著幾分監獄的影子。一踏入那種地方，天真便蕩然無存，溫柔被抹滅殆盡，由自我防衛取代。

「每天早上八點前，揭開窗簾。晚上十點，準時熄燈。上半天做肌肉訓練，下半天是心智刺激。」

「那數值監測呢？」

「拍鬆枕頭，保持血液循環，和她聊聊天。這些是醫療部門給我的指示。」

「我明白了。」

我不知怎地冒犯了她，也許單純是因為打聽這些問題。這就是身為心理學家的難處。神經

* Broadmoor：英國最著名的精神病院，因曾囚禁過食人魔漢尼拔、開膛手傑克等兩百多位連續殺人犯而聞名。

科醫師看不起你，精神科醫師教訓你，護理師則樂於貶低你。她提起醫療可不是巧合。但話說回來，她的工作也算不上令人稱羨。護理師受的訓練是要幫助病患康復，而不是為殺人嫌犯按摩雙腿。我很好奇她怎麼會跑去蘭普頓工作，而不是待在一般的醫院。我想知道是什麼驅使她去照顧社會的棄兒，一生與暴力和瘋狂為伍。

我決定無視她的冷淡，繼續問我的問題。「所以，自從病人入院以來，妳就一直在照顧她，對嗎？」

哈麗特點頭。「到現在已經四年多了。我一直是她的主要照護者。真不敢相信時間過得這麼快。」

我從她的回答中嗅出一絲自豪。有些人以為這只是一份工作，很少有人能理解它可以遠不止於此。儘管布魯表面上缺乏情感，卻是她教會我什麼才是真正的投入。並非話語，而是行動。「這已經超出職責所需了。四年很了不起。」

哈麗葉露出微笑。我看見一些小心掩藏的情緒浮現。「對我來說，這從來都不是一份一般的工作，而是一種使命。她不會頂嘴這一點或許也有差吧。」

「所以四週前監測儀器發生異常時，妳也在場？」

她瞟了我一眼，似乎被勾起興趣。她嘆了口氣。「據說只是機器故障，醫生們該檢查的都檢查過了。」

我察覺她語帶遲疑。「妳有其他想法？」

哈麗葉顯得有點難為情。「聽起來可能很傻，但我想可能是某種外界刺激造成的。不過大概只是護理師的直覺。醫生們都不當一回事。」

「比如說？」

「聽起來真的很荒唐。」

「說說看。」

「有一個新來的清潔工打掃時，用她的手機聽 Spotify，還開啟了循環模式。同一首歌一播再播。這是當時和過去四年來唯一不同的地方。」

「是哪首歌？」

「麥卡尼的〈Yesterday〉。」

「妳確定？」

「醫生們都嗤之以鼻，說心智什麼的全是心理學的廢話。我想他們應該比我懂吧。」

「神經科醫師，對吧？」

哈麗葉點點頭，對於議論他人有些謹慎。「嗯哼。」

「妳還有注意到其他生理反應嗎？」

「她的眼睛。平常是靜止的，但音樂播放時顫了一下，右手也是。醫生說那只是肌肉痙攣，完全無關。但我注意到好幾次。」

我點頭。「接下來，我來就行了。」

哈麗葉結束手頭的工作，從病床旁退開。「好吧，我待會再過來看看。如果需要什麼可以打電話給我。」

「好的。」

門關上了。沉重的鎖扣咔嗒一聲卡進定位。就這樣獨自待在這個房間的感覺真怪。這些年來我讀遍所有關於這起案件的報導。即便到了今天，《衛報》和《倫敦書評》上仍然會定期刊登評議此案社論的社論，譴責整個「安娜歐現象」。男性凝視的產物、媒體的傑作、墮落的女人、夏娃的重生。倫敦大學金匠學院現在甚至開了一堂專門研究厭女、神話與媒體的課，安娜的案件正是課程的重心。

在許多人心中，「安娜歐」的神話其實是反向的版本，說她不是故事裡的惡人，而是受害者。我試著想像克拉拉會作何反應，然後決定這輩子絕口不提。我和其他人一樣有罪。我在亞馬遜網站上的最顯眼的著作是：班尼迪克．普林斯《安娜歐與其他心智之謎》（維京出版社，二〇二一）。廣義說來，這本算是暢銷書，但僅限於比利時。

我靠近病床。監測器燈號閃爍，導線盤繞，管子相互糾纏，整團東西看起來像一大碗義大利麵。

我緊張地在口罩內咳了一聲。我最先注意到的是，安娜本人看起來竟如此嬌小。各大媒體反覆使用的照片一點都不像她，至少現在看來不像。眼前的她與叛逆的政客之女判若兩人。她在這裡顯得脆弱無助，失去所有武裝，容貌遠比一個二十多歲的人該有的樣子蒼老太多。

我領悟到，「安娜歐」是小報塑造出來的傳奇人物。至於安娜．歐格維呢，身高一六八公分，過去的體重經常不到五十七公斤。根據她的病歷顯示，她小時候得過扁桃腺炎，青少女時感染過傳染性單核球增多症，十六歲打曲棍球摔斷過右腿。案發當時，她二十五歲，體態中等偏瘦，身體脂肪比例適中，代謝略快於平均。

簡言之，她的體格非常適合她選擇的殺人方式。刺殺需要的是耐力，而非蠻力。兩次攻擊所用的凶器都是一把軟柄的不鏽鋼切肉刀，刀鋒二十公分長。案發當年，這款刀子在約翰．路易斯百貨不用二十英鎊就能買到。這把刀能像廚師切肉般輕易切穿人體要害，只有刺擊次數的部分需要費點體力，說明了凶手當時處於某種狂暴的狀態。

不遠處有張凳子。我在床邊坐下，看著監測儀器閃爍，觀察管線流動的變化。確認攝影機正常運作後，我掏出手機，滑到 Spotify 上事先下載好的〈Yesterday〉，手指因為戴著手套而很難在玻璃螢幕滑動。這首歌選得好。我的診斷理論——目前純屬初步階段，尚未證實——是利用文化刺激，觸及病患生命中較快樂的回憶，並藉此喚醒病患。我見過其他病患對類似的過往線索有反應：母親放過的音樂、以前的教堂聖歌及最愛的電視節目主題曲。手機喇叭開始傳出木吉他的顫音。我將手機靠近安娜，注意觀察，目光在監測器和她的臉之間來回。接著，人聲開始唱了。

一開始什麼都沒有。監測器上的線條毫無變化。安娜的臉文風不動地躺在枕頭上，連抽動都沒有。我準備放棄，打算關掉音樂，將整件事歸咎於偶然。也許神經科醫師是對的。但就在我要按下暫停鍵之前，我看見安娜的左眼顫了一下。顫動一閃而逝，我差點漏看，還以為是自己眼花。但接著又抽動了，跟護理師描述的一樣。確實出現了一絲微弱的反應，細微地令人詫異。

我瞥向監測螢幕，看見線條輕微波動。和檔案中四週前的紀錄一樣，都是眨眼即逝的反應。我又播了歌曲兩次，但再也沒出現更多的反應。我按捺下內心的失望。

護理師不久後又進來了。我收起手機。嚴格來說，除了醫療設備，病房是不准攜帶任何電子產品進入的。我短暫猜想司法部監視我的可能性，不知白廳裡是否有人正在監視我的一舉一動。光是這個想法，就讓我起了一身雞皮疙瘩。

「我該餵她了。」哈麗葉依然用那套省話、不以為然的語氣說。「有收穫嗎？」

「有。」我決定不透露我的音樂實驗。我需要更多時間來思考剛才目睹的事。或者說，我以為我看見的事。「謝謝，妳幫了大忙。」

我離開房間，下到一樓。克拉拉正在準備離開。她看見我走近，說：「班尼迪克・普林斯。會施展奇蹟的心理學家？」

我微笑。「就算是我，也沒那麼厲害，或者那麼快。她還在睡。」

「你該不會忍不住偷偷自拍一張私藏吧？」

這種話總讓我想起我們婚姻中最黑暗的時光，比如說琪琪出生後的那六個月，或是我在克拉拉的手機發現她跟另一個男人傳的訊息。我想起那些令人震驚的新聞，比如現役倫敦警察和屍體自拍，以及 WhatsApp 裡意淫謀殺和強暴的噁心對話，不禁打了個寒顫。我不知道克拉拉每晚都帶了什麼回家，這也是我想爭取共同監護權，而不是只能偶爾週末探視的原因之一。我絕不能讓小餅乾也成為這份工作的受害者。

「告訴我，」克拉拉說。「所有醫生都說她的病情不是出在神經系統身上。他們做的所有檢查——腦電圖、電腦斷層掃描、驗血、腰椎穿刺，你想得到的都做了——通通查不出問題。那麼，健康的大腦怎麼會讓人沉睡這麼久？為什麼沒人能打破這個魔咒？」

我反覆思量，猶豫要不要和她分享關於音樂的論點。這些疑問困擾我們很久了。四年前，那個關鍵的夜晚，剛值完夜班的克拉拉從阿賓頓警局開車離開，想趕緊回家沖澡換套衣服時，警方無線電傳來柏福德外圍處出事的消息。她離現場最近，又是當晚第一順位待命警官，於是她繞道趕往農場，在其他人到場前接管了調查工作。那是她升上偵緝督察後的首秀。就因為那天深夜的一趟車程，她的警察生涯——以及我們一家人的生活——就此改變。

「因為不是她的大腦在作祟，」我說。「是她的心智，一個整體而言更複雜的現象。但當然，這只是我個人觀點。」

「想必你下一句就要告訴我，這一切都跟她的童年創傷有關。」

「是有這種可能沒錯。」

我們走到大門口，又恢復公事公辦的樣子。

她說：「我以為今天你休假？」

我再度忍下一個哈欠。「本來是。」

「我是認真的。這週末讓琪琪開心點。她最近在學校過得不太順，需要一點鼓勵。還有，跟她聊聊她最近做的那些噩夢。」

我的胃彷彿挨了一記重擊。我只顧著沉浸在自己的麻煩中——離婚、臨時租的住處——完全沒注意到女兒的煩惱。難怪她從不提新學校的事情。我以前對她生活的大小事如數家珍，曾幾何時，只剩下模糊的概況。

「明天下午三點半，我會去接她。」我看了看錶。「我是說今天。」

克拉拉點頭。「別遲到。別再犯了。」

我勉強擠出微笑。「別擔心，不會的。」

09 班

遲到對我來說是家常便飯，是貫穿求學時期、大學生活到剛出社會，一個萬年不變的主題。但這次的感覺不同。我從地鐵站一路狂奔，汗水浸溼我的頸項，腦中已經預見家事法庭法官會像希臘悲劇最後一幕那般，朝我射來譴責的目光。我拿不到共同監護權不是因為濫用藥物或犯罪，而是敗在糟糕的時間管理。

但真正令我害怕的，說實話不是法官，至少目前還不是，而是琪琪看我的那種眼神。說是情感上的恫嚇，乃至情緒勒索也不為過。明明我才是握有權力的一方，是掏錢、訂規矩的人，但她的一個眼神就能讓我油生無比的自卑感，是所有我遇過的校長、前女友、同事或評論家都無法企及的程度。當然，早有人警告過我，這份工作不適合情感纖細的人，但直到現在我才真正聽懂他們的意思。

為人父母可真是吃力不討好的差事。

遠遠地，我看見琪琪——或小餅乾，我總是這樣叫她，儘管克拉拉很不滿這個暱稱——孤零零地站在校門口。她的體育用品和過重的書包攤在腳邊，小提琴盒搖搖欲墜地倚著牆。有位老師站在旁邊——如果我沒記錯的話，是雷蒙太太，鷹鉤鼻、神情嚴厲的生物老師——和她一起等，正不耐煩地看著手錶。我趕到校門時襯衫鬆散凌亂，左腳鞋帶拖在人行道上。這些細節似乎讓我遲到的場面加倍難堪。

我在辦公室睡著了。原本只打算閉眼小睡一下，醒來時卻已是三小時後。下午打盹的睡眠博士。可真諷刺啊。

我看了看時間：下午四點零一分。

小餅乾沒理我，只是伸手拿起提琴盒，調整了一下書包背帶。雷蒙太太掃了一眼我的狼狽樣，深吸口氣，好像認定這人已無可救藥。她連珠砲地再三向我重申規則，強調學生登記參加課後社團的重要。我胡謅了個離譜的故事，說倫敦警察廳廳長親自找我去審問一名拘留中的重大凶殺案嫌犯，然後看見雷蒙太太驚恐地瞪大了眼。我正打算繼續加油添醋——只要是跟停屍間有關的細節通常都很管用——但這招已經奏效了。雷蒙太太匆匆離去，只留下我和小餅乾。

「寶貝，我很抱歉，爹地工作耽擱了。」

她沒回應，一路上都悶不吭聲。因為她還是不敢搭地鐵的關係，所以我們搭公車回到匹黎可。在這種時候，她就特別像我的女兒。克拉拉做事向來井井有條，我則是那個恐懼又迷信的家長，習慣屈從心中非理性的恐懼。小餅乾出生之前，我經常祈禱她能遺傳到克拉拉的大膽無畏和我的幽默感。可惜那天命運之神顯然不站在我這邊。

但無論如何，一切都變了。我花了太多時間去預防預料之中的難題——育兒責任分配不均、沒完沒了的熬夜、家務分工的爭執不休——反而漏掉了預料之外的，那些育兒書上沒提到的困境。妻子患上嚴重的產後憂鬱，該怎麼辦？發現妻子和某位男性醫師友人之間的訊息，該怎麼辦？那些讓結局無法扭轉的關鍵轉折。她至今都不曾告訴過我他的名字，但從那些訊息中，我能看出是她的舊識。我努力列出所有她的兒時同窗和大學同學中念醫學院的人，想知道是哪個人毀了我的婚姻。沒錯，小餅乾出生後，一切都再也回不去了。

匹黎可的新家還在「測試階段」，整個空間散發一股凌亂的氛圍，生活感很重。曾經極簡前衛的設計如今沉悶乏味，清一色是單調的灰。我試著用一些亮色點綴，但還是擺脫不了原有的本質。克拉拉最近開始稱這裡是「匹黎可監獄」。

我煮了晚餐，難得通融讓小餅乾邊用托盤吃飯邊在Disney+看一部看過即忘的兒童電影。喝了不止一杯酒後，我又破例讓小餅乾多看了半小時電視。然後，像往常一樣，我感到一絲軟弱和內疚。

她準備上床睡覺時，我決定要像談論明天的游泳課或數學作業題目一樣，自然地開啟話題。自從克拉拉在聖堂向我坦言她的狀況之後，我就一直在猶豫如何措辭。

「小餅乾。」

她含糊地咕噥一聲。我通常把這理解為「是」。

「妳還記得前幾天，妳看到一些媽咪工作上的東西嗎？」

她的臉浮現一層不安的僵硬表情。

「媽咪跟我說妳最近一直做噩夢，還有那些媽咪從警局帶回家的文件。說妳最近都睡不好。」

她難為情地點點頭，把被子拉到下巴，像是想用這層薄薄的防護罩驅趕惡靈一般。

「小餅乾，妳知道妳不應該擅自闖進媽咪的書房，對吧？書房是大人才能進的地方。」

她現在擺出道歉用的表情，誇張地低下頭，嘴角垂得像條懇求原諒的拉布拉多犬。「可是我沒有進去。它們就放在那裡。」

我摸摸她的頭髮，繼續幫她裹好被子。「我知道，寶貝。媽咪很粗心，沒把門關好。傻媽咪。」

「不是她沒關好。那些東西在她包包裡。」

身為心理學家，我向來對人類是唯一有能力編故事的動物感到驚嘆。語言令我們得以想像事物原本面貌以外的樣子，想像力讓我們撒謊，說謊則幫助我們脫困。我很佩服琪琪在這方面的發展，即便這份謊言的可信度還差了一截。但我決定暫不節外生枝。

「可是啊，妳看到的那些照片——」

「死人。」

「對，寶貝，死人……我們該來好好談談這件事。」

我停住，赫然意識到自己對這種事竟早已無感。克拉拉和我都是專業人士。犯罪現場的照片與鑑識報告對我們而言，不過是些冷冰冰的材料，有待分析和解剖。但孩子的目光不同，他們看見的是真實的樣貌。

諷刺的是，沒錯，現在輪到我說謊了。雖然是個善意的謊，但終究是謊言。我告訴自己這是不得已的，是必要的虛構。「妳知道那只是在演戲，對吧？」

她的臉因為困惑而皺起。「為什麼？」

「妳還記得上次在學校表演耶穌誕生的時候嗎？妳扮成瑪利亞，在馬廄和馬槽旁邊走來走去。另一個男孩，艾登，扮演約瑟。哈卡索老師負責在你們唱歌時彈鋼琴伴奏。」

她點點頭。那是她在學校最驕傲的一項成就。那場演出被錄了下來，表演片段在每個 WhatsApp 家族群組中流傳。克拉拉的父母甚至提早從佛羅里達的海濱別墅飛回來親自出席這場盛會，我那天卻因為要上法庭當專家證人而沒能出席。當時，全家沒人原諒我，而我到現在也還沒真正原諒我自己。

「你那天又沒來。」

又是那種直言不諱的語氣。克拉拉能用高明的話語輕易擊碎我脆弱的自尊，布魯一點一滴削去我的自命不凡，就連我在柏貝克夜校的一些學生也喜歡誇誇其談，意圖挑戰我在知識上的漏洞。但沒有人能像小餅乾這樣傷我至深。

我對她微笑，試圖挽回局面。「妳知道媽媽的工作是抓壞人，對吧？」

她又點了點頭，不過這次不那麼有力。

「嗯，這次的情況正好相反。妳在照片裡看到的人，其實是在幫助媽咪。他們假裝受傷，好讓媽咪能教其他人怎麼抓壞人。這叫做訓練演習。」

這些話說出口後聽起來更不可信了。我等待著。她的眉頭微微皺起，似乎有些相信了。

「為什麼？」

「妳還記得妳和媽咪去參加過聖約翰救護隊的活動嗎？就是在學校，有救護車警笛，還有穿救護人員制服的人。那些綠色的人？」

她聽見「綠色」這個詞時點了點頭。她記得那些綠色的人，這是好預兆。

「妳記不記得有位老師得假扮成病人——就像妳扮演瑪利亞那樣——好讓那些救護人員示範有人暈倒時該怎麼辦？那位老師叫做……」

該死。我完全想不起那男人的名字。他身材瘦高，頭髮是焦糖色，臉上總是掛著大大的笑，擠出一點肉。

「『賽』巴頓。」

琪琪一臉頑皮地看著我，忍不住咯咯笑了起來。我想起以前，那個說「賽」這個字總能讓人笑到腰痠背疼的年代。我為賽巴頓先生感到難過，他得年復一年忍受孩子們在集會上竊笑。這種名字應該去改一改，否則誰都會對教職心生卻步。要是克拉拉在這，她一定會板起臉，給琪琪上一堂有關同理心和禮貌的教養課。但她不在，而我無法抗拒女兒臉上那股純粹、毫無保留的快樂，看著她為一個可笑的名字樂不可支。

「沒錯，小餅乾，就是大名鼎鼎的賽巴頓先生。」

琪琪又爆出一陣笑聲，口水都濺了出來，讓她伸手摀住嘴巴。

「照片裡的人就像賽巴頓先生一樣。他們參加了一場訓練演習，而媽媽是負責的人。」

她變得認真起來，臉上寫滿懷疑。「那他們為什麼會流血？」

我再次穩住自己。想到殘酷的成人世界會對孩子尚未成熟的心靈造成什麼影響，我就很心痛。身為心理學家，我應該比大多數人都清楚這點。我想起剛生下琪琪的克拉拉，想起那可怕的幾個月。憤怒、怨恨、疏離、那些想法，想起克拉拉整個人被嚴重的產後憂鬱吞噬。她完全變了一個人。不睡不吃，也不說話。雖說平均每十位女性就有一位會經歷這種情況，然而我們有時總感覺自己是世界上唯一一對中獎的夫妻。人類的心智就是如此強大。唯一的罪過就是低估它。

「媽咪是在教其他警探犯罪現場該注意的事。沒有人真的受傷。他們只是在演戲。懂了嗎？」

一陣沉默。她像平常一樣縮在被窩裡扭來扭去。她長吁一口氣，幾乎像在嘆息，然後似乎下定某種決心。「爹地……」

氣氛緊繃到幾乎讓人窒息。我的謊話奏效了嗎？還是我女兒心中已經留下永久的創傷？

「怎麼了，小餅乾？」

她對我露出笑容。「下次可以換我演嗎？」

10 艾蜜莉

「妳確定妳自己鎖門沒問題嗎？」

艾蜜莉．歐格維殺氣騰騰地瞪了他一眼。如果說晚年改行有什麼缺點，這就是其中之一。「我想我還應付得來。」她說。

「記住，鑰匙要——」

「用力推一下，等到聽見『喀』一聲。我知道。」

那位輔祭露出二十多歲男孩才有的笑容，彷彿在等全世界為他的存在喝彩。艾蜜莉勉強擠起嘴角回應，心裡則倒數著等辦公室的門徹底關上。她如釋重負地溜進教會辦公室旁邊的小茶水間，給自己泡了一杯濃濃的英式早餐茶，還不太健康地加了一大匙糖。她甚至搜了一圈，找出一塊巧克力消化餅乾。

旁人當然早就警告過她。她還記得自己宣布消息時，親友臉上困惑的表情。沒什麼人當面反對，但他們保留的態度全都寫在古怪的撇嘴和揚高的眉毛上。可是，自從她辭去大位後，能選擇的路也不多了。就這樣，肯辛頓的歐格維女爵跌破眾人眼鏡，改以艾蜜莉．雪柏德的身分重新出發，成為西敏聖瑪格麗特教堂已按立牧職的牧師候選人。

冰箱裡除了燕麥奶什麼都沒有——又是「二十多歲小伙子症候群」搞出來的好事，用他的「養生」守則害慘所有人——她不情願地將燕麥奶攪進茶裡，口味令她微微皺眉。獨掌教堂的機會很難得，哪怕只是短短半小時也一樣。

遊客們的首選向來都是西敏寺，聖瑪格麗特教堂則是政客的地盤，也是每年舉行國會聖誕禮拜的地方。那是她現在最想避開的一場活動。那感覺一定就像穿著新制服回到母校一樣，不得不忍受老朋友對你投來異樣的目光。艾蜜莉打住念頭。她都五十多歲了，但人生似乎從未改變。人們還是死性不改。

正準備回到教堂主廳時，艾蜜莉的手機震了一下。想起過去那段總是隨身攜帶好幾台設備的日子，她就不禁莞爾。擔任影子內閣期間，她身上總共有一支私人手機、一台國會專用iPad、一支部長級加密手機，還有許許多多由一批屬下大軍監控的電子信箱。要傳一則訊息給她往往是一道五重關卡的功夫。而現在呢，她只有一支小iPhone，型號還是古董級，上面只裝了一個Gmail帳戶和WhatsApp。這封新訊息是透過電子郵件發來的。她掃過一遍，又再看了一遍，感覺胃中間出現再熟悉不過的空洞感。

四年了。但這樁事幾乎還是天天都會冒出來。不過這封訊息不太一樣，不是平時那些惡意攻擊和放話威脅的酸民發來的。

不，這次不一樣。

寄件人：benedict.prince@theabbeyclinic.com

收件人：ordinand2@stmargaretschurch.org

主旨：安娜．歐格維會面邀請

雪柏德女士，您好：

冒昧寄信打擾。我是班尼迪克．普林斯博士，是哈雷街聖堂睡眠診所的合夥人。如您所知，您的女兒最近由司法部轉介至敝診所接受治療。

司法部副法務長史蒂芬．唐納利已准許我聯繫歐格維小姐家屬，好推動新的治療計畫，該計畫的宗旨是建立放棄生存症候群的診斷模型。

為此，我希望能盡快與您面談。我離聖瑪格麗特教堂很近，希望您能提供方面會面的時間和日期。隨信附上我的簡歷、專業資格證明和出版作品清單給您參考。

期待您的回覆。

順祝 安好

班

班尼迪克．普林斯博士
資深合夥人
聖堂睡眠診所

艾蜜莉抬起頭才發現，茶水從她的馬克杯滴到地毯上滲開了。幸好旁邊沒人在。她找到雜物櫃，盡可能地把茶漬清掉。只要一點滴露清潔劑和一把硬毛刷，通常都能趁汙漬固定前除掉最糟的部分。她盡力了，就這樣吧，希望不會有人注意到。

她不太情願地回到教堂主廳，在前排的長椅上坐下。她又讀了一遍那封信，已經是第三遍了，然後點開附件的PDF。檔案裡附著一張小小的證件照，照片上的男人很英俊，年紀大約三十末或四十初，一綹微捲的頭髮垂在光滑的額頭前方，襯托著翡翠色的眼睛和一天沒刮的鬍渣。他就是班尼迪克．普林斯博士。過去有一段時間，每個醫生長得都像年輕版的《星際爭霸戰》（*Star Trek*）史巴克。她聽說過聖堂診所，好像是個類似派歐瑞照護中心*的名人避難所。也許每個二流名人真的都想找帥哥醫生約個診，她也不是不能理解。

艾蜜莉放下手機，開始規律地深呼吸。她在這裡已經盡了全力，用牧師候選人相對簡單的瑣事淹沒自己，好分散她對其他事的注意力。但現在正是夜深人靜的時刻，她的防線變得脆弱，熟悉的夢魘又悄然爬回腦海。畫面像電影膠捲般重現：那些聲音、泥土的腥臭味、沾滿血的刀——農場的驚魂之夜。

最可怕的一刻，是舊世界在她眼前扭曲變形，轉化成另一種模樣的瞬間。她至今仍然隱隱期待安娜會突然跳起來宣布一切只是騙局，或是席歐會倏地拉開簾幕，告訴她過去四年根本沒發生過。

然而，她依然感覺得到，就和她生命中的任何感受一樣鮮明，感覺到希望徹底破滅的那一瞬。她和理查佇立在那，靜默而詭異地守候。他們知道警方很快就會趕來，安娜會被逮捕，艾蜜莉將不得不請辭下台。家庭、婚姻、未來——一切都將動盪不堪，終至崩解。但那幾秒鐘卻無比珍貴。他們站在農場，眼睜睜看著過去的生活一夕崩塌。那最後幾秒的靜謐是獻給往日的輓歌。

聖瑪格麗特教堂的訪客大門吱嘎一聲被推開，突如其來的聲響嚇了她一跳。艾蜜莉驚魂未定地從長椅上起身，迅速將思緒拉回現實。有位駝背的老太太帶著孫子進來，顯然相當熟門熟路。艾蜜莉微笑點頭，假裝若無其事地走到教堂另一端，整理唱詩班席上的聖歌本。

當然，沒有人真正明白。只有理查和席歐知道。祕密緩緩腐蝕一切，直到婚姻和家庭分崩離析。沒有人知道那一夜究竟發生了什麼，沒人明白他們當時不得不做出多麼可怕的決定。

艾蜜莉整理完聖歌本，步向祭壇。她站在那裡，被拋得燦亮的金色表面震得出神，依舊對祭壇的莊嚴感到敬畏。她回頭看了看，發現兩位訪客還在忙自己的事。

艾蜜莉強忍住顫抖。她跪下，閉上雙眼，低頭開始祈禱。

上帝一定能寬恕她的。就算其他人都不能。

---

* Priory：英國知名健康照護中心，專門診治飲食失調、戒酒和戒毒問題，收治過許多名人。

11

班

我人正在廚房，千方百計想把酒瓶裡最後一滴酒倒出來。我骨子裡一直是個浪漫主義者，只是用非常英國人的方式隱藏起來。我從未幻想成為搖滾明星、強勢男性或坐擁粉絲。我的夢想一直很單純：幸福的婚姻、快樂的孩子，一個能彌補外在世界動盪的幸福小家庭。一座部落。

孤獨成了我的新日常。離婚後，我讓自己的生活萎縮到只剩下工作、家務和日常瑣事。我轉而緊緊抓住與小餅乾共度的寶貴時光，希望這些時刻能完美無缺，冀望我們的相聚能撫平離婚留下的傷痕。但我知道這是自欺欺人。傷害不可逆轉。症狀或許要等好幾年才會浮現，但病根早已落下。

破碎的家庭、父母的爭執，沒人能全身而退。

我應該少工作、多傾聽，不該理所當然地以為一枚戒指和一句祭壇前的誓言，就能換得幸福的家庭。我應該多花時間陪伴克拉拉和小餅乾，而不是將心力都傾注在診所的陌生人身上。如今，我的未來似乎愈發顯得暗淡無望：小餅乾來訪的次數越來越少，工作時間越來越長，注定過著窘迫又了無溫情的單身漢生活。

這不是我嚮往的生活。我想伴著另一人的心跳入睡，想感受對方溫暖的手在我手心中發燙，想要醒來時在床側看見一個呵欠和微笑。我想要一個充滿打鬧和歡笑的家庭，想要一條貼滿度假、畢業典禮、特殊日子相片的走廊。

有時候，我感覺自己好像活在別人的人生裡。

這不是我當初申請的生活。我要退貨。

櫥櫃不應該這麼空。家裡了無生趣，幾乎可說是冷清。我得早起去附近的 Tesco 超市採買，免得琪琪回家抱怨早餐只有巧克力醬三明治和健怡可樂。至少不能再犯一次。一切似乎都在慢慢失控，被重力拖進既定的軌道。我無法忍受和小餅乾漸行漸遠的可能，不能接受自己慢慢被擠至她的生活邊緣，從主角淪為替身。

我端著酒杯走到沙發，開始滑著各種電視應用程式：Netflix、iPlayer、Prime，繞了一圈還是回到我的 Apple TV 影片庫。我決定今晚要換一部片來看，一樣是希區考克的冷門經典：由亨利方達主演的《伸冤記》（*The Wrong Man*），一部滿溢著天主教罪惡感的黑白電影傑作，純真與罪孽的交織。我查看工作信箱，發現收件匣被未讀信件塞滿。標題都是衝著我來的。

＃停止精神控制

＃釋放病人

＃普林斯我們盯著你

我停住，又讀了一遍，喉頭一陣噁心。

沒人知道安娜在聖堂，消息不可能這麼快就走漏。這些訊息都沒提到她的名字。聖堂最近上過新聞，隨著曝光度提高，威脅和匿名訊息也多了起來。聖堂官網上有放我的資料，我寫的書也讓我小有名氣。但這三封信件依舊令我不安。它們充滿威脅，甚至可說是激烈。被人監視和被人傷害只有一步之遙，我身邊的人也可能遭殃。這個念頭直截了當，簡單到令人害怕。

我又讀了一遍那幾封信。家中寂靜無聲，但每一絲風吹草動都讓我緊繃起來。我想到樓上熟睡的小餅乾。睡眠令我們毫無防備。

我起身往窗外看。希區考克電影的背景光在牆上閃爍。孤獨令我窒息。我厭倦了犯罪、睡眠、夜驚症，也厭倦了人類心智玩的把戲與衍生的種種恐懼。我只想鑽進溫暖乾淨的被窩，感受身旁克拉拉的體溫，享受著爐火、家和她帶來的安全感。

我停止從窗簾後窺探，上樓去查看小餅乾。我推開門，站在那裡，盡量小心不吵醒她。我安頓她睡下時，她還四平八穩地裹在棉被裡，現在卻四肢大張，床鋪呈現波西米亞式的混亂。她披頭散髮，雙臂像雪人一樣攤開，雙腿像跳康康舞一般張揚。愛意悄悄湧上我的心頭，來得濃烈而強勁。我無法想像她有一天會長大。我會被降級到匆忙的咖啡約會，然後是大學時期一年兩次的午餐，最後連臨時才張羅的禮物都變成 WhatsApp 問候，還得經過複雜的外交談判才能見到自己的外孫。

為了保護她，我什麼都願意做。然而，裂縫已經顯現。克拉拉能第一時間知道學校和游泳課上發生什麼事，也能第一手得知她的作業問題和班上討厭的同學。我聽起來像個局外人，永遠跟不上進度。我想當個好爸爸，但我已經不知道該怎麼做了。

我關上門，告訴自己別再那麼自私。就在這瞬間，我腦海掠過一個駭人的念頭：她對那些照片的反應，是不是有些異常？或許克拉拉根本誤判了那些噩夢。或許琪琪不是害怕黑暗，而是對它著迷，正在努力消化這個新發現。畢竟，她這個年紀的孩子就像海綿，特別容易吸收人性陰暗的那一面。

不，我這是在胡思亂想。我看了太多電影，讀了太多聳動的美國犯罪側寫師故事，追了太多Netflix的犯罪紀實節目，甚至自己也上過幾次。但這可不是《我的孩子是精神病患者》的最終集。

我甩開這個念頭，走下樓，把威脅郵件的截圖傳給聖堂的維安小組，然後繼續看電影。我不能睡，現在還不能。

普林斯我們盯著你

正當我準備起身再去櫥櫃裡找些什麼時，工作手機響了。應該是加班的維安小組傳的。我伸手拿起手機，隨意啜了一口葡萄酒，感覺過去二十四小時的重量壓在我的頭骨正中央，碾碎每個原生的想法。

然後，我又讀了一遍新進來的這封郵件。我放下酒杯，坐直身子，感覺心跳加快。聖堂要我盡快趕過去。

12 班

我吸入冰冷、略帶鹹味的空氣，環顧四周的小花園。不遠處傳來哈雷街的喧囂。琪琪坐在接待桌後面，用 iPad 看東西。克拉拉肯定會宰了我，但我別無選擇。保姆可不是說找就找得到的。

布魯走在我前方。

我邊走邊問。「那妳是怎麼說的？」

她似乎異常緊繃，回答的語氣摻了一絲嘲諷，動作也斷續生硬。事情越來越緊張了，我意識到。從她失眠的眼周看得出來。「我還能說什麼？」她回答。「那通電話是一大早十點半打來的。」

「妳確定對方不是在試探？」

布魯煩躁地嘆了口氣。她已經繞著花園走了三圈，前面就是她常坐的那張長椅。「大家都說劇烈運動死不了人。但我說，何必要冒這個險呢？」

這是個老梗了，布魯現在滿嘴都是這種話。她費力地把自己龐大的身軀擠進木頭長椅，呼出一團白灰色的霧氣。儘管裹了厚重的羊毛和人造毛皮大衣，她依然被寒氣凍得直打哆嗦。她從巨大的大衣口袋掏出一顆甘草水果糖。令人欲罷不能的香甜誘惑。

我的心思還停留在琪琪談論照片時說的話，以及這會兒她裹著睡袍、睡眼惺忪地坐在聖堂裡的事實。我很愧疚這麼晚把她從床上挖起來。沒錯，我是願意為她獻出性命。但真正的愛並不在於犧牲，而是在於微小的日常。我應該要叫布魯姆等到早上再說。那才是好父親該做的事。光是接了這通電話，我就已宣判失職。

我強迫自己專注於眼前的問題。新的危機出現了，一個可能毀掉一切的危機。我喚醒安娜歐的希望或許已經化為泡影。

「你說那人的名字叫什麼來著？」

我轉向布魯，迎上她理性冷漠的目光。「《每日郵報》的醫學記者，」她說。「叫伊莎貝爾什麼的。」

「她究竟是怎麼說的？」

布魯再次重嘆一口氣，不安地顫抖。「她說有個消息來源聲稱，聖堂接受司法部委託，為安娜歐案提供諮詢，以備可能的審判。她想跟我們確認消息是否屬實。」

「妳看到那些威脅郵件的截圖了嗎？說他們在監視我？」

「看到了，維安小組轉給我了。但沒有一封特別提到安娜。」

「這樣就比較好嗎？」

「不會，但至少性質不同。目前，安娜才是我們唯一的考量。」

我消化著布魯的話，以及她對我或琪琪人身安危所展現的冷漠理性。我真想起身離開，帶走坐在接待櫃檯的女兒，再叫布魯別再把我當成她的私人助理。但我最後只說：「那個蘭普頓醫院的護理師，哈麗葉，她確定安娜曾經在某首歌播放時有反應。神經科醫生沒把她的話放心上。哈麗葉很可能把這件事告訴她的男友、兄弟姐妹、父母或其他什麼人，然後風聲就這樣傳開了。這種事以前不是沒發生過。」

「但這樣還不足以讓記者追到我頭上。你也聽到唐納利是怎麼說的。只要有半點風吹草動，這場合作就吹了。」

「也許只是記者碰巧猜對了。哈雷街上能有間睡眠診所？他們聽到一點風聲，再打幾通電話，總有人會不小心說溜嘴。」

「這可真是善意的解讀。」布魯脫下皮手套，活動活動右手，對每個關節發出的喀喀聲皺眉。「但是，如果你要和白廳打交道，可得用長一點的棍子打。看看布里頓的下場吧。這案子一旦搞砸了，班，我們很快也會步上相同的後塵。被媒體爆出來，說不定反而是種祝福。」

我當然知道她指的是什麼。保羅・布里頓（Paul Britton）是司法心理學的先驅之一，在八〇、九〇年代是行為科學研究的領頭人物。讓他聲敗名裂的案件是瑞秋・尼克爾（Rachel Nickell）凶殺案。他參與設計了一場漫長的誘捕行動，最終害無辜的人入獄，罪名建立在一些站不住腳的心理學理論上。司法心理學花了幾十年，才重拾大眾信心。布里頓的事業則一蹶不振。

「妳告訴唐納利最新情況了嗎？」

「提了，」她回答。「這是他聘用我們的條件之一。全程透明，不得商量。」

「他有什麼反應？」

「當然是樂壞了。」

「我擔心他們會開始想辦法把克拉拉扯進來，重提關於警方涉案的荒唐說法，或是去學校騷擾琪琪。妳也知道上次的情況有多糟，我們誰都無法再承受一次。」

布魯這下盯著我，露出部落長老對下一代感到失望的眼神。「你說得對，我很抱歉。但克拉拉是警方裡最了解安娜歐案的人。我們不能錯過她掌握的機構內部資訊。」

「那要是媒體開始挖那些可笑的牛津故事，或是在社群媒體上攻擊我女兒呢？」

「那就是我們得付出的代價，班。」布魯說。「一直都是如此。」

13 班

我們再次移動。寒風刮得臉更痛了。布魯的回答冷酷而篤定，我聽得一清二楚，熟悉的惱怒也湧上心頭。她老了，變得越來越任性，和我們其他人的隔閡越來越深。也許她願意為了最後的榮耀賭上一切，但那不表示我也願意奉陪。

我深吸一口氣，把怨懟埋進心裡。

良久後，我開口問：「律師們知道這件事嗎？」

布魯鄭重地點點頭。「我們的律師和司法部的律師都在待命。如果外頭有任何風吹草動，我們會在那些人來得及喊出安娜歐的名字前，把禁制令甩到他們臉上。不過，這並不保證消息不會從其他地方洩露到網路上。遲早會的。」

「這應該是司法部的問題，跟我們無關吧？」

「要是人生有這麼簡單就好了。我想，這就是接手英國最受矚目的凶殺案的代價之一。」

「意思是？」

她笑了笑。「你還有小孩要養，而我的職業生涯快結束了。媒體潑來的一點髒水傷不了我。至少這個階段不會了。我給你一條退路，班。只要你一句話，這事就由我來扛，跟你無關。」

我沒有立刻回答。我的收入來源有二：在柏貝克學院兼職講授司法心理學，以及聖堂的這份工作，為倫敦警察廳、國際刑警組織、ＦＢＩ和國家犯罪調查局提供睡眠相關犯罪的諮詢和評估。我的事業停滯不前，這宗案件有望成為一劑強心針。我想向克拉拉證明，我還能有一番作為。我要讓小餅乾以她爸爸為榮。要我放棄人生中最大的案子，沒那麼簡單。

我知道布魯是在測試我。「心理學要嘛是門實務學科，要嘛什麼都不是。」我說。

「我那些還不錯的名言之一。」

「任何一個配得上自己博士文憑的執業心理師，都不會放棄參與安娜歐案的機會。我也不例外。」

「但別忘了，官方機密法禁止你從相關活動中獲取任何金錢收益。不能談出書、不能拍紀錄片、不能在BBC上開有聲廣播節目，也不能跟Spotify簽什麼優渥的合約。如果你還幻想著賺大錢，趁早打消念頭吧。」

「我猜學術期刊不在此列吧？」

「你猜對了。」布魯轉過身，開始穿過花園朝聖堂走去，踏上短短的回程路。「你的論文總體主張很強，但細節有點薄弱。我猜你已經有治療她的具體計畫了？」

過去二十四小時，忙得不可開交。與克拉拉久別重逢、琪琪對那些犯罪現場照片的恐懼，以及安娜歐本人住進聖堂的荒唐事實占據了我所有心神。但我不是來袖手旁觀的。我的任務是施展奇蹟，哄死人復活。

「我有。」

「怎麼做？」

「很簡單，」我說。我們已經走到診所門前，裡面有燈光和溫暖在等著。「我要讓她重拾希望。」

14 蘿拉

這是個時間未曾遺忘的故事。說來奇怪，畢竟其他頭條——謀殺、醜聞，隨你舉例——總是上午還鬧得沸沸揚揚，下午便被拋到九霄雲外。有些人的名字在社群媒體上閃現幾個小時，然後就像從世上蒸發了一樣。蘿拉有時會算，自從那個夜晚、從農場發生的事以來，這四年間到底發生過多少起凶殺案？數百，甚至上千，遍布世界各地。但沒有一宗能像她那樣，霸占頭版頭條。

不，安娜·歐始終不同。

這其中透著一種病態的痴迷，蘿拉自己最清楚不過。最初，只是幾個臉書社團，後來，當公開的討論區開始被外人闖入，一切便轉往更隱密的加密頻道。如今，世界各地、每個時區，都有屬於這個案件的社群：「@睡美人正義」、「@我挺安娜歐」、「@醒來吧安娜」、「@農場真相」。蘿拉習慣匿名進出這些社群，但她知道，看多了對大腦不好。

然而今天，或許會是個里程碑，也許會是她發表過最重磅的一篇貼文。這才是她最享受的部分。結束值班，洗去又一天的乏味與疲憊，然後投入她真正的熱情。蘿拉點開 YouTube，進入柏貝克學院的頻道，把沒看完的最新講座補完：心理學與睡眠導論——倫敦大學柏貝克學院訪問學者班尼迪克·普林斯博士主講。

她調高音量，專心聆聽：

「一般人的一生中，有三十三年的時間在睡眠中度過。古人認為睡眠是一種死亡，詩人則歌頌它為第二人生。睡眠的世界如此浩瀚，但當今的社會卻很少提及。究竟，當我們入睡後，都發生了些什麼？更重要的是，為什麼我們醒來後，對這一切一無所知？」

他確實很有一套，這點她不得不承認。他讓她想起《春風化雨》（*Dead Poets Society*）裡的羅賓威廉斯。班尼迪克．普林斯博士身材勻稱，一頭亞麻金髮，側邊時髦地剃短。他偏愛開領的藍襯衫，搭配深色斜紋褲與精緻的樂福鞋，活像是在爭取BBC二台最新科普紀錄片的主持人席位。要說英俊嗎？或許吧，是有那種討人喜歡的斯文魅力，像個有點狡黠的圖書館員，笑容對稱，顴骨線條好看，八成迷倒了不少課堂上的學生。

她繼續聽下去。他開了幾個關於佛洛伊德的玩笑，然後又是更多佛洛伊德的玩笑。他和學生互動，討論人類要睡多久，聊他們當中誰睡得太少，誰又睡得太多，甚至誰和誰可能一起睡。最後，當然又是以一個佛洛伊德的笑話作結，然後蘿拉關掉視窗，回到自己的文章草稿前。沒錯，這篇鐵定會中，她十分確信。稍早，她還假扮成《每日郵報》的健康記者去誘導聖堂，丟下一個誘餌混淆視聽。現在，再也沒人攔得住她了。

蘿拉開始發文前的例行準備。泡一杯綠茶，獎勵自己一塊巧克力餅乾，然後回到筆電前，進行最後一次校對。令她一直引以為傲的是，別人的文章語法經常錯誤百出，唯有「@嫌犯八號」的每篇貼文向來完美無瑕。英文從來不是她在學校最拿手的科目，她骨子裡更喜歡理科，但她絕不容忍做事馬虎。她可不是部落格圈裡的陰謀論者，也不是瘋狂迷戀安娜歐案的犯罪故事迷。這些人或許是她的受眾，但眾所皆知她的檔次更高。

她放慢速度，一行一行檢查，確保每個詞句清晰無誤——

新貼文：英俊王子受召奔赴睡美人

各位，給你們個快訊更新。「@嫌犯八號」收到消息，我們摯愛的安娜歐案件，近來出現了驚人的新進展。據我所知，安娜的案子正由一位英國新銳睡眠專家接手。說來諷刺，這位專家名叫班尼迪克・普林斯——「王子」博士。這裡附上一個連結，是他某場演講的影片，主題是睡眠理論與犯罪行為的關連。這個時機，絕對不是偶然。我們都知道法律程序即將結束。看來，當局正試圖喚醒我們心愛的安娜，只為了能讓她站上被告席接受審判。這也太噁心了，不是嗎？普林斯博士的研究曾經提到，音樂與文化對於喚醒放棄生存症候群的病患有明顯功效。看來這是當局最後的一擊了。安娜頭上籠罩著陰影，我們必須不惜一切代價拯救她。

過去的經驗告訴蘿拉，貼文要簡短。保持神祕才是上策。圈內的鐵粉會瘋狂發問，接著這篇貼文便會在各大平台上迅速流傳。她隨時可以補充更多細節，但一開始最好吊足大家胃口。畢竟，這正是她選擇這個帳號名稱的原因。蘿拉擁有其他人所沒有的東西。所有關於安娜歐案的官方紀錄都顯示，命案發生當晚，農場裡有八名嫌疑人：安娜・歐格維（主要嫌犯）、艾蜜莉・歐格維（母親）、理查・歐格維（父親）、席歐・歐格維（兄弟）、梅蘭妮・福克斯（農場經理）、歐文・萊恩（場地管理員）、丹尼・哈德森（實習生）以及蘿拉・理吉威（健康安全顧問）。他們當時都接受過警方約談，最終都被排除在嫌疑之外。

但並非所有人都空手而歸。蘿拉再次拿起筆記本，迅速翻到最後。這本筆記是她的寶物，是所有安娜歐案信徒的聖杯——是她在警方抵達前，從藍色小屋取走的。過去四年來，她用來吊足大家胃口的每一個細節、埋下的每一個線索，都出自這裡。她掃了一眼最後一則筆記，那斜斜流轉的字跡，用烏黑墨水書寫的優美草書，和前面的筆跡幾乎一模一樣。用的是鋼筆，不是鋼珠筆或原子筆。氣質的華麗字體行雲流水地在紙面飛舞，形成每一行緊湊的字句。她深吸一口書頁散發的氣味。這本筆記現在是她的了。

蘿拉放下筆記本，不情願地完成了最後的貼文校對，然後按下「發布」。她等待加密系統運作，看著貼文正式上線。隨後，她像往常一樣，又重新拾起筆記本，準備再次沉浸在書頁之中。這可不是普通的筆記本。

而是安娜的筆記。

今晚大概不用睡了。世界上總有人在某處清醒著，但他們不會知道，真正藏身在他們之中的人究竟是誰。她絕不只是個普通的部落客，不是。不是那種成天窩在房間，沉迷於福爾摩斯推理幻想的可憐蟲。

她截然不同。她獨一無二。線索就在她的帳號裡。

「@嫌犯八號」。

因為那晚，蘿拉就在農場。

而且，她知道誰才是真正的凶手。

安娜的筆記本

二〇一九年八月三十日

外面一片漆黑。是清晨，不是夜晚。四周靜悄無聲。

我正在睡覺，一定是，可我卻醒不過來。

血液黏在我的衣服上，濺在我脖子周圍，溼潤的血珠滴落下巴。即使是我動筆的此刻，紙頁上也沾得到處都是血。

那一幕的記憶怎樣也揮之不去。

我站在小屋門口，向前望去，看見他們倆在床上，睡得像死了一樣。

我身邊有個聲音。是個女人的聲音，像蛇一般妖媚。她下的指令緊纏著我不放。

這就是我最後的復仇。

我看見那些人影、那個女人、那冰冷的刀柄，還有那些近乎禱告般吟誦的話語。

現在已經無法回頭了。

六個字，預示我的新生。

他們非死不可。

Part 2

15 班

隔天早上剛過十一點，來自司法部史蒂芬·唐納利的電子郵件跳出，主旨標示著「機密」兩個字。信中提議了幾個會面地點，但隨後全都被否決。白天的聖堂風險太高。位於聖詹姆士公園旁小法國街的司法部本部又太人來人往。最後，我們選定一個更為平凡的解決方案。很少有記者會去牛津街的約翰路易斯百貨頂樓咖啡廳。那裡的桌面沾著果醬，飄著剛出爐的司康香氣，簡直是絕佳的密會場所。

咖啡廳是自助式的。史蒂芬·唐納利拿了他當天的第二杯拿鐵和兩包餅乾，我瀏覽著茶品選項。我們找到一張角落的桌子坐下。在我向唐納利簡單說明我的計畫的期間，他那支司法部公用手機的通知聲被晾在一旁。打擾他過週末的因素可真多。我把說明壓在五分鐘內結束。他面無表情地盡責聆聽。

終於，他開口問：「給她希望？」他低頭看向第一包餅乾，像是發現它空了而感到失望。

「是的。」

「你不是在跟我開玩笑吧？」

「當然不是。」我還是選了綠茶這個健康的選項，興致缺缺地攪拌著。「安娜的意識還在身體某處。現有的文獻雖然不多，但都顯示，希望是唯一一個跨越數十年、跨越各地區都證實有效的方法。」

「你的論文讀起來……技術含量更高。」

「確實如此。但歸根究柢，結論都是一樣的。幸福是人類已知最有效的良藥，希望也不遑多讓。」

唐納利沒有說話，靜靜地評估各種選項。他是律師，也是公務員，擅長用規定、法規、最低標準及法律術語說話。「有沒有更專業一點的說法？」

我早有準備。「放棄生存症候群是一種神經系統功能失調，我們簡稱之為FND。」

唐納利稍微來了精神。公家機關最愛縮寫了。這個能派上用場。「我記得你論文裡提過這個詞。」

「FND過去被稱為「心身症」。從歷史角度來看，這類症狀與佛洛伊德所謂的歇斯底里症大致吻合。嚴格來說，這不是腦部的器質性疾病*，而是精神層面的問題。一個橫跨各大洲、各個時期的共同特徵是，放棄生存症候群的症狀總是在患者徹底喪失、被剝奪希望時出現。」

「就像瑞典的那些孩子？」

我點點頭。放棄生存症候群最著名的案例依然是瑞典的難民社群。那些從敘利亞和中東煉獄般環境逃出的孩子們，在等待庇護申請一次次訴諸裁判的過程中，一睡就是幾個月，有時甚至睡上好幾年。

＊由於腦部結構的損傷或功能障礙，進而影響心理和行為的疾病。這些障礙可能是暫時的，也可能是永久的，並且可能影響到人格、情緒、認知功能及社會適應能力。

我繼續說：「至於那些康復的孩子，通常是因為重新拾得了某種希望。他們不再面臨被遣返的風險，不用被迫回到過去生活的深淵。哈薩克的案例也呈現類似的模式。出事的兩座城鎮曾經是富裕的蘇聯礦業和農業中心。冷戰結束後，他們原有的生活消失了，希望也隨之破滅。於是沉睡症便開始了。」

唐納利又抿了一口咖啡。「如果這個症狀和佛洛伊德的歇斯底里類似，那麼日常的治療不就應該是談話治療嗎？」

「不是，」我說。「或者說，不完全是。」

「你不相信談話療法？」

「我是心理學家。我們都相信談話療法。我床頭還放了一本註釋版的《伊底帕斯王》呢。」

「我猜這是某種梗。」

「我父親也犯過同樣的錯誤，」我微笑。「事實證明，結果是致命的。」

唐納利回以微笑。「我是律師，不是心理學專家，普林斯博士。我是讀過你的論文，但只讀懂一半。佛洛伊德到底有什麼問題？」

「佛洛伊德認為，所有的歇斯底里或心身症狀，都源自病人過去某個未解的創傷。相較之下，現代的神經系統功能失調理論所抱持的觀點更加全面。心理師無止境地挖掘童年受創經驗的時代早已過去。佛洛伊德那套在某些情境下還是管用，但他把心理學帶進了一條過渡執著於性的死路，後人花了將近一世紀才走出來。」

「我明白了。」唐納利擦掉脣上的奶泡。「我們想必是踩進了這個坑？」

我小心斟酌，不想越線。惹惱司法部可不在我的工作範圍。

「你們找的那些世界級的專家，大多六七十歲，不排除是最後一批守舊派的佛洛伊德信徒，要放棄信仰已久的典範，對他們而言代價太高了。沒錯，他們可能曾經試圖要在安娜·歐格維的過去中找出某個受創時刻。」

唐納利微微一震。「又是一條死路？」

「要想治好她，這個方法永遠做不到。至少我不打算這樣做。再說，畢竟是你們來找我的。」

唐納利現在顯得緊張又不耐煩，坐立不安地撥弄著手錶。「那你打算怎麼做？」

16
班

我的綠茶喝完了。唐納利繼續啜他的拿鐵，目光再次落在空掉的奶油餅乾包裝上，手微微顫抖。我幾乎想把包裝藏起來，好讓他冷靜一點。

這是最棘手的部分，需要一點靈巧的政治手腕。我很可能會失去他的支持。「能幫助安娜的唯一辦法，就是深入了解她的過往。」

唐納利終於放棄掙扎，就像對待情人一般，小心翼翼拆開第二包餅乾。「我以為你說你不相信挖掘病人過去那套？」

「我不相信的是，把所有人類行為的根源都歸結為性，但那不代表我對一個人的背景故事沒興趣。要讓安娜重燃希望，唯一的方法就是找出她的希望是怎麼被抹滅的。是什麼導致她那晚殺了那兩個人？她的心智為什麼會出現那種反應？如果不了解她的過去，我們就無法理解她的現在。」

「我猜，布魯已經告訴你《每日郵報》記者的事了？」

「是的。」

「據說還有一個部落格。可能有關，也可能無關。看來《每日郵報》似乎沒有可靠的消息來源能證實這件事。但任何一個半假半真的消息都可能讓整個計畫泡湯。我們暫時向所有主要媒體發出了國防安全媒體自肅請求，可惜部落格不在我們能控制的範圍。」

我讀過那個部落格「@嫌犯八號」，讓我非常不安。自肅請求或許管得住傳統媒體，卻管不了數位叢林。我終於能理解布魯之前為何那麼焦慮。我來之前一度擔心唐納利會藉這次會面取消整個計畫。「我了解。」

「很好。」

除了開這個口，我已經沒有其他選擇，無論機會多麼渺茫。「我還需要調閱倫敦警察廳的案卷。光憑記憶是不夠的。」

唐納利用茶匙輕敲咖啡杯邊緣，眉間刻滿擔憂。「告訴我。你對原始調查記得多少？」

「我讀了報紙，也看過新聞。為了寫書和期刊論文，我又重新翻閱過檔案。大部分都記得。」

「所有人都記得凶手和其他嫌犯，卻沒人記得那兩個被害人。你愛怎麼解讀這個悲哀的事實都行。」

「道格拉斯・比特和英迪拉・莎瑪。兩人都被發現陳屍在自己的小屋，身上各有十處刀傷，都是出自同一把廚刀，後來在安娜・歐格維那裡尋獲。刀柄上只有她的指紋。她還傳了WhatsApp訊息給家人，說她覺得自己殺了他們。」

唐納利的表情有些訝異。

「案發當晚，農場裡有八個人，包括歐格維一家，和那兩位被害人。」

「沒忘了還有你老婆吧？」

「是前妻，」我糾正他。「而且她是案發後才抵達現場，不是案發時。」

我腦中可以想見歐格維一家無助地被媒體禿鷹撲食的樣子。他們的私生活被扒了個徹底。

新工黨政治家母親，金融家父親，輟學想當電視主持人的哥哥，以及一群不時爆發醜聞的藝術界友人，其中就包括道格拉斯．比特和英迪拉．莎瑪。

「所以，可以嗎？」

唐納利的聲音有些粗啞，甚至透出煩躁。「我可以和警察廳談談。你是正式註冊的調查員，取得閱卷許可應該不會太難。」

「那訪談呢？你同意讓我去做嗎？」其實，邀訪信我已經寄出了，但還是需要政治上的背書。

唐納利猶豫著。「案卷裡的證詞真的不夠嗎？」

「安娜沒有前科，沒有公開的暴力紀錄，也沒有精神疾病或殺人傾向的病史。一定還有別的東西，我敢肯定。」

唐納利把玩起另一塊餅乾。「真的沒有別的路可走？」

「如果你想在幾週內看見成果的話，就沒有。給我一年時間就另當別論了。」

唐納利的手機震動起來。「好吧，我說可以。但這件事要完全保密。」他的眼神有點渙散。「如果有人問起，這可不是我的主意。」

17
班

下午晚些時候，我回到聖堂，腦中還在反芻與唐納利的會面。他需要的不是心理學家，而是巫師，一個能施展奇蹟的人。

看來，我得讓死人復活才行。

我查閱未來幾週的行事曆，然後煮了一大壺黑咖啡，又從員工休息室順手拿了個甜甜圈，動身前往三樓。

哈麗葉收尾手頭的工作，走到外面和我會合。我遞給她多的甜甜圈和一杯咖啡。我們坐在旋轉椅上，透過監視器看著安娜的房間。我跟她分享我跟唐納利會面的情況，還有警方案卷的事。她向我簡報了今天的進展，或者該說是沒有進展。

最後，她問：「那接下來呢？」

她平時臉上少有波瀾，是護理師特有的面具，抗拒給出任何虛假的希望。但漸漸地，當她不在病患身邊時，表情會滲出一絲暖意。她的笑容有種純粹的力量。

「我相信妳，」我說。「關於那首披頭四的歌。」

「至少有個醫生站在我這邊。」

「我可不是醫學院出身的醫生。」

「神經科醫生被過譽了。」

「試著當他們的面說看看。」

我們繼續盯著監視器。看見安娜在這裡，這畫面還是讓人覺得不太真實。我想起復活的聖徒拉撒路，想到睡眠如何預示著死亡。我也想起克拉拉說安娜是個冷血殺手。眼下我與凶嫌的距離竟然只有咫尺之遙，這個念頭怎麼說都令人如坐針氈。在某些人眼中，這跟和惡靈同住一個屋簷下沒有兩樣。

「那不說實話呢？」

哈麗葉搖搖頭。「怎麼可能有人真的連睡四年？」

我想起克拉拉也問過同樣的問題。我的回答還是一樣。「說實話？沒人真的知道。」

「普利摩．李維曾經用一個詞形容集中營中難友——『Muselmänner』，字面上的意思是失去求生意志的人。他們經歷了比死亡更糟的事。活生生的死亡。」

「安娜也這麼痛苦嗎？」

「有可能。這也得怪二元論，也就是認為人的理性心智和肉體是分離的想法。這種論調主導了幾個世紀以來關於心理的討論。」

「你不認為人類是理性的？」

「我認為我們是動物，」我說。「腦袋比地球誕生五十億年來任何物種都大的靈長類。」

「但？」

「我們仍然是動物。試圖窺探心智的奧祕，就好比試圖破解愛的基因結構，或企圖定義出『美』的確切特質一樣。智人有理性的一面，也有動物性的一面。人們以為動物性的一面指的是身體，理性面則是大腦。但其實很多時候恰好相反。」

「你教的是什麼課？」

我努力分辨她是真心感興趣，還是在開我玩笑。「司法心理學導論，」我說。「柏貝克學院夜間部。有空來聽聽吧，妳說不定會喜歡。」

「你不是睡眠專家嗎？」

「我是專攻睡眠相關犯罪的司法心理學家。」

「聖堂的神經科醫師怎麼看待司法心理學家？」

「比營養師和靈媒高一階。不過，這麼說可能有點對不起營養師。」

她再次展露笑容。通往三樓其他區域的門又厚又隔音，毛玻璃霧得像是一面巨大的浴室鏡。周圍一片寂靜。

這裡只有我們。哈麗葉的私人手機傳來 WhatsApp 新訊息通知聲。她查看後快速回了幾句，然後察覺到我的目光。

「是我伴侶。」她解釋。「不過，對方似乎更喜歡『偶爾的訪客』這個稱呼。」

我的好奇心被勾起「已婚？」

「沒有。他們剛離婚，還有個孩子。我就不說那些混亂的細節了，總之說來話長。」

「歡迎加入混亂俱樂部。」我回頭看向病房裡的安娜。她潛伏在那，每場對話她都在場。玻璃後方的沉睡殺手。即使一動不動，她的存在仍散發某種能量，讓每場談話都夾雜著危險的氣息。「妳有沒有想過，她可能很痛苦？」

哈麗葉遲疑了一下，像是在擔心不小心透露太多。她的目光也轉向安娜，眼神既恐懼又好奇。察覺到那份禁忌。「我能告訴你一個祕密嗎？」

「當然。」

她從制服口袋掏出一個小容器，看起來像是醫療用品，某種小瓶子。「有時候，我會有種第六感，知道她什麼時候在痛苦。雖然沒有什麼實際的徵兆，但我就是知道。幾乎是種直覺。每每碰到這種情況，我就會給她一小口這個。據說這是她以前的最愛：傑克丹尼黑牌威士忌。」

這下輪到我露出微笑。「人類最古老的療法。開瓶忘憂。」

哈麗葉點點頭，突然顯得難為情。她把容器收回口袋。「護理師的小偏方。我剛入行的一位老師深信不疑。」

「妳放心，」我說。「我不會說出去的。」

18
班

警方的案卷剛剛好在晚上十點整前送達，過程一如預料的繁瑣。

除了兩名凶殺組的探員，還有一位正經八百的大臣辦公室官員同行。那人瘦得像竹竿，穿著皺巴巴的風衣，戴著無框眼鏡，焦躁地站在一旁等我逐條閱讀每項條款和細則。我一簽完名，他和兩輛車便消失在雨幕中，像是某種不真實且無從追究的幻影，往白廳滑去。

我一直都很喜歡夜幕降臨後的聖堂。大部分的員工早已飛奔回家，投入孩子、家庭與伴侶的懷抱去了。我煮了量多到有害的一大壺約克夏金牌紅茶，又再度想起哈麗葉，想起她溫暖的微笑，以及藏在表面之下親切的一面。

那箱案卷沉甸甸的，像件小型家具。我找來一把剪刀小心剪開封條，裡面露出另一層以紅字撰寫的指示，詳列案卷的使用規範。

我隨機抽了幾份出來，開始檢視調查的碎片：證人陳述、監視器畫面摘要、逐戶訪查清單；農場的偏遠位置無疑令調查工作格外艱鉅。另外還有車牌辨識系統的報告、兩名被害人的驗屍報告、詳盡的鑑識分析，以及刀具專家對傷口幾何形狀的書面陳述。

其中一份案卷詳述了更多被害人及農場其他賓客的背景資料，是從證人陳述、手機基地台數據和鑑識資料中篩選出來的，像是消化大量文獻後提煉出的敘述性綜論。我快速瀏覽，這才意識到二〇一九年的世界看起來竟已如此遙遠。

我再抿了一口約克夏金牌紅茶，咬了一口消化餅乾。這裡有一段梅蘭妮・福克斯的證詞摘錄。她是農場的經營者，甚至也是擁有者。梅蘭妮・福克斯是這場風暴的推手，最終也失去了一切。是她雇用了蘿拉・理吉威；她接受了媒體採訪，享受了十五分鐘的名氣，然後悄然被人遺忘。

我翻到她的證詞。

薄薄的紙張摩擦著我的指尖。我往辦公椅背一靠，耳邊傳來倫敦市中心的喧鬧。

我專注於紙頁，開始閱讀。

19 蘿拉

重新排列證據是她最愛的消遣之一。把不同的線索碎片攤在牆上有刺激思緒的功效，調查者可以一眼將整個脈絡盡收眼底。

因為這就是蘿拉的本質。不是部落客，不是網紅，也不是任何那些帶有貶義的標籤。她手裡握有安娜的原始筆記本。她是真相的追尋者，和那些亮出證件的公務員一樣是個偵探。她的工作就是追查證據，將症狀一層層剝開，直搗根源。像個外科醫生，刀刀精準無比。

蘿拉重新整理瀏覽器，發現在短短幾分鐘內又多了三百二十六人瀏覽她的最新貼文。病毒式傳播就像是愛情或幸福，幾乎不可能刻意追求，通常都是誤打誤撞，事後才被反推為成功套路。但這篇文章是真的爆紅了，瀏覽量逼近百萬，按讚數高達六位數，累積了數千則留言。這是她迄今最成功的一篇貼文。

蘿拉闔上筆電，查看手機，但今天沒有新訊息。他們以前幾乎時時刻刻都在傳訊息，在過去那段美好得暈眩的青春歲月。如今，一天能收到一則就算幸運了。但是他們的羈絆是用鮮血鑄成的。經歷了這麼多，再也沒有什麼能拆散他們。

她把筆電和手機放進抽屜，回到牆上的案情板前。她不是笨蛋。很多人會說這是一種執念，也許他們說得對。但一個人的執念，可能正是另一個人的救贖。這些板子是她的救命稻草。何況，在那一夜發生的事之後，她非得抓住什麼才行。

蘿拉剪下班尼迪克．普林斯博士的大頭照，走向第二面案情板。一號板屬於主要嫌犯。調查人員及其他官方人士歸於二號板。第三、四、五、六號板則分別記錄時間軸、鑑識結果、地點與假說。

蘿拉舉起手，將圖釘穩穩釘進照片頂端，感受軟木板被刺穿，針尖深深陷入。她後退一步，端詳起自己製作的組織架構圖。最上方是最初負責安娜歐案的資深偵察官：來自泰晤士河谷重案及組織犯罪小組的克拉拉．芬諾偵緝督察。她原本在緝毒組工作，自本案之後就調到了倫敦警察廳著名的凶殺組；那一趟普通的返家之路，竟繞成了職業生涯的轉捩點。下面列著副偵察官的名單和其他職位，像是證物官、家庭聯絡官、犯罪現場負責人，以及負責逐戶訪查的主要警員。另一張照片已經在那裡了——哈麗葉．羅勃茲，蘭普頓戒護醫院的護理師，跟著安娜．歐格維一起被借調至聖堂。沒錯，活潑的護理師和英俊的心理學家。這宗案件最新的一對搭檔。

蒐集這些資料花了她好幾年。但只要投入足夠的時間，世上幾乎沒有什麼是挖不出來的。她也不得不惡補警務知識。她的書架上塞滿了厚重光滑的大部頭書：《布萊克史東資深偵察官手冊》、《犯罪學導論：新視角》，還有最新購入的《沉睡如死：睡眠障礙與夢境分析的司法研究導論》，作者正是班尼迪克．普林斯博士本人，是他在《安娜歐與其他心智之謎》之前出版的第一本書。

她也收藏了每一期的《基石》，就是安娜和英迪拉．莎瑪及道格拉斯．比特共同創辦的雜誌，而且每一期都至少讀了八遍以上。

哈麗葉．羅勃茲當然簡單多了。她只是個生活平靜低調的無名小卒，連臉書帳號都無聊得令人呵欠連連。她最新的動態是一組鄉間散步的照片，以及一些零碎的生活照，像是坑人的酒館午餐和涼掉的咖啡。沒有丈夫，沒有孩子。普林斯博士負責扮演典型的知性小生，羅勃茲護理師則是個性活潑、務實高效的標準英國護理師。他們將各自的角色都詮釋得維妙維肖。

蘿拉看了二號板上的普林斯博士和羅勃茲護理師最後一眼——看他們刻意的姿勢和故作的微笑——隨後右跨幾步，站去三號板前。她每一次總會回到這裡，回到這塊布滿便利貼和蜘蛛網般麥克筆筆跡的板子前。這裡才是案件最生動的所在。上面的資訊都是她憑藉自己的記憶、媒體的報導和零星的警方聲明，一點一滴費心拼湊而成，目的是精準還原二〇一九年八月三十日的時間軸，還原事件發生的那個夜晚，那改變一切的幾小時。

她又讀了一遍，幾乎用嘴型跟著唸：

二〇一九年八月三十日

地點：農場，牛津郡

相關人員：

安娜・歐格維（二十五歲）

艾蜜莉・歐格維（五十一歲）

理查・歐格維（五十二歲）

席歐・歐格維（三十歲）

英迪拉・莎瑪（二十五歲）

道格拉斯．比特（二十六歲）
梅蘭妮．福克斯（三十九歲）
歐文．萊恩（四十八歲）
丹尼．哈德森（二十二歲）
克拉拉．芬諾督察（三十五歲）

最後一個名字雖然不能算錯，卻頗具爭議。芬諾督察違反規定，在案件被指派下去之前就衝到現場，不讓更資深的警官有機會奪走主導權。農場入口的監視器證實了這一點，她那輛警務車，Volvo S90 T8 插電式油電混合車的調查結果也得出了相同結論。

蘿拉當然沒把自己列入，因為她只列官方紀錄上有的。

她檢視時間軸的其他部分，回到前一天，也就是二十九日，目光在「下午四點至凌晨十二點：森林」這行停留。這不僅是為時最長的一項活動，而且——至少就蘿拉看來——也是最關鍵的一項。畢竟，那正是人們造訪農場的原因。它讓農場聲名遠播，甚至可說是臭名昭彰，成為銀行家、企業家、單身派對和家庭週末出遊的熱門首選。

蘿拉自己也是靠這場活動才受邀的。一份支薪微薄的健康安全顧問工作，沒有任何正派公司會碰的活。一個網站，一張名片，搞定。她成功混進去了。

賓客在二十九日陸續抵達，空氣中滿是泥土和酒精的臭味。所有人被分成兩隊——一隊是「獵人」，一隊是「倖存者」。接著遊戲開始，展開為時八小時的折磨。「森林」指的是農場的附屬區域，一片茂密的荒林，光線薄弱，瀰漫著威脅氣息。這個活動就像是「小小泰山」、森林度假村和漆彈射擊的混合體，再加點梯子和繩索妝點門面。獵人可以自由移動，倖存者只能狹縫求生。

場地管理員歐文・萊恩，總愛在客人抵達時嚇唬他們，但這正是農場的賣點。這裡出現過抱著乾糧哭泣的執行長，有兩名企業高層躲在森林地面時墜入情網，有人在這裡聲名鵲起，也有人身敗名裂，有人在這裡談成生意，也有人在這裡展現出最醜陋的野性。或者說，至少行銷策略是讓你這麼以為的。

只是那一天出了差錯。蘿拉現在回想起來，依然歷歷在目。由於傾盆大雨，森林的裝飾都被沖掉了，梅蘭妮・福克斯堅持活動必須繼續。歐格維一家為六名賓客預訂了「家庭套餐」，兩隊各三人，包含所有的設備、住宿（如果那也算得上住宿的話），以及餐飲。

蘿拉又掃了一眼名單。要理解後來發生的事，就必須先了解之前發生了什麼。泥巴的氣味至今依然縈繞在她鼻腔。溼軟的草地吸吮她的靴子。這是她手上八月二十九日森林的紀錄：

倖存者隊

理查・歐格維

艾蜜莉・歐格維

席歐・歐格維

獵人隊

安娜・歐格維

英迪拉・莎瑪

道格拉斯・比特

這是個至今無人能解的謎團。森林裡的八小時究竟發生了什麼，才會讓一個沒有暴力前科的二十五歲女子持刀刺死自己的兩名隊友，還刺了整整二十刀？

但話說回來，這正是外行人士推理的問題所在。那天晚上，所有的專欄作家、民間高手和業餘偵探都不在現場。他們沒看見所有的證據。

他們沒有安娜的筆記本。他們沒有在事發後馬上進入藍色小屋。他們透過玻璃看見的都是模糊的影子。

他們誰也不知道這一切背後的祕密。

20
班

幾天後，我收到採訪請求的第一封回覆。

艾蜜莉·歐格維顯然跟我一樣是個夜貓子。她的信在凌晨一點半剛過時抵達我的收件匣。我點開郵件，讀著讀著，腦海便浮現凶案發生後，不久被公開的歐格維家族合照，以及他們神采飛揚的笑容。歐格維家的人身材苗條勻稱、朝氣十足、膚色古銅，那一口潔白整齊的牙齒、講究的髮型和昂貴的行頭讓他們看起來完美有型。從出身、教育、再到職業選擇，幸運始終眷顧著他們一家。然而，不到二十四小時後，他們的一員就因涉嫌謀殺被捕；一年後，爸媽辦理離婚；再過半年，席歐·歐格維用藥過量，差點喪命，最後選擇永久流亡南美。宛如古希臘諸神對傲慢降下的神罰。

信件內容禮貌但簡短，告知我她的行程有了空檔，願意於當天早上在聖瑪格麗特教堂見面。她在信末簽上全名，幾乎像是一封公函。

我實在懶得再折騰回匹黎可，於是乾脆在辦公室小睡一覺，然後用診所內的浴室沖了個澡。我發了封信給接待組，說我今天要在家工作，然後就動身前往聖瑪格麗特教堂。

我抵達時，國會廣場和最高法院入口處幾乎空無一人。我抬頭望向大笨鐘和西敏宮。聖瑪格麗特教堂像個占地為王的棲居者，緊緊攀附在西敏寺大教堂的衣角。

這天上午，教堂裡人不多。幾名政客在祈禱贖罪，還有幾位身披長袍的神職人員在前排低聲交談。我一直搞不懂到底該劃十字還是鞠躬，或是該做什麼其他表示敬意的動作。最後，我只是掃視一排排長椅，在祭壇附近看見一名女子的後腦勺。即便從背後看，我也能察覺艾蜜莉變了多少。從她在網路上的舊照片來看——身穿貂皮大衣在上議院宣誓，坐鎮政黨總部接聽電話，新工黨全盛時期擔任大臣時的意氣風發——她總像是個被困在年輕軀體裡的中年女子。如今，終於，外表趕上了靈魂的腳步。

她的後腦勺已經添了些許灰白。她向前傾身祈禱，雙手虔誠交握。很難相信這就是那位一句話就能讓其他上議院議員淚流滿面的女人，那位曾在九〇年代後半至兩千年代初，開創精神衛生服務的衛生部國務大臣。艾蜜莉．歐格維曾經是政治狂熱分子，如今，悲劇將她變成了上帝的信徒。我不禁猜想，她是否在兩邊都找到了真正的意義。

我在同一排長椅上坐下。儘管艾蜜莉現在多了一些脫俗之氣，舊日的政治本能卻沒生鏽。這排長椅與其他長椅剛好隔了段距離，隱身在一處視線受阻的角落。沒有人會注意到我們在這裡。身為一個一輩子都在和閃光燈打交道的人，她已事先確保了這一點。

「祂說了什麼？」

艾蜜莉沒被我驚動。她坐直身子，緩緩睜開眼睛，似乎早料到座位上會坐人。「你的意思是？」

「我是說，上帝。」

「信仰不是那樣運作的。」

我往椅背一靠，叛逆地將雙手插口袋，感覺自己像是回到了學生時代。我就是忍不住這麼做。「可憐的傢伙，他收到的信大概有火星那麼多，比多數政客都慘。」

艾蜜莉微微一笑，容忍我輕率的褻瀆。「你這個比喻唯一的問題是：政客，即便是前任大臣，也沒有上帝的權力。」

「這話要是讓他們聽見，可有得驚訝了。」

「我毫不懷疑。」

她本人意外平易近人。在電視上，艾蜜莉總是給人一種尖銳感，一份八卦小報曾以令人咋舌的厭女口吻稱她為「戴珍珠的食人魚」。但如今，那層外殼基本上已消失殆盡。她眼中閃爍著老師般的光芒。當她決定轉戰神職，頭銜從女爵變成牧師的消息傳開時，整個西敏界都震驚不已。

不過，嚴格來說，她就連姓氏都換了。自從和理查·歐格維離婚後，她就改回了娘家的姓。如今的她散發一種教區委員的可敬氣質。我不禁拿她與病房裡的安娜相比，確實有些微妙的相似之處。

「你的信讓我困惑。」她語氣中的暖意漸漸轉冷。「當初調查時，我能說的話都說了。許多專家都帶著他們精妙的理論出現，結果全都無濟於事。請原諒我的疑心，但聽起來你也不過是其中之一罷了。」

「或許吧，」我說。「但也可能不是。我只希望能給我一次機會。」

艾蜜莉似乎沒被打動。「你究竟想得到什麼？為履歷添上一筆了不起的案例？」

「不，」我說。「我希望把妳女兒帶回人間。」

21 班

教堂裡面感覺太悶了。我們決定出去攝取一點咖啡因。

星巴克人滿為患，於是我們買了喝的外帶，沿著維多利亞街往回走。周圍一棟棟毫無特色的辦公大樓，漸漸被哥德式的華麗建築取代。一架直升機盤旋在唐寧街上空，準備捕捉首相車隊的空拍照。

我赫然意識到，安娜沉睡以來錯過了多少事。唐寧街易主，工地成了新的辦公大樓。這四年間，世界已經改頭換面。

艾蜜莉打破沉默。「容我冒昧，你有什麼是其他人沒有的？」

這個問題如解剖刀一般銳利，像是國會委員會上常見的致命一擊。

「這個嘛。首先，我相信心智比大腦更強大。大多數臨床醫生的想法跟我相反。」

「聽起來像是冠冕堂皇的廢話。」

「一點也不。古人就明白這個道理，前現代人也是，都怪啟蒙運動讓我們忘了。直到過去幾個世紀開始，我們才如此一味在意修復大腦，忽視了心智的概念。安娜和大多數放棄生存症候群的病人一樣，長期被困在缺乏刺激的醫療環境中。我的方法是用感官衝擊她——聲音、氣味、人聲、觸覺——進而喚起她過往記憶中的安全感。我要她的身體去啟動自己的心智，讓她覺得重新現身是安全的。」

艾蜜莉神情凝重，在腦中思索著什麼。「心靈自成一境，能將地獄化作天堂，也能將天堂化作地獄。」

「彌爾頓沒說錯。」

「但他也不總是完全正確。我大學時研究過《失樂園》（*Paradise Lost*），感覺像是上輩子的事了。」艾蜜莉不再打量我，彷彿終於承認了我的資格。「你想知道什麼？我們是不是不讓小時候的安娜吃糖？我丈夫有沒有在她把手指插進插座時打她屁股？還是說早睡是安娜睡眠問題的根源？」

我決定捨棄平時那套關於希望的說法。「我看過案卷，妳說的那些都不是我關心的事。地圖、森林、獵人與倖存者的遊戲、WhatsApp 訊息、刀子的鑑識報告，這些我都知道。但案卷裡沒告訴我的是為什麼。」

「誰說我會告訴你？」

「如果連妳都不會，那就沒人會了。」

「你對母女關係的看法太天真了。」

「孩子二十五歲時，最了解孩子的還是父母。對孩子而言，二十五年是他們全部的人生。但對父母來說，只是漫長歲月中的一季。我認為，妳知道得比妳承認的多。」

「那晚，第一個抵達農場的警官是你前妻，對吧？」

「是的。」我回答。

艾蜜莉突然露出哀傷的神情，彷彿被什麼壓垮。「我真的很同情她，平白被捲進這一切。那些小報報導和網路齷齪的留言我都讀過。就因為她和安娜都是牛津校友，就有陰謀論說警方涉案。這種滋味我比多數人都懂。」

我想起我和克拉拉的爭執，因為出版社和經紀人想要我把安娜歐案當成書的賣點。不過，我這是在美化過去，我們的婚姻早在那之前就處於破局邊緣。我越來越疏遠，克拉拉也找到了別的慰藉。

「我想知道克拉拉和她的團隊沒發現的東西，」我說。「更深層的、情感上的真相。事情已經過去四年了，該放下的都放下了。」

我們走到國會廣場，停在最高法院大樓前。西敏宮的影子籠罩著眼前整片場景。我們喝著咖啡。

「媒體只關注安娜的成功事蹟，」我說。「完美的中學會考成績，高中會考三科拿A，牛津大學一級榮譽畢業，然後和英迪拉和道格拉斯一起創業成功，成為媒體新創界的明日之星。可是，放棄生存症候群不會因為成功而出現，而是源於失敗。源自匱乏，某種欠缺。」

「這是正式的訪談嗎？」

「我是心理學家，不是警察，沒有什麼正式的訪談。」

艾蜜莉嘆了口氣，像是在醞釀著什麼。「首先，你得知道，安娜一直是個極端的孩子。如果你能明白這點，才有可能理解其他的事。能理解的人不多。想想現在發生的一切，說來真是諷刺。」

「怎麼說？」

「成年的她，眼睛始終沒張開，」艾蜜莉說。「小時候卻是從不閉上。噩夢就是這樣開始的。」

22

班

陰沉的天空飄起鵝毛細雨，帶來即將下雨的預感。我們漫步往白廳的方向走去。這裡的景致變得不一樣了，從九〇年代的極簡主義漸漸轉為華麗的巴洛克風格。尼爾遜紀念碑聳立在前方、特拉法加廣場噴泉、史特蘭德大街喧囂，這座古老的首都正緩緩從沉睡中甦醒。

「第一次發生在什麼時候？」我問。「她會夢遊，對吧？」

艾蜜莉點點頭，態度略顯遲疑，甚至帶點害怕。「據我們所知，是康沃爾的一次家庭旅行。」

「安娜當時多大？」

「九歲。我們帶著孩子和狗，開著一輛老舊的露營車出發，找了間小屋住了一週。頭兩晚都沒事。第三晚，我們大家一起在小屋裡看電影。理查和席歐想看龐德，但我擔心安娜年紀還太小。不過他們最後還是說服了我。我們看了提摩西達頓版本的第二部，我忘記名字了，反正都是些槍戰、死亡、暴力的玩意。」

「《殺人執照》。」我說。我記得我是用盜版錄影帶看的，還很努力想模仿達頓那副冷酷的優雅，卻始終不得要領。「然後呢？」

「什麼事都沒有。呃，至少看電影的時候沒有。安娜發誓她一點都不怕。席歐和理查在玩他們男孩子愛玩的把戲，連我們的狗巴頓也看得津津有味。我們像往常一樣上床睡覺。事情就在半夜毫無預兆地發生了。」

我靜靜等待她說下去。艾蜜莉這人催不得。「安娜嗎？」

她點點頭，神情變得恍惚，雙眼泛著一層霧氣。她眼前的風景似乎不再是國會大廈或雕像，而是康沃爾一間偏僻的小屋，以及令她惶惶不安了二十年的昏暗房間。

「我記得我被廚房傳來的聲音吵醒，以為是哪扇門沒關好。我聽見類似動物發出的聲響，想說可能是狗。我走進廚房時剛過凌晨兩點。」

「妳看見了什麼？」

「巴頓，我們的狗，倒在地上一灘血裡，牠自己的，身上插著一把廚房的切肉刀。安娜就站在旁邊。」

「就像龐德電影裡眼的？」

「對。嗯，差不多吧。」艾蜜莉瞥了我一眼，眼中閃過如釋重負的光芒，似乎慶幸有人能理解。「一年前，巴頓不小心咬了安娜一口，她為此跑了一趟急診室，縫了幾針。我們一度以為可能得送走這隻狗了。那之後，安娜雖然不怕牠，但也不親近。巴頓比較像是男生那夥的，是他們的寵物，而不是安娜的。」

「那天晚上，安娜究竟做了什麼？」

「就只是站在那裡。她的睡衣噴到了一點血。從刀子刺入的角度看，很明顯是她做的。」

「妳有跟她說話嗎？」

「有。」

「她有回應嗎？」

「有，但感覺像是在跟別人說話。那聲音不像她。」

「後來呢？」

艾蜜莉無須費力回想。她太熟悉這個故事了，每個抑揚頓挫都自動從她口中流出。「我當時太震驚，完全反應不過來。我查看巴頓，但牠明顯已經沒救了。我帶著安娜離開現場，把她送回臥室。然後……」

艾蜜莉的話音漸弱。醞釀已久的重點終於要來了，那個糾纏一切的真相。

我接話：「安娜這才真正醒了過來。」

23
班

接下來的事，我聽得心不在焉。在一片混亂中，艾蜜莉沒有叫醒其他家人。她清理了廚房，把巴頓拖出院子，走到小屋盡頭的溪流。她挖了個小小的墳，把牠埋了，沒給牠戴上項圈或任何身分標記。隔天早上，她宣布，巴頓半夜跑掉了。席歐和理查立刻組織了搜索隊，還找來其他來度假的遊客幫忙，但一切都徒勞無功。艾蜜莉把墓挖得很深，證據埋得天衣無縫。

「隔天早上，」我問。「安娜還記得什麼嗎？」

「不記得。她和其他人一樣賣力尋找巴頓。這讓我不禁想到所謂的驅魔。好像我九歲女兒體內的某種東西被淨化了。」

「多久之後，你們才確診她的狀況？」

艾蜜莉再度靜默。「你一定會覺得我是個糟糕的母親。」

「說來聽聽。」

「當時，我還是大臣。只要有一丁點的醜聞，就算只是家犬死亡的消息，都足以讓我在下次改組時丟掉工作。我的女兒還小，我讓她看了一部暴力電影，她模仿了裡面的某些情節。我說服自己這只是一次難免的教養失誤。」

「第二次發生時，隔了多久？或者說，多久後，妳才知道又發生了？」

「這可不完全是同一回事。」

「沒錯，確實不是。」

艾蜜莉找到一個垃圾桶，扔掉喝剩一半的咖啡，然後把大衣裹得更緊了些。「安娜當時十幾歲，大概十四左右吧。她寄宿學校打電話給我，說是舍監的房間有東西不見了。舍監另外還表示了其他疑慮。」

「例如？」

艾蜜莉再次猶豫，似乎在揭露真相與保護女兒之間為難。「安娜一直是個有點古怪的孩子，說真的，有點執著。那時，她不知道為什麼迷上了謀殺案和犯罪紀實，尤其是一本書，《冷血》。」

我知道這本書。我匹黎可的家裡，就有一本翻得破破爛爛的《冷血》。全名是《冷血：一宗滅門血案及其餘波的真實紀錄》。楚門．柯波帝透過小說式的筆法重述真人真事，成為一部顛覆類型的傑作。我就是用這本書當作我在柏貝克學院教課的入門教材，是第一學期的破冰神器。

「我以前常開玩笑，說安娜就是那種會為了十五分鐘的名氣而去殺人的人，」艾蜜莉說。「她渴望待在聚光燈下。她想贏得世界盃，或成為總統。在寫作方面，我女兒不想當好作家。她想當的是偉大的作家。」

「我能想像。」

「就連在農場那晚之前，她也在忙著為雜誌寫一篇犯罪紀實專題，企圖和柯波帝一較高下。讓她同樣著迷的事件還有布羅德摩醫院，以及九〇年代末那起駭人的莎莉．特納案。史塔威爾殺人魔。」艾蜜莉先是面露難堪，隨後局促起來。「我勸她多關注快樂、美好的事物。但她怎樣也聽不進去。」

莎莉．特納這個名字引起了我的興趣。英國最惡名昭彰的女性殺人魔，為了打造「完美家庭」不惜殺害繼子的母親。布魯經常跟我分享她在布羅德摩工作時的精采見聞。第一條可能的線索出現了：安娜與史塔威爾殺人魔。這我倒是沒料到。「安娜最後寫出那篇專題了嗎？妳知道嗎？」

艾蜜莉搖搖頭。「好像準備要寫了。就在……一切發生之前。」

「學校的事件，後來怎麼樣了？」

艾蜜莉嘆了口氣。「舍監在她的房間裡裝了監視器，抓到真的是安娜偷的。雖然她聲稱完全不記得做過這件事，但影片清楚拍到她睜著眼睛，所以她被退學了。我花了一大筆錢請了一位誹謗律師，才沒讓這件醜聞見報。安娜始終否認是她做的。」

我分不清艾蜜莉是純粹傷心，還是有別的什麼。她臉上閃過一絲愧疚，但很快我就察覺那並不是愧疚，或者說，不是真正的愧疚，而是一種更糟的情緒。

丟臉。

「要治療的話，就免不了得解釋學校的事，」我說。「媒體就有可能聽到風聲，危及妳的政治生涯。所以妳再次息事寧人，什麼也沒做。把政治置於為人父母的責任之上。」

艾蜜莉並未辯解。「是的。現在冷靜回想，聽起來簡直不可原諒。但是，為了孩子的一樁小錯，冒險葬送我所有的努力——我讓全家人承受的一切——在當時看來實在荒謬。」

「妳當時有把學校的事件和度假的事聯繫起來嗎？」

「我是政治家，不是醫生。我以為安娜只是有點小問題，並不嚴重。席歐和安娜是好幾任諾蘭德保姆*和臨時保姆帶大的。她是網路原生世代的孩子，我想這可能也是原因之一。」

「是什麼改變了妳的想法？」

又是一陣沉默。她深吸一口氣。

艾蜜莉露出痛苦的表情，彷彿這段記憶比其他事都加倍沉重。「一切都變了，」她說。「就在安娜試圖攻擊我之後。」

* Norland College：英國著名保母培育機構，被譽為「保姆界的哈佛」。

安娜的筆記本

二〇一九年一月一日

又一場無聊的小窩新年派對。家人照例各忙各的：席歐一樣喝得爛醉，媽忙她上議院的事，爸一邊數錢一邊黏著手機不放。我只好跟英迪拉、道格和他們那群很嗨的朋友混在一起，在地鐵堤岸站看那場令人失望透頂的煙火。我望著倫敦眼旁邊那片刺眼的色彩。道格嗑嗨了，英迪在旁邊照顧他，我無聊得焦躁不安。

二〇一八年死了。二〇一九年萬歲！

我們一行人拖著腳步，回到我們在肯頓的租屋處，繼續喝到天亮。說來奇怪，明明是新的一年，卻跟舊的一年沒什麼兩樣。

我寫這些的時候，其他人都睡了。這本筆記本是媽送的聖誕禮物，大概是她手下的某位小跟班去西敏宮的紀念品店買的吧。歲月不饒人，我卻還拿不出能證明自己的東西。濟慈二十五歲就死了，珍．奧斯汀二十一歲就寫出《傲慢與偏見》，拉斐爾在這個年紀早就被視為天才。就連大學那些無名小卒，現在都在大報當專欄作家了。而我呢，只是在編著一本讀者太少、架子太大、全無署名的小雜誌。

我沒有寫小說的毅力，也沒有寫詩的靈魂，只能靠這個了。從今天起，我要效仿皮普斯*，每週在這裡記錄我的想法。我終於要當個真的會寫東西的作家了。每次我說這種話，英迪拉總是取笑我。道格拉斯才是那個矯情的人，自命不凡的廣告人，到處張揚他的品味和野心。我則是那頭默默幹活的黑馬。我把這個角色演得太好了。

不行，今年不能再像隻倉鼠一樣，在輪子上空轉十二個月。是時候好好活一場了。去呼吸，去死，然後重生。

今年，我一定要寫點什麼。

活在當下之類的鬼話。

二〇一九年一月七日

家就是我們的辦公室，辦公室就是我們的家。跟所有成功的創業公司一樣，我們的生活和雜誌融為一體。啤酒時光，有；午睡時間，有；但更多時候是，操勞和煩惱。

我們是肯頓小窩裡的三劍客。英迪是寧靜的化身，道格就是那副道格樣：聰明、高調，永遠雄心勃勃，間歇型的善良大方。渾身散發海報明星的酷勁。「沒有主人能在僕人面前，維持英雄形象」這句話該更新了：沒有人能在共用小浴室的室友面前，維持英雄形象。

但人生總不能只有二十來歲、髮型完美、擦太多精華霜的行銷哥兒們吧？下一個生日就是最後一個還堪慶祝的年紀了。之後就是數字節節攀升、新陳代謝直直落下的深淵。是皺紋、肚子上的贅肉，無可避免地緩緩滑向平庸的宿命。

我坐在這裡，拿起我的《冷血》，開始第無數次重讀。這種東西我也寫得出來。我也能像楚門．柯波帝一樣刻薄冷峻，戴著歪斜的紳士帽，瞪著一雙輕佻的小豬眼。據說

---

* Samuel Pepys：英國政治家，最為後人所熟知的身分為日記作家。

柯波帝的靈感來自《紐約時報》一篇三百字的報導。也就是說，我也得去尋找靈感了。

我必須寫點什麼。

我需要一場像樣的謀殺。

24 班

從熙來攘往的白廳回來後，哈雷街顯得格外寧靜。我從後門回到聖堂，小心提防可能在附近嗅聞風吹草動的自由記者。

布魯正在她的辦公室講電話，快講完了。昨晚離開後，我的辦公室已經有人來打掃過，也好好通風過了。我坐在辦公桌前，努力消化艾蜜莉告訴我的最後一件事。那是一趟慶祝安娜畢業的希臘夏日之旅。艾蜜莉半夜被吵醒，聽見安娜在自己房間尖叫。她開門想幫忙，安娜卻發瘋似地攻擊她。安娜的眼睛是睜開的，但就像之前一樣，她不再是艾蜜莉的女兒，而是變成了另一個人。

我查看電子郵件，然後向布魯報告訪談的第一部分。她用她那貓頭鷹般的眼神看著我，像是位默默擔憂弟子的智者。

半晌後，她開口：「你確定是夢遊症嗎？」

「WhatsApp 訊息裡寫得清清楚楚。『對不起，我想我殺了他們。』安娜醒來時發現兩具屍體，手裡還拿著刀，都是典型的夢遊症狀。搞不好她傳訊息時，其實也還在夢遊。」

「或者，她根本沒有夢遊，只是利用夢遊來脫罪。」

「是的，」我說。這是最常見的陰謀論，也是「睡美人派」的主要論點。「也有這種可能。」

「更早之前呢？」

「目前已知的特定事件有三起：安娜九歲時的家庭旅行、十幾歲時的校園事件，以及剛滿二十一歲時攻擊艾蜜莉的那次。」

「有共同的觸發點嗎？」

「有。都是某種改變或創傷。假期、寄宿學校、離開牛津。艾蜜莉擔心去找醫生會讓這些事洩漏出去，所以把事情都壓了下來。」

布魯點點頭，嘆了口氣，十指交扣。她今天戴的古董戒指比平時更多。「我想這大概解釋了為什麼媒體從未認真討論夢遊的可能。」

「也解釋了為什麼她的病歷裡沒有任何紀錄。據說艾蜜莉在警方問話時試著提起，但被當成片面辯護而不予採用。」

布魯挪了挪擱在小腳凳上的腳。我看著她，想像她每晚回家後面對的是何等光景。她感情長跑的伴侶六年前過世，現在一個人住。他們在伊斯林頓的兩房公寓堆滿了書，每本書的頁緣全都泛著尼古丁般的黃。我想像布魯在空蕩的房子裡踱步，考慮著退休的事。或許這就是為什麼她堅守這間診所的原因：她需要觀眾。年老不適合她。

「沒有別的了嗎？」

「一些無關緊要的小事，不過倒是跟你以前的工作有關。案發前，安娜正在為《基石》雜誌寫一篇犯罪紀實報導。她在調查布羅德摩和莎莉．特納的案子。」

辦公室瞬間陷入寂靜。空氣凍結，令人不安。布魯的心神似乎飄走了一會兒，片刻後才說：「莎莉．特納？」

「對。」

「你確定？史塔威爾殺人魔？」布魯的聲音變了。

「怎麼了？」

布魯的視線依然對焦在某個遠方。我不解為什麼莎莉．特納這個名字會讓她反應如此劇烈。當然，除了顯而易見的原因。莎莉．特納就像哈洛德．希普曼（Harold Shipman）和米拉．辛德利（Myra Hindley）一樣，是刻在全國人民記憶中的一個名字。她與夏娃和美狄亞並列，成為邪惡女性的代名詞，惡毒繼母的化身。

我繼續說。「艾蜜莉最後還給了我另一樣東西，是安娜房間裡的私人物品。」我從背包拿出一本黑色平裝小書，把書舉了起來。「是尤里比底斯的《美狄亞》。據說在農場事件發生前，安娜開始著迷地讀這本書，甚至成了她第二喜歡的書，僅次於《冷血》。裡面還有一些鉛筆寫的批註。艾蜜莉覺得也許這本書能幫我理解安娜案發前的心理狀態。」

布魯臉上的不安加深了，她閉口不言。

我被她的反應搞得不知所措，不知道自己錯過了什麼。我開始回想剛才說過的話：《美狄亞》，莎莉．特納，史塔威爾殺人魔。

「怎麼了？為什麼這些名字讓妳這麼在意？」

布魯的口氣突然變得很差，有些惱怒，好像我打斷她的思緒一樣。「我們有其他可證實的來源嗎？還是只有母親的一面之詞？」

「暫時沒有。也許我們還來得及找回安娜學校的監視器畫面。」

布魯搖搖頭。「學校為了掩蓋醜聞，肯定第一時間就刪除了。」

她很快就整理好表情。這是她的拿手好戲。布魯的一切都帶著表演性質，無論是衣著、體態、機智的警句，還是刻意拿捏的情感疏離。她又恢復了全盛狀態。焦慮被仔細抹去，脆弱也消失無蹤。

「美狄亞，」她的聲音若有所思，彷彿飄在空中。「作為邪惡原型而被歷史銘記的女人。殺死親生骨肉的母親。和殺害兩名摯友的女人相比，算是略勝一籌。」

「為什麼這麼說？」不安的情緒將我揪緊，如墜五里霧中。

她自顧自地接著說，彷彿我根本不存在。「兩個錯誤相加，真的能造就一個正確嗎？邪惡是否是心靈的癌症，需要從身體剔除，將病人打掉重練？還是說這是遺傳，寫在基因裡？究竟什麼又是邪惡？」

布魯這會兒散發著一股令人不安的氣息。她盯著書架，像是脫離了現實。我沒聽過她這樣說話。平裝書書角翻舊而翹起的觸感從指尖傳來。我低頭，看向企鵝經典版《美狄亞與其他劇作》的封面，上面是兩個亮橘色的人物剪影，母親和孩子。孩子伸出一隻手，母親則按住孩子的頭。

布魯打破沉默。她費力地從椅子上站起，努力擺脫地心引力的阻撓。「抱歉，班。我有些事得處理，身體也不太舒服。」

我認識布魯超過二十年，她從未要求我離開過。

「我能幫上什麼忙嗎？」

她看著我，表情像是吃了敗仗。「不用，」她說。「你已經做得夠多了。」

然後，她匆匆把我送出門外。

25
布魯

布魯決定離開聖堂時，已經是晚上將近八點十五分左右。但即使到了那時，就連走到門口都感覺困難。

她停止踱步，遲疑再三後又坐了下來。她慌了，而這正是平時她告誡別人不該做的事。恐慌會激發人類「戰或逃」的反應，身體繃緊，思緒混亂，本能盡失。不好，她的年紀已經經不起這種折騰了。她現在幾乎都睡不太著。回憶實在太濃，往事又太重了。

班訪談艾蜜莉的片段在她耳邊迴盪不去。安娜為《基石》雜誌所寫的最後一篇報導。

布羅德摩。莎莉．特納。

還有那三個字。要是班沒有提起那該死的三個字就好了。

美狄亞。

不可能。但偏偏……

布魯從開襟毛衣口袋取出一把鑰匙，打開辦公桌最底層的抽屜。她的手心出汗，汗水沾溼了鑰匙。抽屜打開後，她取出一份泛黃的病歷，頁面染著茶漬，封面是藍色硬紙板。

按理說，所有醫療紀錄都該妥善申報。如今這種課後複習的做法足以讓她被炒魷魚。但這份病歷是她的保護傘。她需要一份過去的紀錄：日期、時間、晤談筆記，內容只有她能解讀。

她往前翻到她要找的那段紀錄：「一九九九年七月二日，布羅德摩醫院，克蘭菲爾病房」。

那些晤談至今仍歷歷在目。她對病患的記憶通常都很模糊，但這個不一樣。這是她剛到布羅德摩時負責的案子之一。那個陰森恐怖的地方，瀰漫著瘋人院的氣味，維多利亞時期的高牆聳立。這麼多年過去，她依然能回憶起每個細節。這名病患從小就與眾不同。

她的手在顫抖，全身上下出現關節炎般的抽動。是恐懼。她翻過一頁，感覺頁緣被手汗弄溼。她想到躺在不遠處、裹於熟睡中的安娜。這起案件已經被流言蜚語染得真假難分。現在，在聽完班的話之後，危險又回來了。

布魯讀到病歷的最後一頁，忽然站起身，連外套都忘了。腦中只剩赤裸的案件事實不停捲動：農場、廚刀、兩具屍體、歐格維一家、警方趕到。

一九九九年八月三十日。

二〇一九年年八月三十日。

二十週年。

這不無可能，而這正是她最害怕的地方。這起案件可能根本不是所有人以為的那樣。安娜回到聖堂或許根本不是巧合或運氣，而是某種更險惡的安排。

她的視線落到下一行，看見頂端的名字寫著：「病人X」。那是內政部給的化名，用來防止真名洩漏，以免八九年前類似的事件重演。

布魯鎖上辦公室的門，搭電梯下到一樓，連櫃檯人員向她點頭致意都沒看見。沒錯，她很確定。一股預感浸透她全身，她能從靈魂最隱密、最陰暗的角落感覺得到。

有什麼地方不對勁。

非常不對勁。

安娜的筆記本

二〇一九年一月十四日

廚房髒亂不堪。鍋子沾滿焦垢，玻璃杯泛著白沫，刀叉黏著血塊般的波隆納肉醬。我就是在這片狼藉中找到道格拉斯的 iPhone，昨晚晚餐用的計時器還在螢幕上跑著。他的密碼很好猜：100194。他的生日。

道格拉斯這人不是很有創意。

我開始偷看他的手機，一如我時不時會做的。大概是體內那個夢想成為調查記者的我在作祟吧。所有那些名聲赫赫的新鮮人計畫我都申請過，《泰晤士報》、《每日電訊報》、《金融時報》。讀者啊，我全都落選了。這正是為什麼我創辦了《基石》——跟所有優秀的媒體創業者一樣，用新創公司的光鮮亮麗掩蓋傳統職涯的失敗。

我繼續滑著道格拉斯的手機，發現內容意外安分守己。幾乎沒有曖昧訊息，也沒有可疑的瀏覽紀錄。我原以為會有更多髒料。但有一個新的 WhatsApp 群組，是我上次偷看時沒有的。

「收購討論」。

群組裡，只有另一個成員。我一眼就認出了英迪的號碼，幾乎跟我自己的電話一樣熟悉。

我邊滑、邊讀、邊思考。我內心深處其實明白這是怎麼回事。我看過他們之間的眼神交流，那些我一進房間就戛然而止的祕密商談。我早有察覺，我們之間的距離在擴大。

英迪拉：跟GVM的商務部約好見面。下午兩點。

道格拉斯：會計那邊，下週喝個咖啡？

英迪拉：改用私人郵箱吧。我開了一個共用帳號，RO之類的事那邊聊。

後續的對話顯然轉移到了某個加密的信箱。他們是不是預料到我會偷看？我必須繼續挖出那個私人郵箱。

Google搜尋跳出GV傳媒的網站。這是一家位於西雅圖的新媒體品牌，提供多種支援廣告的數位平台服務，以及主要客群為千禧世代後期及Z世代客群的訂閱內容。掠食者。《基石》就是它的獵物。英迪拉和道格拉斯是我們公司所謂的商業大腦，我只是區區的傻瓜學者，窩在漏風閣樓裡的藝術家，像血汗工廠的工人一樣，被綁在筆電前寫稿寫到力竭而亡。我也搜尋了「RO」，除了某些有點下流的俚語用法，它據說還是一個名叫「轉倉」的金融術語縮寫，意思是：「資金的再投資，例如從一支股票或債券轉移到另一支」。

標準的英迪作風，就愛賣弄她的MBA背景和都會女郎術語。一個榨取金錢為生的女人。這些訊息勾起一些想法。很像我以前會有的那種想法。當時。西元前，而不是西元後。我感覺腦中隆聲大作，於是出去散了長長的步。

今晚，我得睡覺。

沒錯，明天早上一切都會好起來。

二〇一九年一月二十一日

我有時會幻想。我想佛洛伊德會說這是白日夢。他的所有著作中我只喜歡《歇斯底里研究》。我腦中老是浮現那些端莊的維也納女士，穿著一絲不苟的長禮服外套，踏著優雅無比的壓抑步伐，蹣跚地走向貝格街十九號。

我翻到第一章。作者是布魯爾，而非佛洛伊德，大眾普遍有所誤解。這章寫的是精神分析史上第一位病人，跟我同名。我開始讀：

「安娜・歐」小姐在二十一歲時生病（一八八〇年）……她天資聰穎，擁有非凡的推理能力和敏銳的直覺。她強大的心智原本可以消化，甚至需要大量豐富的知識養分，但這些營養自從她離開學校後就相當匱乏。她豐富的詩意及想像力天賦被高度敏銳且具批判性的常識所控制……她的意志十分活躍、堅韌而持久。

我不覺得有哪個形容不適用於我。我想像一八八〇年的「安娜」；儘管距今將近一百四十年，她在紙上依舊栩栩如生。這就是寫作的迷人之處。或許這就是我寫作的原因。安娜・歐對今天的我們來說，和她對一八九五年最初的讀者一樣鮮活。

恰當的文字以恰當的順序排列，就能賦予永生。就能將血肉之軀轉化為文學界的奧林匹斯諸神。文字乃靈丹妙藥。

睡眠現在變成一場煎熬。我太害怕閉上眼睛。我能感受過去即將重演。我自己歷史的幽魂被釋放。我看見那些舊時幻象，感覺異常真實的幻象，所以我保持清醒。

我但願自己能正常一點。

大多數的時候。

二〇一九年一月二十八日

租屋處的客廳沙發上，擺著 Pret 買來的沙拉和 Aldi 超市的酒。英迪拉和道格拉斯說他們去奈德飯店見廣告商，但我知道他們其實是在霍本區的史卡菲酒吧和 GVM 商務部的人喝瑪格麗特。我能想見他們開完會，然後偷偷溜進一個房間。不對，我又在做白日夢了。我是編輯。他們是業務。他們只是在做業務該做的事。

曼聯今晚輸了，有氣無力的表現令人失望。我想念以前和爸一起看電視的時光。那是我們唯一會一起做的事。有時候我會想像，爸在出差的飯店房間看比賽，我傳訊息給他討論戰術，點評哪個前鋒沒用，以及為什麼我們需要新的右後衛。有時他甚至會回覆。比起人或子女，他對錢更感興趣。

我很累。是那種筋疲力盡、骨頭發疼、精神恍惚的累，只差沒用火柴棒撐開眼皮。我試著計算距離上次發作過了多久。我拿起 iPad，再次搜尋「夢遊症治療」。

我想像英迪和道格在酒吧的畫面，下一幕是他們躺在地上，周圍匯聚著一灘血。這個想法很黏人，揮之不去，令人不安。我起身關掉電視，用三匙雀巢速溶咖啡沖了一杯濃濃的黑咖啡。我退回房間，鎖上門，用一張椅子抵住。

我檢查窗戶是否鎖好。我做我的呼吸練習。我渴望黎明的光線到來。

我希望夜晚趕快結束。

26
班

天已經黑了。我站在辦公室窗邊，望著布魯離去。我目送她踏著獨特的步伐朝大波特蘭街方向走去，準備搭上地鐵，展開孤獨的返家之旅。我忘不了她今天下午的反應，耳際還迴盪著她話裡的暴戾之氣，以及她談到要將病人打掉重練時閃現的決絕之意。

資深員工只剩我還沒下班，其他護理師和派遣人員都在三樓忙碌著。今晚，包括安娜在內，我們有六位住院病人。其他人分別是：保險經紀人、投資銀行家、離婚的瑞士女士、前內閣大臣，還有國際橄欖球選手。他們都很富有，但還沒紅到會被狗仔跟蹤的程度。這五個人都能過著不怕被騷擾的生活。他們沒有人知道，世界上最知名的凶殺案嫌犯，正躺在自己不遠處。

安娜歐、「睡美人」，神話與現實的結合體。

我輸入貴賓區的門禁密碼，首度意識到自己竟有點期待再次見到哈麗葉。我感覺到一股久違的悸動，令我措手不及。

我站在門口，看了一會兒哈麗葉照顧安娜的樣子。儘管安娜熟睡著，她們之間仍有一種熟悉的節奏，相處的模式更像姐妹，而非病人和照護者。哈麗葉對安娜很溫柔，輕柔地擦拭她的臉，永遠把她當成完整的人在看待，而不是一具長期臥床的軀體。

我不知在門邊站著看了多久，直到哈麗葉終於注意到我的存在。我捕捉到她露出淡淡的笑。她轉身開始收拾東西，準備下班。穿上外套又放下頭髮後的她，顯得比平時更加嬌小。

「介意我進來嗎？」

「這是你的地盤，醫生。不是我的。」

嚴格來說沒錯，但永遠不要惹護理師生氣，這是金科玉律。「我認識很多護理師不同意這種說法。」

「你覺得我是其中之一嗎？」

「我覺得妳比大多數神經科醫生和精神科醫生都懂得多，更不用說心理學家了。」

「你太小看自己，也太小看你的專業了，不應該這樣。」

她的直率令我一時語塞。我這才意識到，幽默已經成為我的防禦機制，用來掩飾專業上的不安全感。她的聲音有種柔和又堅定的特質。

「妳說得對。我不懂自己為什麼老是這麼說。」

「謊話說多了，虛構也能變成現實。」

「妳現在聽起來倒真像個心理學家了。」

她綻放微笑，還故意誇張地瞇眼看我。「你這麼快就忘記我剛才說的？」

「抱歉抱歉。我不該再貶低可憐的心理學家。」

「這還差不多。」

我有點懷念這種同事情誼。照顧A級客戶的壞處就是缺乏床邊閒聊。每樣東西都很昂貴，也就意味著每樣東西都很嚴肅。我喜歡哈麗葉。她為這裡帶來了一股急需的新意。「今天有什麼我該知道的嗎？」

我們瞬間切換回專業模式。哈麗葉開始跟我彙報今日事項：訓練安娜的腿部和核心肌群、補充水分、照例播放老電視節目當作刺激。病房旁邊有一間連通的小浴室。我仔細刷洗雙手，然後戴上口罩和手套。哈麗葉的外套拉鍊已經拉上，但依然站在原地等我完成準備工作。我們就這樣靜靜待在專注的寧靜之中，直到我結束最後一項流程，拿上更衣櫃裡最後一樣行頭，然後戴著手套向她擺手告別。她報以一個更暖的微笑，凸顯了她臉上的雀斑，然後離開了。

病房就像聖殿中的聖地。手套、口罩、閃爍的監測儀和管線——一切都是精心搭建出來的。我在病床右側的小凳上坐下，抬頭看見攝影機，層層疊疊的窺視感籠罩四周。我盯著安娜，攝影機盯著我，而哈麗葉有時則盯著我們兩個。

《暴風雨》中有一句話，曾經被我拿來當作自己第一本關於睡眠障礙與夢境分析的書名：「我們沉睡如死。」現在想來格外貼切。我望著安娜消瘦平靜的臉，想起艾蜜莉告訴我的故事：廚刀刺入狗身，隔天佯裝搜查；闖入寄宿學校舍監房間冷靜行竊；雅典飯店房間爆發的可怕襲擊，如惡鬼般怒不可遏，痛毆自己的母親。

我想像，若是一個人擁有另一段人生，卻對此一無所知，會是什麼感覺。人類是能忍受極大的痛苦，但凡事總有個限度。超過某個臨界點，身心就會自動進入冬眠狀態，以求自保。這也就是為什麼這個病會被稱為「放棄生存症候群」。

手機響了一聲。我違反規定，從褲袋掏出手機。是一封來自理查．歐格維的電子郵件，他終於回覆了我先前寄給他的信。他把他的助理拉入信串，對方已經回覆並提議了會面時間。我暫時先不理會，轉而點開艾蜜莉．歐格維在訪談後寄來的郵件，裡頭列出了安娜小時候常聽的歌：披頭四的〈Yesterday〉、約翰藍儂的〈Imagine〉、艾爾頓強的〈Tiny Dancer〉和伊娃卡希迪的〈Songbird〉。這些都是我治療模型的一部分，那本企鵝經典版的《美狄亞與其他劇作》

也是。我從包包拿出這本書，看看床上的身影，再看看書頁上的批註。

過去與現在，在此交會。

我已經事先在 Spotify 裡下載了〈Imagine〉。熟悉的鋼琴和弦響起，我仔細盯著監測儀，同時留意安娜的反應。假如我的感官理論正確——如果我整套模型的大方向沒有錯——這聲音應該會喚醒些什麼，用往日的回憶安撫潛意識：安全感、希望、穩定。安娜已經缺乏感官刺激超過四年了。該是更正做法的時候了。

約翰藍儂哀婉的歌聲穿透寂靜，像是來自另一個宇宙的回音。我仔細留意著監測儀上最細微的波動，搜尋她臉上任何一絲不易察覺的波瀾。可是，我還來不及看清，Spotify 的音量忽然漸弱。

我的手機開始震動。

我本來打算拒接。

直到我看見來電顯示是布魯。

27

X

布魯教授老了。這是第一項優勢。年輕時的她絕不會這麼粗心，不會。那個布魯總是領先一步。她會察覺聖堂的電話被竊聽，發現辦公室裡藏著攝影機，知道自己的每個動作被監視並分析，為的就是像現在這種時刻。

但真人就是如此混亂，如此令人失望。

年老就是這樣，即便是最精明的人也不例外。

就拿保全措施來說吧。門鎖是一般規格，保全系統也是。我複製的鑰匙輕易奏效。門喀噠一聲打開了。我悄然無聲地進入，這裡的動靜傳不進內門那片霧面玻璃。警報器的密碼設的是有意義的數字組合，很好記，是已故伴侶的生日。指示燈閃爍，保全系統解除。

屋內我很熟，就像回到家一樣。玄關是七〇年代復古風格裝潢，牆上掛著老式俗氣的鄉村風景畫，家具表面積滿灰塵，整個空間籠罩在一片喪禮似的、缺乏光線的陰沉之中。教授的聲音迴盪在狹小的屋子裡，偶爾夾雜幾秒停頓，還有移動的沙沙聲。她正在和某人通話。

安娜．歐格維的名字被提起，然後是一陣沉默。

這裡開始要脫鞋，襪子踏上地毯。我有任務要執行，有使命要完成。戴著手套的手不會在門把上留下指紋，刀子能確保過程迅速，幾乎無痛。布魯至少值得這樣的待遇。混亂的行凶場面是外行人才會犯的錯，我的計算百密而無一疏。

布魯的聲音沉寂了，一陣模糊的動靜傳來，像是她察覺到了什麼。現在開始得慢慢來。書房——典型的擁擠空間，堆滿了舊報紙——就在正前方，門半掩著。又一個布魯變得健忘的跡象。但書房太明顯了，不行，必須在別處進行。要把被害人引到客廳去。

此時記憶開始翻湧，其他想法也蠢蠢欲動。那些可以等，現在必須先處理這件事。布魯已經發現了關連，必須像其他被害人一樣處理掉。這是最基本的邏輯，最原始的求生本能。

書房的門開得更大了。那頭蓬亂無章的白髮，那帳篷般鬆垮的衣服。

沒錯，必須是現在。

沒時間心軟了。

28
班

電話打來後，一切都發生得很快。

我已經察覺狀況的嚴重性。布魯對我下的指示是如此神祕，還有她嗓音中的那份擔憂。不，不只是擔憂。是驚恐。

是的，遠遠超過害怕。遠遠超過。

我在心裡設想，幾天後警方會如何分析我的一舉一動。清白是不夠的。不，從現在開始，我必須表現得清清白白。

一個錯誤就足以毀了我。

我思考該如何去布魯家。我的 Uber 叫不靈，搭地鐵又太慢。我看了看時間，估算這個時間路上會有多空。沒時間留話給其他同事了。

我抓起手機和外套，衝到哈雷街上，祈禱能看見空計程車的琥珀色燈光。我在牛津街不遠處攔到一台，報上布魯在伊斯林頓的住址。然後，我給聖堂值班的資深護理師留了語音訊息，說我臨時有事被叫走。

我查看時間，發現已經晚了。我試著再打給布魯，但電話無人接聽。我猶豫是否該報警，但布魯的態度很堅決，說這事只能私下處理。只能是我。她的指示沒有餘地。

我不能現在就開始懷疑她。

計程車劃破倫敦市中心的雨夜，往北駛去。窗外的街景浸潤在路燈中，左右的商店早已空無一人，獨留燈光陰森地亮著。我在腦中重播那通對話，但還是理不出頭緒。我唯一能聽見的，是每個音節背後的不安。布魯是我認識最勇敢的人，很難把驚恐跟她連在一起，但她剛剛的聲音卻慌張失措。

仔細聽好，班。我要你幫我做一件事。

車子彷彿開了一輩子才抵達進入伊斯林頓的路段。遠方的夜間道路施工標示閃著刺眼的燈光。交通號誌、引擎的低吼、布魯在電話中迴盪的聲音，為整件事添了一種詭異的不祥預感。

計程車司機對前面慢吞吞的車按了幾下喇叭。我上半身都是汗。我知道我們快到了，離維吉妮亞．布魯長年隱居在北倫敦的住處，離她家那扇令人印象深刻的大門，只剩一分鐘的路程。

但我已經耽擱了太久，不能再等了。

「在這裡放我下車就好。」

我付了車資，再次查看時間。布魯的聲音還在腦海迴盪。

我下了車，看見後面車龍綿長，前方卻空曠一片。工人們正暫停施工好疏散車流。計程車呼嘯而去。我的肌肉沉得有鐵那麼重。我認得路，至少我以為我認得，終於擺脫了工地的車陣與喧囂。我奔過一條小巷，來到一條兩側樹蔭、屋舍略顯老舊的街道。我知道我快到了。

我重播布魯的指示。

那份檔案。你必須找到那份檔案。

我看見房子就在前方，看見那扇橡木門，感受到那沉悶又低調的氛圍。一股懼怕，甚至可說是一種預感，從心底升起，像是預知屋內潛伏著什麼可怕的事物。

我都還沒抵達前門，就知道情況不太對勁。我按響布魯家的門鈴。但沒有人應門。我嗅到不安和危險的氣息，腦海中掠過各種可能性：血泊在地毯上擴散，民宅門後的屠殺，人類最惡劣的罪行。

要是這就是結局呢？只要一個魯莽之舉，我的肋骨就可能被企圖逃跑的凶手插進一刀。我的喉嚨被割開，死在這裡，淪為又一宗凶殺案的波及對象，區區一場事後的騷動。如此戲劇化，卻又如此普通，就這樣死在靜巷的一間破房子裡。真倒楣。沒有任何意義或高尚之處，只是在錯誤的時間出現在錯誤的地點。

我又按了一次門鈴。

我再試一次她的電話。沒有回應。

我的手在發抖，勇氣離我而去。我害怕，而且是怕得要命。布魯的驚恐會傳染。我的每一個細胞都想活下去，這是本能，基本的生物反應。

發現裡面仍然無聲無息後，我在花盆下尋找備用鑰匙。

我不能就這樣走開。無論如何，我都得完成我來這裡的目的。

我腦中唯一的聲音，只有那通電話中，她動物般的警戒語氣，那孩子般的音調與緊繃。

班，如果安娜．歐格維的到來不是偶然，也不是巧合呢？如果背後有更多隱情呢？

鑰匙能用。我倒真希望它開不了。我進去了。發霉的氣味，過時的地毯，這裡彷彿一座向七〇年代設計致敬的神龕。我站在原地大喊，越來越不知所措。一部分的我依然期待這一切有個單純的解釋，希望恐慌能消散，平靜能重返。

依舊沒有回應。

我穿過廚房，進入客廳。可怕的預感在我開門時再次重重襲來。病態的、幾近黏稠的。我去過犯罪現場，見過活生生的死亡。一旦見過，就無法抹滅。死亡如同氣味般揮之不去。

我聽見屋子其他地方傳來聲響。一聲悶響，像是腳步聲。我的感官頓時召喚各種恐懼。我緊繃到幾乎能嘗到凶手呼出的熱氣，感受到刀刃的冰冷。

但我現在沒有餘裕胡思亂想。

我把注意力拉回當下，又聽見另一次聲響。那聲音在等著我，可能是人，也可能是東西。我是下一個受害者，蠢到一個人上門。更多聲音傳來，老屋在風中嘰嘎作響。可能是一扇敞開的窗戶，或是一扇半掩的門。

也可能是耐心靜候獵物的殺手。

我深呼吸。集中精神。

一通電話，跳上計程車，門墊下的鑰匙。我經歷過這種事，嚐過這樣的氛圍。我轉身回到客廳，繼續往裡走。

然後，在我還沒準備好的時候，我看見了。

布魯教授的身體躺在我面前。

沉睡如死。

安娜的筆記本

二〇一九年二月四日

我又回家了。或者該說是父母的城堡，歐格維莊園。漢普斯德恐怖屋。兩位家長一如往常都不在。或者說，跟不在差不多。媽在書房裡搞政治，我回來時，她眉頭都懶得挑一下。爸在紐約印鈔票，大概正在和某個睫毛完美、從華頓商學院畢業的艾菲爾鐵塔金髮女郎調情。

席歐是我唯一的陪伴。自由電視主持人的生活包含了大量的「休養」。這是繼上次暫時休息後的又一次暫時休息。我假裝相信他，他也知道，但假裝沒發現我在假裝。我差點告訴他收購的事。但手足之間不能示弱。

這是歐格維家的規矩。

媽終於從她的巢穴走出來，倒了一大杯酒。席歐跟朋友消失在梅費爾區某間髒兮兮的夜店。爸從曼哈頓打來FaceTime。

我開啟iPhone上的BBC Sounds，點進收藏頁面瀏覽我存的有聲節目，逼自己點開來聽。BBC廣播第四台。《睡眠之謎》主持人是蓋伊．萊施茨納（Guy Leschziner）博士，他是神經科醫師兼睡眠專家。節目分成三集：「夢遊」、「做夢」和「睡眠剝奪與失眠」。後面兩集我沒興趣。我多希望自己能失眠。我有的是夜驚，不是夢。

不。我害怕的是睡眠本身。

我叫了袋鼠外送，退回我從前的臥室，躺在床罩上。我感覺頭隱隱作痛，下顎周圍輕微緊繃，像是又要發作的前兆，疾病即將復發。逃不掉的預感越來越濃。

今晚，我會住下來。這裡比較安全。畢竟這間臥室都改造過了。更堅固的門鎖，擋門檔得更穩的椅子，更多能絆倒我、用疼痛將我拉回現實的家具。英迪傳訊息問我在哪。我想了一下要不要說我知道他們的 Proton 加密信箱，告訴她我看過的所有訊息，我做過的所有窺探。

但我沒說。說謊簡單多了。

我重讀節目的簡介，強迫自己面對心魔。

終於，我按下播放鍵。

二〇一九年二月十一日

《睡眠之謎》第一集我已經聽了六遍。洗澡時聽，搭公車時聽，寫作時也聽。我聽了「潔姬」的故事，她一輩子都有夢遊症。她會起身，出門，張著眼睛騎摩托車。但她的大腦依然處於睡眠狀態。

「詹姆斯」有猛烈且驚人的夜驚症，差點毀了他的婚姻。

「亞力克斯」深信自己必須從洪水中救人，他室友發現他試圖阻止看不見的人溺斃。

最讓人不安的案例是「湯姆」：他因強暴前任而被定罪。出獄後，他被診斷出患有性夢遊症。他的夢遊症狀涉及性行為。他的眼睛是張開的，看起來完全清醒，但檢查顯示他的大腦活動卡在非快速動眼期的異睡症狀態。

幾天過去了，我還是無法停止思考這件事。我正在讀《維基百科》「夢遊症」的頁面，被最後一段內容震撼：

由於夢遊行為並非意志驅使，因此夢遊症可作為抗辯事由。被起訴的嫌犯，當時的行為有可能是「非心神喪失之無意識行為」或「心神喪失之無意識行為」。前者可以用來為暫時性精神錯亂或非自願行為抗辯，促成無罪判決。後者則會促成「因精神失常而無罪的特殊判決」。後者判決往往伴隨著監護處分。

頁面上引用了一段前法官兼上議院高等法官莫里斯勳爵的話，出自一九六三年的布拉提訴北愛爾蘭檢察總長案。莫里斯勳爵說，如果一個人是在無意識狀態下犯下暴力罪行，「則此人不須為該行為負刑事責任」。就此立下先例。

再往下，是一份涉及夢遊的凶殺案件清單，我已經把它們背得滾瓜爛熟。那些獲判無罪的名字模糊不清：「波士頓慘案」（The Boston Tragedy，一八四六年）；威利斯·博希爾斯中士案（Sergeant Willis Boshears，一九六一年）；亞利桑那州史考茲谷的史蒂芬·史坦伯格案（Steven Steinberg of Scottsdale, Arizona，一九八一年）；女王訴柏傑斯案（R vs Burgess，一九九一年），被告因「心神喪失之無意識行為」獲判無罪；女王訴帕克斯案（R vs Parks，一九九二年），加拿大最高法院審理。

接著是未獲判無罪的名單：賓州訴里克斯格案（Pennsylvania vs Ricksgers，一九九四年）、亞利桑那州訴法拉特案（Arizona vs Falater，一九九九年）和加州訴雷茲案（California vs Reitz，二〇〇一年）。在最後一案中，被告的父母作證兒子畢生患有夢遊症，但他還是被判一級謀殺。

最後是強制監護就醫的案例。二〇〇一年，安東尼歐．涅托（Antonio Nieto）在睡夢中殺害了妻子和岳母，並試圖謀殺一對兒女，後來才醒來。他最後被關進精神病院。二〇〇三年，朱爾斯．洛威（Jules Lowe）殺了父親，但聲稱自己不記得殺人過程，並以無意識行為作為抗辯事由。最後他因精神失常獲判無罪，被關進精神病院。

我以前也害怕過。我關掉網頁，希望這一切都不是真的，但同時也發現有太多東西值得探索。從搞笑的（「夢遊者裸體除草」）到令人不安的（「夢遊女子與陌生人發生性關係」，《新科學人》，二〇〇四年），再到一則我依稀記得的新聞。這是一篇來自《獨立報》的報導。

夢中殺妻 男子獲釋

男子在夢魘中掐死妻子，以為自己在制服入侵者，昨日因檢方撤銷起訴而獲釋。來自南威爾斯尼思的布萊恩．湯瑪斯（Brian Thomas），五十九歲，二〇〇八年七月於西威爾斯度假時殺害了五十七歲的妻子克莉絲汀……檢方告訴陪審團，檢方不再尋求因精神失常而無罪的判決。

我讀完整篇文章，然後深入研究其他案例。

然而，《維基百科》頁面上的一項條目抓住了我的注意。我當時還太小，所以沒有印象。但每個研究犯罪紀實的人都知道這個名字。這是最早被小報炒作的殺人案件。邪惡的代名詞。

我看到最後一段，讀起事件短評。這是英國所有睡眠相關的凶殺案中，最著名的：

一九九九年，女王訴特納案（R vs Turner）：莎莉．特納被控於一九九九年一月在史塔威爾用廚刀謀殺兩名繼子。她聲稱對攻擊全無印象，並以心神喪失之無意識行為和夢遊症作為免責抗辯。儘管輿論譁然，檢方的心理學專家也對診斷持懷疑意見，特納最後仍因精神失常獲判無罪，無限期關押在柏克郡的布羅德摩醫院。特納於一九九九年八月三十日被人發現在病房中身亡。驗屍官判定為自殺。

莎莉．特納，又名史塔威爾殺人魔。

我點進莎莉．特納的《維基百科》專頁，找到她自殺的那一段。她的房間被搜出一把磨尖的塑膠刀，但沒人知道那把刀是怎麼來的。八年後，所有女病患都被遷出布羅德摩，一些人轉去蘭普頓戒護醫院，其他人則安置在西倫敦的中級戒護單位——「果園」。

我已經能預見一部犯罪紀錄片的雛形，以及我長篇報導的種子。楚門．柯波帝有《紐約時報》。我有《維基百科》。

我的靈感。那道火花。

二十週年回顧專題。女人、瘋狂、謀殺、道德。再加上時事熱點。

莎莉．特納是自殺的嗎？還是史塔威爾殺人魔被人謀殺了？

我終於找到我的報導了。

Part
3

29

班

她倒在小餐廳裡。

即使沒檢查布魯的脈搏，我也隱約知道她已經死了。血跡、傷口、屍體旁的刀。衝擊令我大腦當機，但我需要有形的證據。我蹲下來，試圖理解眼前的一切。那把刀看起來如此平凡無奇，重量也不足為道。我本能地拿起它。刀刃的光澤，刀柄的光滑手感，屍體的角度。是的，只有有形的證據才能讓這一切變得真實。

布魯的雙眼呈現一種偽裝不來的呆滯，彷彿靈魂已徹底從身體蒸發。我身上仍冒著從聖堂趕來的汗水，在腦中回想她的來電。我聽見她著急的語氣，她最後的那些指示。

我看見我手中仍緊握著那把刀，理智瞬間回籠。

我把刀放回原處。

我終於能理解安娜．歐格維那天晚上在農場的感受。安娜站在紅色小屋門口，兩名摯友躺在眼前，身上滿是刀傷。我試著想像那是份多龐大、多震撼的心理衝擊。我想像她所做之事的嚴重性，她犯的罪有多傷天害理。總共二十處刀傷，一刀又一刀又一刀。

我環顧四周，突然冷靜思考起對策。布魯的指示很清楚。我走進隔壁連通的廚房，看見水槽旁有一盒 Kleenex 面紙。我抽了幾張擦拭手掌，小心不讓手指碰到盒子側面，意識到自己不能留下任何日後無法解釋的指紋。

即使到了現在，這一切還是感覺很瘋狂。那把刀，掌中的刀柄。我應該立刻報警的，我知道，但布魯在電話裡很堅決。

我得先完成一項任務。

這屋子對我來說，幾乎像自己家一樣熟悉。布魯的書房原本是臥室，後來才改建成居家辦公室，裡面有台積滿灰塵的電視，還有成堆發霉的報紙。舊雜誌和精裝書、平裝書爭奪空間，擺放得井然有序。我走進書房，小心不在門把上留下指紋，已經不確定事後該如何解釋這一切。

我需要你幫我找到一份文件。

布魯的保險箱藏在書桌右側的櫃門下。我蹲下，用面紙包住手指，輸入密碼：一八九五。這是她的標誌，佛洛伊德和布魯爾的《歇斯底里研究》出版年分。現代心理學的起點，改變醫學的時刻。

保險箱亮起綠燈。我輕輕打開銀色的門，裡頭塞滿各種顏色與不同年代的檔案，典型的布魯風格。

藍色檔案。在最底下。硬紙板文件夾。

我翻找檔案，留意標題，全身汗流浹背。我不能留下一絲線索。布魯選我來做這件事是因為，她知道我有必要的專業知識。我是她最後聯絡的人。除了克拉拉，我是她最後一個真正的朋友。

我抽出藍色檔案，看見布魯用紅色原子筆在封面上潦草寫下的案件編號。我背著平時教課用的書包，一個破舊但可靠的老格雷醫生包。我把檔案放進去，扣上帶子，然後關上保險箱，確認現場沒有留下我來過的痕跡。

確認無誤後，我把面紙收進口袋，離開書房。

我回到小餐廳，回到我原本的位置上，拿出手機。

不論出於什麼原因，布魯不想讓世界知道她的祕密。剛才幾分鐘不曾發生。一個個名字在手機螢幕上掠過。接下來，這通電話可能會決定一切。

我再次看向布魯的屍體，做出決斷。

現在，只有一個人能幫我了。

30
班

三十分鐘後，我看著克拉拉的車轉進這條路，停在布魯家外。她開的是警用車輛，但車身沒有標誌。經歷了過去幾小時的驚嚇，我全身終於放鬆下來。

她深吸一口氣，切換成專業模式：穩重、堅韌、冷靜。在我倆之間，我一直都是成天愁眉苦臉的那個，被各種麻煩纏身。在我們共處的所有時光中，角色只對調過一次。有時，我仍能聽見盤子和杯子砸碎在廚房地板上的聲音，記得盛怒殘留的滋味，記得我求她吃點東西，卻只換來一片沉默。然後，慢慢地，陰影和憂鬱慢慢褪去，她又變回了克拉拉。我們的角色再度調換回來，從那時起就一直維持如此。

我坐在前門台階上，在低溫中發抖。她嗶的一聲按下車鎖，瞥了眼房子，和依然微微敞開的門。

「班？」

我坐直身子，試圖找回一點尊嚴，然後站起來。她往我身後看了看，看見草地上新鮮的嘔吐物。

「你說是緊急情況。」

「是的。克拉拉……是布魯。」

然後，我告訴她：那通電話、跳上計程車、房子、餐廳、屍體。

我看著她消化這個消息。先是痛苦，然後是抽離。這就是克拉拉能成為優秀警探的原因，她能以我做不到的方式主動切割自己的一部分。她能和事件保持距離，將個人情感與專業證據分開。

她獨自進入犯罪現場。我按她的指示在外面等候，重頭再次回想整件事。我想起那份檔案，還有我剛剛對克拉拉說的謊，思考自己是不是還有犯下什麼錯誤，比如拿起那把刀。然後，比我預期的還快，她又出來了。她報了案，流暢地說起警方用語。我注意到她顫抖的手，淚水反射的光澤。面具下透出的些許人性脆弱。

倫敦警察廳的後援在一小時內趕到。警戒線拉起，鑑識車輛排滿街道。克拉拉和同事們認真交談，我被帶到一輛無標誌的警車裡，有人給我茶。

我坐著啜飲，望著周圍忙碌的人群。現在，痛苦隨時會開始。布魯不只是我的朋友。對克拉拉和我來說，她就像是家人。我無法想像沒有她的世界。也許我只是不願想像。

最後，克拉拉終於下完指示。她裹著全套鑑識服，只把口罩拉下一點，好讓人聽見她說話。她走到我身邊，羨慕地看著我的茶杯。「他們等等需要你的衣服來排除嫌疑。」

我點頭。這是克拉拉最好的一面。鑑識般精準的智慧，沉穩的幹練，溫暖的照顧態度。娶她是我最大的成就，分開是我最大的錯誤。我比自己想像的還要更想念她。

「好。」

「我們得帶你去警局做筆錄。考慮到可能的利益衝突，另一位資深偵察官會從這裡開始接手。」

「我明白。」

正式程序結束後，克拉拉站著，沉默了半晌。她努力控制住自己的情緒。「天啊，班，我很遺憾。我不敢相信會發生這種事。」

我驚魂未定，滿腦子都是布魯的來電，她聲音裡的恐慌，要我拿走檔案的命令。檔案裡的某些東西觸發了布魯的頓悟，某些也能為安娜．歐格維之謎帶來新線索的東西。

屋子裡的噪音將我拉回現實。鑑識小組與布魯破舊的家形成突兀的對比。我想像這裡是個沙龍，像是戰前維也納或二〇年代巴黎的咖啡館。我能看見布魯主持場面，身邊簇擁著詩人、藝術家、心理學家、音樂家和作家。太多的生命在今晚就此熄滅，一整個時代都隨之落幕。

「死因是不是很明顯？」

克拉拉對幾位鑑識人員點頭，臉上的痛苦減輕了一些。「法醫很快就到。但看起來刀傷直接刺穿了她。一命嗚呼。」

記憶劃破寧靜。我腦中浮現躺在地上的廚刀，以及旁邊的點點血跡。驚愕在一片混沌中湧過我全身——是的，我記得很清楚。事實上，是清楚得可怕——我彎下腰，茫然失措，渴望指引。

這個念頭壓得我喘不過氣，無法抑制。恐懼掐著我直到痛不欲生。

真相，焦慮。

「還有一件事，」我看向克拉拉，胃一陣噁心。我想起接到布魯的來電，那種必須為自己行為負責的感覺。我現在不能崩潰。「是關於那把刀。」

安娜的筆記本

二〇一九年二月十八日

和英迪拉獨處的夜晚。有酒有菜，還有無聊的電視節目。近看時，英迪拉的臉蛋對稱得令人生厭。她有那種羚羊般靈動的氣質。我媽愛死她了，爸也是。他們但願我能更像英迪，而不是像我自己。

和所有創作者一樣，我做事總是轟轟烈烈，時而放肆時而靜默，彷彿擁有雙重人格，全依心情而定。英迪拉則理當被請入總統石像紀念公園，或是矗立在國會廣場的雕像之間。經濟學學位、金融碩士、彭博社新鮮人計畫。媒體界的女王。

我看了關於收購的最新郵件。我趁道格拉斯嗑嗨了沒注意時，偷看了他的 Proton 信箱。律師、會計師、GV傳媒財務長，全是些大人物。金額，推敲中；日期，研擬中；條款細則，審讀中。

英迪拉問我最近還好嗎。她注意到了我的症狀：眼睛發紅、安眠藥、家醫預約、專科轉診。她對上鎖的門、那張椅子和夜晚的儀式一無所知。她不知道我的過去，也不懂我有什麼能耐。

我撒謊說一切都好。我是個還不錯的騙子。

我找藉口告退回房。

回到床上，睡眠研究繼續進行。我打字、點擊、滾動頁面，深入探索昏睡症這個主題，越挖越深。我找到一篇《紐約客》二〇一七年的文章，報導瑞典的難民兒童面臨遣返時陷入長眠的現象。一位名叫喬治的俄羅斯難民的心碎故事特別引起我的注意：

他只想閉上眼睛，就連吞嚥需要的力氣都拿不出來……他已經四天沒進食，一週沒說過一句完整的話……隔天，醫生從他的鼻孔插入餵食管……喬治被診斷出患有瑞典文中的「uppgivenhetssyndrom」，也就是放棄生存症候群。

我在 Google 搜尋欄輸入「放棄生存症候群」。更多相關報導出現了：

「放棄生存症候群：瑞典的神祕疾病」（BBC 新聞，二〇一七年十月二十六日）

「難民兒童的放棄生存症候群——新假說」（生命倫理研究中心，二〇一六年二月二十二日）

「放棄生存症候群：僵直症？文化束縛症候群？」（《行為神經科學前沿期刊》，二〇一六年一月二十六日）

我點擊這些連結，繼續閱讀。

我忘了英迪拉和收購的事。

今晚是別想睡了。

二〇一九年二月二十二日

西敏舊宮庭院。又一場父母的決鬥時刻。是老掉牙的故事了。爸和辦公室的同事有一腿，媽發現了。小三。或者說小四小五。媽擔心謠言會傳到她的政敵耳中。

她又得拿我當道具了。

於是，我們現身在這裡，坐在上議院餐廳中央，吃著膩口的甜點，閒聊著無關緊要的話題。政治就是表象。我們扮演幸福美滿的家庭，一如以往每次爸爆出風流韻事時一樣。

我在心中列出歷任小三。這次，我一定要找出這個人的名字。我們核心家庭的最新威脅。

我差點跟媽提起我的擔憂，說那些捲土重來的症狀。差點跟她說我有多害怕，多無助。但她也滿腦子都是小三的事，沒心思理我。

所以我保持沉默，什麼也沒說。

二〇一九年二月二十五日

完美的謀殺是後現代主義的產物。請試論之。

我已經深陷其中。睡眠與謀殺。睡眠疾病。睡眠即死亡，或死亡即睡眠。我要藉由探索他人的案例來驅逐自己的夢遊惡魔。

這個主題將會是我的雜誌專題報導。我會寫出最權威的史塔威爾殺人魔案件分析，涵蓋所有當代社會的共鳴點：睡眠犯罪、無意識行為、墮落女性、重組家庭、瘋狂與陰性氣質、夢魘、具有爭議的事實與多重真相。

而我已經有了第一條線索。

老貝利*一號庭的專家證人，那位作證說莎莉・特納殺害兩名繼子時是在夢遊的睡眠專家。非快速動眼期異睡症的權威。

我再次查看這位女士的履歷。她曾擔任過布羅德摩醫院的臨床心理師顧問，倫敦國王學院臨床心理學教授，哈雷街聖堂睡眠診所的管理合夥人。

她是莎莉・特納收治布羅德摩期間的在職員工。

既是證人又是諮商師，既是救星又是監督者。

我記下她的名字。

維吉妮亞・布魯教授。

她就是我進入這宗案件的破口。

* Old Bailey：英國中央刑事法院的俗稱。

31
班

克拉拉的眼睛眨也沒眨。她正處於工作模式，對常見的憂慮反應無動於衷。「你說什麼？」

震驚逐漸消退，事實浮現。感覺、氣味、記憶。「我走進房間，看見屍體，然後那東西就躺在旁邊。我反應不過來，至少一開始無法。我好像彎腰撿起了那把刀。」

「好像？」

「我根本沒在思考。就只是……本能。」

克拉拉長嘆口氣。「你有試圖擦它嗎？」

「沒有。」這是實話。好吧，幾乎是實話。「我慌了。我拿著刀，等我反應過來後，就把它放回去了。」

她沒說話。我認得她臉上那副表情。她進入了求生模式，計算起各種可能。這就是她吸引我又讓我退卻的地方。她能在同一時刻顯得既強大又冷酷，不惜一切代價切割他人保護自己。

我開口填補沉默。「拜託妳說句話吧。」

克拉拉確認周圍沒有其他人能聽見。「你知道我會說什麼。」

我知道。這是克拉拉的金科玉律。**真相會放你自由**。這是她從小灌輸給琪琪的觀念。克拉拉對真相的執著有時令我害怕。她會為了替被害人伸張正義而罔顧行政流程，為了不讓強姦犯和殺人犯逍遙法外而抗命，無視辯護律師、便宜行事的法官和官僚體系的正當程序。克拉拉的行事作風總是遊走在懲戒處分甚至停職的邊緣。她身上有一種特質，是出於善意的清教徒。真相才是最重要的。去他的繁文縟節。

「這是我前妻的立場，還是一位友善的警察的立場？」

「都是。」克拉拉往屋子瞥了一眼，對自己的雙重身分感到不自在。

「我不想讓妳再吃上一記處分。」

「我是在破案，不是吃案。反正他們遲早會找到方法把我踢出去。話說回來，你為什麼會出現在這裡？」

「我說過了。布魯打給我。」

「她為什麼這麼晚了打給你？」

我當然大可陳述事實：布魯告訴我她私人保險箱裡有一份安娜歐案件的檔案。她說過去是解釋現在的唯一方法。說我認識她這麼久以來，第一次聽她這麼害怕。

但我什麼也沒說。我拿走檔案的那一刻就已下定決心。我破壞了犯罪現場，擦掉了我留在門把和物品表面的指紋，銷毀了潛在的證據。我已經有罪了，不能再把克拉拉拖下水。

「她在擔心一些事，但沒說是什麼。」

克拉拉點頭。「小組會帶你去警局做筆錄。結束後，最好趕快回家休息。」

「好。」

「這事只有你能做決定，班。」克拉拉用不同的眼神看著我，露出僅存的最後一絲愛意。

「但如果你需要什麼，我永遠都在。」

我們好久沒這樣說話了。幾乎忘了該怎麼說。「小餅乾還好嗎？」

克拉拉對這個暱稱皺起眉頭。「她去參加睡衣派對了。」

我點頭。我們又倒轉回年輕時的樣子，充滿尷尬的停頓和笨拙的閃躲。

我看著她對小組下達最後幾項指示，旋即回到車上。我想像小餅乾在睡衣派對上玩整夜不睡的遊戲。我轉身看向屋子。不久後，屍體就會被抬出來、放上運屍車。我知道接下來會有哪些駭人的細節：漂白水的氣味、沾血的金屬台面、穿著手術袍的人切開血肉。我發現自己已經開始把布魯當成一具肉體看待。我不禁懷疑自己究竟成了什麼。

當克拉拉的兩個同事走出來，脫下口罩和防護服時，我幾乎鬆了一口氣。他們態度堅定但友善。我沒被逮捕，也沒被警告，但需要配合走一趟警局。我被請上不遠處的警車。

我頭腦清醒，專注。

我會這樣撐過一切。所有這一切。我今晚所做的一切。

我的格雷醫生包還在身邊。

布魯在死前給了我一個指示。

我打算遵守它。

32 班

到了伊斯林頓警局後，我照著指示，脫下衣物放進證物袋，採集指紋。通常，我才是那個待在小接待室、喝著劣質咖啡、配著過期餅乾的行為偵察顧問，但現在我變成了另一方。證人，說不定是嫌疑犯，不是調查員。

我又花了三小時和兩位警官做完筆錄，並在打字列印的版本上簽名。當我拖著腳步踏上托帕多街時，已經是早上七點半了。我走了五分鐘才攔到計程車，報上匹黎可家的地址。

計程車駛離路邊。我檢查我的格雷醫生包。

檔案還在。

踏進家門時，那感覺像是幾個月來頭一次回家。情緒終於在此時追上我，激流匯聚成一次爆發。我靠著玄關的牆滑下，癱坐在木地板上。淚水沾溼臉頰，從指縫間流出。發生的這一切所帶來的震驚，一時之間將我擊潰。

眼淚停不下來，我哭得像個孩子；源源不絕，毫無歉意，對世界的殘酷不公發出悲痛的哀號。我在那坐了幾個小時，袖子都哭溼了。某種程度上，布魯更像是我的父母。成年後的日子裡，我幾乎每個工作日都會見到她。

我不覺得餓，也不想起身。我只想閉上眼睛，希望醒來時布魯就復活了。她是擋在我與自己的死亡之間的那道屏障。布魯活著時，死亡只是遙遠的前景。現在她走了，我才發覺自己有多脆弱。克拉拉也是。布魯說過，變老就像被狙擊手堵進小巷。我環顧這間狹小的房子，強烈的孤獨感向我襲來。人生如此短暫，而到目前為止，我把它搞得一團糟。除了我自己，沒人該為我的錯誤負責。

過了好一陣子後，我才終於從地板上爬起來。我擦乾眼淚、沖澡、換衣服，用一貫的方式應對。我就像《長日將盡》裡的安東尼．霍普金斯，只是少了他那身完美的剪裁。靠著英式的冷靜自持、情感壓抑和不健康的決心，我轉向嚴謹的慰藉尋求庇護，透過瑣碎的家務掩飾內心深層的恐懼。

克拉拉常笑我處理心理創傷的方法就是把碗放進洗碗機，不然就是開始吸地。我會挑剔起家裡的狀態，然後在打掃和整理中尋找安慰。我的內在也許心亂如麻，但我家還控制得來。按部就班是我的療法，我的佛洛伊德沙發。身為心理學家，我想我該為此註冊商標。不是談話療法，而是整理療法。請近藤麻理惠閃邊去吧。

這地方被太多外帶盒和未洗杯子的難聞氣味淹沒，需要來場大掃除。我拖地、吸塵臥室地毯、換床單，瘋狂刷洗淋浴間周圍的肥皂漬，再小心翼翼擦亮浴室的鏡子。打掃時，我想起那晚我與布魯在聖堂花園的談話，想起我希望用這個案子重振事業，讓克拉拉和小餅乾刮目相看。現在想來，真是天真可笑。布魯死了。是克拉拉在救我，而不是我拯救她。

我終於結束掃除，收好所有工具。茫然之際，我瞥向天花板，好像我家可能遭人監聽一樣。我還在疑神疑鬼。布魯的聲音在寂靜中迴盪——那份急迫，那份恐懼。不論布魯發現了什麼，都很危險，足以致命的危險。我無法相信我還活著，布魯教授卻不在了。

我迫切需要一件能讓我分心的事。我查看時間，耐心等到八點半，也許能趕在小餅乾上學前跟她說上幾句話。我按下手機快速撥號鍵，等待電話被接起。

鈴聲響了好幾秒鐘都沒有動靜。接著，彷彿天賜禮物般，鈴聲停了，一個小小的聲音猶豫地回答。

「喂？這是琪琪。」

我微笑。過去的幾小時瞬間散去，震驚和悲傷暫時止息，甚至麻木。那句話是我教她說的。這讓我想起了她剛學會說再見時，見到每個大人都要說一遍的日子。我是如此懷念那些日子，有時濃烈到幾乎無法面對清晨。淚水再次湧上，刺痛我的眼眶。我從沒想過愛竟能如此疼痛，如此令人衰弱並吞噬心神。在為人父母之前，我不曾有過真正的煩惱。現在想來，我過去的生活幾乎膚淺得可笑，成天淨為工作、考試和糟糕的約會煩惱。彷彿那些事都很要緊一樣。

「寶貝，是爹地。」

正式的語氣變得活潑起來。「嗨，爹地。」

「嗨，小餅乾。準備好上學了嗎？」

「嗯。」

「媽咪在妳旁邊嗎？」

「她在樓上。」

這就是分開生活的痛苦，這就是為什麼我討厭通電話。孩子需要一張臉，一個擁抱，某種能連結的實體。電話裡的聲音太過抽象。他們的大腦還沒發展到能完全理解這是怎麼回事。我聽見樓梯上的腳步聲，克拉拉告訴小餅乾該走了。

「媽咪說我該走了，爹地。」

我還有好多問題想問。今天有什麼課，是體育還是音樂。她今天最期待哪堂課。昨晚吃了什麼晚餐。日常的瑣事。

「好，寶貝。爹地祝妳今天過得開心。我很愛妳。」

「掰掰，爹地。」

我能聽見克拉拉的聲音就在附近。電話還沒掛。她一定很不高興我在上學前打電話干擾小餅乾。我通常只能在晚上通話，如果被允許的話。我聽見一聲嘆息。克拉拉正要接過電話，但我搶在挨罵前先掛斷了。我知道這很懦弱。克拉拉才剛救了我，但我太累了，沒力氣爭執。我放下手機，沖了特濃咖啡，疲憊地走進我的小書房，在桌前坐下。避不掉的事不能再拖了。

那份檔案。

我嘆氣，抬頭看向書桌上方的裱框海報。那是《驚魂記》的原版海報，大片大片濃豔的黃和藍。珍妮李一絲不掛，警戒地坐著；約翰蓋文赤裸上身，腹肌分明，胸毛烏黑顯眼；安東尼柏金斯從側邊窺視，這位偷窺狂媽寶有著奶油小生的外表和反社會的慾望。這張海報是我們婚後克拉拉送的禮物，打趣我這個司法心理學家的工作。儘管用意如此，它依然能讓我想起那些美好燦爛的日子。

我回到眼前艱鉅的任務。我小心地從格雷醫生包中取出檔案，它很珍貴，得小心對待。這份檔案一定有什麼特別之處。薄薄幾頁舊紙，竟觸發了布魯的頓悟開關，點燃她聲音中的恐懼。

找出原因的重責大任莫名落到我頭上。

我看著檔案編號：「X389043BMH」。第一頁上有布魯風格的潦草紅色筆跡：「病人X」。

自從佛洛伊德和布魯爾發表他們的病例研究以來，心理學家用化名稱呼病人就成了傳統。佛洛伊德的病人到現在都還很有名：「鼠人」、「狼人」、「朵拉」、「伊莉莎白．馮．R」，當然還有元祖的「安娜．歐」小姐。

打開檔案感覺像是犯了禁忌。布魯對醫療保密原則一向很嚴格。聖堂的聲譽建立在守密之上。所有新進患者都要填寫一份個人生活問卷：性生活、童年、排便習慣、小癖好。這些資訊很多都是八卦專欄作家的夢幻素材，因此每一份都嚴格匿名。沒有姓名、年齡、職業，代名詞也都是中性的。

我看見因為威士忌而泛白的頁面，聞到菸草的氣味。布魯向來不相信科技，一律親筆手寫。平淡的段落成了臨時杯墊。我感覺自己像是學者，發現了莎士比亞遺失的信件或拜倫失蹤的回憶錄。觸摸原始文本有種神聖的感覺。

我盯著第一頁頂端，以及檔案編號最後三個大寫字母。

BMH。

我知道這三個字母代表什麼。布魯隱藏的過去，比她在聖堂的工作更為隱密。一個在西方心理治療史上惡名遠播的地方。

曾經是精神病犯人的收容所，後來成為收容機構。如今是一所戒護醫療設施。

這份檔案只可能來自一個地方。

布羅德摩醫院。

個案紀錄❶

病人X
病歷編號：X389043BMH
維吉妮亞・布魯醫生
一九九九年七月二日
布羅德摩醫院克蘭菲爾病房

今天是我們第一次晤談。我們在一間有著塑膠玩具和著色本的兒童友善會議室見面，這些布置對青少年來說實在稍嫌幼稚。X提早到了，由護理師帶進來。我立刻看出X與眾不同。大部分的青少年都會拖著腳步走路，像台需要上油的新機器，他們過長的手臂搖晃，背也駝著。他們仍是孩子，正在適應不斷變化的身體。

但X不是這樣。或者說，不完全是。X身上有種令人屏息的沉著。孩子氣當然還是有的，但最近的事件顯然加速了成熟的過程。X看起來比實際年齡老成。不僅如此，X的大腦發展程度明顯超出同齡人。雖然我比X年長幾十歲，但感覺幾乎像在跟平輩見面。

X坐下，環視我的辦公室，然後說：「所以妳就是那個大腦醫生。」

我花了點時間揣摩最適當的語氣。「我是臨床心理師，」我回答。「專攻睡眠相關的疾病，像是失眠、夢遊、夜驚、夢境分析之類的。你對人的心理有興趣嗎？」

我很有把握X一定有興趣，但我不會灌輸病人任何觀念。有些人想要從我這邊獲得同理，有些人則需要家長般的嚴格對待。而第三種人——最罕見的一類——似乎什麼都不想要。他們渴望了解自己的大腦如何運作。根據我迄今的經驗，這類人往往也最危險。

X皺起眉。「我讀過一句話。『心靈自成一境，能將地獄化作天堂，也能將天堂化作地獄。』我記得是彌爾頓說的。裝腔作勢的傢伙。」

我的表情出賣了我，露出讚賞的神色。X捕捉到這個表情，就像贏得一場小小的勝利。那雙眼睛審視著我。

「妳喜歡彌爾頓？」

「喜歡是個被濫用的詞。彌爾頓就是彌爾頓。我喜不喜歡他不重要。」

學究般的見識和X的口音不是很相襯。我為有這種想法感到羞愧，但這確實是我的第一反應。我有病人的病歷，我知道X母親、家庭生活、繼父和繼弟的狀況。我知道X曾經自殺未遂，在學校被霸凌，有著慘痛的童年，以及此刻正在經歷的慘痛的青春期。但我得自己去發現。「你在學校讀過《失樂園》嗎？」

「我在圖書館找到的。學校很無聊。在那裡什麼也學不到。」

「你常去圖書館嗎？」

「我朋友會帶我去。」

「你的朋友是誰？」

「這很存在主義。還是該說是本體論？我還在看詩歌區，還沒讀到哲學。我的朋友就是我的朋友就是我的朋友。」

炫耀的衝動？防禦機制？「這位朋友帶你去圖書館多久了？」

「自從那件事之後。」

我配合著X的話。我不確定這個朋友是真實存在，還是豐富而令人不安的幻想生活的一部分，逃避創傷的一種方式。我懷疑是後者。所有報告都提過X獨來獨往的性格和反社會行為，而我們也都知道「那件事」是什麼：那一夜，X發現自己身處恐怖之屋，浸泡在血泊中。我想像X待在圖書館安靜的角落，手捧一本破舊不平的《失樂園》，身邊坐著幻想朋友。看著書中景象化為現實。

「媽媽有帶你去過圖書館嗎？」

X笑了。「我媽喝酒。圖書館又不賣酒。兩者沾不上邊。」

「媽媽平常都喝多少？」

「妳怎麼不去問她？」

「我在問你。」

「如果妳是想知道她會不會喝到發瘋，那答案是會。」

我沉默了。當然，之後的我一定會後悔這麼做。我應該要在這裡樹立權威，設下界限。但X勾起了我的興趣。大部分青少年的世故都是裝來的，X卻不必假裝任何事。X似乎總是領先兩步，提前料到我的下一個問題。

「『發瘋』對你來說，是什麼意思？」

X又笑了，好像這問題很有趣。「就是大多數人理解的意思。」

「你能舉個例子嗎？」

「我媽一喝酒就會夢遊。喝得越多，夢遊得越凶。這就是瘋狂、精神病、神經病、瘋子、腦子有問題。隨便妳怎麼說。」

「她一直都會夢遊嗎？」

「對。」

「你媽夢遊的時候是什麼樣子？」

「看起來很正常，實際上卻不在。變成另一個人。就像我說的，她變得瘋狂。對事物沒有反應。」

「所以你看過她夢遊？」

「對。」

「看過幾次？」

「夠多次了。」

通常第一次晤談都只是暖身，但這樣下去無法讓我從X身上挖出更多訊息。我需要具體細節。「發生命案那晚，你看到的就是這種情況嗎？」

「為什麼問？」

「我很好奇。」

「對。」

「你確定嗎？」

「她認不出我是誰。燈是亮的，但家裡沒人。」

「你在哪裡找到她的？」

「臥室。」

「然後呢，你做了什麼？」

X嘆了口氣。「我試著搶走刀子，那婊子就轉過來對付我。我逃走了，打電話給他。然後我們從此過著幸福快樂的日子。」

「你媽有出來找你嗎？」

「沒有。她待在原地。」

「整個過程中她都沒認出你？」

「沒有。」

「你有親眼看見，你媽在臥室裡，刺殺雙胞胎中的任何一個嗎？」

「沒有真的看見。」

「那你怎麼確定是她做的？」

「她手上有凶器。她全身都是『番茄醬』。不必是愛因斯坦也能想明白。」

我點點頭。「我想是的。」

我的任務很簡單：交出一份孩子X的心理評估，讓社會服務部門根據此份報告決定下一階段的照護方案。我要說明這個孩子是否因那晚目睹的事，而永久受創。是否遭受過多年的精神或身體虐待。是否需要緊急的心理或精神治療。是否適合被寄養，重返教育體系，是否有足夠的韌性去適應新的身分和寄養家庭。能否將過去的自己拋到腦後。

我看著X，深知自己掌握著多大的權力。在這裡寫一個註記，在那裡簽個名，就能左右他們的未來。這是我職業生涯中，少數無法和個案維持所需距離的時刻。我很想知道，一個孩子經歷了這麼多是什麼感覺。親眼目睹這種事。換作是我，我也會創造一個幻想朋友。我們都會。

「你覺得睡眠對媽媽有什麼影響？」我問。「她平常是什麼樣子？」

X繼續盯著牆壁。「醉醺醺的。憤怒。讓人丟臉。智商跟獸人一樣。她沒辦法像我一樣思考。」

我沒有立刻回應。X在引誘我，暗示一個答案後又馬上收回。「你覺得那是種弱點嗎？」

「妳不這麼認為嗎？」

停頓片刻後，我說：「那你媽夢遊的時候呢？你注意到什麼變化？」

X模仿我的停頓，讓我更加不安。「我猜她就像動物。一頭準備殺戮的動物。像一場噩夢。」

房間陷入全然的寂靜。我太過專注，以致注意不到任何周圍的事：時間、外頭是明是暗、下一場個案晤談。我的腦中只有X，這個瘦弱、奇特的青少年，有著令我心神不寧的眼神。

接下來是最重要的問題，也是我必須回答的問題。這份診斷要不徹底解放X，要不就是和X糾纏至死。

「那麼，」我說。「讓我們來聊聊你的噩夢吧？」

個案紀錄❷

病人X
病歷編號：X389043BMH
維吉妮亞．布魯醫生

一九九九年七月七日

我們的第二次晤談開始得比較輕鬆，省略了自我介紹。X帶著慣有的戒心坐下。我讓前三十秒沉默地流逝。

我以例行的問題開場。「今天感覺如何？」

「好極了，老大。」

「睡得好嗎？」

「像頭死豬。」

「待在這樣的醫院你會害怕嗎？」

「不會。」X說。不再嘲諷我。至少沒那麼明顯。

「你最近有見到你的朋友嗎？」

「有。」

「你的朋友有名字嗎？」

「有。」

我一直在思考X的幻想朋友。坐在肩上的魔鬼，心理上的緩衝。我在猶豫要不要把這點寫進報告。這名幻想朋友可能既有益也有害。社會服務部門在催我盡快做出判斷。X的母親可能會出庭受審，但X不會。由於我需要待命處理緊急狀況，我們的諮商才會在布羅德摩進行。但與其他人不同的是，X是自願來的，隨時可以離開。

「上次你說，你有時會做噩夢或不好的夢，」我說。「讓我們多聊聊這部分。」

如果要說有什麼變化，X比我們第一次見面時更精明了。當時，我對X幼崽般的外表和嗓音的反差所震驚，彷彿X對成人世界的一切都瞭如指掌。今天，它用沉默化解一切。X正在適應環境，想方設法打敗我。

「每個人不是偶爾都會有些不好的想法嗎？」

我點頭。「每個人的經驗都不同。你都有過哪些不好的想法？」

「有時，我會夢到我傷害別人。」

「是隨便一個人，還是特定的人？」

「要看情況，」X說。聲音中的智慧依然和臉龐的稚嫩感格格不入。「大多數時候是特定的人。我想報復那些傷害我的人。我要讓他們知道那是什麼感覺。以牙還牙，以眼還眼。自嚐苦果。」

我寫起筆記，這讓我順理成章有時間組織下一個問題。我們有進展了。

「是誰傷害你？」

X聳聳肩。「其他同學、老師、其他大人，世界上到處都是混蛋。」

「老師們怎麼傷害你？」

「他們不喜歡我比他們聰明。」

「他們欺負你嗎？」

「對。」

我決定不要追問得太明顯。X會抗拒。「其他同學做了什麼？」

「他們也不喜歡我比他們聰明。」

「是言語，還是肢體上的？」

X沒有回應，然後捲起左手的袖子。我向前湊近，看見燙傷的痕跡。我盡量不要反應太大。

「那些傷是怎麼來的？」

「他們一個人按住我，其他人用香菸燙我。蠢貨。他們覺得很好玩。老師也不阻止。」

「他們這樣做的時候，你都會想什麼？」

X依然故我，也在這裡停頓了一下。它在拖延時間。「妳是想判斷我是不是個瘋子，對吧？」

我很習慣病人的直白，但X的語氣平靜到令我失措。「為什麼這麼說？」

「這就是妳的工作。」

「是嗎？」

「警察、法院和那些司法部門的人要妳告訴他們，說我不會對任何人構成威脅。說我不會像我媽一樣發瘋。」

「聽起來你自己也有疑慮。」

「我有她一半的基因。也許她遺傳給我了。爛媽媽，爛小孩。」

我沒有馬上回答。X在和我較勁。我按照標準程序建議的做，假裝不知道，裝傻。「你覺得夢遊或精神疾病是會遺傳的嗎？」

X笑了。「妳才是醫生耶。」

「你的資料上說，你會去圖書館借心理學的書來讀。我想聽聽你的想法。那些書也是你朋友幫你挑的嗎？」

「我覺得瘋狂就像偉大。有些人生來就瘋狂，有些人後天成為瘋狂，還有些人被迫接受瘋狂。」

「你媽屬於哪一類？」

X沉默了幾秒。我感覺胃部揪緊。「大家都說她很邪惡，一定是生下來就這樣。一開始就是個壞胚子。」

「學校那些同學欺負你的時候，你腦子裡在想什麼？」

X既沒有微笑也沒有笑出聲。「復仇。」

「怎樣的復仇？」

「我要他們感覺無能為力，感到無助。我要他們嚐到痛苦。」

我沒有記下這一句。這是那些負責在表上打勾的官僚最害怕的地方。他們會把這種想法和X的家庭背景連在一起，寧可防患未然也不要事後賠罪。這就是為什麼青少年最後都會被送來這裡持續接受治療。天性重於教養。

「你曾經把這種想法付諸行動過嗎？」

「沒有，」X說，然後說了一句令我震驚的話。「痛苦是好事，讓我的大腦轉得更快。如果人們都能多感受些痛苦，也許就不會這麼蠢了。」

這話說得近乎聖經般權威。我不禁再次感慨，這個孩子到底經歷過多少痛苦，家裡還藏著什麼祕密。我有些當局規定的問題要問。唯有問到答案，那些律師和行政官僚們才會滿意，確保不會有任何責任追究到他們頭上。

我對問這些問題很小心。我不是那種喜歡揭人傷疤的心理師。我更相信向前看。過去是小說家、歷史學家和詩人的沃土，並不適合只是想繼續過生活的人。

「你覺得是什麼觸發了那些不好的想法？讓你做那些傷害別人的夢？」

X不以為然地看著我。「我不喜歡別人支配我。」

「對老師也是這樣嗎？」

「可能吧。」

「在家裡呢？」

記憶是危險的東西。有了足夠的酒精、毒品或睡眠相關的迷離狀態，記憶就會轉化為行動。退伍軍人一聽見汽車引擎回火就會做出戰場上的反應。目睹悲劇的孩子總有一天會重複同樣的動作，暴力催生更多暴力。

「有時候。」

「那種支配是言語上的，還是肢體上的？」

「言語上的。我比雙胞胎大。他們嘴巴厲害，但很弱。」

「你會討厭繼父支配你和你媽嗎？」

「會。」

「你有做過關於繼父或雙胞胎的噩夢嗎？」

「有。」

「為什麼？」

「湯姆喜歡當一家之主。他喜歡展現他的權力。」

「你有想過要傷害湯姆嗎？」

X面露惱怒。「沒有。」

「你媽有說過要傷害湯姆嗎？」

「有。」

「那雙胞胎呢？」

X找回鎮定，臉上閃現的惱怒消失了。它態度自若，隨時準備接招。「那要看她有沒有喝酒。」

我能在X臉上看見一抹笑意。我忽然想起它有多年輕，擁有一雙很會騙人的眼睛。靈魂是形而上的概念，不是醫學上的，但我依然不能否認：X的靈魂令我不安。我從未遇過這種事。

今天最後一個問題。一個我必須問的問題。

我清了清喉嚨，做好準備。

然後我問：「你有夢過自己殺人嗎？」

個案紀錄❸

病人X
病歷編號：X389043BMH
維吉妮亞・布魯醫生

一九九九年七月十二日

這是我們第三次，也是最後一次晤談。我徹夜重看了一遍資料。我的判斷將會決定X是會被留在戒護醫院進一步觀察，還是會轉入保護計畫。X將會獲得新名字、新護照、新的身分文件、新住所和新的寄養父母。舊身分的一切痕跡都會被抹去。X的舊我將從世界上消失。

逮捕當時，當局向媒體發布了自肅請求，禁止任何媒體報導犯人親生子女的年齡、姓名和性別。X是無辜的，享有特殊對待，不該和那些被終身監禁在布羅德摩囚室裡的囚犯混為一談。除了倫敦警察廳和刑事司法系統的高層，我是唯一握有完整檔案的人。

我列好了問題清單，必須在本週結束前做出決定。一個人的人生取決於我的診斷和簽名。我想像X有了新名字，擺脫過往。我想像它服務他人，為世界做點好事。救贖、康復、重生。我相信這是可能的。暴力循環是可以終止的。這就是我做這份工作的原因。

「我們今天來談點不一樣的，」我說。「我會問你一些關於未來的問題。快問快答。你想到什麼就說什麼。」

X頓了一下。「好。」

我永遠分不清X的態度是諷刺，還是真誠。有時，我覺得X自己也不確定。「如果你中了樂透，會買什麼？」

「離開這個國家、買房子、在車道上停一輛法拉利。」

「聽見『愛』這個字的時候，你會想到什麼？」

「又愛又恨。盲目的愛。邱比特。愛是唯一、箭、擁抱、親吻、性、婚禮、我的朋友。」

我停下。「你愛這個朋友嗎？」

「愛。」

「這個朋友也愛你嗎？」

「愛。」

我很想繼續深挖，但我不是X的心理師。幻想朋友通常有害，而愛通常有益，也許它們互相抵消了。「你長大以後想當什麼？」

「我想坐在妳的位置。」

「有權力的人？」

「地球的統治者。」

「為什麼？」

「我的朋友說很有趣，擁有能支配別人的權力。當醫生、搞法律或大腦醫生什麼的。」

「你的朋友是學醫或學法律的嗎？」

「也許吧。」

我一直在為最後的問題鋪陳。我緊盯著X。「你知道，你媽做的事是錯的嗎？」

這是最後一道障礙。X必須接受發生的事，必須展現能自行做出道德判斷的能力。X必須證明歷史並不總是重演。

它遲疑了，迷失在自己的思緒裡。「為什麼這樣問？」

「請回答問題。」

案子已經審結，犯人因心神喪失之無意識行為而判定無罪。這就是為什麼X的母親會出現在這裡，以及為什麼X也在這裡。

但我想知道。這個謎團折磨著我。

「你相信你媽在殺人時是在夢遊嗎？」我說。「你認為，她是有意要殺死那兩名被害人嗎？」

X直勾勾看著我。無論是當天晚上，還是很久以後，它給出的那個答案始終在我心中揮之不去，遊走在諷刺和真誠之間。

「也許吧。」

33
班

我回到聖堂的辦公室，開始第二遍閱讀這些個案紀錄。先快速略讀，再仔細分析。讀完後我抬頭，發現手中的紙張已被汗水浸溼。布魯是上一個碰過這些紙的人。我腦海中浮現她倒在地板上的屍體。我想像她的手指撫過這些頁面，幾乎能感受到上頭穿越時空的餘溫。她的死亡再次重擊了我。她只給我留下了指向某物的路標，但究竟指向什麼，我並不確定。

安娜歐、美狄亞、莎莉・特納、病人X。

這些個案紀錄只涵蓋了一九九九年七月的一小段時間，是在布羅德摩醫院克蘭菲爾病房寫下的，內容是關於布魯當時治療的一名病人，僅以「X」代稱。根據日期、地點和文件中隱晦的暗示來看，X似乎是人稱史塔威爾殺人魔的莎莉・特納的親生子女，十幾歲的青少年。特納最終於一九九九年八月死亡。這些內容與安娜為《基石》雜誌專題所做的調查之間有明顯的關連。紀錄中多次提到「夢遊」。

除此之外，我一無所知。

布魯給了我一個沒有目的地的路標。

我站起來，在辦公室來回踱步，沖了咖啡提神。然後，我穿過聖堂的其他區域，看見其他病房的病人溫順而了無生氣。最後，我走到貴賓區，踏進病房與世隔絕的僻靜之中。門是隔音的，室內死寂一片。我清潔消毒，戴上手套和口罩，像個準備進入聖地的朝聖者般，跨過那道界線。

跟安娜獨處的感覺總是與其他病人不同，特別有種儀式感。我就站在離她幾公尺以外的地方，全西方世界少數幾位沒聽說過安娜歐命案的人之一：安娜歐本人。

我搬來角落的椅凳，放在安娜床邊觸手可及的地方。我坐下來看著她，看她輕柔的呼吸。我對安娜的研究比對任何其他病人都多。我總覺得自己彷彿認識她。這層連結像條無聲的線把我們繫在一起。

我拿起床尾的病歷，上頭每一頁都填滿了哈麗葉工整的字跡，內容枯燥，列著安娜迄今接受過的所有治療。大部分都是基本照護：提供營養的鼻胃管；防止關節僵硬的運動菜單；每天擦澡兩次，以防褥瘡和其他搔癢，並保持皮膚水分和滋潤；不斷移動病人好避免潰瘍，並維持身體活動的假象；用導尿管處理必要的排泄；最後，是刷牙和漱口等基本尊嚴維護，確保安娜的牙齒和牙齦在她醒來時能保持完好——如果她能醒來的話。

我翻過一頁，進入寫著下一步治療的頁面。這裡的內容就比較鬆散，甚至有點主觀。長期昏睡症的病例太少，最好的臨床方法都是針對昏迷病患，或那些處於「MCS」，也就是最小意識狀態的病人所設計的。

我的方法就是建立在這個基礎之上。正如我經常對柏貝克學院的學生所說，沒有哪種治療是全然革命性的。在佛洛伊德出現將近兩千年前，一位名叫蓋倫的醫師就在討論無意識。亞里斯多德討論過夢的意義，《吉爾伽美什史詩》也是。在《創世紀》中，約瑟既是做夢者也是解夢者，並以「解夢屬於上帝」強調解夢的神聖性。

即使在《聖經》裡，夢與睡眠也可能暗藏危機。

安娜治療計畫的重點是，感官刺激。自那晚在農場被拘留後，她的五感就被剝奪至今。她的感官荒蕪、空虛、畸形而殘缺。我得重新喚醒它們。

我必須喚起二〇一九年八月的記憶，關於她和英迪拉、道格拉斯之間到底發生了什麼，關於安娜是如何走到這一步，一些能釐清多年前她在紅色小屋所做的事的記憶。給她希望，甚至可能是救贖。

布魯不在後，我感覺自己似乎跟安娜更親近了。我們透過死亡緊密相連，如同在生命中一樣。我可以實現布魯最後的心願，幫忙喚醒安娜，解開她的病症之謎。這就是我的動力。

我得找出那一夜在農場究竟發生了什麼。

34 蘿拉

謊言如今找上了她。

這就是睡眠與夢境的問題所在。清醒時的她能應付自如，但無意識才是麻煩的根源。睡夢中的心智會將許多事件混攪在一起，為每件事賦予關鍵的連貫性，直到她在溼冷的床單中驚醒，上衣溼透，大口吸著午夜混濁的空氣。

或許是良心不安的緣故。

蘿拉每晚都會重複同一個夢。

農場。二〇一九年八月底。

梅蘭妮．福克斯這位富二代貴婦總是一會兒炫耀家族珠寶，一會兒又喊窮。她的農場事業已經起飛，如今開始一心追逐金錢、利潤和銀行存款。她偏好現金而非數位轉帳，喜歡通話勝過電子郵件，好在事後推得一乾二淨。這就是蘿拉能趁隙而入的關鍵。梅蘭妮．福克斯需要一位健康安全顧問，但不想付太多錢。一張名片、一個棕色信封、一個心照不宣的默契——一切便水到渠成，正如蘿拉所願。

農場本身幾乎像是停留在中世紀。蘿拉可以想像農奴在這耕種土地，暴發戶巡視「廢墟」，還有森林裡的鬼魅與報應。而今晚——沒錯，今晚；兩者的數量都會變多。歐格維一家從車上下來時，她幾乎笑出聲來。這些人付錢來短暫膜拜大地之母，接著便迅速鑽回倫敦的玻璃帷幕之後，回到空調完備的享樂生活中。

梅蘭妮．福克斯看起來有點亢奮。場地管理員歐文負責照看一切流程，蘿拉檢查漆彈槍並核對任務清單。接著，重頭戲終於來了，農場體驗的精髓所在。皇冠上的明珠。

獵人對上倖存者。

兩支隊伍表面上是隨機分配，但沒人真的相信這點。農場就像是沒有攝影機的實境秀，每個轉折、每場衝突皆由邪惡的製作人精心設計。梅蘭妮．福克斯精心策劃每場生存遊戲，為的就是要追求最極致的張力。讓安娜對抗自己的家人最有賣點。

蘿拉巧妙安排了其他細節。為了之後的計畫，讓森林擁有自己的神話色彩至關重要，這樣那些部落客、酸民和滿地都是的評論家們才有發揮的空間。不，重點是確保安娜、英迪拉和道格拉斯要在同一隊，以及確保一切都得等到進入森林之後才能發生。

倖存者隊先出發。身為健康安全顧問，蘿拉在一處能俯瞰全局的制高點小崗哨就位。她拿著望遠鏡追蹤每位參賽者，在縫隙間捕捉他們的身影。比賽只有在出現重傷風險時才能喊停。蘿拉會用手上的號角通知歐文和實習生，他們會進入森林找人。但這項措施從未啟動過。農場和森林的意義就在於讓客人重返野性。這裡弱肉強食、適者生存，是達爾文式的血腥淘汰賽。

蘿拉透過夜視鏡不停掃視，看見些許綠色人影在樹叢間閃動。每位參賽者都配有熱感追蹤器，讓蘿拉和團隊能在一台小筆電螢幕上監控所有賓客的位置。第一場衝突跡象在幾小時後出現。熱感地圖上的顏色開始混在一起。在森林北側，一名獵人和一名倖存者的光點重疊。起初看來像是典型的戰術：獵人悄悄接近倖存者，觀察並等待，然後在黑暗中突然狙擊倖存者，漆彈宛如一記快鞭抽打過去。

兩個光點重疊在一起，維持了好幾秒、好幾分，沒人逃走，也不分開。蘿拉看見第三個光點也靠了過來。另一個獵人。第三個光點和前面兩個保持距離，躲在暗處觀察。三個光點就這樣定在原地不動。蘿拉試圖用夜視望遠鏡找到那個地點。但森林太大，他們一定被樹遮住了。她靜心等待。筆電螢幕重新整理。光點依舊不動。

過了幾分鐘，第三個光點才離開。又過了十分鐘，那兩個主要的光點也分開了。始終沒人開槍。這不是遊戲該有的玩法。三位參賽者，也就是整整一半的人，都沒有照著規則走。蘿拉把望遠鏡對準森林北邊，努力捕捉任何形體。終於，她看見一個綠色人影，第三個獵人的光點，在林地上逃竄。是個年輕女性。那就是安娜或英迪拉了。她們兩人之後都會扮演重要角色，現在不能出任何差錯。

在這之後，蘿拉更加提高警覺。下個階段的時間點太緊湊，容不得半點失誤。先是廢墟那頓充滿停頓與沉默的晚餐，然後每個人依照順序各回各的小屋。一分一秒都不能浪費。因為這正是他們誰都沒有察覺到的，不論是安娜、艾蜜莉、理查、席歐、英迪拉或道格拉斯。

他們完全不知道今晚究竟意味著什麼。

遊戲即將變成逼真到駭人的現實。

然後，夢就結束了。蘿拉在這時醒來，坐起身，皮膚滲著薄汗。她深呼吸平復心情，讓自己適應城市的黑暗和透進窗簾的幾束燈光。今晚的夢逼真至極。森林、農場、熱感地圖、客人，以及她對接下來即將上演的事的期待感。

她起身下樓，坐在她的案情板前，思索起這一切的對稱性。她拿起安娜的筆記本，想起事發後在藍色小屋第一次看見本子時的情景，那宛如電流般竄過的瞬間。

他們誰都不知道自己只是遊戲的棋子，不明白那夜的每一步，早在他們抵達前就已經編排好了。

第一階段進行得很完美。

現在是最終清算的時刻了。

安娜的筆記本

二〇一九年三月三日

倫敦圖書館。老舊的書本、缺角的書桌、二流的咖啡。每次我受不了英迪拉和道格時，就會跑回聖詹姆斯廣場這個快樂天地窩著。牆上四處可見藍色牌匾。我彷彿看見一輛輛馬車載著身穿燕尾服的政治家抵達，準備享用愛德華時期的奢華晚宴。我想像自己漫步在歷史長河中。

這裡是我的沙龍，我的工作室，我的創作空間。我坐在其中一間閱覽室，留意書架間的名人蹤影。我開始往更遠的過去挖掘：一九九九年二月，二十年前。大英圖書館檔案室中所有相關的剪報我都存下來了，也把維吉妮亞·布魯教授發表在《英國精神醫學期刊》、《柳葉刀精神醫學》、《心理治療與心身醫學》、《世界精神醫學》和《心理醫學》等知名學術期刊上的文章全都讀了一遍。

我必須專注在史塔威爾殺人魔的案子上才行。對，沒錯，這才是當務之急。但是，就像大多數的作家一樣，我很容易分心。

我逐漸成為自己病症的專家。《神經倫理學》雜誌有篇文章引起我的注意，儘管標題下得很差：〈當你夢遊時：睡眠障礙的科學與神經生物學，以及異睡症暴力行為的法律責任之謎〉。文章中提到一九八七年肯尼斯·帕克斯（Kenneth Parks）的案例。帕克斯驅車二十三公里抵達岳父母家，殺死岳母並試圖殺害岳父。事後，帕克斯告訴警方他「覺得」自己可能「殺了人」。他的律師聲稱他當時在夢遊。陪審團相信了這個說法。

謀殺和謀殺未遂罪名不成立，帕克斯被宣判無罪。

文章作者群討論了「外部犯罪行為」（actus reus）和「內部主觀犯意」（mens rea）之間的區別。要定罪一個人，兩者必須同時成立。缺乏主觀犯意是使用夢遊抗辯策略的嫌犯最常被判無罪的原因。

文章中有一段話提供了調查的新方向。作者提到夢遊嫌犯與被害人之間的關係：

這讓我們注意到另一個令人不安的例外……被害人明顯都是夢遊者生活圈的人。然而，由於夢遊者通常與他們相當熟識，難免令人懷疑是否別有動機。在這種情況下，應該徹底調查夢遊者和被害人之間的關係。

就像莎莉．特納和她的兩個繼子。

這將是我的代表作。

給密謀收購的道格和英迪拉一個教訓。

該是更深入挖掘史塔威爾殺人魔的時候了。

二〇一九年三月十一日

西敏宮普金廳。媽今天心情特別糟。她覺得自己會在下次改組時被踢出影子內閣。她演起人民公僕來相當稱職，但我知道她見不得人的真心。她想要唐寧街十號，想當世界之王。在野黨是失敗者的代名詞。

她召見了我——一貫地透過一位滿臉痘痘的私人助理正式發出邀請——說要一起敘舊。她堅持在西敏宮見面有兩個原因。第一，繼續她明目張膽的政治幼苗培養計畫，想說服我放棄新聞工作，成為領薪水的政客和黨派喉舌。第二，好向人炫耀我，把自己塑造成女家長，好打造她未來的政治王朝。這有助於軟化她的形象，增添一點慈母心腸，不再是戴著珍珠項鍊的食人魚。

我想告訴她GVM密謀收購的事，還有我對史塔威爾殺人魔案的調查。但就像某些政客一樣，媽把世界看作是她自己的延伸，我不過是聖誕賀卡和競選活動的道具。她不問，我不說。那不是我來的目的。

家人真是奇怪的東西。莎莉．特納是史塔威爾的護理師，私下會酗酒，還有一個前段關係留下的青少年子女。她在一九九八年春天遇見當地商人湯姆．康沃爾。到了秋天，他們已經以重組家庭的型態生活在一起。家庭成員包含莎莉、她的親生孩子，以及湯姆和他的兩個兒子。湯姆是個可疑人物，曾因詐欺入獄。

兩名繼子都不喜歡莎莉，企圖拆散這對夫妻。莎莉自己就來自破碎家庭，根據後來的審判相關報導，她對「完美」家庭抱有「近乎執著的渴望」。然而，這個完美家庭並不包括兩名繼子。莎莉擔心湯姆會選擇自己的兒子而離開她，於是實施了一場精心策劃、令人不寒而慄的謀殺，趁湯姆離家出差時刺殺床上的兩名繼子，然後宣稱自己是在夢遊，對犯行毫無記憶。

但辯方的說法截然不同：莎莉．特納很快就發現，她夢想中的感情其實是最可怕的噩夢。湯姆．康沃爾不是正當商人，而是毒販。他在她住的社會住宅裡進行「寄生騙局」——把清白的地點當作毒品交易場所。證人陳述指出，湯姆甚至讓兩個兒子幫忙運毒。兩個兒子不斷用言語和肢體霸凌莎莉，湯姆卻從不阻止。她開始再度酗酒。大量飲酒會增加異睡症發作的頻率。案發當晚，莎莉以為自己正遭到繼子的暴力攻擊。她聲稱這是一次嚴重夢遊症發作下的自衛行為。

跟這些事相比，歐格維家族簡直是和樂融融。

這一次我們撐了二十分鐘，然後媽就被緊急叫回上議院處理公務。記者發現我們在一起。我為媽灑了些年輕的星光，現在我的任務完成了。媽在我臉頰上啄了一下便匆匆道別，我用我的家屬通行證自己找路離開。

之後，我到皮卡迪利的哈查茲書店逛了逛，繼續為專題蒐集資料。我發現了另一個與聖堂睡眠診所的連結。這本書叫《沉睡如死：睡眠障礙與夢境分析之司法研究導論》，作者是班尼迪克．普林斯博士，劍橋大學出版社出版。

我讀起書衣折口上的作者簡介：

普林斯博士，是享譽全球的「聖堂睡眠診所」資深合夥人兼心理學家，負責診所的犯罪鑑識工作，該診所位於倫敦哈雷街。在多間戒護精神病院短暫擔任護工後，普林斯博士回到開放大學重新受訓，成為專攻睡眠障礙與夢境分析的司法心理學家。他在世界各地演講，目前於倫敦柏貝克學院任教。這是他的第一本著作。

我認出書名引用的莎士比亞引文，但真正吸引我注意的是另一件事。戒護精神病院。和布魯教授的經歷一樣。和史塔威爾殺人魔有共同點。雖然普林斯當時只是護工，不是醫療團隊成員。搞不好根本不在布羅德摩。

讀了一個下午後，我莫名被普林斯博士迷住了，開始進一步調查。他那不修邊幅的英俊外貌，他對人類心靈黑暗角落的執著。他的演說、講座、著作和有聲節目。我下載了他上過的有聲節目，反覆聽著他的聲音。

回到小窩後，和媽見面的疲憊席捲而來。我記得以前那些發作是怎麼開始的。先是緩慢地、謹慎地，然後一口氣爆發。

我的身體渴求睡眠。我的心智卻害怕它。

睡眠是魔幻時分，是暗夜中的陰影，是本我、獸性與無意識的領地。我懼怕自己的心智。

沉睡如死。

我渴望它。

35
班

眼睛、耳朵、鼻子。視覺、聽覺、嗅覺。

如果我的理論正確，單靠聽覺治療是不夠的。鑑於安娜的眼睛始終閉著，視覺刺激行不通。但她的鼻子和嗅覺應該還能運作。

今天，我帶了兩樣東西來病房測試，都是艾蜜莉・歐格維在後續的郵件中推薦的，邏輯和兒時旋律相同。一個是側面印有香奈兒標誌的白色紙盒，另一個是從肯辛頓藍花坊買來的冰紫羅蘭花束。兩樣都承載了安娜的童年回憶。我把花插進花瓶，放在安娜床邊。然後我傾身，在她頸部兩側各噴了兩下香奈兒香水。她母親的香水，偶爾也是她自己的香水。

香味很濃，令我想起夜晚準備外出的克拉拉，小小香水瓶裡散發醉人又誘人的遐想。喚醒昏迷病人的標準療程是漸進式的感官刺激，但在我看來那太慢了。我的方法仰賴感官超載的概念，對感官發動奇襲，震醒每一種感官，最終衝破睡意。我想要像發動引擎一樣，撼動安娜的感官。

接著，我從背包拿出一副 Beats 耳機。我有一份安娜青少年早期最愛的音樂清單，決定來一次更強烈的體驗。我讓耳機連上 iPhone，打開 Spotify，往下滑到二〇〇〇年代末的泡泡糖流行樂大全，那段介於童年與青春期之間的轉折點。

我為安娜戴上耳機，調整到舒適的位置。香奈兒的香味猶存，那束花——白色洛杉磯百合、紫色小蒼蘭、藍色鼠尾草、紫色洋桔梗、尤加利葉和開心果葉——也為病房妝點了香氣。音樂，氣味。

現在剩下最後一種感官，最後一項知覺。

耳機中傳出泰勒絲歌曲的刷弦聲。我把椅子往前挪了挪，用左手脫下右手的手套。我已經徹底清洗了雙手，修平指甲的每個尖角。除了哈麗葉的照護，安娜已經四年沒有感受過真正的觸碰。那種肌膚之親的感覺。最基本的人類需求。任何靈長類動物都離不開的東西。

我深吸一口氣，壓下腦中怯懦的聲音，伸出右手握住安娜的左手。我原本以為會很冰冷，但她的手比我預期的溫暖，以一種我至今難以理解的方式活著。她還在裡面，她的大腦依然活躍中，身體也是。只不過在她的大腦和身體之間、心智和其他部位之間的連結出了問題。活著的死亡比真正的死亡更可怕。

我繼續握著她的手，移動手指輕撫她的皮膚，滑過她的手掌、手指、指縫。我的碰觸時輕時重，沒有任何浪漫或掠奪的意味，反而感覺近乎原始。就像自然紀錄片裡兩隻靈長類動物互抓跳蚤的場景，一種基本而普世的人性儀式，對另一個靈長類存在的確認。

我繼續握住她的手，又握了幾分鐘，接著準備使出最後、最具戲劇性的一招。我已經能聽見嘲笑、嘲諷及反對的聲音。但每個人平均每小時會摸自己的臉二十三次，一天下來就是三百六十八次。我拿出準備好的幾根羽毛，開始拿它們碰安娜的臉。一開始很輕，然後是頑皮般的輕搔，接著用上更重、更癢的力道，在她的眼睛和臉頰周圍來回，製造一種迫使她醒來揮開的刺激。我突然很好奇，安娜的臉上一次被非功能性或非醫療用途的觸摸碰觸是什麼時候。

我坐在那裡等待安娜的反應。這個病症既是心理也是生理的，治療也必須如此。我想起佛洛伊德早期在貝格街十九號小診間的突破，當時他把手掌放在病人額頭上，開始發展談話療法。心智與物質，頭腦與心靈，大腦與身體。

終於，是時候使出最大膽的一招了。這招是如此簡單，卻又如此奇特。觸覺、聲音、氣味。現在輪到說話了。我必須把安娜當成醒著一樣跟她說話，彷彿這是世界上再正常也不過的事。我再次在腦海覆誦最小意識狀態病人的治療方針。

1. 報上你的姓名。

2. 聊聊你的一天。

3. 要知道病人可能聽得見一切。

4. 也是最重要的，向他們展現愛與支持。

於是，我開始了。要讓安娜重新成為完整的人，我必須停止把她當成病人對待。對我而言，她必須不只是病人。

我再次感受到這種連結的悸動，彷彿只有安娜和我能繼續布魯未竟的使命。我們是一支隊伍，團結起來對抗世界。這些方法是我們的小祕密。我想起布魯留下的個案紀錄，想起她家的那場混亂，思索著那份檔案究竟和眼前這名沉睡的女人有何關連。

安娜是我解開這個謎團的唯一希望。她是我最寶貴的線人。

王子與睡美人。

我清了清喉嚨說：「妳好，安娜，我是班尼迪克・普林斯博士。」

36

克拉拉

他們出發得晚了。前往班家的路上簡直是場噩夢。才出發五分鐘，琪琪就發現自己最心愛的玩具忘在家裡，害他們只好繞回去重來。連日來的熬夜讓克拉拉的生理時鐘亂了套。她差點撞上一個電動滑板車騎士，這名壯漢對交通規則一知半解。她正想對著擋風玻璃破口大罵，突然想起琪琪就坐在身邊，只好噤成一小聲不滿。

本趟車程的最後一聲咒罵發生在她努力在匹黎可找停車位時。把班的新住處比成監獄確實不太公平，監獄的停車系統可比坎伯蘭街完善多了。繞了三圈之後，克拉拉總算在離班家五分鐘路程的地方找到一個空隙。她查看手機，發現有三通班的未接來電，還有幾封她的小組寄來的研討會安排郵件。她真懷念能睡滿八小時的遙遠往昔。很久很久以前，她甚至還能賴床呢。

克拉拉把琪琪從車裡挖出來，檢查她的東西是不是都帶齊了。班的公寓位在一棟灰泥砌面的建築物頂樓，離邱吉爾花園不遠，是跟朋友租的。電梯壞了，門廊聞起來很潮溼。房子本身小又不起眼，家具大多是些東刮一角西磕一塊的宜家貨。琪琪每次來總是興奮得顧不上抱怨裝潢。但這地方散發著一股克拉拉厭惡的離婚父親氣息，瀰漫著中年男子和空虛夜晚的臭味。

他們爬到頂樓。今天是監護安排中少有的例外。班通常只有在週末才能見到琪琪，但克拉拉這兩天要去參加研討會。班比保母便宜，也更有趣。她已經能聽見他們一貫輕鬆的閒聊。

「嗨，爹地。」

「嗨，小餅乾。」

「點心吃什麼？」

「是個驚喜。」

「什麼樣的驚喜？」

「要是告訴你就不是驚喜了。」

「有薯條嗎？」

「可能有喔。」

「我喜歡薯條。」

「我知道你喜歡。」

琪琪跑開的腳步聲傳來，她滿腦子都是爸爸答應她的薯條。克拉拉總算把過夜包扛上樓，如釋重負地放在玄關。

「為什麼我聽到有人用高八度的聲音大喊薯條？」

班拿起過夜包，放進廚房。「是樓下鄰居。我想那是他的口頭禪。來杯茶？」

班聽起來像在刻意表現正常。他的聲音比平時大，舉止也更誇張。克拉拉注意到他泡茶時手在發抖，臉色蒼白，甚至有些憔悴。她猶豫要不要說點什麼，但還是忍住了。她已經不是他妻子了，至少不再是。他們已經很久沒有情感上的交流，現在要重新開始太難了。

水壺的水燒開了，廚房充斥著低沉的咕嚕聲。兩個馬克杯已經備好，裡面各躺了一包約克夏金牌紅茶。克拉拉看著班泡好兩杯茶，拉開搖搖晃晃的廚房桌椅。

她看了看錶。「我真的該走了。」

「五分鐘就好。別為了我留下，為了免費的巧克力消化餅乾吧。」

她笑了，隨即警覺地收斂。這讓她想起他們的第一次約會。班很聰明，有點笨拙也有點害羞，總說幸福的表情特別適合她。她有時會想，如果沒有那晚的事，沒有安娜歐案件的包袱，他們的婚姻會不會不同。從那之後，一切都變了。資深偵察官的壓力，調職到赫赫有名的倫敦警察廳凶殺組，除了工作和照顧小孩，沒有時間做任何事。

克拉拉坐了下來，今天第一次大呼一口氣。

她決定留下。

37

班

我在廚房泡了兩杯約克夏金牌紅茶，兩杯都加入牛奶，顫抖地攪拌起來。我的身體焦慮地抖著，就是靜不下來。鮮血、布魯和安娜的畫面，總是在最意想不到的時候，暗暗地掠過腦海。

呼吸。吸氣，憋住四秒，呼氣，憋住四秒。據說這叫箱式呼吸法，是海豹特戰隊作戰前會做的事。我的心跳開始慢了下來。

忘記過去。把握當下。

我盼著這次留宿盼望好幾個月了，這是我難得能在平日獨自照顧小餅乾的機會。克拉拉要去布萊頓參加研討會，聽一堆關於社區參與和幫派暴力的嚴肅講座，所以我幸運獲得了當家作主的機會。家裡已經打掃乾淨，冰箱裝滿補給，蘋果智慧音響播放著輕音樂。我知道克拉拉討厭這個地方，我不怪她，但我得表現得好一點。每個細節都很重要。

我拿出一包消化餅乾——還是巧克力口味的——遞給克拉拉。她拿了兩塊，然後端起茶杯。她喝茶的習慣我再清楚也不過：左手握住把手，右手試探杯子的溫度，吹兩下讓茶涼，然後大膽啜入第一口燙舌的茶，就像在接受什麼挑戰似的。

凱洛・安・達菲有一首詩正是在歌頌戀人像這樣一起喝茶時的親密，描寫對方捧杯啜飲時的手勢。克拉拉曾經拿著手機念給我聽。我到現在都還記得每一句。

我朝小餅乾在客廳玩耍的聲音示意。「關於這位大小姐的到訪，有什麼我該注意的嗎？」

克拉拉往門口瞥了一眼。「她半夜還是會醒來。功課也受影響了。」

「我會再跟她談談。」

「因為上次談得很成功？你為什麼要告訴她照片裡的人都是在演戲？」

「我一時只能想到這個。」我看見克拉拉挑起眉毛，又咬了一口餅乾。「屍檢有消息了嗎？」

空氣一陣沉默。我感到悲傷在心中聚結。她通常會要我少管閒事，但此時的克拉拉似乎對於總算能改談公事而鬆一口氣。她還是盯著我看，我不知道此刻的我在她眼中是什麼樣子。我該死的手還在發抖，近來發生的事把我搞得筋疲力盡。每個動作都很陌生，好像我正在重新學習基本的人類互動似的。

「沒什麼重大發現，」克拉拉說。「我們確認了十處刀傷。刀痕和傷口特徵和那些一致。」她沒有明說，所以我代替她說出口。「農場凶殺案的手法重現。」我停頓，斟酌著用詞。「布魯被人用同樣的方式殺害，跟英迪拉・莎瑪和道格拉斯・比特一樣。」

克拉拉顯然不願透露更多。她說：「聽說你把警局的灰色睡衣穿得很有型嘛。」她的幽默很刺人，一向都是。這就是我們婚姻的節奏。「所以我能拿回我的衣服了嗎？」

「不可能。它們會被收在某個地方。」

「我要提醒自己：別穿最好的襯衫去可能的犯罪現場。」

「只要你不要逃到加勒比海去就沒事。」

我微笑。這又是一個我們夫妻間的老笑話。克拉拉總是拿那個誘人的開曼群島大學學院客座學者職位開我玩笑，說我要去加勒比海教睡眠心理學。那之後，這個可能性就成了我人生的終極夢想：搬到開曼群島，在七里灘最美的地方打造自己的《豪宅大解密》。我的房子會有五層樓，自給自足又經濟實惠。我會自釀蘭姆酒，克拉拉為開曼群島警察當顧問，小餅乾在海灘上自由奔跑，從日出玩到日落。我一邊兼職教書，一邊寫我的書。

我們會在那裡變老，陪著孫子孫女第一次踏浪、堆沙堡，安度晚年。我會在房子旁邊搭一個簡陋的板球場。這個幻想現在已不可能實現，但我還沒完全死心。它象徵的意義太過重大。大開曼島的田園生活是我對人生依然抱有希望的原因之一。

「布魯有跟妳提過她在布羅德摩工作的事嗎？」我轉移話題，聲音有點哽咽。七里灘上幸福家庭的畫面有時會啃噬著我。離婚的感覺太像一場失敗。

「布羅德摩？沒有，怎麼了？」

「沒什麼，我只是在整理她的一些舊文件。」我重整表情。我老得連說謊都不太像樣了。

「你把她叫醒了嗎？」

我的心思全在布魯的檔案上，過了一會才意識到她在說安娜。我忽略她嘲諷的語氣。「如果我的理論正確，那麼，讓她接觸過去的記憶和感官刺激就能喚醒她。書籍、電影、音樂、氣味、觸覺。但這種事不會立即見效。我告訴唐納利這需要幾個月的時間。」

克拉拉開始吃第二塊餅乾。「你應該知道你的工作是叫醒她，不是拯救她吧？那些好色男專欄作家整天把她比喻成睡美人就夠糟了，她不需要某個閃亮登場的博士王子給她一個甦醒之吻。」

「在現在這個時代，那個王子早就被吊銷執照了，恐怕還會被列入什麼名單。」

「我是認真的。」

「我也是。他對全國的公主都很危險。被趕走活該。下流胚子。」

「有時候，只要把本分做好就夠了，班。」

她說得對，我知道。可是這樁謎團已經讓我無法自拔。

「專注在活人身上，忘了死人吧。」克拉拉吃完餅乾，從廚房桌旁站起來。

「那一個既生又死的人呢？」

克拉拉安慰地搭上我的肩。「記得關心你女兒。還有，謝謝你的餅乾。」

我目送克拉拉離開，然後陪小餅乾看了一會兒電視。後來，她開始坐不住了，吵著要吃薯條，於是我帶她去 Five Guys 漢堡店享受罪惡的美食，一起分食一份漢堡、薯條和香蕉奶昔。然後是例行的就寢談判。等到小餅乾在我第三次要求下終於上床睡覺後，我才再度回到電視機前，並把音量調低，以免聲音傳到客房。

今晚的片子是《辣手摧花》，一部較少人知道的戰時作品，卻是希區考克自己最愛的一部。故事圍繞著泰瑞莎萊特飾演的角色展開。某天，她那魅力非凡的叔叔，由約瑟夫考登飾演，登門來拜訪。當時有名連環殺手正逍遙法外，而泰瑞莎逐漸發覺，約瑟夫其實是個惡魔。

看完電影並沒有讓我平靜下來，反倒不停想起布魯的凶殺案。有個殺手正逍遙法外，潛伏在我們之中。有人闖入布魯的家，用刀將她刺死。這個人和布魯檔案中的病人，以及九〇年代末布羅德摩精神病院的瘋狂人性有關。

我真該看些輕鬆一點的東西才對。

我睡不著，腦中全是腳步聲逼近小餅乾房間、廚房地板上濺著血跡的畫面。好不容易打個盹，夢裡又充斥明目張膽潛伏的邪惡威脅。我看見屍體墜落鐵軌，看見祕密被掩蓋。

我在剛過三點半時醒來，聽見外面有動靜。我分不清那是人還是風聲。我的眼睛漸漸適應黑暗，影子爬上牆面。我現在時時都像隻驚弓之鳥，手抖的情況沒有好轉。我該吃點藥。我起身，踮腳穿過家中，小心避開那些特別嘎吱作響的地板，走到小餅乾的房門前。

這漸漸成為一種習慣，成為噩夢太逼真時前來尋求的慰藉。

那些畫面再次閃現：布魯的房子、前門、突如其來的預感，然後是倒在地上的屍體和圓狀擴散的血泊。我的意識忽然把那扇門和小餅乾的房門混在一起，分不清當時和現在。我帶著動物本能的驚慌衝進女兒房間，氣喘吁吁地搜尋危險的跡象。

什麼都沒有。

我徹底清醒過來。眨眼、揉眼，重置。

她在睡覺。我看見她小巧的鼻子隨著呼吸輕顫，在被子下無意識地踢了一下腿。我的女兒活著，對我的存在渾然不覺。她很安詳。我站在原地看了一會才悄悄離開，生怕吵醒她。

我感覺自己可笑又失控，自私和羞恥的情緒也再次湧上。我像往常一樣，用例行公事轉移注意力。我打了個哈欠，泡了杯濃咖啡，又擦了一遍流理台，掃去地上的餅乾屑，克制想拿出吸塵器的衝動。我坐在小餐桌旁，讓門開著，好直接看見小餅乾的房間。

我守了一整夜。

我這才發現這個案子對我的影響有多大，我的大腦被玩弄得有多深。

我打開櫥櫃，拿出一包巧克力消化餅，又啜了口咖啡。睡眠不足意味著我需要別的能量來源，至少我是這麼說服自己的。咖啡因、糖分。我等待黎明到來。每個聲響都讓我驚跳，對每個動靜反應過度。原來這就是恐懼的感覺。

也是瘋狂的感覺。

我守著臥室的門，這是最重要的。我想起布魯的房子，以及侵入她小天地的殺手。不管外頭有誰，不管那人構成什麼威脅，都阻止不了我這麼做。我背負著一項重責大任，唯一值得我獻出性命的事。

他們可以衝著我來。但只能是我，不能是別人。

無論發生什麼，我必須保護我的女兒。

38
班

另一天。另一次診療。

天還很早。小餅乾的留宿結束了。現在就剩我和安娜在一起。她幾乎已成為我日常生活的一部分。

「早安，安娜。」我開口。我已經習慣了這種對話，尷尬感每次都減輕一些。我讓聲音保持洪亮、清晰、帶著權威。「妳現在躺在倫敦市中心的一個房間裡。這是個美好的早晨。有點潮溼，微微結霜，正適合來杯奶茶，配上一片抹了奶油的熱騰騰烤吐司。」

我站在窗邊，眺望著哈雷街。窗前掛著薄紗簾，保護我們的隱私。安娜看起來如此弱不禁風，如此死氣沉沉，但我萬萬不該這樣想。我必須把她當成一個人來對話。一個活生生、有呼吸、有感知的人，只是被剝奪了人際互動。一個被自己的心智困住的人；一個被自己的身體保護著的人。

「這幾天，我的女兒小餅乾住在我那，」我說，又一次意識到自己在對著靜默的房間獨白。「前幾天我帶她去吃漢堡、薯條和奶昔。結果她糖分攝取過量，興奮得不得了。等她長大後，萬一因為營養不均出什麼毛病，絕對是我害的。」

自顧自說話的感覺還是很怪，但這正是我想一個人待在這裡的原因。這就是為什麼我越來越常一大早或深夜來到這裡，就只是坐在她床邊說話。房裡如果多了第三個人，氣氛便會改變。在這裡，在安娜身邊，我不再是資深職員、悲痛的同事、受傷的丈夫或手忙腳亂的父親。我終於能全然做我自己。但是，那股被注視的感覺從未完全消失。我總覺得哈莉葉就站在玻璃後方靜靜地監視著，窺探我的祕密。這種感覺既讓人興奮，又讓人不安。

「如妳所知，我們一直在嘗試一些基本的感官刺激測試。電視、音樂、增加觸覺刺激，還有試圖喚起過去記憶的氣味，希望能幫妳解鎖一些什麼。」

我回到床邊。在精神分析的早期，分析師通常會坐在患者的視線之外。優秀的分析師極少發言，盡量讓病人表達。但這會兒感覺起來，我們的位置好像對調了：我成了那個自由聯想、在病房這個安全空間內傾吐心聲的人，而安娜才是沉默的分析師。

我把凳子挪近了些，盡量不讓自己的語氣像個治療師。「安娜，我想對妳誠實，也想告訴妳其他的治療選項。我相信妳聽得見，也有能力對治療表達意願。我想給妳這個機會。」

我耳邊響起質疑的聲浪。心理學不意外，他們說。諮商師對著熟睡的女子說話，彷彿真能等到回應似的。但在那些人眼中，病人永遠只是病人，只是手術台上的某種生物組織。而對心理學家而言，病人是獨特而立體的。那些細微的個人特質就是一切。

「我們會繼續感官刺激練習和談話療法，也可以考慮搭配藥物治療。由於目前全球放棄生存症候群的案例不夠多，醫學文獻的幫助有限，但這依然是一個選項。」

我有點不安，覺得應該向她坦白。坦白意味著要供出史蒂芬·唐納利、司法部、國際特赦組織的請願，以及白廳那邊急著讓安娜出庭受審的想法，要讓安娜為她兩位摯友的死負責。要說國際特赦組織向歐洲人權法院提出訴願的時程正步步逼近。司法部要求在那之前看見成效。

我看了看錶，再五分鐘哈麗葉就要來了。我拿起艾蜜莉給我的書，看著尤里比底斯《美狄亞與其他戲劇》的黑色封面。我想起當時提到這本書時布魯的反應，以及她後續的種種行為。這本書一定有點蹊蹺。

我翻到序言，看見安娜用淡淡的鉛筆痕標記的段落。我想找一段她可能記得的內容，一段對她有意義的段落。這段看起來不錯。

我迅速掃過文字：

【馬拉松】和薩拉米斯之戰讓雅典人清楚意識到，在這個野蠻的世界中，建立與發展文明價值的重責大任，全然落在身為希臘文化領導者的他們身上。

唯獨「馬拉松」這個詞被圈了起來，讓我覺得奇怪。更準確一點來說，是覺得有點突兀。這段文字談的是馬拉松戰役。雅典對戰波斯，西元前四九〇年，比尤里比底斯出生還早十年。我看看那段文字，再看看安娜，所有舊有的疑慮重新浮現。我不確定自己是不是在捕風捉影，思考是否睡美人派的主張才是對的。我想像安娜睜開眼睛，先是看見兩名摯友血淋淋的屍體，然後再看見緊握在手中的凶器。無論她是否蓄意，安娜殺死兩人是事實。再多的背景與解釋——夢遊、藥物、酒精——都無法抹去這項罪行。那雙柔軟的小手也許看似無辜，卻是雙殺人的手。

一個聲響打破寂靜，是我的公務手機傳來行事曆提醒。我查看螢幕，上頭顯示的是今日第二場會面的細節。

該去見安娜的父親了。

安娜的筆記本

二〇一九年三月十八日

寒冷。黑暗。空虛。

我醒來。發現自己不只是在小窩外面，而是整棟大樓外。街道鋪面。凹凸不平，垃圾四散。我只穿著睡衣，而現在是三月。天氣惡劣。

我一定是在做夢。但我知道不是。

以前那種昏昏沉沉的感覺又來了。我眨眼，吞嚥，咳嗽，再次眨眼。我很累。我腦子裡想著英迪拉、道格、GVM、收購案、媽、爸、史塔威爾殺人魔、布羅德摩、普林斯博士、布魯教授。

流落街頭，沒有鑰匙。噩夢真的回來了。家庭出遊，學校宿舍，同樣的寒意和顫抖。無可否認。我被鎖在大樓外，沒有手機，沒有室友，氣溫零下。

我又夢遊了。

眼下只有生存是最重要的。小窩樓上樓下都有人，我考慮按鈴，請人放我進去，但小窩的門應該也是鎖著的。我彷彿已經能遇見報紙頭條：「女爵之女半裸現身倫敦街頭」。媽媽暴怒，席歐大笑，英迪拉和道格藉機把我踢出雜誌，搞定GVM的收購。

兩條街外有一間二十四小時營業的小咖啡店。那裡清晨生意很好，有很多早班客人光顧。我躲到那裡避難，隨口編了個理由，蹭到一杯免費咖啡。我縮在窗邊，感覺荒謬至極，無視那些打量我單薄睡衣的猥褻目光。我用店裡的電話叫了接急案的鎖匠，答應對方一回家就付錢。

一天才進行到八點半，我已經砸了三百英鎊在鎖匠身上。樓下的鄰居看見了我，但沒說什麼。我回到房間，耳邊又聽見寄宿學校裡那些瓷娃娃千金嘲笑我的聲音，嘲笑那個邪惡本性只在夜間甦醒的可憐蟲。我本來就快要成為另一個人了，一次徹底的重生。

現在我又退回了老樣子。

狼人。夜行者。

向著夜色嚎叫著我的憤怒。

二〇一九年三月二十五日

倫敦圖書館。一週過去了。沒有Google新聞快訊，沒有推特或IG標記，沒有成為報紙邊欄笑料，也沒有模糊的手機照片拍到我穿著瑪莎百貨睡衣，和一群大啖英式早餐的人擠在一起。

我暫時擱下莎莉．特納／史塔威爾殺人魔的研究。今天的調查與其說是職業需要，不如說是出於個人興趣。我回到學生模式，鑽進書庫翻找資料，抱回一疊關於夢遊的書，還有一本書況極佳的《歇斯底里研究》。有種回到老朋友身邊的感覺。

佛洛伊德和布魯爾序言中的那句話，一直縈繞在我腦海：

……多年來，我們一直在多樣的歇斯底里形式與症狀中尋找其誘發的原因——那個往往發生在多年之前，第一次引發相關現象的事件。

我跳著翻閱，在頁面上掃視，直到找到另一句我喜歡的話，是佛洛伊德在書的後段寫的。他提到「病人的痛苦經歷與疾病症狀之間，有著極為密切的關連，這種關連是我們在其他精神疾病的演變史中尚且無跡可循的」。

精神疾病的演變史。這就是我要用來釐清自己病症的方式。我得回到第一次發作的時刻，找出那個誘發點。小時候那個混沌不穩的時刻，醒來時發現自己醒來的地方與入睡處不同的瞬間。媽要我別搗蛋。爸拒絕相信我。說辭和經驗對不上。

我為那個睡衣汗溼一片的小女孩感到難過。我想穿越時空告訴她，一切都會沒事的。她真的是在床上閉眼，卻在樓下睜開，完全不記得自己是怎麼去到那裡的。

我想告訴她，她被不受控的心智困住了。

但此刻，已經是二十年後。那些發作又回來了。

我害怕夜裡的自己，害怕自己可能會做的事。

我害怕那些沉睡在體內的邪惡念頭。

39
班

貝爾格萊維亞這一帶的房子外觀都很類似，一不小心就會搞錯。我沿著切斯特廣場往前走，找到正確的門牌號碼。所有預料中的元素都在：雪白的外牆，搶眼的圓柱，幾級通往黑色大門的小台階，門上掛著閃亮的銀色門環，前庭修剪得一絲不苟，整棟房子彷彿裹上了保鮮膜，生怕被人使用。

帶著西班牙口音的女管家領我穿過走廊，來到一間設計感強烈的會客室。這是間適合欣賞而非生活的空間，放著擺明要人看的家具和不實用的窗簾，地板鋪著地毯，中央的咖啡桌上隨意擺著幾本精裝書，八成是從某間梅菲爾區的時髦書店買來的，兼營圖書館設計的那種書店。

我瞥見一本畢卡索的書，一本紐約景點指南，還有一本介紹瑞士韋爾比耶的。我幾乎可以想見忙碌的書商是如何接到客戶委託並調出相關資料。理查·歐格維無疑是紐約的常客，假期則在韋爾比耶度過，曾經——或者現在依然——擁有一幅畢卡索真跡。又或者，這些書只是為平淡無奇的現實增添光彩罷了。我一直站著，直到門咿呀一聲打開才轉身。

儘管從事金融而非政治，理查·歐格維整個人的表演性卻比他前妻更強。艾蜜莉看起來像個悲劇纏身的母親，反觀理查則像變色龍般遊刃有餘。他那雪白微長的頭髮和晒得均勻的古銅膚色透著幾分演員氣質。他穿著訂製襯衫，腳踏莫卡辛便鞋。我真該向他學習穿搭才是。

「理查·歐格維，」他報上姓名並和我握手。「你一定就是那位睡眠醫生。特地跑一趟，辛苦你了，來，請坐請坐。」

「謝謝。」

「艾蜜莉說你去找她時，對上帝發表了一些不太恰當的評論？我很驚訝你能活著回來。」

我在一張奶油金的沙發上坐下，他坐在對面。「我想，上帝應該大人有大量，能容忍我的頂撞，你不覺得嗎？」

理查聞言一笑。「結婚一久，最令人震驚的是，」他說。「二十年，甚至三十年後醒來，發現你的另一半不再是你當初認識的那個人。如果有人告訴我艾蜜莉有一天會穿上牧師領參加晨禱……你知道的，就像福爾摩斯說的那句話。」

「我懂，」那也是我最喜歡的一句。「當你排除了所有不可能的情況，剩下的無論多麼離奇，都必定是真相。」

他微笑著點點頭，眼裡閃著少年般的神采，看起來一點也不像是為女兒哀悼了四年的人。他虎視眈眈的氣質令我不安。

「我剛認識艾蜜莉時，她一天抽三十根菸，喝酒像喝水一樣，對政治毫無興趣，還嫌吉曼·基爾簡直是個清教徒。畢竟那是八〇年代嘛。話說回來，我那時也深信資本主義應該被消滅，讓紅軍占領白金漢宮。三年後，我成了投資銀行家。倉促結婚，悔恨終生。醫生你結婚了嗎？你說你姓……？」

「普林斯，」我說。「班尼迪克·普林斯。沒有。我和妻子離婚了。」

「那你想必懂我在說什麼。」

這是一句陳述，而不是一個問題。我已經察覺到理查正在試圖操控我們的談話。這個場面由他主導，而不是我。我猜他向來習慣支配他人——客戶、同事、子女。他有著專屬於勝者的笑容。

「總之，」理查繼續說，「艾蜜莉跟我提過你在嘗試的新療法，說是跟讓她的感官過載有關。你是從哈雷街上那間名人愛去的診所來的，對吧？我忘了名字。」

「聖堂。」

「對啦，聖堂。那這個新潮的療法又是哪裡來的？」

「從我發表在《司法心理學期刊》的一篇論文發展出來的，主題是神經系統功能失調治療。醫界簡稱FND。」

理查點頭，臉上依舊是一副不以為然的樣子。「是的，我讀過你寫的東西。所以說就是心身症？你認為這一切都是她的心理作用？」

我微微僵住。「事實上，我們對放棄生存症候群所知甚少，就像多發性硬化症、阿茲海默症和運動神經元疾病，甚至是帕金森氏症一樣。神經科醫師也沒辦法確定這些疾病的成因，它們無法被完全解釋或治癒。放棄生存症候群也不例外。」

「成功機率有多少？你要知道，我這人喜歡跟百分比打交道。給我一些具體的數字。」

「我認為，唯有重新對人生燃起希望，你女兒才會醒來，」我語氣平穩，堂堂正正地說。要是我聽起來軟弱，論點就會顯得更站不住腳。「要幫助安娜甦醒，我必須給她一個活下去的理由。把她轉到聖堂是有益的第一步，讓她重新接觸過去生活的元素——音樂、電影、觸覺、氣味、對話——則是第二步。你的前妻已經告知過我安娜夢遊的情況，但我想多了解她的情緒和行為。至於機率嘛，誰都說不準。治療已經進行了幾週，我有信心很快就會看見成效。可能非常快。」

「我前妻總認為夢遊可以解釋一切。」

「夢遊或許可以解釋凶殺，但未必能說明放棄生存症候群。除非安娜在某種程度上知道自己做了什麼。」

理查看我的眼神多了一絲敬意。「啊，沒錯，這正是兩難之處。假如她沒有意識，那為什麼會陷入沉睡？但如果她有意識，那她行凶時就不可能是在夢遊。無論哪個答案都對她不利。」

「沒錯。」他談論自己的孩子就像在談論一件物品。我越是治療安娜，就越想保護她。這個世界已經毀了她的名聲，她的家人仍在餘波中飄搖，哈麗葉和我是她身邊僅剩的兩個人。我是安娜與外界之間的守門人，是童話故事裡的王子，立誓守護她、解救她，不管這個想法用現代觀念來看有多噁心。

「你和道格拉斯．比特和英迪拉．莎瑪熟嗎？」我問。

理查的表情僵了一下，肢體語言也緊繃起來。「大概偶爾在家裡見過幾次吧。怎麼了？」

「你對他們有什麼看法？」

「道格拉斯看起來是個不錯的小伙子。至於英迪拉嘛，我就不太清楚了，我們沒說過幾句話。」

一談到安娜的朋友，他似乎變得格外敏感，尤其是英迪拉。也許他擔心這會觸及法律陷阱。我不禁好奇她是做了什麼才讓理查這麼排斥她。我拿出手機，找到合適的影片。這是步險棋，但有其必要。只有這樣才能好好解釋我的理論。

「有位護理師注意到安娜對〈Yesterday〉這首歌有反應。你前妻證實，她在安娜小時候經常用鋼琴彈這首曲子。雖然歌詞很悲傷，但我認為這首歌在安娜的潛意識中承載著某種特殊意義。它代表著安全、樂觀，或者說，代表希望。我們正在讓安娜接受一系列強烈的感官刺激，這些刺激綜合起來，應該能逐漸將她拉回表層意識。但最終很可能還需要某個小事件——某個觸發點——才能讓她一舉醒過來。」我遞過手機，影片開始播放：音樂聲、監測器，還有安娜臉上隱隱閃掠的活動跡象。

我稍作停頓，然後才繼續說：「所有人都把焦點放在農場命案當晚，或是案發前幾小時的森林，但我認為問題藏在更深的地方。農場前的幾個月一定發生了什麼，讓安娜的夢遊症嚴重發作，再加上那晚的事，最終導致她陷入長期的放棄生存症候群。一定有什麼事摧毀了她所有的希望。除非我能找出那件事，否則你女兒很可能永遠醒不過來。」

理查此刻面無表情，默默消化著他剛才看到的一切。他把 iPhone 遞還給我。安娜的影片戳破了他自以為是的架子。他看起來很挫敗，變回一名眼睜睜看著自己的孩子受苦，卻無計可施的父親。

他讓自己鎮靜下來。「你到底想知道什麼？」

40 班

訪談結束後，我不是很想立刻回匹黎可。我離開切斯特廣場，改往哈雷街走去，一路反芻著理查．歐格維告訴我的一切。我思考著父女關係，腦中浮現小餅乾上週末離開家時，最後回眸的那一眼。

我從聖堂後門進去。時間在這裡彷彿靜止。婚姻最慘的那陣子，我總是躲在這道牆內，假裝家裡的情緒風暴不存在。我還記得那個在克拉拉手機裡發現簡訊的週末。那個號碼在她的通訊錄裡被存為「醫院」。我折磨了自己好幾個月，不停猜測那個男人是誰。我總把他想像成是腦外科或神經科醫師，某個瞧不起睡眠心理學的人。那種憤怒與背叛感，至今仍未完全散去。

我回到辦公室，待了半小時，寫下與理查訪談的報告。

我總結出幾點摘要：

- 理查證實，直到艾蜜莉在退學事件發生時告訴他後，他才得知安娜有夢遊的情況。
- 理查聲稱，當初他才是那個認為尋求治療會引發政治醜聞的人。他認為時間是治療安娜異睡症的最佳良藥。
- 理查對安娜在牛津畢業後創辦《基石》雜誌有所疑慮，但聲稱他欣賞女兒的創業精神。
- 理查坦承，自己有時難以和女兒建立連結，不過倒是透過看曼聯的足球比賽培養出不少感情，這是從她小時候就開始的傳統。

- 理查表示安娜曾經為了研究多次造訪布羅德摩。
- 理查說安娜用他的信用卡買了一台全新的筆電，據說是為了和某個能提供布羅德摩消息的線人聯繫，但筆電和線人都在二〇一九年那晚的悲劇之後消失了。
- 理查證實了艾蜜莉．雪柏德的證詞，說安娜的新調查和史塔威爾殺人魔有關，而且她迷上了《美狄亞》這齣劇本。
- 理查對於那晚森林中發生的事，為何會引發安娜的異睡症毫無頭緒。

我儲存並加密摘要，然後打開抽屜，拿出安娜的《美狄亞與其他劇作》。我再次翻閱書頁，在接近結尾處停了下來。

> 還有什麼能比這更奇異、更駭人？
> 噢，女人的床榻啊，滿溢激情與痛苦，
> 這世間多少罪惡與悲傷，皆由此而生！

我泡了另一杯咖啡，反覆思索這段文字。

今晚值班的是另一名護理師，我卻不由自主想起哈麗葉灑著雀斑的微笑，想起她照顧安娜的樣子，在這個以睡眠為中心的世界裡有種特殊的親密感。我厭倦了獨自和自己的思緒為伴。我突然有股衝動，想要向另一個人類袒露心聲、傾訴祕密。

哈麗葉是維持安娜生命的人。她負責換床單、幫病人更衣洗澡，做所有不體面的工作。她在高戒護精神病院的圍牆內生活了這麼久，有能力把布魯的檔案翻譯成外行人聽得懂的語言，為其添加色彩和脈絡。解開謎底。

我聽見辦公室電話響起，不情願地拿起話筒。

「喂？」

我倒入牛奶，攪拌。

「普林斯博士，三樓貴賓病房有緊急狀況，請您馬上過去。」

41
班

一切瞬間靜止，聖堂內部的所有喧囂戛然寂滅。這不可能，卻的確發生了。

值班護理師的來電。

普林斯博士請速至貴賓病房。

我感覺自己像是靈魂出竅，從高處俯視這一切。

衝下樓梯、匆忙消毒、進入病房。值班護理師站在床邊。病房感覺異常地涼，讓我後悔只穿了襯衫下來。不知道是消毒時被水龍頭冰冷的水凍的，還是別的什麼，別的更玄妙的原因。

但這股前所未有的寂靜是我不曾感受過的。

「什麼時候發生的？」

護理師一臉緊張，局促不安。她輕咳了一聲後說：「我剛才出去接了個重要的私人電話，回來後查看測試結果時，在監測器上發現的。」

「妳確定嗎？有沒有可能是妳看錯了？」

護理師沒有半分遲疑，語氣篤定而清晰。「我確定。」

「持續多久？」

「我說過，不可能——」

我揮手打斷她的顧慮。「大概就好。」

「幾分鐘吧。我打給你的時候好像就停了。」

「『好像』聽起來不太確定。」

「確實停了。」

「從妳打電話給我，到我來之間，沒有再發生過？」

「沒有。」

「你有做什麼跟平常不一樣的事嗎？」我問。「我想知道所有細節。音樂、動作、言語、觸碰。任何可能讓安娜有所反應的事？」

「我不確定。」

「好好想想。一定是什麼觸發了她。」

護理師陷入沉思。我很想引導她朝對的方向思考，但在這種時刻，提示很可能會搞砸一切。我需要確切掌握事發的前幾分鐘，在她打電話給我前的那幾分鐘，到底發生了什麼。

終於，護理師想起了什麼。「我開了電視，就只是想看看比分。」

我的職責是保持理性和超然，所以我努力壓下情緒。私人電話、上班看電視，這些事等等再說。「哪場比賽？」

護理師露出尷尬的表情。「其實挺蠢的。」

「放心，沒什麼蠢不蠢的，只要說實話就好。」

護理師嘆了口氣。「切爾西對曼聯。我押了曼聯贏，就只是想看一下能不能賺一筆。」

我想起理查和安娜會一起看曼聯比賽的事。在她發現父親的不忠、認清雙親的脆弱之前。那些球賽象徵著童年、興奮、晚睡，以及她所不認識的奇妙世界。我咒罵自己竟然漏掉這點。

「電視一直開著嗎？」

「對。發生那件事後我就關掉了。」

我希望我的理論是對的。我試過書籍、音樂、電影、花朵、香水、羽毛、對話。這場來得美妙的球賽是這套療法的合理延伸，證明了我的理論。普林斯療法。

我需要她，她需要我。獨特的羈絆將我們緊緊相繫。全世界僅此兩人。

但同時，我還有其他事要擔心：喚醒她，是否就等於鎖上牢門，也等於違背了醫者治療而非定罪的誓言？我是不是在幫助國家監禁一個不知自己犯罪的罪犯？我是否站去了歷史錯誤的一方？

我站在床邊，低頭看著安娜，耳邊再次響起護理師的那通來電。

那句扭轉一切的話。

病人剛剛睜開了眼睛。

安娜的筆記本

二〇一九年四月一日

皮卡迪利圓環，澤德法式餐酒館。英迪拉生日！我們坐在紅色雅座。這裡的戰時巴黎風情可濃了。我想起那些加入貝克街特別行動處的女特工跳傘空降到維琪政府法國的故事，好奇自己要是被送到敵方陣線會怎麼應對。

樂隊正在演奏。熱戀中的情侶們眉目傳情。回小窩後肯定少不了一場派對，放著不怎樣的音樂，招待更不怎樣的朋友。但今晚只有我們。

我們喝著酒，英迪拉拆開我的禮物。我內心依然期待著她會坦白她與GVM的祕密會談，坦承為什麼我最好的兩個朋友會在背後密謀賣掉我創立的公司。她一定會說把我踢掉是道格的主意，然後我會假裝震驚，接著表示同情。到時就會換成我們兩個對抗全世界。我會告訴她我的夢遊發作，以及我對它再次發生的恐懼。她會讓我不再那麼害怕。我們會一起大笑。一切就會恢復原狀。

但她什麼也沒說，我們只是放肆狂喝。我談起史塔威爾殺人魔的故事。她也記得莎莉．特納的案子，記得她對於一個女人打破社會最根本禁忌本能地感到憤怒。繼母殺害兩個孩子。違反自然法則。

之後，我們醉醺醺地在鈉燈照耀下的城市遊蕩。我不是唯一的說謊高手。她沒露出半點破綻。沒有眨眼、忸怩或踉蹌。即使在我們回到小窩之後，我依然還在等。但我們只是跌跌撞撞地進屋。我們擁抱、嘆息，然後就散了。沒有史詩般的對峙，也沒有黎明的決鬥。

這是我第一次意識到，我已經不再信任她了，甚至連喜歡都稱不上。室友就是這樣變仇人的。我們沒有膽量正面對質，心機卻又太深，不願放過任何一次小小的政變和攻城掠地。

沒錯，也許是酒精害的，但在我們擁抱的那一刻，我確實恨她。恨她的謊言，恨她的偽裝。恨那個仗著自己古典美的臉蛋、雕塑般的身材而自以為能把我踩扁的英迪拉。以為我會坐以待斃。以為我天真到無知。

回到房間後，我又翻出那篇《神經倫理學》雜誌那篇曲高和寡的學術文章，重讀我一直忘不了的那一段。那是亞里斯多德《倫理學》中舉的一個例子，探討誰該為犯罪行為負責。

亞里斯多德以醉漢為例：

……儘管一個喝醉酒的人在醉酒時的行為並非出於自願，亦無法完全掌控自己，但他在選擇喝醉時，卻是清醒且具有理智的，因此應當為此負責。那些因過量飲酒或其他可控因素誘發夢遊發作的人，與此例無異。

從古至今。我想起莎莉．特納的案子。酒精助長了她的異睡症。她在案發前幾天酗酒，是她親手引發了自己的瘋狂。

而我今晚也違背了自己的誓言，喝得太多了。

我闔上筆電，躺到床上。酒精會引發夢遊，失眠也會。這個惡魔不會放過我。我被困在睡眠和理智之間——睡也是罪，不睡也是罪。

我罪入膏肓。

二〇一九年四月八日

今天又待在小窩。我還在繼續挖掘。

回到我的犯罪紀實報導。莎莉．特納的幽魂。

我翻閱二十年前關於史塔威爾殺人魔案件的剪報。「新民調：七成四民眾要求絞死『史塔威爾殺人魔』」（太陽報）；「『兒童殺手』出庭受審」（每日快報）；「『惡魔媽媽』面臨審判」（每日郵報）；「特納以夢遊抗辯雙屍案」（泰晤士報）。

我向內政部、司法部、倫敦警察廳、西倫敦國民保健服務信託單位和衛生部遞交了更多政府資訊公開申請。我用我的「@安娜歐」帳號在推特上發文，呼籲大眾提供更多線索。我沒透露具體細節，只說想找布羅德摩內部的知情人士。

我的私訊不意外地被怪人塞爆。但有一則訊息勾起了我的興趣。我一看見帳號名稱就笑了。

雖稱不上原創，但還是令人印象深刻。

我點開第一則訊息。

「@病人X」。

42 蘿拉

這件事令她著迷不已。她把他網路上所有的演講都聽完了，甚至下載了一些他上過的有聲節目。蘿拉總是自詡為安娜歐檔案庫策展人，這次也不得不勉為其難地對他刮目相看。

經過了這麼多次未果的嘗試，也許班尼迪克．普林斯博士就是那位合適的人選。她已經認識他了，至少她自認如此。她能看出他緊張時臉上的緊繃，也能捕捉到他疲倦時顴骨的抽動。近距離監視本人更是有趣極了。

蘿拉此刻正小心翼翼地注視著聖堂的後門，普林斯醫生還站在那裡，和某人低聲交談。跟蹤這個詞用在這裡太難聽了，蘿拉更喜歡調查這個說法。這不就是警察和私家偵探天天在做的事嗎？所謂偵察工作的真諦。普林斯博士比照片上看起來更英俊，只是略帶笨拙。一頭金褐色的亂髮，保守卻時髦的穿衣品味，不打領帶的襯衫和款式平實的卡其褲，輕鬆的週五還會換上一雙有點磨損的切爾西靴。臉上永遠掛著那副完美到近乎輕浮的微笑。

是的，有些人可能會說這種行為——連同她日以繼夜做的一切——擺明了就是走火入魔，是無法好好走出那夜創傷的表現。但實際上，她只是非確認不可。整個安娜歐的調查工作從一開始就搞砸了。媒體不停大肆炒作聳動的謠言，把安娜從活生生的人炒成了一則神話。她得確保普林斯博士不會重蹈覆轍。

這就是她跟蹤他的原因。這就是她為什麼要如此貼近這起調查。

蘿拉看見班結束和對方的談話——是個女的，聖堂的員工之一。看起來是晚班人員，和其他清潔工、櫃檯接待、資訊技術人員和送貨司機一樣只是這齣戲的配角，不夠格登上演出名單。但普林斯博士確實有勾引小職員的毛病。他們兩人各自朝不同方向離去。沒有了羅勃茲護理師在身邊，博士顯得形單影隻，甚至略帶悲劇色彩。那位護理師成就了他，可惜一介小護理師永遠居不了多少功。

蘿拉聽得很仔細，也聽懂夠多，大致能推測出今晚是個什麼情況。顯然有大事發生，安娜的狀況似乎有了某種突破，必須全天候監控。夜班警衛答應會格外警戒。普林斯博士回到屋內。頂樓依然燈火通明。

蘿拉拿出手機，確認四下無人後，悄悄地為她的收藏拍下普林斯博士的照片。

那一夜究竟發生了什麼，真相仍待大白。她不會允許他們抹去她在歷史中的一席之地。有罪之人需要為罪孽付出代價。

該是繼續發文的時候了。

43
班

我幻想這一刻很久了。

但眼前的景象仍舊一成不變地熟悉。安娜雙眼緊閉，身體僵在床上不動，糾纏的管線像多餘的肢體般從她身上探出。

我走向病床，在平常那張小凳上坐下。對於即將從最小意識狀態甦醒的病人，檢查方法很簡單。

首先：病人能否遵循簡單的指令？

「安娜，我是普林斯博士。班尼迪克。我要妳幫我彎曲左手，隨便怎麼動都可以。妳做得到嗎，安娜？」

我聽起來很高傲，但那是因為有觀眾在場。我和安娜獨處時的親密在這裡會顯得很不專業，只好切換回醫生的角色。變回諮商師，專業人士，而非狂熱的安娜啦啦隊。

「班……」

哈麗葉的聲音嚇了我一跳。幾小時前，她就下班了。我接到值班護理師的電話後，傳了個訊息告訴她最新情況，但沒想到她這麼快就趕來。她的雙手和手臂還帶著剛消毒完畢的水氣。

「我把皮夾忘在這了，」她說。「原本是要回來拿皮夾的，剛好收到你的訊息。」

「來得正好。」

我回頭看向病床，看見安娜的左手有幾乎看不見的顫動。我靜靜等待，祈求其他部位保持靜止。

接著，終於，又出現一次明顯的抽動。安娜的左手在動。我看見她的眼皮周圍也有細微的顫動。

現在，我準備嘗試第二個問題。標準的最小意識狀態檢查方針。

「安娜，我知道妳聽得見我，我還有幾個問題要問妳。妳能幫我把頭往右側偏一下嗎？」

這是最容易做的動作。由於長期臥床，她的其他肢體已經萎縮了。但在枕頭上動動頭還可以。我感覺到一旁哈麗葉的存在。外面的世界變得寂靜。

「安娜，如果妳聽得見我，就把頭偏向一邊。妳做得到的，安娜。」

我聽起來像個激勵人心的教練或學校的籃網球老師。但研究顯示，身分認知是最大的關鍵。不斷重複她的名字、說鼓勵的話、重現童年的模式和撫慰——患者感到安全的時期——都可能很有幫助。

「你看……」

哈麗葉已經成了我的偵察兵和副官，能夠察覺戰況的細微變化，並回報給司令部。我再次專注回安娜身上，努力不被自己的想法分心。我非常仔細觀察，發現安娜的頭微微向右傾斜。幾乎看不見，但沒錯，確實有動作。

「做得好，安娜。太棒了。妳現在人在聖堂睡眠診所，妳很安全。」

還有更多測試要做。下一階段是要看安娜能否夠伸手拿東西，或表現任何自主行為。確認心智和身體之間的連結正在恢復正常很重要。要確認思想能夠轉化為動作。這一切都是為了讓安娜能夠再次睜開眼睛做準備——一次、兩次、依照指示行動。我必須繼續和她交流。

「安娜，妳表現得很好。我們快成功了。我只剩最後幾個問題……」

我開始進行剩下的檢查。這一刻我已經想像過無數次，幾乎能反射性地問出問題。我要求安娜摸自己的臉。我等待，再問一次，然後目不轉睛地看著她的右手笨拙地摸索上半身的輪廓。她的雙眼依然緊閉，沒有表現出清醒的外在跡象。但她的大腦還在運作。她就在身體某處。

接著，我請哈麗葉準備把安娜推去四樓的核磁共振室。我們需要用功能性核磁共振造影測試安娜的腦部還剩哪些功能，然後拿去和其他最小意識狀態病人以及放棄生存症候群患者的數據做比較。

哈麗葉和值班護理師為安娜做準備時，我在一旁等待，並繼續用 BBC 廣播四台會出現的柔和語調說話。我不能讓安娜被此刻的動靜嚇到。一旦她的心智進入戰或逃的模式，喚醒她的機會就會再次溜走。

「安娜，我是普林斯博士。妳做得很好。我們現在要帶妳去四樓的房間，那裡有做功能性核磁共振的設備，可以測量妳的腦部活動，讓我們進一步了解治療的進展。我還會再問幾個問題，很快就會結束。妳表現得太棒了，安娜。我們就快成功了。別放棄，安娜。」

我想了一下是否該親自打個電話給艾蜜莉或理查·歐格維。但我決定，錯誤的期待比杳無音訊更痛苦。我應該先等等。

我們到達下一層樓。哈麗葉、值班護理師和一名技術人員開始前置核磁共振設備。我在監測螢幕前就位。安娜被輕輕放進機器。嚴格來說，核磁共振檢查是神經科醫師的工作。我這是在越權。撈過界了。

但我是不會讓我的案子被搶走的。去他的規定。

我繼續用溫柔的聲音安撫。我靠近麥克風。

「安娜，接下來的問題會有點不一樣。這一輪，我要妳想像一些事物，只是要讓妳的大腦動一動。如果妳想像不出來，或是沒有任何想法也沒關係。妳已經表現得很好了，安娜。」我摀住麥克風，喝了口水。「要開始囉……我要妳想像自己在做最喜歡的運動。想像小時候被叫進屋吃點心前，在院子練習的樣子。」

兩分鐘。我等待、觀察、記錄。

「接下來，安娜，我要請妳想像自己走在小時候住的家。漢普斯德的那棟房子。想像家裡的每個房間：廚房、客廳、妳的房間、浴室、櫥櫃。想像你的手沿路摸過表面，聽見屋裡的人聲和雜音。」

同樣的步驟重複：等待、觀察、記錄結果。

「現在，安娜，幫我想像另一件事。想像寫作的感覺，想像妳正在施展自己的專長。想想文字在紙上慢慢成形，想想妳無窮的想像力。寫作對妳來說是什麼感覺？給妳怎樣的快感？」

這一次，我不需要哈麗葉提醒，從螢幕就看得一清二楚。這些結果和稍早那些動作一樣，將成為放棄生存症候群治療上的里程碑。我得動筆寫續作了。紀錄片提案，BBC里斯講堂邀約。這項成就夠我吃香喝辣一輩子。

「最後，安娜，請妳想像說出妳爸媽和妳哥的名字，想像妳叫出他們的本名，還有小名。想你們四個人在一起時妳都是怎麼稱呼他們的。讓這些名字在你腦中盤旋，細細品味，好像能在舌尖上嚐到它們一樣。」

我彷彿再度聽見神經科醫生和「真正的」醫生放聲大笑。但我不在乎。他們被自己唯物主義、視人如物的醫學觀給局限，不過是群留著好看鬢角、問診態度稍佳的維多利亞屠夫罷了。他們把功能性疾病當成巫醫那一套，跟江湖郎中和牧師歸在同一類。

我瞥了哈麗葉一眼。我已經得到我要的了。就算是外行人也看得出來，我每問一個問題，安娜的腦部活化程度就顯著增加。她正在漸漸甦醒。

哈麗葉望向核磁共振儀。「要把她送回去了嗎？」

「好。慢慢來。」

「要啟動琥珀計畫了嗎？」

我沒有立刻回答。琥珀計畫是甦醒的代號，一啟動便會觸發所有後續行動：通知最近親屬、司法部、發布新聞稿……

這個決定相當重大。

我深吸一口氣。我在柏貝克學院教課時一定會提到兩個案例。一位名叫穆妮拉・阿卜杜拉（Munira Abdulla）的女士在車禍後昏迷了整整二十七年，為了不讓四歲的兒子受傷而陷入最小意識狀態。將近三十年後，她在巴伐利亞的一間專科診所醒來，原因出奇簡單：有人在她的病房吵架，讓她以為兒子再次面臨危險。她醒來後說的第一句話是「歐瑪」，她兒子的名字。她上一次見到兒子時他才四歲，如今已經三十二歲了。強烈的母性本能衝破了將近三十年最深沉的睡眠，將她拉回人間。

第二個案例是來自阿肯色州的美國病人泰瑞・瓦利斯（Terry Wallis）。一九八四年，他的卡車從橋上墜落，在最低意識狀態中度過十九年，二〇〇三年才醒來。醒來時，他以為自己還是個少年，喊著找媽媽並要了一罐百事可樂。康奈爾大學的研究團隊在《臨床調查期刊》上就此病例發表了一篇創見。瓦利斯先生的短期記憶嚴重受損。儘管時光流逝了十九年，他仍然深信現在是一九八四年。

從那一刻起，他的時間就徹底停滯了。

我突然有股衝動，想趁細節還沒溜走之前拿紙筆記下這一切。我的理論奏效了。蘭普頓戒護醫院那次難以解釋的事件再度重演。我在期刊論文中勾勒的假設剛剛出現了第一個、也是最驚人的個案。我運用回憶的吉光片羽，成功將病人帶回現實。

哈麗葉做完準備。「所以，」她說。「你決定好了嗎？」

值班護理師走到外面。門嘶地一聲關上，保持環境無菌。房間依然很冷。我看著安娜，她已經從核磁共振儀移回推床。她的大腦正在與清醒搏鬥。

「班……我們要啟動琥珀計畫了嗎？」

我不想透露浮上腦海的想法，怕會觸霉頭，所以什麼也沒說，只是站在那裡。我目不轉睛地看著安娜，看見她眼周出現動靜，兩邊眼皮下的眼球開始極為緩慢、痛苦地滾動，看她的眼白乍現，射出一道銳利、幾近灼人的光亮。

一團無聲的感受頓時充盈整個房間，彷彿眼前的醫學奇蹟竟有種靈性的一面，釋放一股前所未有的生命力。

我移動到床尾，確保我的身體和她成一直線，然後發現：我的目光正好對上安娜·歐格維睜開的雙眼。

安娜的筆記本

二〇一九年四月十五日

倫敦圖書館。新聞工作的核心在於消息來源，而我剛剛釣到一條線索。病人X。

沒錯，這可能是條死路。「病人」這個稱號本身就引人疑竇，但這陣子的聯絡讓我知道病人X有一定的可信度。只不過現在我們來到了分水嶺，一切都可能前功盡棄。布羅德摩是個大機構，裡面有數百名病人，將近上千名員工。

但我別無選擇。我必須攤牌了。

我檢視我最新的草稿：

我正在為了一篇報導調查一九九九年的莎莉．特納案。她在一九九九年六月在中央刑事法院因心神喪失之無意識行為被判無罪，隨後被無限期關押在布羅德摩。一九九九年八月，她被人發現在牢房身亡。我想知道，她是如何在嚴密監管的情況下弄到塑膠刀割腕的。莎莉．特納到底是自殺，還是在布羅德摩職員的幫助或疏忽下遭人殺害？布羅德摩內部怎麼看待她這個人？為什麼這宗案件比其他案件特別受媒體關注？任何內部細節或「花絮」對我的報導都很有幫助。

我最後再讀了一遍這封訊息。語氣有點生硬，有點狗急跳牆，但我現在需要一點猛料。想從戒護醫院裡找到線人，就像要從石頭裡榨血一樣困難。我急需一個破口。

我深吸一口氣。

按下發送。

二〇一九年四月二十二日

這種感覺很陌生。好像我在編輯一個已經存在的報導似的。我只不過是在拂去蛛網，擦亮表面。我想起米開朗基羅的那句話：

每塊石頭裡都藏著一座雕像。

雕塑家的工作不是創造，而是發現。

我已經查過網站，讀過布魯教授的個人簡介，掌握到一位線人，但還不夠。聖堂睡眠診所就在前方。哈雷街在我左右延伸。我要做的就是過馬路，按門鈴，然後在接待處等候。我會告訴他們我的夢遊病史，談談我腦袋瓜的幻想，然後冷不防拋出莎莉．特納的問題：

多年前，是誰負責治療特納？

為什麼布魯教授會出庭作證？

二十年前，布羅德摩克蘭菲爾病房到底發生了什麼？

莎莉．特納是如何突破層層防範和安全措施，把刀帶進房間？

開始下雨了。病人和職員陸續進出那扇新漆的門。車潮呼嘯而過。我想知道，如果我坦承自己有暴力幻想，會不會被舉報？我反覆掂量手上的資訊是否足以讓我去堵布魯教授，還是我只是狗急跳牆了。

我在那裡待了好幾分鐘，甚至好幾小時。雨停了。一則新訊息把我救出來。是「@病人X」的回覆。病人X說話流暢，很有說服力。我相信「@病人X」告訴我的事。或者更確切地說，我想要相信。這才是最危險的。

我讀著對方的回覆：

嗨，我當時不在克蘭菲爾，但一九九九年莎莉．特納案那時我確實在布羅德摩。克蘭菲爾只有十一床，是全院最小的病房。但我聽說因為案件太轟動，所以院方特別為特納隔出一區。有人說，他們按照醫療團隊的指示打造了某種特殊的籠子。沒人知道細節，但有些護理師說，聽說特納是布羅德摩某個心理「實驗」的研究對象。我不確定這是真是假，我只聽過他們幫這個實驗取的名字。當時我不明白名字的含意，直到我調離醫院後才去查。實驗的名字是「美狄亞」。

二〇一九年四月二十九日

我睜開眼睛了。但我不在客廳。我在走廊上。

我適應著破曉的光線。

前方有一扇門。道格在睡覺，口水流到枕頭上，有夠可笑。我能聞到空氣中有酒精和大麻硫化物的味道。我花了點時間才搞懂狀況，眨眼讓自己清醒過來，從睡眠深處浮上。然後感覺到右手緊握的東西。

我看見道格還在睡。我開始拼湊剛才的來龍去脈。

我好像看見自己從床上起身，打開臥室門鎖，從廚房拿起東西，踮腳走過走廊。

我看見自己等待著時機。思考該怎麼做。

這不可能是真的。但我已經不是在做夢了。

這不是夜驚。是我又發作了。

而且這次比以前更糟。

我右手握著的，是一把刀。

44 艾蜜莉

簡直就像禱告應驗一樣。這正是這件事的諷刺之處。晨禱會照規定是不准用手機的，但她這人從不關機。隨時都可能有消息進來，關掉手機就等於認輸。

來電鈴聲讓那位二十多歲的輔祭射來一記鄙視。艾蜜莉知道她應該把手機調成靜音，繼續禱告，但她瞥見了來電顯示，是當初第一次會面前儲存的聯絡人。

普林斯博士（聖堂）。

「抱歉。」她開口打斷禱告，惹來輔祭和其他人一臉詫異的誇張表情。她的話語破壞了晨禱的氣氛。她閃身消失在教堂辦公室門後，聽見教區牧師趕緊用自己的禱詞補上。

時間是頭奇怪的野獸。她記得自己用拇指滑過螢幕，記得教堂辦公室外新地毯的觸感，但那之後的事就碎裂不清了。事後，她怎樣也想不起自己等計程車等了多久，從聖瑪格麗特教堂趕到聖堂的路程有多快。她記得看著手機聯絡人裡的「理查」，知道自己必須打給他，卻不知該如何做。她只聽見班尼迪克．普林斯的話語在腦中不斷重複播放。

你最好盡快趕來聖堂。是安娜……

她記得計程車。記得倫敦市中心在地標、觀光客和車流中一閃而過。她笨拙地操作感應支付，跌跌撞撞踏上哈雷街，感覺血糖低落，四肢力氣被抽乾。當然還有接下來的事：普林斯博士在一樓等她；衝上四樓而不是平常的三樓；關於功能性核磁共振檢查的說明，以及出於迷信考量不敢移動安娜，生怕她的眼睛再次閉上。

艾蜜莉幾乎聽不進去。她的心思被緊張占滿。與安娜上次見到她時相比，她已判若兩人。二〇一九年的艾蜜莉．歐格維正值全盛期。她是影子內閣成員，反對黨重量級人物，即將踏入政府要職。她的身邊有幕僚、隨從、夥伴、跟班、支持者，甚至還有粉絲。過去的她有丈夫，有兩個完美無瑕的孩子。如今的她在晨禱會上被一個比自己小二十歲的男人責備，單身，兒子逃到地球的另一端。她已不再是安娜認識的那個人。

除此之外，還有另一層擔憂。隱而未說的那個。不是安娜的沉睡，而是安娜的清醒。她可能會記得的一切。

然後，就這樣，安娜出現了。或者說，是那個冒充安娜的人。「病人安娜」，她現在必須這樣想她的女兒。瘦弱的四肢、打結的頭髮、瘦可見骨的身軀和衰敗的氣息。「病人安娜」彷彿老了幾十歲，年輕輕卻急速衰老。但這些似乎都不重要了。擔憂、媒體、疑問、罪惡感——一切都暫時靜止。艾蜜莉看見她的孩子躺在床上，四年來第一次睜開眼睛。記憶如潮水般湧現：睡前故事、假期抱抱、學校軼事、聖誕早晨、生日驚喜、輕撫額頭的手，還有無數的互動，每一幕都如此平凡而幸福。

艾蜜莉看見自己的淚水滴在安娜臉上，伸手去擦，擦完後停在那裡，輕撫著女兒的臉頰。那雙眼睛有了反應。

安娜的神魄緩緩回歸，臉部忽然注入了靈魂，生命的奇蹟在他們面前上演。

「嗨，親愛的，」艾蜜莉說。「歡迎回來。」

45

艾蜜莉

艾蜜莉握著安娜的手。

這一刻她期待已久。母女終於重逢。她抬起頭，看見普林斯博士和護理師哈麗葉走進病房，還沒想好該說什麼就脫口而出：「我不知道該說什麼才好。」

普林斯博士微笑。「什麼都不用說。」

「我欠你一個道歉。我之前真的不信你的方法會有效。」

「老實說，我也沒有十足把握，」他說。「但目前還只是康復初期而已。終極目標是要讓安娜完全恢復意識，並且保持清醒。我們還得繼續觀察她這方面的進展。」

艾蜜莉不想問這個問題，但她忍不住。「接下來會怎麼樣？我是說，開庭。」

普林斯博士瞥了護理師一眼，兩人似乎都不太自在。「那恐怕不是我們能決定的，」他說。「我們的工作是照顧病人的健康。但我可以向妳保證，在所有醫療問題解決之前，什麼事都不會發生。」

「我明白了。」她太過震驚，想不出別的話可說，但她很清楚政治動機會如何不擇手段排除萬難，達成目標。司法部要安娜出庭受審。他們一定會如願以償。

哈麗葉看出艾蜜莉的沮喪，開口說道：「我們給妳一點時間和安娜獨處，」她說。「需要什麼就叫我們。」

艾蜜莉抬頭，想起自己身在何處。「謝謝。」她說。這一次不再只是客套，而是發自內心。「謝謝你們做的一切。」

普林斯博士和哈麗葉離開病房。她聽見門被鎖上的聲音，但視線離不開女兒身上。她想起她在安娜出生前學到的奇特新知：人出生後，所有部位都會成長，唯有眼球幾乎不會有任何變化。這真是世上最古怪但也最美麗的事實之一。小嬰兒碟子般大的眼睛要慢慢才會變得符合比例。她還記得在醫院產房第一次和安娜四目相接的瞬間，對如此簡單的互動蘊含的魔力感到驚嘆。她望著女兒望得出神，直到安娜的眼睛開始疲倦。長眠多年令眼皮沉得很。艾蜜莉看著安娜努力眨眼，和睡意搏鬥。

這股睡意濃得幾乎會傳染。艾蜜莉環顧無菌病房，卻只看見那夜的黑暗吞噬她倆。她祈禱這不是曇花一現，希望安娜不會再次沉睡不醒。她以前一直是個適度的樂觀主義者，現在的她卻害怕每個新的時刻，害怕生命又會帶來怎樣殘酷的考驗。看見安娜醒來又退步，比看她一直沉睡更令人難受。

她往椅背一靠。最初的狂喜退去。過去趁隙而入。睡眠是如此危險又誘人。艾蜜莉感覺自己被現實和夢境夾在中間。夾在她試圖埋藏的記憶裡。

她再也撐不住眼皮。她為了祈求這一刻耗費太多心力，以致幾乎難以承受這份情感。她似乎開始墜落。被拋回一切的起點。農場。是的，當然了。捲入過去的漩渦。

農場是她的主意，這正是最難堪的諷刺所在。森林也是。

她只是希望他們能像一家人一樣相處。在鄉間泥濘裡大笑、犯傻，暫時擺脫成人生活，重拾孩提時的歡樂。

森林的實際體驗普普通通，不像她過去常念給席歐和安娜聽的睡前故事《燕子號與亞馬遜號》和《廢墟男孩》那麼精采。分組也不太理想。艾蜜莉希望安娜能跟家人同組，但倖存者隊已經先出發了。鄉間颳起的陣陣大風似乎起了作用，幾個月來，理查第一次回到從前的模樣，不再沉迷手機或 iPad，也不再分分秒秒監控著市場的波動。

森林其他部分的記憶已被時間弄糊。她記得瞥見理查和另一人在一起的畫面，以及那些曾經折磨她的想法。都是老舊的執念了，在離婚和重生後變得毫無意義。但是，沒錯，她還記得。除此之外，回憶的鏡頭跳到後來，手機嗡嗡震動，WhatsApp 訊息跳出。準確來說是兩聲震動，分別來自兩支手機。艾蜜莉睡得很淺。她醒來，摸索，查看訊息。那句話在大清早讀起來實在匪夷所思。螢幕上的小字單獨看來無害，組在一起卻致命。

對不起。我想我殺了他們。

艾蜜莉清楚記得接下來的一切。首先是撕心裂肺的焦慮，母親天生的保護欲。即使到現在也難以形容，但那仍是最令人窒息的感受，被緊掐的感覺從喉頭蔓延到頭部與雙腿。就像安娜或席歐在超市裡走失，或是突然掙脫大人的手衝進馬路時，同樣的心驚膽跳。

沒有什麼能與之相比；婚姻和禱告都不行。生活的表象消失，取而代之的是赤裸裸的人生真相，明白一切都可能瞬間被奪走。就像回診聽醫生說明上次的掃描結果，或接到警察打來詢問是某某家屬嗎的電話。讓人感受到宇宙似乎在嘲笑人類的自以為是，嘲笑自以為能掌控人生的假象。

她叫醒理查。他咕噥著翻過身來。她給他看手機。他戴上眼鏡。他們一起讀著訊息。他們直覺想到同一件事。他們起身，套上昨天的衣服和外套，踉蹌走出橘色小屋，踏入黑暗。他們沒有交談，至少她不記得有。他們已經結婚太久，見過太多。他們穿過泥濘的草地。席歐的小屋——她記得是綠色，或者是黃色之類的——在左邊。安娜的小屋就在正前方，緊鄰著英迪拉和道格拉斯住的紅色小屋。

還有那個執念。艾蜜莉現在想起來了。那最後幾秒的純真。她看著理查。卸下武裝後的他看起來是如此不同。沒了亞曼尼西裝或品牌型錄般完美的居家服，沒了基金經理生活那套光鮮亮麗的裝飾、司機或五彩紙花；不再是後來那個裝模作樣的人。

這才是她嫁的男人。心高氣傲、有點不修邊幅的經濟學家，對任何事都有高見，眼神卻像屹耳般脆弱。在漂亮女人面前會臉紅、吻技生澀的學生。她才是那個在感情方面更有經驗的人，從沒想過自己有天會成為被背叛的妻子，被戴綠帽的新娘。從前的理查——她的理查——絕對不是那種人。功成名就改變了這一切。

他們快要走到藍色小屋時，這些是她腦中最後的想法：那些瑣碎、平凡的嫉妒。

理查一直到他們抵達藍色小屋門前才開口說話。他用力敲門，大聲喊：「安娜！是爸爸。安娜，請開門。」

沒有回應。

「安娜！妳媽和我收到妳的訊息了。一點都不好笑，安娜。開門讓我們知道妳沒事。我們不會生氣。只想確定妳沒事。」

依然沒有回應。

理查打量著門，艾蜜莉點點頭。只剩這個方法了。安娜很可能在裡面嗑藥嗑到昏迷，被自己的嘔吐物嗆到，或者更糟，在夢中犯下另一樁憾事。例如那條狗、寄宿學校和那次假期。

「安娜，我要進去了。」

理查轉了轉門把，用力一推。門出乎意料地好開，過大的力道讓他整個人差點跌進小屋。艾蜜莉做好心理準備會在床上或地板上找到安娜，但藍色小屋是空的，只有一把隨意掛著衣服的小椅子。這裡沒有人。

空空如也。

理查還是搜了一遍。艾蜜莉拿出手機，試著打給安娜。有聲音傳來，但音量不對勁。理查也聽見了，艾蜜莉試著找出來源。他們繼續搜索，艾蜜莉一直打一直打，但聲音不是從這間小屋傳來的。這時，失真的鈴聲和 WhatsApp 訊息的字句才終於串在一起，有了意義。

他們誰都沒說出那個念頭——真實的念頭，不是那種模糊的、父母濾鏡下的版本——因為那個念頭實在冰冷地駭人。

對不起。我想我殺了他們。

於是他們奔跑，以一種彷彿過去的生活正在離他們而去般拔腿狂奔。彷彿幸運就在前方，再不追就會溜走。

他們抵達紅色小屋時，已經沒有警告或呼喊的必要。理查只遲疑了一秒就開始轉動門把。那一刻，他們比任何時候都篤定：過去的生活到此結束。他們動作不夠快。之前的一切——相遇、結婚、生子、輝煌高峰和狼狽低谷——都只是前傳。這將成為他們身上唯一的標籤。這將是他們被世界評斷的依據。

她第一眼看見的是屍體。人們總是提到血，但那是後來的事。天還很黑，月光是現場唯一的照明，不過小屋很小，光是三具動也不動的屍體就占據了整個空間。有那麼一瞬間，艾蜜莉以為他們只是在睡覺。英迪拉和道格拉斯躺在各自的床上。兩人都是趴著的，能看見臀部的輪廓。道格拉斯赤裸上身，英迪拉穿著睡衣。安娜躺在地上，就在他們中間。這讓艾蜜莉想起以前安娜的朋友來家裡客房過夜時，安娜會偷偷帶著宵夜溜進去。隔天早上，艾蜜莉總會發現她們纏在一起，吃到一半的 Twix 巧克力包裝紙散落各處，睡袋和枕頭在夜裡弄得亂七八糟。

「小艾。」

理查的聲音變了。艾蜜莉的幻想破滅。她認得那語氣。她抬頭，看見理查站在床邊發出恐懼的嗚咽，因為他明白眼前的一切。屋裡那詭異、條紋斑斑的景象——其實更像是一塊塊碎片——逐漸連貫起來。那些斑駁不是意外。睡眠和死亡是如此難以分辨。艾蜜莉想起她中學時上的希臘文課：修普諾斯是睡神，他的孿生兄弟薩納托斯是死神。兩人共居在陽光止步的冥界。

那些斑駁是血。

「安娜！安娜！」

這裡一定是冥界。不然地獄還能是什麼樣子？艾蜜莉看見理查彎下腰，努力尋找女兒的脈搏，聆聽呼吸的跡象。

「她還活著！小艾，她還活著！」

他的語氣滿懷希望，但艾蜜莉的絕望更深了。她比理查更快搞懂狀況。她看見屍體、安娜手中的刀、濺滿鮮血的小屋，她把一切都追溯到康沃爾度假屋那晚。她的女兒需要幫助。艾蜜莉卻選擇隱瞞。

畫面再次跳轉到後來。一輛輛警車湧入農場，藍色警燈閃爍。她和理查脫下衣物，穿著警方發的灰色衣服，坐著接受醫護人員檢查。一名女子走了過來。她看起來正值壯年，但保有年輕氣息，生產後的豐腴仍在，雙眼因熬夜多日而紅腫。她掏出證件，介紹自己是泰晤士河谷警察局的克拉拉．芬諾督察，請艾蜜莉說明事件經過。

那時，他們的說辭已經對好了，或者說差不多對好了。是的，他們收到安娜的 WhatsApp 訊息。他們在藍色小屋找到睡著的她，身邊有一把刀。看起來她像是遭到攻擊。他們試圖救她，這就是為什麼他們衣服上有血跡和纖維。安娜顯然還活著，但怎麼也叫不醒。於是，他們叫了救護車。

那另一間小屋呢？芬諾督察問。你們什麼時候才發現那裡出事了？

後來，艾蜜莉說。好一陣子之後。

那時，我們才報警。

46 艾蜜莉

後來，她不知道自己到底在裡面坐了多久。半睡半醒，迷失在過去裡。她回過神來，打了個哈欠。想起來了。沒有任何言語足以形容此刻的感受。痛心也在。心痛所有浪費的時光、瑣碎的焦慮和突發的爭執，她們之間因太相似又太不同而產生的摩擦。如果有人事先向她預告後來會發生的事，她寧願去死。但不知為什麼，她撐了過來。安娜也是。艾蜜莉還在奮戰。她們的家庭不會被命運擊倒。

時間喪失了意義。過了幾分鐘、或者幾小時後，普林斯博士的手搭上她的肩，說了些到外面談談的話。護理師哈麗葉用托盤端來茶、餅乾和面紙。他們坐在那裡，離病房裡的安娜只有幾公尺遠，沉默在兩人之間迴盪。

過了良久，普林斯博士終於說話：「有一些基本的事，我們最好得處理一下。」他的語氣讓艾蜜莉一震。這話聽來乾燥無趣，和她的感受格格不入。這分明是個奇蹟，是個該有神聖啟示並足以改變人生的狂喜時刻。她啜了口茶，咬了一口巧克力消化餅，努力把自己拉回現實。

「當然。」她說。這一切感覺像是靈魂出竅。她最終會醒來，眨眼迎接又一個千篇一律的夜晚。

普林斯博士繼續說：「如妳所知，聖堂有義務通報司法部。通報的時機某種程度上由我們決定，但再怎麼說，安娜仍屬政府監管。我們不能拖太久才上報。」

艾蜜莉又點了下頭。現在她知道了，普林斯博士是有同情心的人。他站在她這邊，站在安娜這邊。他會用人道的方式處理。「我了解。」

「我們不確定安娜能保持清醒多久，也不確定她是否會再次陷入最小意識狀態。假如她能維持清醒，我就得通知司法部，接下來的事就由他們決定了。」

艾蜜莉有時差點忘記自己過去是個政客，曾玩弄他人的命運於股掌之間。她能想見那些不打領帶的官僚，在悶熱的辦公室裡點點滑鼠，發封電郵就決定了她女兒的命運。她想起自己當大臣時經手的案件，想起那些默默等待她裁決的老百姓。她為當時的冷漠感到歉疚。

艾蜜莉再喝了一口茶。「病情預後發展如何？」她說。「安娜再次陷入最小意識狀態的機率有多高？」

普林斯博士在椅子上不安地動了動。「數據還不完整，」他說。「針對放棄生存症候群這類功能性神經疾病的研究案例太少，樣本數不夠大。但只要小心觀察和持續治療，我認為安娜能保持清醒。」

他的語氣有些異樣。她很清楚人們閃躲問題的樣子。「你不確定？」

「雖然復活的故事很美好，但醫學現實往往大不相同。拉薩路式的甦醒更像是科幻小說，而非事實。安娜已經睡了四年多，這對她的身體健康和心理健康都可能造成深遠的影響。」

艾蜜莉讀過所有的書和部落格，也聽過所有的有聲節目。每個案例她都一清二楚。「具體來說是什麼？」

「妳對創傷後失憶症了解多少？」

她嘆了口氣。那個可怕的關鍵詞。「略有耳聞。」

「根據記錄在案的病例，幾乎所有長期昏睡後甦醒的病人都會出現某種形式的創傷後失憶症。有些病人很快就會恢復，有些則持續數週、數月，甚至數年。在少數情況下，有些患者的短期記憶會嚴重受損，基本上陷入永久性的創傷後失憶症。」

「就像八〇年代那位美國卡車司機。」

「對，泰瑞．瓦利斯。他完全不記得發生車禍，以為自己還活在一九八四年。儘管他是在二〇〇三年醒來的。」

「所以你認為安娜不會知道自己睡了這麼久？」

「安娜的情況是功能性神經疾病，而非創傷性腦損傷。在非器質性疾病的案例中，很難了解或預測結果。但我認為妳該做好心理準備，還有妳的前夫也是。從現實來說，甦醒帶來的創傷可能大過沉睡。」

艾蜜莉感到口乾舌燥。「具體來說，要最好怎樣的準備？」

普林斯博士仁慈地看著她。「在安娜的記憶中，過去四年很可能沒發生過。對她而言，現在可能還是二〇一九年。」

艾蜜莉等待著那個令人不寒而慄的想法。

「她很可能以為英迪拉和道格拉斯還活著。」

47
班

接下來的十二小時將決定一切。事業晉升、改善經濟狀況、贏得小餅乾和克拉拉尊重的希望，以及我的放棄生存症候群理論能否寫進教科書——全都取決於安娜的雙眼能否保持睜開。我看見一個比現在更美好的人生在眼前徘徊。或許，只是或許，那些舊日的雄心壯志最終還是能實現。

我盯著監測螢幕，在辦公室來回踱步，猶豫著何時該通知司法部。眼睛會睜開，也會閉上。重點是能維持多久。

一切都取決於這簡單的計算。

但是現在，其他的恐懼也隨之襲來。安娜依然是個冷血殺害兩名摯友的殺手。我竟然對一個奪走兩條人命的殺人凶手產生感情。宣稱自己是安娜陣營的人。倘若今天她還在沉睡，這不過是個待解的醫學謎團。然而現在，她就像顆待在我們身邊的法律炸彈。我還清楚記得魔咒終於被打破的那一刻，記得她從睡眠中甦醒時露出眼白的瞬間。我得萬事小心。

第十二個小時的分水嶺到了，哈麗葉確認安娜的眼睛依然睜著。在此之前，進一步測試的風險太高。我離開辦公室，刷手消毒後進入病房。我走進去，看見安娜的眼睛是閉著的，我感到胸口一陣慌亂。

「她時睜時閉，」哈麗葉說。「你只要試著叫她的名字就好。」

我深吸一口氣。「安娜，」我靠近病床說。「我是聖堂睡眠診所的普林斯博士，安娜。妳現在感覺如何？」

慢慢地，我看見她的眼白，那雙翡翠綠的虹膜和漆黑瞳孔放大。她的皮膚乾燥如紙，斑駁不均。她還發不出聲音，喉嚨因為長期沒用而乾澀疼痛。她的眼睛眨了幾下，直到找到我的身影。她的臉上出現輕微抽動，鼻子底部到乾裂上唇間的肌肉像毛蟲蠕動了一下，彷彿需要抓癢。

「妳表現得很好，安娜。我還有幾個問題要問，然後我們今天就到此為止。妳覺得如何？」

針對剛甦醒的病人，最著名的檢查是格拉斯哥昏迷指數量表。這份量表會檢測三種獨立的功能：睜眼反應、語言反應和自主動作。每項結果都會得到一個分數。低分表示沒有反應，高分表示顯著進展。哈麗葉站在我旁邊負責記錄分數。第一項功能已經測試過了。

「妳的睜眼反應很好，安娜，」我說。「妳自發性地張開了眼睛。這在量表上是四分。」

哈麗葉記下分數，我開始進行第二項測試：對命令的語言反應。

「好的，安娜，接下來這項測試會有點難。我想看看妳能不能再次使用聲音。我會數到三，然後我要妳試著說出『安娜』。」

病房瀰漫著難以承受的緊張感。安娜已經超過四年沒使用過聲帶了。媒體報導主要都是她的文字或照片，少有影片或音檔。人人都認得她的臉，但幾乎誰也不知道她的聲音是什麼樣子。

「一、二、三……」

哈麗葉備好一杯水，等著看安娜是否需要。

我不能躁進，生怕把安娜推回保護殼裡。我猶豫著要追問還是稍後再試。

然後，她就動了。安娜的雙唇緩緩分開。我看見她的舌尖和溼潤灰白的口腔。我湊得更近，試圖捕捉任何一絲聲音，同時小心不要嚇到她。

我聽見了什麼。

一聲微弱、嘶啞的氣音，從她的肺部和口中擠出一個單調音節。我想我聽出了「A」的發音，像是學齡前的發音練習，尚未進入成人的發聲模式。

我請哈麗葉記下三分，介於一分（無反應）和五分（清醒且有回應）之間。昏迷病患的得分通常落在八分或更低。安娜現在有七分。再多一分，我就能告訴司法部，根據格拉斯哥昏迷指數量表，安娜已經脫離最小意識狀態。

第三項功能測試，我嘗試了前一項測試的進階版本。我請安娜抬起右手。她的眼睛再次顫動著閉上。我呼喚她的名字，重複指令，等著看她會不會有任何自主動作。終於，我看見她的右臂從被子上抬起，然後無力落回。

「也是四分。」我告訴哈麗葉。在動作功能方面，六分表示病患能徹底執行指令，一分則表示無反應。

哈麗葉加總分數。「總分是十一。」

在格拉斯哥昏迷量表上得到十一分，意味著我再也沒有藉口可找。我有責任通知司法部，目前受英國政府監管的安娜・歐格維已經恢復意識。我回想起和艾蜜莉的對話。我看著哈麗葉和她手中仍握著的水杯。我想起我和史蒂芬・唐納利的第一次談話，不禁再次懷疑，我治癒安娜的同時是否也在降罪於她。

「都結束了嗎？」哈麗葉簡短地問。她也感受到了這股壓力。

「還沒。給她喝點水看看，我們需要潤滑她的聲帶。」

「你確定？」

「確定。」

我等著哈麗葉扶安娜在床上坐起，餵她喝水。我拿起筆記，翻到創傷後失憶症測試的部分，瀏覽初步診斷時必問的基本問題清單。這些問題圍繞著時間、地點和人物展開。

你叫什麼名字？

今天星期幾？

現在是哪一年？

然後是更私人的問題。

意外發生前，你最後的記憶是什麼？

是什麼原因讓你來到這裡？

患有創傷後失憶症的病人答不出這些問題。如果失憶症消退，病人的回答會慢慢變得準確。倘若創傷後失憶症長期持續下去，那麼這些記憶將永遠消失。

在格拉斯哥昏迷量表上得分良好的病人幾乎已具備出庭受審的能力，但患有急性創傷後失憶症的人則不然。

我下定決心：這就是我的出路，我暫時的救贖。我不必移交安娜，讓她面對牢獄之災。至少現在還不用。

我等哈麗葉餵完水，然後回到床邊的位置。

「安娜，又是我，普林斯博士。還有最後一個問題。」我暫停，清了清喉嚨，然後開口。

「妳能告訴我妳的全名嗎？」

48
班

隔天早上，我打電話給司法部的史蒂芬．唐納利。我整晚沒睡。我迷迷糊糊地走進浴室，讓水淋在身上。之後，我在浴室鏡子裡看見自己的黑眼圈。我吃得越來越少，皮膚乾燥。我需要來點咖啡和糖，任何能讓我撐過這一天的東西。

黑暗的念頭揮之不去：昨晚搭地鐵回家時，我感覺有人盯著我看。我很確定。也許是跟蹤狂，或瘋狂的網友之一。從地鐵站出來後，我特地繞了另一條路回到匹黎可的住處。我一直聽見別的腳步聲和我的腳步聲交錯。我吞了顆止痛藥來緩解疼痛。

我在腦中想像布魯臨死前的最後幾小時，好奇她是否一開始也是這樣。地鐵上的目光，尾隨的腳步。接著，大門門鎖被打開，刀光一閃。想到這裡，我就一陣想吐。

安娜睜開眼睛後，一切都變了。死者復活，幽靈重新成為血肉之軀。這下賭注似乎更高了，謎團也更加難解。

過去成了當下。

我在約翰路易斯咖啡廳等著，史蒂芬．唐納利用他一貫的方式登場：公務轎車，低調入席，鬼鬼祟祟又緊張兮兮。他看起來比上次更瘦了，風衣寬大得像要淹沒他，頭上的傘顯得格外巨大。他婉拒了茶和咖啡，餅乾盤這次連碰都沒碰。

「我要聽所有細節。」他說。

我毫無保留地敘述了一切，只是稍微調整了時間順序。

「有家屬去過了嗎？」

「有。我們通知了最近親屬艾蜜莉·歐格維。」

唐納利壓抑著怒氣，表情痛苦。「你應該要先通知我們的。沒這麼做就是違反保密協議。你恐怕不清楚你可能已經為自己惹上多大的麻煩。」

接下來是我一直害怕的問題，但無法迴避。也是艾蜜莉在女兒床邊問的那個問題。「那接下來會怎樣？」

「就跟我把這個案子交給你時說的一樣。你負責醫療，司法的部分我們會處理。法院會定下開庭日期，在國際特赦組織的鬧劇讓她永遠獲釋之前，法院自會定奪。」

「除了一件事。」就是現在。能讓安娜留在聖堂，阻止她被快速通關送進大牢的唯一辦法。能履行我醫者誓言的方法。我是在亂說、即興發揮沒錯，但還是可能奏效。「你不能讓患有創傷後失憶症的人出庭受審。」

唐納利看起來像是被人揍了一拳。「誰說她患有創傷後失憶症？」

「我說的。睡了這麼多年，出現這種狀況是意料中事。」

「你有資格做出這樣的診斷嗎？」

「坦白講，由我來診斷還算是大材小用了。」

這是最困難的部分。創傷後失憶症一向是出了名的難界定，從短期記憶喪失到長期失憶都有可能，尤其安娜才剛從四年的沉睡中醒來，光是這種改變就足以讓大腦混亂。但我不能袖手旁觀，任由她被監獄系統吞噬。創傷後失憶症是我最後一張能打的牌了。它也許能為我爭取更多時間。之後的事之後再說吧。

「多久才能恢復？」

「這個問題沒有答案。要看情況。」

「我明白了。」唐納利用嚴厲的眼神盯著我，上身前傾。「好吧，那我想，風險就落在你和你的家人身上了。」

提到家人讓我震了一下，正中他的下懷。「什麼意思？」

「你和安娜待在一起的時間越長，就越危險，尤其是她醒來後。我以為這點再明顯不過了。我的團隊一直在監控這起案件的網路言論。安娜歐有的不是粉絲，而是狂熱分子、瘋子、神經病、邊緣人。但很危險，非常危險。陰謀論者相信安娜是被下了藥，違背意願關在聖堂。目前為止他們只是發表評論，但可能很快會採取行動。」

我想起昨晚從地鐵站尾隨我的腳步聲，想起被監視的感覺。唐納利顯然是在試圖恐嚇我，但他的警告中確實夾雜著事實。「你是說聖堂可能會被針對嗎？」

唐納利冷哼一聲。「布魯已經遇害了。我們認為可能是她身邊的人下的手，某個她認識的人。我們也知道有些人想殺安娜，還有人想殺把安娜關起來的人。我之所以要求你安娜一醒來就聯繫司法部是有原因的。你沒照做，你承擔的風險就不只是失去自己的生命而已。一旦她回歸刑事司法系統，我們有的是鐵絲網和武裝警衛。她在你這裡待得越久，你就越危險。」

「那我的家人呢？」

唐納利盯著我。「外面還有個殺手在逍遙，普林斯博士。我們誰都不安全。包括你和你的家人。」

安娜的筆記本

二〇一九年五月六日

歐格維豪宅。漢普斯德。距離「那件事」已經過了一週。夢遊。手裡的刀。走向道格的臥室。我那令人毛骨悚然的行為邏輯。差那麼一點就釀下無可挽回的大錯，人生就此改變。

我是不是真的打算趁他睡覺時殺了他？

我真能做出這種事嗎？

無意識的慾望成真了。

那件事。沒錯，我現在就是這樣稱呼它。媽出差參加影子內閣的行程去了，爸又開始他那一套懺悔戲碼，搬回家裡住。他整天窩在書房。我還在想這次的小三是誰，跟上次是不是同一個人，還是換了新歡。我腦子裡全是一屋子又一屋子的小三。

我回到我小時候的臥室，把門鎖上。

兩張椅子。地上擺著一排尖銳物品。待在這裡，我比較不會傷害別人。

道格一直傳 WhatsApp 給我。英迪拉打電話來，留下關切的語音訊息。《基石》夏季刊現在只有廣告，沒有內容。截稿期限迫在眉睫。目錄、落版——全都在等我的專題。可我連一個字都還沒寫。

空白的螢幕。白紙一張。游標閃爍。

我反而跑去下載睡眠應用程式。「睡眠專家」、「白噪音機」、「西伯利亞深呼吸」、

「雨眠」。我還找到一個叫做「睡行者」的應用程式，它標榜「提供警報和手機震動」，還能「追蹤您的腳步及位置來喚醒您」，確保「您自己與旁人的安全」。

我在那些關鍵字上停留：「追蹤您的腳步及位置」。我刪掉那個程式。我喝咖啡。我感覺自己像《一千零一夜》裡的雪赫拉莎德，編織無盡的故事來延緩早晨的死亡。

我回到國民保健署的網頁，讀著所有可能引發夢遊的原因。壓力、焦慮、酒精、鎮靜劑。上面說夢遊「可能在任何年齡開始，但在兒童時期最為常見。每五個孩子就有一個至少會夢遊一次。大多數人到了青春期就會自然改善，但有時也會持續到成年」。我又變回那個孩子，那個滿臉困惑、睡衣被汗水浸溼的女孩。

我姑且不管自己的毛病，回頭繼續研究二十年前被單獨監禁在布羅德摩克蘭菲爾病房的莎莉．特納，以及傳說中的暗號：美狄亞。殺害親生兒子的希臘女神。

我又回到《維基百科》，我可靠的嚮導：

尤里比底斯於西元前五世紀創作的悲劇《美狄亞》，描述了美狄亞與伊阿宋婚姻的終結。兩人結褵十年後，伊阿宋決定拋棄她，改娶克瑞翁國王的女兒克柔薩為妻。美狄亞和她與伊阿宋所生的兒子們將被驅逐出科林斯。為了復仇，美狄亞用毒藥浸過的禮物殺死克柔薩，接著再殺死自己與伊阿宋所生的親生兒子，最後逃往雅典。

兩個女人，兩樁罪行。伊阿宋為了另一個女人拋棄美狄亞，並驅逐了她和家人。湯姆．康沃爾利用莎莉．特納，並縱容兒子們恐嚇她。

兩個女人都有佛洛伊德所說的誘發原因；導致她們發病的契機，情緒的觸發點，邊緣系統過載。

戰或逃。恐懼成了夢遊的引擎。

我不禁思考自己是否也是如此。我是不是也幹得出這樣的事。

問題很簡單。

我最害怕的是什麼？

二〇一九年五月十六日

臥室門傳來敲門聲。

我正在寫作，進入閉關模式。耳機戴著，門關上，與世隔絕。

我找了更多關於布羅德摩的資料。不管洗了幾次澡，我還是覺得渾身不乾淨。那些故事黏在我身上。我踏入了道德與常規之外的世界。

敲門聲再次傳來。媽打開門。

時間好像倒流回二〇〇九年。

她來檢查我的功課，穿著襯衫和牛仔褲，從影子國務大臣切換成母親模式，一副要來打氣的表情。

她坐在我床尾。

親愛的，妳最近氣色不太好。

沒錯，就是那種閒聊。

我假裝聽她說下去。媽贏得了某趟競賽式假期，一個難得的邀請，邀請全家去某個自然度假村過週末。

這是個好機會，我們可以像以前一樣好好享受天倫之樂，沒有公事電話、沒有截稿期限、沒有壓力。應該會選在八月，夏末的時候。

新鮮的空氣，偉大的自然。

那地方看來沒有官網，只有一張宣傳折頁。

她把折頁留在我床上，甚至還親了一下我的額頭，說如果我今晚要住，烤箱裡剩一些牧羊人派。

看來今天是逃不掉老套的母女戲碼了。

然後，她就走了，輕輕關上門，就像以前一樣。

我拿起宣傳折頁。

沒有照片，只有黑底白字。極簡主義，帶點前衛風格。

上面列出活動內容。行銷手法滿滿的高級味，跟這份神祕的邀請本身一樣。

我再看了一眼折頁正面，看見那個樸實的名字。

歡迎來到「農場」……

49

班

我老是記不清是誰先提議要去農場的。

但農場在安娜·歐格維的故事中，在那一夜的事件裡，默默占據著無比重要的角色，不容忽視。

哈麗葉和我都沒去過。為了理解安娜的病情，讓治療有所進展，勢必得跑這一趟。我可以把此行說成是治療計畫的一環，說我對這裡的興趣純粹出於專業。但我自己知道，這只說對了一半。

此行其實還有一層更深、更私人的渴望。我和安娜是如此親近。我需要弄清楚那晚究竟發生了什麼。況且，我想要這麼做，儘管我不是警察，也不是犯罪現場調查員。名義上而言，我依然是民間顧問，但我同時也是研究心智的偵探。我深信心理線索就藏在物質地景中，散落在時空各處。

這是我的專業。

解開謎題。釐清謎團。

我想親身體驗犯罪現場，品嘗、感受、漫步其中，看看把自己丟進實地中能否找出什麼決定性的線索。不這麼做我絕不罷休。

離婚後，我出門全靠地鐵、公車和租車移動。那輛破舊的福特蒙迪歐依然歸克拉拉所有。

哈麗葉說護理師的薪水負擔不起油錢。她也只搭火車、地鐵、公車出行，或是用走的。

我們在賀茲租了一輛車，星期六一大早集合，靠著Costa咖啡和塑膠包裝的早餐提神充飢。路上人煙稀少，幾乎可說是一片祥和。一離開西倫敦，我們便朝科茲窩開去，把這座被燻黑的城市拋在後頭，駛向起起伏伏的金黃麥田、像患了關節炎般扭曲的樹，以及被強風追趕的落葉。

我和哈麗葉之間的親密感是聖堂賦予的，一出了它的牆，幾乎又變回陌生人。我們花了半小時才逐漸熱絡起來，對話恢復順暢。我們聊著聖堂之外的生活，不談安娜，至少暫時不談。我不停說起小餅乾的趣事，哈麗葉坦承自己會一口氣追完Netflix實境秀，越老套越愛看。在我第三次追問之下，她終於透露了一點她根據自己在戒護醫院工作的經歷所創作的犯罪小說大綱。她看起來很難為情，我倒是聽得興味十足。她轉移話題，問起克拉拉和我為什麼分手，我大致說明來龍去脈，只略作刪減。

終於，導航系統帶我們離開大路，轉進灌木叢生的小徑，並通知我們快到了。

才進到這裡，我已經能明白媒體為何如此著迷這樁案子。說真的，我看過無數張這裡的照片，但影像完全傳遞不出這股陰森感。農場位於一條又長又窄的泥土小道盡頭，路面崎嶇不平，根本稱不上是路。

租來的車子在陌生的地形上顛簸著，時不時卡住後退。我們應該要租越野車的，哈麗葉也有同感。我已經能想像輪胎在黏稠的泥濘中徒勞地高速打轉的畫面。我努力將租來的車靠邊停下，熄了火。看來只能回歸前現代的懷抱了。引擎和橡膠都不管用，厚外套和雨靴是眼下唯一的希望。我們全靠這兩雙腳了。

「這裡比我想像的更荒郊野外，」哈麗葉說。「風景也沒那麼美。比起布萊茲赫德莊園*，我看更像《魔戒》的中土世界。」

我奮力把穿著溼襪的腳塞進雨靴，拉上外套拉鍊。我站起身，目光掃過泥濘的小徑和遠處荒廢的場地。「據說福克斯家族在凶殺案發生後不得不放棄這裡，」我說。「現在可成了犯罪迷前來朝聖的聖地。」

四周都是泥濘，充斥著濃烈的泥土、堆肥和鄉野氣息。

「看來這聖地打理得不太好。」

「是啊。」

「我們走吧？」

接下來的路途中，我們都沒再說話，只剩腳步踩在泥濘中發出的擠壓和吸食聲，好像小餅乾在用塑膠吸管喝奶昔。我拿出手機，訊號雖然很差，但警方案卷裡的 PDF 地圖還跑得出來，上面畫著二〇一九年八月三十日那天早上的農場平面圖。

我向右看去，將地圖與眼前荒涼的景象對照。「後面那片樹林就是森林的起點，」我說。「左邊是廢墟，應該說，是四年前稱為『廢墟』的地方，賓客會在那裡用餐。然後往前直走，就在森林的前面，是幾間小屋。有安娜睡的藍色小屋，英迪拉和道格拉斯的紅色小屋，席歐·歐格維的綠色小屋，還有艾蜜莉和理查·歐格維的橘色小屋。」

幾條看上去有點悲哀的膠帶圍住小徑盡頭的主入口，不太像是警方的封鎖線，卻也不是業餘之作。這一幕可說是整件事的縮影。四年的時間足以讓一個地方逐漸敗落，卻又不至於完全消失。原來的布局依然清晰可辨。那間石造的廢墟曾經是某座奧古斯都時期鄉間莊園的一部分，依然保持著命案當夜的模樣。狀似貝殼的小屋同樣健在，一間間蹲在稀疏的草地上。小屋的外牆開了幾道醜陋的大缺口，是廉價屋頂脫落後被風吹走留下的傑作。內部早已不適合居住。而與此同時，森林宛如聖人的遺骨般屹立不搖。

我突然覺得自己渺小如蟻。守衛森林入口的樹木古老參天，優雅地搖曳。這些樹的生命能一路追溯到英格蘭的遙遠往昔。我不禁想像這些樹見證過多少歷史。維基百科上的記載包括：福克斯家族在內戰期間經歷的艱難；十八世紀初那位憑藉商業奇謀保住莊園，將房子改造成奢華的帕拉底風格的家族成員；那位揮霍無度、敗光家產的維多利亞時期福克斯；再到後來那些沉悶、穿著正裝、漸漸中落為中產階級的福克斯紳士們，終身都被這片土地和曾經輝煌卻終將衰落的歷史所困。

此刻，哈麗葉和我站在這裡，瞻仰這一切，彷彿我們是世界上唯一的人，其他什麼都不存在。這裡就是故事的起點。這片土地改變了一切。光是站在這裡，就令我感觸萬千。我咒罵這片土地，卻又無法移開目光。

「我們該從哪裡開始？」她問。

我查看光線，環視四周。

「跟我來。」我說。

* 英國小說家伊夫林．沃（Evelyn Waugh）名著《慾望莊園》（*Brideshead Revisited*）小說中的豪華莊園。

50
班

只能是這裡。只能從這裡開始。心理偵探和考古學家一樣，必須診出病根，而不僅是症狀。紅色小屋和藍色小屋是症狀，森林的黑暗世界或許也是。但我們勢必得從這裡開始，一步步向前推進。

這是一片寬闊而寂寥的空間。樹林如此茂密，彷彿在互相推擠。樹枝交織成某種屋頂。古老的橡樹樹幹扭曲糾結，幾乎像是半個人形。腳下是泥土、碎石和落葉的混合體。進入前我差點想在胸前劃十字或默念祈禱。我回頭望去，租來的車還卡在泥巴小路上。我探探口袋，但森林裡怎麼說都不會有訊號。我想像我們走進去後就再也出不來，像約拿被吞進鯨魚腹中一般，被黑暗吞噬。我深吸一口氣，閉上眼睛，然後邁出腳步。

「真的有人願意花錢來做這種事？」

哈麗葉跟了上來。她的雨靴一再被泥濘吸住。她已經跌過一次，褐色的汙泥在膝蓋和牛仔褲上乾硬。她和我一樣，用恐懼的目光打量著森林。這已經遠遠超出她的舒適圈。我能從她不情願的眼神看出這片景色喚起了她寧可遺忘的回憶：學校的越野賽跑、糟糕的家庭露營，以及那些太多泥巴、太少廁所、令人後悔的音樂祭。青春唯有供在遠處才會閃閃發光。

她停下腳步，有點上氣不接下氣，試圖適應黑暗。「我能想到更棒的花錢方式，不必把幾百英鎊丟進水裡。」

我笑了。「是幾千英鎊才對。」

「所以這裡就是大名鼎鼎的森林。」

「沒錯。」

「感覺怪陰森的。好像回到了過去。」

「戰或逃反應。人類變回掠食者。太空時代裡的石器時代大腦。」

那股疑神疑鬼的感覺再次出現，讓我胸口一緊。我聽見鞋底踩上樹枝發出的劈啪聲在曠野中迴盪。我想回頭看一眼，只是想確認一下，但我忍住了。恐懼始於腦中，進而感染全身。許多精神疾病都能追溯到原始森林，這就是為什麼森林在童話與神話中是如此獨特的象徵。離開家園、進入森林，象徵著脫離童年的安逸與創傷，步入成年的曠野。

若沒有適當的工具或準備就跨越那道門檻，會導致精神斷裂瓦解。心智要嘛偵測不出該知道的危險，要嘛無止境地自己嚇自己。我們這個物種正是在這樣的地方學會如何生存。焦慮，這個現代工業社會的頑疾，恰恰誕生於生存模式與二十一世紀生活壓力的交會之處。我們總覺得有人在追捕自己。

「還是說不通。」我說。

「哪部分？」

我們繼續深入森林。黑暗越來越濃，光線只能從樹縫間滲透。各種聲音不停地挑釁。「那些鍵盤偵探的理論，」我說。「他們說森林裡一定發生了什麼，才讓安娜在不久後殺了兩個人。他們相信，要是沒有森林的事，這一切都不會發生。」

「你不同意？」

「時間順序上來說是可能的。我只是懷疑心理上是否可能。」

「某件可怕的事發生，導致安娜失控。我在戒護醫院見過不少類似狀況的病人。」

「他們當中有多少人確定患有精神疾病？」

哈麗葉打趣地嘲笑我的天真。「我想，他們待在戒護醫院這點，大概無法證明什麼吧？」

「妳說的沒錯。但安娜不是。她不曾確診任何精神疾病。這才是說不通的地方。正常人不會在一夜之間變成怪物，幾個小時內也不會。就算有未經治療的夢遊症病史也一樣。」

「你這是假設安娜．歐格維一直都很正常。但外表正常，並不代表腦袋運作方式也正常。看看希普曼就知道了。」

希普曼（Shipman）是所有英國連環殺手中人們最常提到的一位。穩重、無趣的鄉村醫生，擁有一群忠實病患，卻也是英國史上最駭人的連環殺手。他的罪行至今尚未確認完全。他正是看似正常、卻有著不尋常大腦的人。

「謬論，」我說。「亞里斯多德經常這麼說。透過錯誤推理得出的錯誤結論。A發生在B之前，所以A一定導致了B。獵人對戰倖存者的遊戲發生在凶殺之前。因此森林裡一定發生了什麼導致兩人雙亡。聽起來很有說服力，但邏輯完全不通。」

哈麗葉對這種偽哲學不太買帳。她似乎厭倦了我的男性說教。「那你說說看啊，天才，你有何高見？」

我笑了。她的這一面我從未見過。更犀利，帶點諷刺，不再扮演護理師角色，不再被迫說些病患護理的陳腔濫調。「我又沒說我有。」

「如果安娜不是因為森林而突然失控，那就表示她早有預謀。代表她是有意識地打算犯罪。」

我再次駐足，想像所有人都置身這片森林的樣子：艾蜜莉、理查、席歐、安娜、英迪拉、道格拉斯。我看見他們操作漆彈槍，在黑暗中瞇起眼睛。按照遊戲規則，倖存者隊可以先出發。每個獵人都必須擊中所有倖存者才能獲勝。優勢在倖存者這邊。一切都取決於獵人和獵人的戰術。他們該集體行動，還是分頭追捕？該靠團隊合作取勝，還是個人自由發揮？在怎樣的情況下，組隊的好處才會勝過群體行動的笨重？

我望向樹林，但願它們能揭示這些祕密。總有一天，安娜歐的傳奇會被塵封、被遺忘，但樹木依然會在。樹幹中蘊藏著何等深厚的歷史。

耳邊只有微風、沙沙聲，以及不知哪來也不知哪去的模糊聲響。這還是我長大以後第一次感覺被如此冰冷的恐懼攫住。

我轉身，急著想離開這個地方，想逃離這片荒涼。

「這麼快就撐不住了？」哈麗葉笑著說。那語氣又帶著幾分姐妹般的調侃，讓我想起家裡餐桌上的刻薄玩笑，以及搶吃最後一塊乳酪蛋糕的情景。

我再次深吸一口氣，努力看清前方的路。「再十分鐘，」我說。「然後就該去下個地方了。」

51
班

紅色小屋。

這個名稱承載的意象豐富多變，安娜歐的傳奇在這點上很走運。我總覺得「紅色小屋」聽起來像是愛倫坡的短篇小說，或是《碧廬冤孽》這類亨利．詹姆斯的晚期佳作。四個簡單的字就能召喚出如此神祕的氛圍，既陰森又誘人。

至於現實嘛，可想而知，自然是兩者皆非。我們結束了森林探險，被那詭異的美感弄得心神不寧。我們花了點時間才找到出路，然後回到農場的主要區域。走到小屋的路不遠。我看了看手機，確認這裡沒有訊號。我見過太多犯罪現場，死亡向來會玷汙一個地方，將那裡標為禁地。這裡瀰漫著濃重的死亡氣息，以及底層深藏的惡意。

我一刻也不想多待。

這些小屋如今都成了破敗的木造建物，像缺了牙般零落荒廢，緩緩陷入周圍的泥濘。牆上到處都是塗鴉，從右邊的「＃替安娜討公道」和對側的「＃把她關起來」，就能看見犯罪迷到此一遊的痕跡。警方調查留下的部分殘跡仍在，包括破爛的封鎖線和散落的塑膠鑑識套。

哈麗葉和我研究著我手機上的PDF地圖，判斷哪間分別是紅色、藍色、綠色和橘色小屋。此趟朝聖之旅的最後一項行程，就是完整重現八月三十日那天早上的事件。

「誰來演安娜？」哈麗葉的語氣聽起來很厭惡，卻又夾了點惡趣味。她沒有我想像的嬌弱。下一秒我隨即想起，她可是護理師，見識過的人性一定比我廣上許多。幽默是她的生存之道。這感覺就像在參加開膛手傑克的徒步導覽，只不過凶手和被害人都更加真實鮮活。

我很想鑽進安娜的腦子，我想跟隨她的腳步，無論是實際上的還是精神上的。「我來吧，」我說。「妳來演她的父母。」

哈麗葉揚起眉毛。「有人在年齡上做手腳啊。那兩個被害人呢？

「恐怕就像生前死後一樣被遺忘了。準備好了嗎？」

我們各就各位。我走向藍色小屋，檢查內部。裡面保存得比紅色小屋稍微完整，但牆面同樣被塗鴉和詭異的留言破壞。一些遊客在安娜的名字上方寫下自己的名字，另一些則詛咒安娜下地獄、接受注射死刑、上火刑台領罪——一連串充滿厭女情結和辱罵的字句，就像是社群媒體的實體版。

我等待時間走到案發時刻。我盡量入戲，用肩膀將藍色小屋的木門撞得關上。我想盡可能體驗安娜最後的清醒時刻。我想起安娜的故事將被改拍成電影的傳言，彷彿能看見好萊塢演員為了研究角色來到這裡。

我手忙腳亂調出手機裡警方案卷的一張照片，是安娜被發現當天早上的藍色小屋景象。她睡在床上，右手有墨水的痕跡，但現場從未找到任何筆記本或筆。床已經不在了，其他家具也是，都被保存在某個證物櫃裡等待開庭。不過一些裝飾品還留著，好比褪了色的掛毯，注定化為幽靈的形式存在。

我看著手錶錶針指向整點。開始行動。我得運用想像力。八月二十九日的最後幾秒鐘，天色一片漆黑。安娜和其他人從森林的試煉回歸，一起在廢墟用晚餐，接著各自回到自己小屋。

凶殺案發生的確切時間至今未能確定，我們只能推測。我擠過藍色小屋腫脹的木門。此刻，我就是安娜。我每踏出一步，腳下的泥土和草皮便咕嘰作響。森林在低語。四年前的農場點綴著廢墟洩出的光線和其他小屋的燭光。

我看見紅色小屋就在前方。此刻的安娜都在想些什麼呢？

然後，我恍然大悟。我緊盯著紅色小屋，兩隻腳輪番陷入泥濘、用力拔出，一步一步艱困前行。我瑟瑟發抖，肺部因使勁而刺痛，因為事實就是如此：很費力。有意識的努力。紅色小屋比午看上更遠。地面富有彈性，像活物般纏住我的每根腳趾，並且拒絕鬆開。我現在離目標更近了，但還有一段距離。我的心跳加快。

我往前推進。強迫自己向前。

我的手錶滴答作響。

好不容易，我來到紅色小屋前。我必須記住，現在照理說是暗的。此刻這裡蒼白、朦朧的光線應該要是漆黑一片才對，小屋的門也會是關著的，這提高了開門的風險，因為聲響相對更大，有可能瞬間被人聽見。我抓住門，用力推開，在門口佇立片刻，想像著那晚兩張床擺放的位置。我感覺門口離房間內部好近。

他們真的能睡得這麼沉？沒人被開門的咿軋聲吵醒？難道安娜在晚餐時給他們下了藥，好掩蓋她的闖入？

我看了看時間，回頭一瞥，看見哈麗葉在綠色小屋耐心等待。我們兩個正在這片雜草叢生的田野中扮演一起駭人的謀殺事件。沒品、低劣的B級喜劇。然而此時此刻，我佇立在門口，感覺更像是變態的血腥恐怖片。那種開頭廉價、後面黑暗不安，逃離主流進入邪典領域的電影。

同一股感覺再次襲上心頭，和我在森林中的感受一樣。不對勁。在我試圖重現兩名前途無量的年輕人被殘忍殺害的場景時，每一秒鐘都有某種病態的業力能量找上我，每一秒都令人窒息。這宗案件原本已經淪為打發時間的遊戲，真正的後果被無盡的報導麻痺。但此刻，站在事發現場，所有藉口都煙消雲散。我往裡走，右手握著幻想的刀，想像第一刀落下的細節，然後是下一刀，如交響樂般層層堆疊，直到落滿二十刀。罪行完成。

然後呢？這是我最始料未及的問題。謀殺要不經過精心策劃，要不出於本能，兩者都會告訴凶手接下來該怎麼做。但我僵在原地。幻想的刀依然握在手中，兩具新鮮溼潤的屍體仍倒在我身後。我低頭看著我的衣服，想像鮮血濺到雪白襯衫上，滲入外套內襯，像黏上去的痘痘般弄髒我的臉。一抹就掉。

我轉身，踉蹌離開。外頭比剛才更冷。行凶後，藍色小屋的距離似乎變遠了。兩個成年人就這樣被冷血殺害。我知道這聽起來很蠢，但罪惡感讓我的腳步比來時更沉，是第一次打破不可逾越的禁忌所帶來的震撼。我讀過太多殺手的資料，知道第一次殺人的感受遠比其他次更難承受。殺人是一回事，但成為殺手、被社會驅逐鄙視則是另一回事。那種感受只會發生一次。靈魂受創的感受。

我忽然想起要確認時間，因此錯估了下一步，差點整張臉栽進泥漿裡。這階段的行為不再是意識層面的，而是生存本能。我無法想像有人到了這一刻還醒不過來。又或者，還有一種可能，就是睡眠麻醉了創傷。是的，有可能。

我摸索著找到藍色小屋的門，踏了進去。這場重現太過真實，以致我在返回時經歷了劇烈的心理衝擊；我人性完好地離開，回來時體內卻住著魔鬼。也許安娜安然度過了這一切。然而，心智一定在深處以某種方式繼續運作。肯定殘留了什麼。

我深呼吸，平復心情。這只是在演戲，我沒犯罪，至少今天沒有。我想像眼前有張床，想像安娜癱倒在床上。但在那之前還有最後一幕，大家經常忽略的部分。那則用 WhatsApp 傳給家人的訊息，那一句震撼彈：**對不起**。**我想我殺了他們**。

我掏出手機，點開和哈麗葉的 WhatsApp 對話視窗，打出那些字，按下發送時一陣噁心湧上。那些假設現在開始動搖。安娜真能在睡眠狀態下發出這樣的訊息嗎？生理角度上是可能的。案例研究顯示，病人能在睡夢中開車，遵循複雜的導航。可是那句話是有意識且有意圖的。她道歉，她知道發生了什麼事。罪惡感意味著她有感。假如她當時是清醒的，那麼也許她早些時候也是清醒的。也許她非常清楚自己在做什麼。

我看見兩個勾勾出現。我把手機放回口袋，移動到原本放床的位置，然後等待。我聽見哈麗葉溼答答的腳步靠近，跟那晚收到神祕訊息後的艾蜜莉和理查．歐格維一樣。等待的時間比我想像的漫長。我腦中浮現那對父母頭髮凌亂、睡眼惺忪的模樣。過去二十五年來，他們經歷過太多的虛驚一場：意外、有驚無險的時刻、毒品、酒精，以及成長過程的死路和僵局。他們早已習慣災難往往會化為趣聞軼事。可以一笑置之的事。

除了最後四個字。那幾個字並不是：**對不起，我想我用藥過量了**。或是：**對不起，我想我把車撞壞了**。或是：**對不起，我想我懷孕了**。

這些都能挺過去。也許是噩夢一場，但終究挺得過去。這件事卻無法。永遠無法，不可能。

每個人都在問：她有罪嗎？而此刻，在這裡，我清楚意識到答案是肯定的。她是否該負法律責任是一回事，但就最基本的意義而言，她有罪。她揮下了那把刀。她的行為殺死了兩名人類。她將一輩子背負這件事。罪惡感將永遠成為她的一部分。我喚醒了安娜，讓她面對一個與離開時截然不同的世界。

「不到十分鐘。」哈麗葉的聲音嚇我一跳。她的臉頰因走路而泛紅。她看起來老神在在。在聖堂時的拘謹和社交尷尬不見了。在這片荒野上，她不需再對醫生、精神科醫師和神經科醫師畢恭畢敬。我更喜歡這個哈麗葉。下班後的版本，而不是穿制服的那個。「更準確一點說，從橘色小屋到藍色小屋不用一分鐘。假設地面沒這麼泥濘，走路速度再更快的話。」

我閉上眼睛，暫停思考。我將腦中的思緒打包，牢牢鎖進心靈的閣樓裡。回歸現實。回到當下。此地。此刻。

「所以呢？」哈麗葉說。「該說出你的發現了。有靈光乍現嗎？那些小灰腦細胞在運轉嗎？」

我在這裡待太久了，那股驚恐再次襲來，彷彿我試圖喚醒死者或驚擾了靈界。這是個錯誤。外頭的光線漸暗，深沉的邪惡潛伏在這些牆壁、那片森林之中，這片土地已經被這樁慘案所汙染。

「你看起來像見鬼了。」哈麗葉說。她的語氣轉為擔心，那種我較為熟悉的溫暖又回來了，護理師的身分取代了前來獵奇的遊客和觀光客。

我勉強擠出一個微笑，耗盡了我所有的力氣。我再次查看時間。

「是啊，」我說。「也許我真的見到了。」

52

班

教堂坐滿了人。聖歌已經唱完了，棺材像個預兆般躺著，吸引所有目光。這座棺材看起來對她而言好像太小了。我隱隱期待布魯會突然醒來，再捉弄我們最後一次。但棺蓋依然緊閉。屍檢已經完成，驗屍官同意放行遺體。

維吉妮亞．布魯總算可以安息了。

我重新專注在講稿上。講台摸上去冰冷粗糙。我清了清喉嚨，聲音在古老的石牆間迴盪。

「布魯教授不是典型的基督徒，」我說，進入悼詞的最後部分，稍微放鬆了一些。「但她始終相信人性。最重要的是，她相信救贖，相信沒有人是無可救藥的。相信今天在座的許多人都很熟悉維吉妮亞的專業成就：她那些開拓睡眠心理學領域的研究，以及她在聖堂為那些因為無法入眠或無法醒來而深受其擾的人所付出的偉大貢獻。」

我暫停，環顧起底下穿著教堂專用正裝的聖堂職員。克拉拉有來，小餅乾也在。我讓自己鎮定下來。布魯是獨生女，膝下也沒有子女。她用朋友、同事和熟人來填補這份空缺。「如果說睡眠是我們的第二人生，那麼維吉妮亞自然也有第二重生命。教會委員、志工、社區的支柱，儘管她的穿著是那麼特立獨行。她的信仰低調卻深刻。她用行動代替言語。就像她那句令人難忘的話：『如果上帝的旨意不是要我們都去享受歡樂，那祂創造出來幹麼呢？』」

會眾席傳來輕柔的笑聲，漸漸充斥整間教堂。

「最重要的是，她從不放棄任何人。不論是作為專業人士還是朋友，她相信她的天職就是拯救墮落、醫治病痛，修復殘缺。這就是她的信條。對我們許多人來說，也是我們日日仰望的榜樣。」

我再次環視教堂。我想我現在明白信仰的魅力了。這裡和農場的無神論恰恰相反，那裡是沒有希望也無憐憫的地方。空氣中的寂靜持續著，像個賴著不走的客人。我收拾講稿，伴著嘎吱聲緩緩步下講壇，皮鞋踩在木頭上的每一步都比前一步更響亮。

我回到前排長椅，和聖堂的其他資深職員坐在一起。現在輪到牧師讚美這位——或許有點與眾不同——總能把下午五點的馬丁尼喝得很有靈性的女性。布魯就是這樣的人，具有唐吉軻德的風範。她討厭分類，也討厭貼人標籤。她熱愛矛盾。

我聽不進牧師輕柔的語調，腦中反而浮現布魯倒在家中的畫面，耳邊聽見電話裡那串關於檔案的慌張對話。我想起她對病人X的描述，以及病人X和安娜歐案的關連。一直到葬禮結束，親友、同事和朋友們移步到社區交流中心，開始享用微溫的南瓜粥和躺在軟趴趴紙盤上的三明治時，我都還在想著這些事。我對主辦人低聲交代，確保沒有不速之客混進來。這完全是私人場合，不歡迎部落客和記者。

追思儀式結束後，克拉拉、小餅乾和我來到社區公園。我們已經很久沒有單獨三人相處了，但今天似乎該這麼做。小餅乾在攀爬架上玩耍，克拉拉和我坐在長椅上看著她，手裡各拿著一杯外帶咖啡。我對克拉拉說起上次的農場行。那一切的原點。

「我聽說農場現在已經荒廢了。」

「白天看已經夠嚇人了，」我說，啜了一口咖啡。「無法想像晚上會是什麼樣子。」

「有發現什麼嗎？」

「我試著假裝自己是安娜，計算從小屋走到小屋要多久。首先，我不認為她能走回藍色小屋。或者說，在沒有幫助的情況下不可能。」

「你為什麼這麼確定？」

「我不能，只是直覺，依據事實推測。做了那種事之後，要從紅色小屋走回藍色小屋非常吃力。」

「也就是說，她當時可能是清醒的。」

「或者有其他人移動她。」

就在這時，小餅乾出其不意地嚇了我們一跳。這是她新迷上的把戲。她喜歡偷偷靠近我們，在我們最意想不到的時候出現。

「移動誰，爹地？」

我看見克拉拉譴責地皺起眉。我們太不小心了。「沒有誰，親愛的。」

「你們在說睡覺的女士嗎？」

輪到我看向克拉拉了。我們說好不跟孩子提這件事的。「睡覺的女士？」

小餅乾看起來心不在焉，眼睛盯著鞦韆。「睡覺的女士是壞人。」

「還有呢？」

小餅乾有點不知如何是好，像往常遇到自己不太理解的事時一樣，扯著自己的毛衣。「媽咪說妳會讓壞女士變好。」

她對鞦韆失去興趣，跑向沙坑。我試著消化剛才聽到的話。

「她為什麼在談論安娜．歐格維？」

克拉拉用她真正生氣時的眼神瞪著我。「醒醒吧，班，」她說。「人們會上網。大家都看到了那個點名你的陰謀論部落格。就連孩子都在討論。你做這件事是要付出代價的。對你和她都是。」

我望著在沙坑裡玩耍的小餅乾，想起布魯的葬禮，以及我對安娜日益增長的偏執。我想像那些網路威脅會變成殘酷的現實。農場的氣味依舊揮之不去。一切的發展都跟我的初衷完全相反。克拉拉比以往任何時候都離我更遠。

我開始質疑自己在做什麼，對自己和家人造成什麼影響。以及我為什麼停不下來。

安娜的筆記本

二〇一九年六月三日

肯頓小窩。這週也繼續收到「@病人X」傳來的訊息。時間顯示為格林威治標準時間，文法看來出自一名受過教育、已康復、重新融入社會開始新生活的人。訊息極其隱晦。

我重讀最近的對話：

@病人X：聽我一勸。公開的資料裡什麼都找不到。別再浪費時間申請政府公開資訊了。

@基石雜誌：你怎麼知道我有申請政府公開資訊？你在政府單位工作嗎？

@病人X：我已經跟你說過該查哪裡。克蘭菲爾病房。看看核准訪客名單。

@基石雜誌：我要怎麼拿到名單？

@病人X：加把勁，安娜。動動腦。

@基石雜誌：這件事對我的報導有什麼用？對我有什麼好處？

我已經有了報導開頭和結尾段落的點子。我現在需要的是中間的內餡。真材實料的內容。

我評估著手上的選項。我還是得和「@病人X」見一面。我不喜歡那人居高臨下、男性說教的語氣，也不爽有人偷看我的政府公開資訊申請。但目前，我需要「@病人X」。我想起布羅德摩、媽、莎莉．特納、布魯博士。想起爸和他神祕的小三。

加把勁。動動腦。

我又讀了一遍「@病人X」的最後一句話。

@病人X：安娜，醒醒吧，有人在幕後操縱這一切。莎莉．特納有個孩子。找出嫌犯，就找到你要的報導了。該出發狩獵了。

二〇一九年六月十日

布羅德摩醫院，柏克郡。

距倫敦六十四公里。我讀了醫院的沿革，是個石像鬼輾轉步入光明的故事：一八六三年成立，起初是收容精神病罪犯的精神病院，一九四九年之前由內政部管理，而後正式更名為布羅德摩機構。一九六〇年由衛生部接管，更名為布羅德摩醫院，現在則由聽起來很無趣的西倫敦國民保健署信託單位管理。歷時一百五十六年，它從令人背脊發涼的恐怖代名詞，搖身變成令人哈欠連連的官僚機構。

布羅德摩醫院是維多利亞時期的紅磚建築群，占地廣大，本尊比照片上看來更大、更毛。我抵達國民保健署配色的指示牌下，兩側矗立著高聳的圍牆和嚴密的保全措施。我聽過太多這地方的事。全世界最令人聞風喪膽的犯罪精神病院，收容了歷史上最惡名昭彰的連環殺手。這地方研究過最變態的人類心理，以出色的成果在犯罪紀實故事史上永垂不朽。

嫌犯。我對大多數陰謀論都過敏，因為犯罪調查很少能乾淨利落地串在一起，但我一直無法停止思考「@病人X」最後那句話。

莎莉．特納有個孩子。拼湊她死亡之謎的最後一塊拼圖。如此是否能合理推測，莎莉．特納是被親生孩子所殺？或是她讓孩子偷運那把塑膠刀，好了結自己的生命？

找出嫌犯，找到報導。

意義可能相當重大。

我一直在挖掘跟這件事有關的所有名字，其中有位嫌犯我無法忽視。莎莉．特納親生孩子的可能人選。當然，那個人改掉了出生姓名，與莎莉的所有連結都從地球上抹去。護照、駕照、國民保險號碼。但我已經能想像這名十幾歲的孩子去探望莎莉．特納的畫面。我很好奇這名嫌犯——容我稱呼這人為「我的嫌犯」——是否現在還會做噩夢，夢見布羅德摩和裡面的惡魔。我想知道，擁有一個像史塔威爾殺人魔這般惡名遠播的母親，我的嫌犯是如何自處的。

我做足了功課，知道布羅德摩和衛生部底下大部分的服務站一樣，很晚才引進數位檔案管理。九〇年代末期的大量病歷都存放在柏克郡檔案局管理的檔案館。所有訪客，包含歷史學家、犯罪學專家和心理學家，都必須在正門入口登記。訪客必須持有高等教育機構的身分證明，或得到直接負責檔案的前任員工的授權，才能進入。

我一邊等待，一邊掃視張貼在塑膠板後的入館規則：

依據一九五八年公共檔案法規定，布羅德摩醫院（前身為布羅德摩臨床精神病院）

的臨床與非臨床紀錄一應由柏克郡檔案局保管，以供研究。查閱權限將根據二〇〇〇年資訊公開法及二〇一〇年衛生部健康紀錄查閱指南規定核發。

我排在隊伍最後一個。一臉無聊的職員要我報上名字和所屬研究機構。

「我代表歐格維女爵而來。」我說，並遞上一封授權書信。信是用我媽的上議院抬頭信紙列印的。我偽造了她的簽名。上面說明她在一九九七年至二〇〇五年間擔任衛生部國務大臣，職務範圍包括精神衛生服務與布羅德摩、蘭普頓和艾許沃斯戒護醫院的監管。她希望為即將出版的回憶錄查閱官方紀錄。我是她的研究員，獲准代表她本人查閱檔案。這當然也是謊言，但算是我撒得比較像樣的謊言。

職員慢慢讀著信。幾分鐘後，他放下眼鏡，以一種做作的、假正經的神情微微噘嘴。他揮手讓我通過。我加入其他四位研究員的行列。有人領著我們穿過一個大中庭，抵達布羅德摩院區的西側。我這時才想起來要呼吸。

柏克郡檔案館寬敞但悶熱，讓我聯想到十九世紀的大圖書館，彷彿裡頭會有留著林肯鬍的男人測量著病人的頭顱大小。這裡瀰漫著一股毛骨悚然的腐朽氛圍。一名警衛在一旁盯著我們。右邊牆上有一張小小的館內平面圖，我上前查看。我先是根據時期、再根據地點縮小搜尋範圍。我想找的是一九九〇年代末期克蘭菲爾病房的相關資料。

我在無數份紙板文件夾中翻找，徒勞地搜尋「美狄亞」的蹤跡。什麼都沒有。我改用「布魯」試試，找出一大堆維吉妮亞．布魯醫生在布羅德摩擔任臨床心理師顧問期間留下的文件資料和信件，當中提到的病人有數百位。最後，我試著搜尋「特納」，這讓我找到了第二十七號箱子。在箱子潮溼角落的一張單薄的紙上，我找到了我要找的資訊。這張紙是臨床心理師顧問布魯醫生寄給特殊案件暨司法服務部主任的一份書面備忘錄。上面寫著：

寄件人：維吉妮亞．布魯醫生

收件人：特殊案件暨司法服務部主任（特殊收容組）

主旨：病人 863789２CRAN

日期：一九九九年六月二日

關於上次部門會議中概述的加強保全措施提議，我茲要求，為所討論之特殊計畫預算提高百分之五。鑑於大眾與媒體對此病人的高度關注，此特殊計畫宜謹慎執行，相關知情人數應降至最低（假如案件得以進行）。我僅需一組兩名護理助理的小團隊。我要求只向DSFS和CD彙報計畫進展。我會親自跟進此事。

布魯

一九九九年六月二日。這份備忘錄是在莎莉．特納仍於老貝利受審期間發出的。「DSFS」代表特殊案件暨司法服務部主任。「CD」代表臨床主任。「特殊計畫」想必就是美狄亞，即使當時還沒被冠上這個名號。我搜遍其他文件，想找到臨床主任的名字，卻只在另一封關於預算的信末找到司法服務部主任的署名：史蒂芬．唐納利。檔案館的文件禁止攜出，所以我背下內容。我繼續查看其他卷宗。每份卷宗裡都夾著一張紙條寫著：第四十一條豁免條款。

限制的時間一到，我們便被護送出建築，返回入口接待處。我取回手機，迅速在iPhone的備忘錄裡輸入我能記得的一切。我上網搜尋二〇〇〇年資訊公開法第四十一條豁免條款，讀到：

第四十一條豁免：對於以保密方式提供的資訊（如醫療或臨床資訊），如披露後有違反法律保密原則之虞，則該資訊將不予公開。

我關閉分頁，收到一則新訊息，又是「@病人X」發來的——我的寶貝線人，我的深喉嚨——回覆我先前的提議。

訊息比往常更短。只寫著：

十七日。上午十點。

我的要求成真了。

我們要碰面了。

53

班

聖堂，哈雷街

葬禮後，生活一如往常。我的恐懼和猜疑還是沒有消失，但默默地就稀釋了，淹沒在日常生活的責任之下。

安娜的病情在幾次診療後終於出現突破。她的失憶情況，無論是貨真價實的創傷後失憶，還是長期沉睡後重回生活的短期調適，都意味著較早的記憶需要一點時間浮現。然而另一方面，接觸她夢中的世界反而容易得多，而且也更加生動。那是她過去四年棲居的住所。自農場那晚以來，她便一直活在心靈的夢境之中。夢境或許正是記憶的入口。

這就是我要著手的地方。

她的康復是漸進的：聲帶生疏，精力耗盡，飲食量日日增加、調整。她一開始只能保持清醒幾分鐘，後來能撐到一整個小時。她從擠出破碎的單詞開始，逐漸能講出更複雜的句子。詞彙量也慢慢豐富起來。

我看著她康復，內心卻依然矛盾不已。我的職業責任是讓安娜有能力出庭受審，但我的道德責任是盡可能地把安娜留在聖堂，越久越好。唐納利試圖用我和家人受到的威脅嚇唬我，但從某些方面來說，情況恰恰相反。只要安娜留在聖堂一天，我們就多受警方保護一天。司法部絕不會放任最受矚目的殺人嫌犯出事。然而，一旦她被轉入監獄系統等候審判，當局一定會就此撒手不管，和我與聖堂切割。

唐納利當然可以想辦法弄到另一種診斷，但我知道得太多了。創傷後失憶症沒辦法永遠把安娜留在這裡，我還沒那麼天真，但至少給了我時間串連線索。查明布魯在死前發現了什麼。多爭取到幾週給了我希望。而希望，正如我們如今已然得知，確實是極其強大的力量。

等我終於進入病房進行首次正式的評估晤談，已經是幾週之後的事。哈麗葉幫安娜靠在枕頭上坐好，然後離開。她看起來還是白得像鬼，亟需晒點陽光。我們相互對視，我努力想讀懂她的表情，但她的神情異常神祕。安娜的臉很平靜，近乎令人不安。她就像個展現英雄級自制力的演員，或是畫室裡的模特兒。但那雙眼睛除外。她的眼神太過自知，彷彿這份平靜是經過計算，甚至是排練過的。

我等待門喀嗒一聲關上。布魯的葬禮結束後，有些事就變了。現在，這地方由我主導。我不必再壓抑我對安娜案件的痴迷。她既是殺手，也是醫學謎團。這種病態的反差正是我選擇從事這份工作的原因。

我按照慣例開場：介紹我的名字、聖堂、日常健康檢查。這是我準備過最棘手的晤談。一旦如實相告，她的大腦可能會再次躲回冬眠。艾蜜莉和其他訪客都被嚴格要求模糊帶過事件，不准提及任何細節。

我也輕描淡寫地表述。我是哈雷街聖堂睡眠診所的職員。你來這裡接受治療已經很長一段時間了，安娜，起因是牛津郡的一場意外。意外發生後你便陷入沉睡。我們的工作是幫助你康復，這次晤談就是其中一部分。你一定有很多問題想問，但我們先一步一步來。

我的辦公室牆上掛著一張表，上面列著世界上最常見的夢境：掉牙、被人追趕、找不到廁所而無助、在公共場合赤身裸體、考試準備不足、在空中飛行、在無安全網處墜落、困在失控的車輛中、偶然走進一個閒置的空房間，以及遲到。

夢境是條高速公路，能通往我們最不為人知的祕密，甚至是我們最不願想起的記憶。安娜的夢境或許藏有破解一切的鑰匙。

我一直很有耐心。四年的沉睡讓我不得有一絲躁進。但今天，見她的聲音變得有力，我冒險問：「跟我說說妳的夢境生活，安娜。妳都夢見什麼？」

安娜的聲音依舊沙啞而生澀，像個學說話的幼童。「從一片森林開始。」

「妳怎麼知道那是森林？」

「很暗。到處都是樹。」

「夢裡的森林每次都一樣嗎？」

「是。」

夢中的森林。農場雙屍案那晚的森林。我再次仔細觀察她。「妳穿了什麼？」

「戶外服裝。我想是紅色的，還有藍色。」

「感覺如何？」

「好像有魔鬼在透過我呼吸。」

「森林裡發生了什麼？」

安娜現在閉上了眼睛。「我帶著什麼東西。」

我暫停，呼吸，等待。

「一把刀。」

我盡力保持語調平穩，不讓期待的顫音洩露。「然後呢？」

安娜繼續說。「我看見我的手沾滿鮮血，但我看不見傷口。我跑向森林邊緣。」

「妳知道森林外面是什麼嗎？」

「知道，一個叫馬拉松的小鎮。」

「那之後呢？」

「我看見森林邊緣的光。然後，夢就結束了。」

我寫下另一條筆記，稍待片刻，讓安娜重新回到現實。她現在睜開眼睛了，在房間的光線下眨眼。

「每次的夢都是同樣的模式嗎？」我問。

「是的。」

森林。刀。血。奔向自由。

「現在，我想試試自由聯想，」我說。「我說一個詞，妳回答腦中第一個浮現的東西。」

安娜疲倦地點頭。

我低頭看著筆記，我用項目符號記下每個象徵。「森林。聽到這個詞，妳腦中立刻想到什麼？」

安娜嘆息。「危險。」

「刀？」

「血。」

「馬拉松？」

「真相。」

我想像，要是有人讀到這次晤談紀錄，八成會質疑夢境和雙屍案有何關連。但我必須順著她心智的紋裡工作。象徵性的真相是通往字面真相的守門人。

安娜打了個哈欠。她的眼睛變得昏昏欲睡。然後，她輕聲說：「你看起來很眼熟。」

我微笑。「大多數的最小意識狀態病人都會經歷急性創傷後失憶症和妄想症。這很常見。我已經治療你幾個月了，但我們之前沒有在這間診所之外見過面。我是聖堂診所的資深合夥人。」

今天就到此為止。我向玻璃窗外示意。幾秒後，在外面通過即時影像監控情況的哈麗葉進來了。我不知道她聽見了多少，以及可能會造成怎樣的風險。

哈麗葉用鎮靜劑讓安娜平靜下來。我一直守到監測數據顯示安娜狀態穩定了才離開房間，回到我的辦公室。

安娜的夢境依然在我腦中播放。

54 克拉拉

她沒料到會收到這封信，更沒料到會是這種形式。史蒂芬・唐納利是司法部副法務長，他的行程表早在數月前甚至數年前就安排好了。他連警察廳助理廳長都不會主動聯繫，更別說是小小的偵緝主任督察了。但這封郵件確實來自他的電子信箱，內容包含了時間、地點，還要求她在見面前不得向任何人透露此次會面。

克拉拉做了所有例行檢查，確認這封信是真的。

她抵達小法國街一〇二號的司法部總部東側入口，一位初階官員在這裡接她。她的手機被收走並上鎖。她拿到一張訪客識別證，隨後被領至四樓的一間管制會議室。

唐納利已經坐在裡面。沒有握手，也沒有咖啡。在白廳內部，安娜歐的案子仍被稱為「唐頓計畫」，是在玩聖堂的雙關語。克拉拉試圖推測這場會面的目的。有人突破聖堂的保全措施，企圖攻擊安娜？有記者得知了她清醒的消息？又或是那個讓她全身每個細胞都作嘔的可能：關於小餅乾或學校，出了什麼意外。

「抱歉搞得神祕兮兮的，」唐納利開口。「但恐怕出了些狀況。相當嚴重的狀況。請坐。」

唐納利從桌上的馬尼拉文件夾中抽出幾張紙，遞給克拉拉一張。

「你對你前夫在夢境分析方面的研究了解多少？」他問。

克拉拉懷疑自己聽錯了，但她很快看出唐納利是認真的。「他好像寫過一本關於這個主題的書，」她說。「這也是他在柏貝克學院教授的科目之一。」

「原來如此。」

「為什麼問這個？」

「我們一直在監控他和安娜的晤談。囚犯聲稱她反覆做著一個夢，夢裡她感覺『有魔鬼在透過我呼吸』。一般來說，我們當然不會特別注意。」唐納利又從資料夾抽出另一張紙。「但很遺憾，這個案子一點也不一般。」

克拉拉看著第二張紙。她看見國防部的官方抬頭和徽印，下面是波頓唐國防科技實驗室的標誌。

「自從索爾茲伯里毒殺事件以來，」唐納利說。「波頓唐就持續在監控一種叫做東莨菪鹼的街頭毒品。」

「迷姦藥？」

「那是其中一種用途。東莨菪鹼會讓被害人的短期記憶失靈，阻斷大腦神經細胞。最糟的是，東莨菪鹼在數小時內就會從血液中消失，非常難以檢測。」

「還有什麼其他用途？」

「它也是一種植物提煉的精神活性生物鹼，來自波拉切羅樹的種子。外觀是白色粉末，看起來像古柯鹼，而且完全無色無味。和酒精混合時特別危險。少量用來治療一些常見病症，像是帕金森氏症、阿茲海默症、暈車和術後噁心，但只要一克這種東西，就足以殺死一整群人。它會讓被害人進入催眠狀態：喪屍般的行為、喪失自主意志、極易受暗示，通常還會導致麻痺、幻覺和心臟驟停，因此經常在搶劫和綁架案中當作精神控制藥物使用。被害人事後會完全失憶。」

「你認為安娜．歐格維可能被人下了東莨菪鹼？」

「警報是被『魔鬼』和『呼吸』這兩個關鍵字觸發的。如妳所知，東莨菪鹼在街頭有個更常見的名字。」

克拉拉現在明白了。「魔鬼之息。」

「沒錯。」唐納利又從文件夾中抽出一張紙，遞給她。「這是維吉妮亞．布魯家案發現場最新的鑑識報告。她書房的保險箱內發現了微量的東莨菪鹼。鑑識人員還在保險箱旁發現一根普林斯博士的頭髮。」

克拉拉不喜歡事情發展的方向。「是班發現了屍體。這不太意外。」

唐納利再度查看文件。「在他的陳述中，普林斯博士反覆被問及是否去過玄關和客廳之外的地方。他三度否認。我們也有普林斯博士承認拿起那把刀的證詞。」

「你不會真的認為班和布魯的謀殺案有關吧？」

「我的工作──我唯一的工作──是維護往後審判的完整性。任何顯示安娜可能被下藥，或妳前夫對警方說謊的跡象，都會壞了一切。」

「你為什麼要告訴我這些？」

「因為現在，」唐納利說。「我認為妳是這整件事中我唯一能信任的人。我們還發現了更多網路證據，這些證據將最早爆出妳丈夫參與此案的部落格，和一位在聖堂工作的人連結起來。這位部落客的帳號是『@嫌犯八號』。」

「是誰？」

「我們追蹤到了一條加密貨幣金流，和『@嫌犯八號』部落格的伺服器相匹配。這條加密貨幣金流又連結到梅蘭妮．福克斯在農場凶殺案發生當晚雇用的假健康安全顧問公司。我們認為，自稱『蘿拉．理吉威』的人，和『@嫌犯八號』是同一人。要在貼文上發布那些資訊，她一定得是知道囚犯將被轉移到聖堂的五個人之一。」

克拉拉有在聽，但沒有完全理解他的話。「有誰知道？」

唐納利折起右手手指數著。「我們兩個。艾蜜莉．歐格維，現在是艾蜜莉．雪柏德，作為最近親屬。」他頓了一下。「妳前夫。還有從一開始就陪在安娜身邊的那個人。」

克拉拉感覺那個名字正在她嘴邊成形。

無聲無息陪在那裡的天使幫手。

哈麗葉。

安娜的筆記本

二〇一九年六月十七日

黛安娜紀念噴泉。海德公園。

我提早到了。今天是平日。天空飄著零星小雨，海德公園人來人往，但還不至於擁擠。過去一週我一直在讀有關調查記者臥底取材及潛入敵方陣線作戰的資料。我很好奇，「@病人X」是不是像老電影裡的間諜怕被竊聽而開著水龍頭那樣，特地選在靠近水的地方見面，以防被錄音。

要和我接線的聯絡人坐在噴泉附近的長椅上，手裡拿著今天的《泰晤士報》。這是我們事先約定的暗號。他看起來比我預期的年輕。不管是什麼樣的調查工作，基本守則都一樣：絕不使用真名；外表微幅偽裝（戴毛帽掩蓋金髮、戴粗框眼鏡、穿高跟鞋改變身高）；手機電池拆掉，只用拋棄式手機。都是些基本常識，倫敦每間新聞研究所都會教，但總之聊勝於無。

我在長椅上坐下。對方問我是否在錄音。這是攸關成敗的時刻。為了這篇報導、這本雜誌、收購計畫、我往後的財富和前程——我決定說謊。就在這時，第一件奇怪的事發生了。聯絡人拿出一支拋棄式手機遞給我。他解釋自己不是真正的聯絡人，只是中間人。他要我留在原地等候進一步指示。說完，那名男子起身離開。

我緊張了一會兒。事情不太對勁。我也正想離開時，那支手機震動了。預先安裝的加密通訊軟體上跳出一則新訊息。我讀道：

病人X：安娜，妳太粗心了。

又來了，那種男性說教的語氣。一部分的我懷疑這會不會是個圈套。一股可怕的、黏膩的恐懼纏上我的脖子。我手心冒汗，回覆道：

我：我以為我們要當面聊。

病人X：我還不確定能不能信任妳。

我：為什麼不行？

病人X：因為妳被跟蹤了。男性，一米八五，九十公斤左右，推著嬰兒車。順帶一提，妳的藍外套很好看。

我猛然轉身，盯著附近的其他遊客。我已經照著網路文章教的所有建議行事：檢查商店櫥窗的反射、停下來綁鞋帶、繞路走、折返。但我顯然技不如人。我很可能漏看了某個人。果然，我身後站著一個一米八五、約九十公斤的男子，推著一台躺著小嬰兒的嬰兒車。他一邊喝咖啡一邊滑手機，身旁沒有伴侶或妻子的蹤影。

藍外套很好看……

所以病人X看得見我。這表示對方就在附近。又或者只是看見我出門。都有可能。這可能是某個變態開的病態玩笑，而我竟然蠢到上當。但無論如何，事已至此。我打敗道格和英迪、阻止GVM收購雜誌——**我的雜誌**——的計畫，全都押在這篇報導上了。我要靠發表報導來奪回編輯權。

我決定死守。來硬的。

我：你在虛張聲勢。我很確定沒被人跟蹤。只有我。是你答應要碰面，給我更多料的。你食言了。十秒內給我一些東西，否則我們到此為止。

我等著。如果線人就此消失，我就只剩下無用的政府公開資訊申請和發霉卷宗裡的舊備忘錄。我在腦中數到五，然後看見軟體上方顯示「正在輸入」。

病人X：妳在檔案館找到我們說的東西了嗎？

我：沒有訪客紀錄。但我找到布魯寫給特殊案件暨司法服務部主任的備忘錄，日期吻合，上面說布羅德摩正在進行一項特殊計畫。是美狄亞嗎？

病人X：是。

我：布魯為什麼要求增加百分之五的預算？

病人X：美狄亞實驗的成本很高。她需要專款，和一般政府經費分開。某種可以事後賴帳的東西。

我：為什麼？

病人X：妳說呢？

我：美狄亞實驗包含了什麼？

病人X：妳讀過布魯的論文嗎？

我：一些。我能理解的部分。

病人X：去找一篇叫做《美狄亞方法：人格與異睡症》的文章。她最早期的論文之一。沒被數位化。

我：你怎麼知道這麼多？你是誰？

病人X：拔出SIM卡，回程把手機丟掉。我會知道妳有沒有照做。下次別再帶跟班。再見，安娜。

對話就此結束。我有種被人監視的強烈直覺。人潮中有雙眼睛在某處緊盯著我。我猶豫是否要全盤托出我發現的其他事，但我忍住了。恐懼再次刻蝕我的皮膚。

我買了杯咖啡，喝光，把手機放進空杯。回家路上，我把咖啡杯丟進垃圾桶。我不停掃視四周，腦中浮現布羅德摩那些陰森的維多利亞建物，備忘錄上冷冰冰的文字，還有線人對我申請政府公開資訊的了解。

生平首次，我觸及到了某些超出我理解範圍、不在我平時生活圈內的事物。由瘋狂與邪惡統治的世界。每交手一次，就多涉險一分。

我沒有回小窩，改搭地鐵回漢普斯德。我今晚需要安全感，需要家的慰藉。我看見媽在廚房桌邊，真想像個飛奔尋求庇護的孩子緊緊抱住她。我為她感到難過。她值得更好的，不該忍受爸、小三、這整齣鬧劇的羞辱。

她對我微笑。「哎呀，真是個驚喜。」

我留在廚房陪她，只是想待在她身邊，祈禱這一天永遠不要結束。

今晚我不能自己待著。

惡魔在我耳邊輕喚。

55
班

他們來抓我時，我正陪在安娜身邊。

我想這個結局來得還算恰當。在哪開始，就在哪結束。

我一個人待在病房。安娜是睡著的狀態，而非清醒。我不再說話，只是坐著看她。這是我無聲的守護。

我一直把自己想像成希區考克電影裡比較理性的那種英雄，如果那種角色真的存在的話。我是《美人計》或《北西北》裡的卡萊葛倫，或是《捉賊記》裡和葛麗絲凱莉談戀愛的那個人。此刻，在我心靈的黑夜，我懷疑自己是不是一直以來都搞錯了。

我不是身穿燕尾服、衣冠楚楚、總能抱得美人歸的「老鼠幫」*英雄。不，我更像是《迷魂記》裡的詹姆斯史都華。我是史考提，內心傷痕累累、殘破不堪的前偵探，用變態的計謀來療傷，把金露華變成自己的幻想。我看著躺在那裡的安娜，感覺自我碎落一地，散在腳邊的地毯上。

我快崩潰了。我為何獨獨對這宗案件痴迷不已、越陷越深，道德界線失守，完全說不過去。但坐在這裡陪著安娜，能讓我暫時不去想布魯的屍體、我手中的刀，以及那幾個小時的血腥與創傷。暫時不去想那天晚上我其實幹了什麼。我不得不採取的行動。裝無辜。

* Rat Pack：由一群美國電影演員組成的小團體，主要成員包含法蘭克辛納屈、狄恩馬丁、彼得勞福德等知名男演員。

哈麗葉今早難得沒有輪班。我端著一杯加了奶的英式早餐茶，聽著哈雷街上依稀的車聲。我掛念起今天在學校的小餅乾，同時疑惑著克拉拉為什麼沒有回我的 WhatsApp 訊息，討論下個週末的安排。

就在這時，我聽見了。

起初是一陣騷動，輪胎在建築物外煞停的嘰嘎聲，不止一輛車。那就是計程車了，或者是無視指示的名人隨扈，沒從後門進出、將跟班減到最少。我聽見車門大聲甩上。腳步聲噠噠噠傳來，像支逼近的軍隊。

我走向窗邊，活像躲在窗簾後面偷窺的人，小心不讓光線吵醒安娜。我往下方的聖堂正門望去，發現外頭停了兩輛警車，後面還有一輛便衣車。用行話來說就是動手的和動腦的。制服員警和刑偵組警探。騎兵與神射手。

恐慌從這時湧現。一種本能的、動物般的反應。

我知道他們是來抓我的，沒有比這更確定的事。

我就像隻不肯乖乖就範的老鼠，啃咬著繩索。

他們還沒發現我。我昨晚睡在這裡，所以沒有簽退和簽到的紀錄。我熟悉每層樓的配置和緊急逃生出口。但警方一定也知道。我敢肯定，萬一我逃跑，會有更多的制服員警等著抓我。

恐慌催生了無用的想法。我可以在聖堂找個地方躲起來，連夜潛逃，在倫敦銷聲匿跡。我是司法心理學家，可以運用專業知識愚弄警察，利用人類心智的缺陷和弱點。我想像自己鑽進通風口，懸吊在電梯井上，小時候經常在電視上看過的荒謬情節全數出爐。

但安娜歐的案子太出名了。我的逃亡不只注定徒勞無功，還會傷害克拉拉和小餅乾。逃跑就等於承認我有罪。

更多的腳步聲。說話聲越來越大。

命運緩緩將我包圍。

不會有禮貌的敲門聲。只有等待。我用最後的時間看安娜最後一眼，環視自己垮台的場景。然後門開了，病房規範全被打破。我看見皺巴巴的西裝和沾著蛋漬的領帶，髒兮兮的塑膠證件。一名口氣殘留著咖啡味的便衣警探面無表情地宣讀熟悉的台詞，以涉嫌殺害維吉妮亞・布魯、串謀妨礙司法公正與違反官方機密法的罪名逮捕我。

我被帶下樓。診所職員像波浪一樣分開。有人疑惑皺眉，有人露出可恥的眼神。我成了該被同情或無視的對象。我的地位變了，暫時被逐出部落，被自己人背叛。

我們下到一樓，抵達接待區。一些櫃檯員工用呆滯的眼神難以置信地看著這一切。我想起克拉拉沒有回覆我的 WhatsApp 訊息，想像小餅乾會在學校得知這件事。

在這一刻以前，我只是普通的爸爸。有趣、愛抱抱、接送經常遲到、擅長把義大利麵煮過頭、拿手菜是豆子配烤吐司的爸爸。從今以後，我在她眼裡將成為另一個人，一個滿是缺陷與瑕疵的成年男性，不再可靠。我失去了為人父母自帶的權威。

我好想現在就醒來，把這場夢魘推回腦海深處。

但當我們走到外面，走向等候的警車時，第一道等待已久的手機閃光燈從我視野中閃過。一群已經收到逮捕風聲的記者擠作一團。好奇的遊客停下來觀望。馬戲團表演開演了，而我是頭號主角。

我所知的人生結束了。

56
班

那張照片登上了各家頭版。我無處可逃的那張。殘酷的終幕。

我的臉在幾秒內傳遍全世界，被社群媒體的神奇力量飄送出去。哈麗葉也同樣因涉嫌殺害維吉妮亞．布魯和串謀妨礙司法公正罪在家中被捕。我們是在同一場事先協調好的行動中被捕，遭逢相似的命運。標題在社群媒體上瘋傳。大報、小報、YouTuber、社群網紅，處處都響徹暴民般的咆哮。

後來，我回顧了那幾天狂熱的報導，歸結出我們兩人被毀滅的時間軸：不到半小時，《每日郵報》網站就發了第一批速報；《晚間十點新聞》將逮捕列入當日頭條摘要；隔天的報紙刊登了那張照片；網路上的鍵盤偵探群起沸騰。

我們成了新世代的邦妮和克萊德*。戀人、共犯，一對嫌疑纏身的邪惡搭檔。

安娜．歐格維。

班尼迪克．普林斯。

哈麗葉．羅勃茲。

烙印在網路歷史上的三個名字。

普特尼警局的偵訊室是個灰撲撲的鞋盒，空氣聞起來有即溶咖啡的味道和陣雨的溼氣。過去幾個小時發生的事依然感覺很不真實。這是個疑雲重重、充滿抵制與取消的時代。指控永遠不會消失，而是在網路上封為永垂不朽的化石，等待每一代人重新挖掘。我的罪行也許得不到證實，但有罪是預設選項。無罪這個概念太二十世紀了。

我面前坐著兩位偵訊警官。第一位是負責說話的那個，臉上掛著陳腐的獰笑。他的表達誇張，每次開口都像隕石撞地，爆出伶牙俐齒的火花。另一位則默不作聲，邊記錄邊看錶，扮演沉默劊子手的角色。我身邊坐著當值的公設辯護律師，身上的西裝像是學生在穿的，袖口還帶著菸味。

第一位警官問：「你和哈麗葉・羅勃茲共事多久了？」

現在的我只有一條路能走，就是重複我在單向玻璃另一端看過無數次的答案。「無可奉告。」

「你是否幫助哈麗葉・羅勃茲經營『@嫌犯八號』部落格？」

「無可奉告。」

「你是否幫她洩漏你參與此案的消息，來博取大眾關注？」

「無可奉告。」

「你是否幫助哈麗葉・羅勃茲以『蘿拉・理吉威』的名義，在二〇一九年八月二十九日以健康安全顧問的身分受雇於梅蘭妮・福克斯？」

「無可奉告。」

「二〇一九年安娜・歐格維入院時，你是否幫助哈麗葉・羅勃茲在蘭普頓戒護醫院找到工

* 電影《我倆沒有明天》（*Bonnie and Clyde*）裡的亡命鴛鴦。

作？」

「無可奉告。」

「你早期還在多間戒護醫院當護工時，是否見過哈麗葉．羅勃茲？還有，一九九九年她在布羅德摩擔任實習護理師時，你是否也見過她？」

哈麗葉一九九九年時人在布羅德摩。莎莉．特納。我消化著這個消息。「無可奉告。」

「為什麼安娜．歐格維聲稱之前見過你？」

我愣住半晌。不妙。不，是糟透了。他們已經爬梳了所有音檔，有足夠的事實讓我看起來有罪。我想起布魯的指示，想起我在案卷、書房、行蹤上撒過的謊。

「普林斯博士？」

我有太多話想說。我想說，安娜．歐格維聲稱見過我是所謂的「移情」現象。病人的情緒會轉移到心理師身上。他們會將對家人、朋友、戀人的憤怒全都暫時轉嫁到諮商者身上。她那是把自己的夢境和病房裡的我混在一起了。

但我只是說：「無可奉告。」

我看見警官露出冷笑。我望著偵訊室的藍灰色牆壁。

「在你擔任行為偵查顧問期間，可曾接觸過東莨菪鹼這種藥物？」

我知道他們在打什麼算盤。是安娜在夢境分析時說的那句，關於魔鬼透過她呼吸的話。東莨菪鹼的俗稱是魔鬼之息。他們一定竊聽了我們那場晤談。我掉進了陷阱。「無可奉告。」

「你在殺害維吉妮亞．布魯之前，是否先用東莨菪鹼迷昏了她？」

「無可奉告。」

「這就是為什麼她書房的保險箱附近驗出東莨菪鹼殘留物，以及含有你DNA的毛髮嗎？」

我腦中浮現自己蹲下、打開保險箱、取出案卷的畫面。依從布魯指示行事。我很小心。

「無可奉告。」

我被陷害了，這是唯一可能的結論。絞刑索和斷頭台正等著我。我被困在自己的噩夢之中。有人精心設計了過去幾個月的事件，要我永世不得翻身。

「八月三十日，你是否用東莨菪鹼說服安娜．歐格維在柏福德的農場行凶？」

「無可奉告。」

「你是否刻意安排自己在安娜．歐格維的治療中擔任要角，與哈麗葉．羅勃茲合謀妨礙司法正義？」

「無可奉告。」

「你是否寫過電郵推薦哈麗葉．羅勃茲進入蘭普頓戒護醫院工作，並幫她轉調至聖堂？」

推薦信。我想有人在我的電腦動手腳。那些電子郵件一定存在。這個黑鍋比我想的更縝密。

「無可奉告。」

接著，壓軸好戲登場了。噩夢的高潮。威脅達到最高點的時刻。

「為什麼我們在你家裡找到證據，顯示你和一個匿名社群帳號「@病人X」有關？」

布羅德摩。美狄亞。病人X。我在布魯案卷裡讀到的一切都出現了。

對，全都出現了。

「無可奉告。」

我身陷網羅。我像忒修斯在迷宮中摸索。

「為什麼你用『@病人X』這個帳號傳訊息給安娜·歐格維，答應她要在凶案發生那晚在農場碰面？」

我想起自己站在紅色小屋門口，想像兩具屍體躺在那裡的情景。我的話語聽起來如此蒼白無力，卻是我僅有的一切。我不記得我有開口，卻聽見話從我嘴邊逸出。

「無可奉告。」

安娜的筆記本

二〇一九年六月二十一日

歐格維豪宅續篇。媽回來了。爸不在。我繼續把自己關在小時候的臥室，持續實施嚴密的安全措施。睡覺時房門上鎖，兩張絆倒潛力極佳的椅子擋住出口。我把書本、鞋子、以及任何手邊找得到的東西擺在從床走到門的路上。想踏出這個房門，必定會伴隨疼痛。很好。

疼痛會喚醒我。疼痛會帶來淨化，將我從罪孽中拯救出來。這一切都很有天主教的味道。就像夢遊者的主業團。媽很擔心。她終於發現我有些不對勁。席歐來探望，取笑我隱士般的行徑。我遠端監視英迪拉和道格的加密郵件和訊息，知道GVM交易正在逐步推進。我的缺席反而對他們有利。我感覺怒氣在心頭堆積，對他們的恨意越來越深。

我坐在房間裡，窗簾緊閉。我的專題還是一個字都沒寫。我太害怕自己可能會幹出什麼事。我想起馬克白夫人夢遊時洗去手上血跡的那一幕：

醫生：妳看，她的眼睛是張開的。

女僕：是的，但她的神智卻緊閉……

醫生：真是違反自然的怪事。既能享受睡眠的好處，又起到觀看的效果！……

馬克白夫人：去睡吧，去睡吧；門口有人敲門。來，來，來，來，把手給我。做過的事覆水難收。

我申請了更多的政府資訊。內政部、司法部、衛生部、英國國民保健署、皇家監獄署，都沒有「美狄亞」一詞相關的資料。這意味著，要不沒有留下官方文件，要不就是該詞太機密，不適用資訊公開法。

我在考慮要不要採取老派的做法，多去聖堂外站崗。我應該直接去堵布魯，當面質問她。別再當個縮頭烏龜了。我試圖找出更多九〇年代末在布羅德摩克蘭菲爾病房工作過的人，但很少有人公開承認曾在那裡工作。那裡太不光采了。

於是，我轉而去讀布魯早期的學術論文，試圖鑽進她的腦袋。我必須弄清楚，對於像莎莉．特納這樣罪大惡極的病人，也就是史塔威爾殺人魔，醫院可能進行過怎樣的心理實驗——或者名義上說的「介入治療」。我得找出「@病人X」所指的特殊計畫可能是什麼。

同時，我也不時回頭去揣測莎莉．特納的親生子女，繞回我的嫌犯身上。那個確實由她所生，卻從未透露過名字的人。「@病人X」聲稱此人就是一切的幕後黑手。說到底，這才是問題的關鍵所在。直覺告訴我，一切謎團都取決於此人的身分。只要我弄清楚這點，其他事就會跟著水落石出。

這個名字太敏感，也容易涉及誹謗，所以不能輕易說出口。我縮小嫌疑名單的方法不完全合法，但最近的一本年鑑給了我一連串的靈感，自那之後我就一直在追這條線索。我很可能大錯特錯，但也很可能是對的。這是個尚待證據支持的直覺。

目前，在找到更多證據之前，我只會用自創的代號稱呼那個人；經典的一招，既隱晦，卻又呼之欲出：馬拉松。

我又讀了兩個小時。然後，在一切就緒之後——椅子、鞋子等等——我躺上床，讓眼睛闔上。我努力想一些快樂的事，不要去想血、屍體、刀子，也不要去想美狄亞或馬克白夫人。我又回到孩提時代，游走在懵懂與知識之間。我正在和爸一起看曼聯踢球，聽媽彈鋼琴。我很快樂，無念無想，自由自在。

我要讓時光倒流。我要治好自己。

做過的事覆水難收。

二〇一九年六月二十四日

肯頓小窩。我感覺好多了，正視這個地方的惡魔也有幫助。我看見廚刀被擺回原位，小窩也打掃乾淨了。英迪拉和道格坐在廚房桌前，用筆電算著《基石》夏季刊的數據。我們最近的訂閱推廣有點成效。廣告收入上升，報攤銷量略有提升，退訂率降到百分之四以下，讀者滿意度達到高峰，儘管，與此同時，創意總監兼內容長——就是在下——卻屢屢出現焦慮和廣場恐懼症的主要症狀。

他們關心我的流感還好嗎。我成功用謊言圓過去。我提醒自己，道格和英迪都不曉得「那件事」，只有我知道。只有我知道自己差點就將二十公分長的廚刀刺進某人皮膚。回敬他們的密謀，一場遲來的報復。成為凶殺案中血跡斑斑的細節。

我把行李一一歸位，重新扮演快樂室友的角色。英迪拉高貴安詳，道格忙著跟客戶和經銷商講電話。我考慮是否應該現在質問他們收購的事，但我沒有。我吃飯，我大笑，我喝酒。我好奇他們是不是在一起了，懷疑精通數字的羅馬女神英迪拉是否愛上了行銷奶油小生道格。

有一部分的我希望生活能恢復正常。朋友還是朋友。「那件事」只是一計讓人清醒的警鐘（無意雙關）。我希望睡眠可以重新變得無趣而舒適，不再意味著危險。

但我能感覺瘋狂在蓄積。我聽見女巫們吶喊：

「善即是惡，惡即是善：

在霧與穢氣中飄散。」

二〇一九年六月二十七日

倫敦圖書館。我開始動筆了。夏季刊的印刷時程推遲，英迪拉和道格果然大發雷霆。喝醉又嗑藥的道格破口大罵，英迪的表達方式倒是陰險得多。她什麼也沒說，只透過表情和姿態散發不滿。我從上千個微型攻擊中感受到她的怒火。很痛。

他們擔心讀者會退訂。事實上，他們真正擔心的是嚇跑GV傳媒，放棄收購基石媒體有限公司。哭哭。內容為王。我就是《基石》品牌本身。沒有我，他們什麼也不是。這就是他們犯的錯。他們是朝臣，不是君王。他們在密謀政變沒錯，可王座還在我手裡。

我打開Word文件，全選，把字體從Times New Roman改成Garamond，然後再讀一遍開頭：

能搶占頭條的犯罪故事往往涉及兩種共通元素：天使般的女孩，和魔鬼般的男人。想想索漢案（Soham）、米莉．道勒案（Milly Dowler）、瑪德琳．麥卡恩案（Madeleine McCann）就知道，案例不勝枚舉。但本期《基石》要深入探討的犯罪故事，發生在這些案件之前。這起案件是最早的小報熱門凶案，發生在令人衝擊的巴爾傑案（Bulger）和邪惡無度的希普曼的定罪判決之間。雖然這宗案件至今尚未被改拍成Netflix紀錄片，也沒登上BBC「故事村」紀錄片專題，但情況很可能即將改變。這宗凶案為二十世紀畫下了句點。人類歷史上最血腥的世紀。它完美濃縮了那個世紀交替的時刻：紙本報紙最後的輝煌、老五台電視頻道，以及翻蓋式手機。那是類比的年代，一宗案件就能吸引全國民眾的注意力。本期專題所要講述的，即是莎莉．特納一案，也就是犯罪紀實史上人稱「史塔威爾殺人魔」的凶案。一九九九年，特納在一年之內遭逮捕、定罪、強制收容精神病院，最終死亡。

但本期夏季刊的長篇專題欲探討的不僅僅是血腥與暴力，而是暴力犯罪遺留的深遠影響。畢竟，導致特納凶殺案的背景因素眾所周知：莎莉．特納的新戀情、寄生販毒騙局、運毒、在暴力中長大的兩個繼子霸凌繼母、莎莉追求「完美家庭」的悲劇渴望、血腥的結局、她的夢遊抗辯，以及中央刑事法院所裁定的「心神喪失之無意識行為」判決。

較鮮為人知的，是判決之後，莎莉被無限期關在布羅德摩醫院的那幾個月。她被關在布羅德摩最隱密的病房──克蘭菲爾病房。她被單獨監禁，並成為一項代號為「美狄亞」的心理介入實驗對象。該實驗在專攻異睡症的臨床心理顧問維吉妮亞．布魯醫師的督導下執行，布魯也曾出席中央刑事法院法庭，為特納的審判作證。實驗開始數月後，莎莉·特納便被人發現在自己房間身亡。

但她當真是自殺的嗎？還是另有更邪惡的隱情？請翻至本期第五頁，閱讀我們的完整報導，找出這個誘人問題的答案，以及更多內幕……

我喃喃自語讀著這些文字。我重讀倒數第二段，想知道這是不是令我著迷這起案件的原因。我把莎莉·特納當成自己的化身。假如我能理解莎莉·特納的行為，那麼，不管結果多麼令人髮指，或許我就能理解自己。

我想著我的嫌犯馬拉松——莎莉·特納的親生孩子，或許也是殺她的凶手——以及馬拉松所過的生活。在沒有足夠證據的情況下直接公開姓名可能會讓雜誌破產。誹謗官司會毀了我。所以馬拉松只能暫時當成我的祕密。我萬萬不能讓道格或英迪偷看這些日記，搶走我的獨家。真名只能存在我的腦海中，而且在我掌握足夠證據之前，會一直待在那裡。我不能因為直覺而賠上一切。

我儲存 Word 文件。這時，螢幕上跳出一則加密訊息。沉寂了一週之後，我的線人又回來了。

我正逐步接近真相。

我點開「@病人X」的新訊息。

57

班

警方訊問結束。

錄音停止，我被帶回拘留室。

牢門關上。我的手還在抖。

我腦中再次浮現布魯倒在地上的屍體，終於看出這一幕的怪異之處。現場沒有任何搏鬥的痕跡。一切都完好如初、乾淨祥和。

我把思緒拉回現實，開始盤點警方列出的證據：布魯的保險箱附近驗出東莨菪鹼殘留；推薦哈麗葉．羅勃茲到蘭普頓戒護醫院工作的電子郵件；把我和社群帳號「@病人X」連結起來的數位足跡。

這些證據已足以讓警方將我移送法辦，足以讓檢察官起訴我，更足以讓陪審團判我三項罪名：殺害維吉妮亞．布魯、串謀妨礙司法正義，以及違反官方機密法。第一項是無期徒刑，再加上第二、第三項，就是不得假釋的終身監禁。

思緒如麻。我再次想起哈麗葉。她一直是事件的核心，是安娜的治療中唯一不變的常數，永駐床邊的守護天使。她的落網意味著警方掌握了確切證據。我感覺整起案件已經扭曲到超出我能掌握的範圍。

哈麗葉，妳究竟做了什麼？

我也想起「魔鬼之息」。犯罪學期刊上登過不少東莨菪鹼的報導。那是一種特別惡毒的致幻藥物，擁有許多最聳動也最駭人聽聞的事蹟。有母親在藥物影響下把自己的嬰兒交給陌生人。有人被摘除內臟。數百名美國遊客在墨西哥被下藥後遭性侵與搶劫。當中與布魯案最接近的，或許是南美部落的古老傳說：據說他們會用東莨菪鹼控制寡婦的心智，說服她們與死去的丈夫一同活埋，攜手前往來世。

東莨菪鹼幾乎無所不能。

我可以想像媒體會怎麼報導，從嚴謹到聳動都有。他們會挖掘所有可能的資料來源，從我在柏貝克學院的 YouTube 講座，到我發表的所有著作，再佐以警方內部小道提供的現場血腥細節。我的指紋出現在凶器上。我欺騙司法部，把安娜轉到聖堂好干預調查。我是偷窺狂和殺人犯。

接下來，還會有更多。司法特別委員會將針對司法部和安娜的轉院展開全面調查。內政部將命令倫敦警察廳重新審視過去由我擔任行為偵查顧問的每樁案件。八卦小報、政論報和主流報紙會引述所有人——以前的學生、完完全全的陌生人、泛泛之交——的評論，搶著抹黑我以提高銷量。

我再也坐不住了。我在拘留室裡繞圈踱步，扯著衣領，感覺皮膚好油，又都是汗。我想喝水吃東西。我的胃在翻攪、抽搐、緊縮。我想離開這裡。今天怎會如此漫長。

我所有最深的恐懼都被勾起：我的婚姻、父親的角色、夢想中的未來、爭取共同監護權的希望，全都被聖堂外的那張照片一舉摧毀。

無論如何，我現在都是被告之一了。

過了彷彿有一輩子之久，我終於獲准打一通電話。拘留室警衛帶我到走廊的有線電話前。我只想和一個人說話，那個不管發生什麼都會支持我的人，就像我會永遠支持她一樣。

「班？」

光是聽見她的聲音，我的眼淚就快奪眶而出。過去幾天累積的情緒實在超出我的負荷。我真想像個被剝奪家庭溫暖、落入殘酷煉獄的寄宿學校小男孩一樣，站在那裡嚎啕大哭。

「是的，」我說。「是我。謝謝妳接電話。」

「你還好嗎？」

我知道克拉拉一定在逮捕前就知情，這就是她沒回我 WhatsApp 訊息的原因。我不知道她是否看過對我不利的證據，也不知道她是否真的認為我會殺害布魯，相信我有能力犯下天衣無縫的罪行，除了那一抹東莨菪鹼殘留。那唯一的失誤。

「還好、還好，」我撒謊。「拘留室還不算太糟，羈押待審才要令人擔心。希望他們能在那之前醒悟。」

「他們一定會的。」

我分析她的回答。她正處於安撫模式，聽起來不像只是在安慰我。「妳知道這些全是胡說八道，」我說。「他們這是在讓二加二等於五。」

「我知道。班，我當然知道。」

想哭的感覺再度湧上。我真希望克拉拉現在就在我身邊。我希望我們從未分手。我渴望一個與事實相反的世界：她那晚沒去農場，安娜．歐格維和她那不幸的家庭從未進入我們的生活。

「小餅乾在嗎？」

電話那端傳來停頓。然後，「她在。可是——」

我不等她反對。「能讓她接電話嗎？一下下就好，我保證。我只想聽聽她的聲音。」

「我不確定——」

電話那頭傳來窸窣聲，接著，一個聲音從離話筒很遠的地方傳來。「爹地！」

全面潰堤。眼淚流了下來。我任由那鹹熱的淚水滴落在脣上。我感覺生命正在失控，自己正在崩潰，成了一個淚流滿面、迷失方向、一塌糊塗的中年男子。我曾經能夠理解這個世界，但現在它變得毫無道理可言。我的每一部分都分崩離析，從邊緣開始綻裂。

我閉上眼睛，深呼吸。「哈囉，寶貝。」

克拉拉顯然讓步了，把話筒交給小餅乾。她的聲音現在更大、更清晰。「爹地，你什麼時候回來？」

我試著想像克拉拉編了什麼故事來解釋我的缺席。「很快，寶貝。很快就回去。爹地很想妳。」

「我也很想你，爹地。」

「學校怎麼樣，親愛的？」

「我——」

小餅乾的聲音發出一個高昂歡快的音節，然後線路就被切斷了。警衛敲了敲電話亭，示意時間到。他平凡無心卻暴力的舉動讓我差點失控。我想狠狠揍他一頓，把他揍到不成人樣。我這輩子從未如此憤怒、如此絕望過。

我意識到，我的人生從現在開始就會是這樣了。我的尊嚴從我在聖堂被逮捕的那刻起便蕩然無存。暫時喪失人權。

在世人眼中，我早已成了罪人。

58 蘿拉

所以，這就是結局。

她感覺痛楚逐漸麻木淡去。最糟的部分已經過去。她很快就什麼都感覺不到了。她的右手自己鬆開。她聽見剪刀掉在地上的聲音。

某部分的她以為這一切能永遠持續下去，扮演那些角色真是興奮極了。

白天是天使般的護理師哈麗葉。

晚上是鍵盤神探蘿拉。

在網路上則是「@嫌犯八號」。

這件事為生命帶來意義，讓日子有了滋味。畢竟，憑什麼只有安娜·歐格維能收割這起案件伴隨的名氣？

太不公平了。但是，話說回來，生命本來就不公平。她到今天都還聽得見學校老師、父母和那些惡毒同學的嘲弄。

有些人生來就頂著美麗與才華的光環。安娜·歐格維的人生似乎一帆風順、無憂無慮，活脫是個富二代，有著時髦的政治家母親和不打領帶的金融家父親。她上的是自由派、藝術氣息濃厚的貝達萊斯式貴族寄宿學校，大學讀的是牛津，那神聖的四方庭，接著，又有足夠的創業資金創辦一本小雜誌，自詡為媒體企業家。

蘿拉——或者說哈麗葉，她偶爾還會這樣叫自己——並不後悔。一點也不。如果能重來一次，她會毫不猶豫再做一遍。

她坐在跟石頭一樣硬的床上。她在電視紀錄片上看過拘留室，也在報紙上讀到過，但現實更加不堪。牆壁、地板，就連空氣本身都沾染汙漬，骯髒至極。有點像回到了原始狀態，一座混凝土的荒野，石頭的叢林。文明的規則在此失效。這裡無法無天。

有那麼一刻，她幻想起自己落網時的新聞報導。她在腦中重播與警方的審訊對話。不過現在已經無所謂了。什麼都不重要了。

剩下的事打從一開始就已布置就緒。

她能一字不差地背出她最後的聲明。內容早已預先排程，準備在這一刻到來時發布。那句開頭即將成為犯罪紀實史上的經典名句：

我是哈麗葉．蘿拉．羅勃茲。以下是我的完整自白……

沒錯，她的名字將永垂不朽。沒人能奪走這點。她正是多年前那名布羅德摩護理師，農場那夜的健康安全顧問，無私奉獻的醫護人員，照顧著沒人願意照顧的病人，甚至陪著罪大惡極的安娜歐從蘭普頓戒護醫院一路來到聖堂。

世界低估了她。

一向如此，人人皆是。

只有一個人例外。我做這一切都是為了那個人。

蘿拉最後一次環顧拘留室。她開始感覺越來越虛弱了。她往後靠，吃力地把腳抬到床上，仰臥著凝望天花板。血液滴在床墊上，與其他髒汙融為一體。

她想像莎莉·特納待在布羅德摩房間的模樣。

想像英迪拉和道格在紅色小屋裡帶著睡意死去。

她閉上眼睛。聲明隨時會發布。

她做到了，正如他們之前約定的。痛楚幾乎消失了。活著的痛楚。

睡眠在召喚。

安娜的筆記本

二〇一九年八月二十四日

澤德法式餐酒館，皮卡迪利。我已經好幾週沒寫這本日記了。這天，我們又來到這個充滿戰時爵士氛圍的時髦地下室，回到這間彷彿隨時會遭到空襲的餐廳。這次是三個人，而不是兩個。道格一提議，英迪馬上附和，那時我便知道了。今天就是揭曉大消息的日子。

我還在偷看他們的電子郵件。我知道GVM已經正式出價，要買下我們的基石傳媒有限公司。穿牛仔褲的智慧財產權律師已經在希臘街的辦公室待命，成天在WeWork共享辦公室遊蕩的會計師也紛紛加入戰局。也就是說，只剩下我了。創辦人，創意總監，內容部首席打雜專員。英迪和道格在蕭迪奇區四處找廣告客戶要飯時，每天拖著疲憊身軀對著筆電工作的那個人。

他們點了香檳。道格和英迪拉一起坐在沙發那側，我被孤立在對面那張硬梆梆的椅子上。樂隊開始演奏。我感覺自己好像即將收到一份我不該知情的求婚。我得裝出一副驚喜的表情。

英迪拉開了第一槍。她一向是團隊裡的外交官，語氣總是那樣高人一等。她說我們收到一份收購基石品牌的報價，包含雜誌、商標、我們手上所有訂戶資料。GVM是一家西雅圖的新媒體公司，它們在社群、數位行銷和有聲節目領域已經站穩腳跟，想拓展公司的投資組合。出價很不錯。我們終於可以擺脫新創模式，跟他們一樣在蘇活區有間像樣的辦公室了。我們終於可以擺脫那間小窩，不必再精打細算過日子。不必再搞一些提倡生活方式的玩意，而是成為一家正經的媒體公司。

道格拉斯跳出來扮演壞警察。如果說英迪拉是沉著冷靜的大使，那麼道格就是業務、公關、酒促和好事者，是操著三寸不爛之舌的推銷高手。他說著什麼不想打擾你、知道你很忙的話。我們也跟你一樣震驚。這是一份正式出價。現金交易。能保有品牌的獨立性，但共享所有後勤支援。他們兩個會以「董事」的身分加入GVM，我則繼續保有創意總監的頭銜，專心負責內容面。雙贏。萬歲。

然後，我靜靜等待。香檳送來了。道格和英迪拉舉杯。我們以室友身分一起創辦了這本雜誌。營業額成長到增值稅門檻時，是英迪拉和道格去工商局成立了有限公司，是他們攬起所有無聊的財務工作。我當時太忙著操盤內容，根本沒心思當董事，也沒空填寫一大堆文件。

我等了又等。時間一分一秒過去，而我還在繼續等……

我這才領悟自己錯得有多徹底，簡直可笑得令人心碎。我犯了那種會在成年後回來反噬你的年少疏忽。我寄望於友情而非正式文件。我想當然爾。我希望。我相信。我誤信了那些叫外送時會說的話，說什麼一切都會平分，說等我們穩定下來，就來談談「下一階段」的細節。

我終於明白，他們根本不是在徵詢我的意見。這事早成定局。

我在法律上沒有資格分得三分之一的收購價。他們占走我的點子、偷走我的事業，現在又要把它賣了，把錢通通收進自己口袋。他們把我排除在外，留我一無所有。

我太蠢、太年輕、太天真、太不小心了。
我一直擔心被背叛。
但這個，實在糟糕太多太多了。

59
班

我開始數羊。但還是睡不著。

沒東西能讀能看，我只好召喚回憶，就是克拉拉常拿來開玩笑的那件事。我彷彿能在腦海清楚看見我的信箱，看見那串電子郵件地址、主旨以及文字。看見那封向我許諾另一種人生、展現另一種可能性的信：

親愛的普林斯博士：

我最近拜讀完您探討精神疾病的大作，以及夢境分析的論文。我是開曼群島大學學院社會科學院的副校長，敝校正計畫在學院設立睡眠心理學研討班，想跟您討論我們的客座學者計畫。本計畫是有薪的休假年，供學者專心寫書或做研究。我們很希望能與您進一步聊聊這個令人興奮的機會。如果您有意深入洽談，成為我們大開曼島的客座學者，請讓我知道。

順祝　安好

伊曼紐

伊曼紐・佛格森教授

副校長（社會科學院）

開曼群島大學學院

我吸入化學馬桶和牆壁潮溼的惡臭，暗自發誓，如果我能從這間牢房出去，我一定會接受這個職位。我要逃到開曼群島，慢慢重建我的精神狀態。我要躺在陽光下，在大海游泳，直到我重新找回理性和理智，直到我搞懂世界和它的運作方式。直到這場瘋狂結束。

我需要重新來過。

我努力讓自己專注在外在的事物，當作謎題訓練自己。靈魂拷問實在太痛苦，我受夠了。於是，我轉而思考案子的種種疑問，嘗試有條理地一一列舉。我會靠著這個方法活下去。

我咒罵哈麗葉和她所做的一切。

她就是「@嫌犯八號」。

她就是蘿拉．理吉威。

凶殺案發生那晚，她就在農場。

她該不會也是病人X？那最後一個尚未破解的假名。

她是不是殺了道格拉斯和英迪拉，然後嫁禍給安娜？她之所以混進蘭普頓和聖堂，就是為了掌控安娜和案子嗎？

還是她以某種方式說服安娜親自動手？

如果是，她是怎麼做到的？

我咒罵自己居然被那純真、帶著雀斑的微笑所蒙蔽。我都是因為她才淪落至此。我回想起和哈麗葉一起在農場走動、經過小屋、穿過森林的畫面。她一路都在耍花招，仗著我絕對不會懷疑護理師。她知道我一旦看見她如此溫柔體貼地照顧安娜時就會放鬆戒心。她用聖徒的外表包藏禍心。

哈麗葉・羅勃茲耍了我們所有人。

但我讓自己就此打住，回到最基本的事實。謎題的解答就藏在莎莉・特納的案子裡，這一點我很確定。日期的巧合不容忽視，向來如此。莎莉・特納在一九九九年八月三十日陳屍在布羅德摩病房。安娜・歐格維則在二〇一九年八月三十日在農場的藍色小屋裡被人發現。

正好是週年紀念日。

一九九九年，哈麗葉在布羅德摩當護理師。布羅德摩不可能雇用病人的女兒。布魯在案卷中也明確表明病人X是未成年人。哈麗葉在一九九九年已經超過十八歲，所以她不太可能是病人X。

還是哈麗葉其實是在和病人X聯手，起先在布羅德摩，後來又繼續？如果這才是正確的思考方向呢？

更多問題陸續湧上。

哈麗葉為什麼要鎖定安娜・歐格維？假如哈麗葉是在幫助病人X，那麼答案似乎很明顯。安娜正在為《基石》雜誌調查莎莉・特納案，她可能會揭露莎莉・特納親生子女的真實身分，拆穿哈麗葉與病人X勾結的事實，雖然勾結的原因尚不可知。但為什麼不直接殺掉布魯教授就好？因為她還算有點用處。這就是為什麼他們讓她活著。當布魯在辦公室聽見我提起莎莉・特納和美狄亞時，她突然頓悟。也許布魯這才認出哈麗葉就是多年前的那個人。也許她發現了哈麗葉和病人X的關係。所以，直到那時，他們才需要除掉布魯。

為什麼要嫁禍給我？我和布魯很親，是有力的嫌犯。哈麗葉很輕易就能溜入我的辦公室，安插有關蘭普頓戒護醫院、「@病人X」帳號和「@嫌犯八號」部落格的資料。

安娜的放棄生存症候群也是哈麗葉和病人X計畫好的嗎？不，不可能。放棄生存症候群攪亂了一池春水，這就是為什麼哈麗葉必須在蘭普頓戒護醫院找到工作，好就近監視安娜。原本的計畫是要讓安娜當場人贓俱獲、鋃鐺入獄。其餘的都是臨場發揮。

還有最後一個問題。為什麼要殺道格拉斯和英迪拉，而不是安娜？我還是想不出這題的答案。這個迷團難倒我了。

拘留室的門終於打開時，我已經喪失了時間概念。不知白天黑夜，不知睡夢清醒，不知是生是死。我的世界只剩這間小牢房；汙漬斑斑的牆壁、骯髒的地板、沾著血漬的床墊。完全失去時間感。

牢門開啟的聲音宛如船隻離港，金屬嘰嘎作響。警衛朝我點頭，示意我跟上。二十四小時期限已到。最終判決即將到來。

我現在就能想見一切：肅穆地走向櫃檯，巡佐宣讀起訴書，公民正式成為嫌犯，離囚犯又近了一步，自由一點一滴被剝奪。

我以為會在走廊看見其中一位偵訊我的警官或他們的上級。我想像拘留櫃檯旁會聚集一小群人。但走廊是空的。我走到櫃檯，警衛將裝有我衣物和手機的塑膠袋遞給我。我聽見她繼續交代一些關於後續追蹤、護照、不得離境等制式說辭。但沒有宣布起訴，也沒有進一步偵訊。聽起來像是行政疏失，辦公室搞錯了。

我不明白。

灰色的拘留服大得滑稽。我簽收我像樣的衣物、手機和筆電。警衛護送我從警局後門出口出去，把我送進停車場的晨光中。我差點想開口請他許可我踏出門外。接著，我才恍然大悟。

我是自由之身了。

我擔心媒體會不會又收到風聲。我本以為會看到一群記者，但停車場空蕩蕩的。天氣是糟糕透頂的雨雪天，空氣溼冷刺骨。我又渴又累。

我正要拿出手機叫車，忽然看見前方有個人影。她雙手插口袋，用她特有的方式打量我。

其他人都和我劃清界線了。

但居然還有一個人在乎。

克拉拉。

60
班

我跟著克拉拉走向她的車，寒暄著「餓了嗎」之類的客套話。我繫上安全帶，她開車起步，我又回到了半正常的生活。大約十分鐘後，我們開到一家 Costa 咖啡的得來速。我不假思索地點了我們的老樣子，克拉拉在路邊找到一個停車位。在車裡，世界就注意不到我們。我看見我的手錶、皮夾和手機放在後座。我看向克拉拉，然後喝了口咖啡，嚼著冷掉的培根麵包。

「發生什麼事了？」我問。我的聲音還是不太穩。但其實這不是我真正想問的。我知道發生了什麼。我想知道的是怎麼發生的。

克拉拉沒有回答，只是盯著我看。儘管我們已經離婚，我還是很了解她的一切。她的眼神、肢體語言、呼吸——每個細節都充滿意義。

「哈麗葉？」我終於問道。

克拉拉伸手從外套口袋拿出手機，向上滑，等待臉部辨識解鎖，然後點進相簿。

我看著螢幕。那是一張蘿拉．理吉威／「@嫌犯八號」部落格的照片。除了一篇貼文，所有內容都被刪除了。那篇貼文看起來像是聲明。更陰森一點來說，像是一封遺書。署名是哈麗葉．羅勃茲，發布於昨天晚上十一點二十九分。

我做好心理準備開始閱讀：

我是哈麗葉．蘿拉．羅勃茲。以下是我的完整自白：我是安娜．歐格維在蘭普頓戒護醫院和聖堂睡眠診所的護理師，也是網名「@嫌犯八號」的使用者。二〇一九年八月三十日，我以蘿拉．理吉威的名義出現在農場。從那之後，我就一直陪在安娜身邊。一九九九年，我在布羅德摩醫院的克蘭菲爾病房工作時，莎莉．特納，也就是史塔威爾殺人魔，在維吉妮亞．布魯博士主持的一項代號「美狄亞」的心理實驗後，被發現陳屍房內。我對自己的行為沒有任何歉意。我唯一的目的就是追求正義。布魯教授已經付出了必要的代價。如果你正在讀這段文字，那就表示：我要不已經實現了所有目標，要不就是被體制噤聲。不論是哪種情況，看來都是時候把正義的火炬傳下去了。

我讀完。

「自殺？」

克拉拉點頭。「他們認為哈麗葉偷帶進一把小指甲刀，用鋒利處割腕。她在拘留室地板上失血而死。他們緊急把她送去切爾西西敏醫院，但救不回來。幾個小時前，剛宣告死亡。」

哈麗葉死了，許多答案隨她而逝，還有這麼多的疑問待解。哈麗葉的遺書神祕而隱晦，遠稱不上她所謂的完整自白。字裡行間充滿誘惑，甚至可說是挑逗，彷彿完整的真相還是太過機密，永遠不可能完全公開。這篇遺書帶來的是迷霧重重，而非真相大白。

哈麗葉究竟想為誰報仇？莎莉．特納？病人X？

她這是在遺書中承認殺害布魯教授嗎？

布羅德摩的莎莉．特納之死和安娜歐雙屍命案有什麼關連？為什麼要用這種方式紀念莎莉的忌日？

再者，或許更重要的是，病人X是誰？這個人是否依然是解開整個謎團的關鍵？哈麗葉是病人X嗎，還是僅僅是X的同謀？

一想到哈麗葉和布魯我就反胃，也更困惑了。每當答案看似近在眼前，謎團就會像活著的有機體一樣持續繁衍。我忍不住反覆思索每一種假設，思考事情本來可以有哪些可能，揣摩著無數個「如果」。

最後，克拉拉說：「他們認為她一定是在落網前就設定自動發布。網路蒐證小組幾個小時前才發現。她早就策劃好一切，而且策劃很久了。這是嫌犯八號留給世界的最後宣言。」

我想起聖堂裡的安娜·歐格維。想起一九九九年在布羅德摩實習的哈麗葉。想起自家客廳裡的布魯。想起人類心靈的扭曲與恐怖。

克拉拉繼續說：「警方搜了她家，發現了大量她用來寫部落格的安娜歐案素材。她完全喪心病狂了。她家牆上掛著案情板和嫌犯清單，好像她才是主辦這樁案子的人。整串調查從一開始就被她干預了。」

「警方有找妳問話嗎？」

「唐納利大致跟我提過。」

「那安娜的審判現在該怎麼辦？」

「這可是個攸關數百萬英鎊的問題。看來，哈麗葉已經汙染了安娜案的整條證據鏈。凶案發生時她在農場，安娜在蘭普頓和聖堂期間她也一直守在床邊。安娜的辯護團隊大可宣稱哈麗葉干擾或栽贓了證據，而檢方也無法證明她沒有這麼做。也就是說，安娜幾乎不可能得到公正的審判，更不用說大量有失偏頗的媒體報導了。皇家檢察署用的是人民的納稅錢。檢察總長只有在有把握定罪的時候才會決定起訴，但定罪已經是天方夜譚了。哈麗葉的自殺改變了一切。」

「那我呢？」

「哈麗葉在遺書中相當於已經承認是自己謀殺布魯。此外，還是回到證據汙染的問題。哈麗葉破壞了所有可能用來起訴你的證據。她在聖堂陪伴安娜的時間比你還多，也經常和你待在一起。你的律師可以聲稱這一切都是她策劃的，或者說她想嫁禍於你。法律要判定的，不是你有罪或無罪，而是判定你的罪行是否已無合理疑點。哈麗葉在你和安娜的接觸期間全程都在現場，凶殺案發生當晚也在農場，意味著這個門檻實際上已不可能達到。案件如今存在太多的疑點。因此，同樣的邏輯也適用於你。」

「我明白了。」

哈麗葉所作所為的規模再次令我震驚。她總是看似置身事外，而那總是她最高明的手段。她從頭到尾就在我眼前，明目張膽地躲藏著。公正審判或許已成天方夜譚，但事情也永遠回不去了。而真正的核心——病人X的真實身分——依然撲朔迷離。哈麗葉確保了這個故事永遠不會真正結束。哈麗葉．羅勃茲，或說蘿拉．理吉威，依然在操縱著我們所有人。

克拉拉說：「檢察總長必須判斷，在你和安娜都不可能獲得公正審判的情況下，在法庭上糾纏多年是否真的符合公眾利益。唐寧街那邊正在給他施壓。把事情都推到哈麗葉頭上容易得多，尤其她現在已經死了，無法為自己辯護，這樣就不必在一個沒指望的官司上砸數百萬了。這表示你和安娜都會獲釋。」

我又想起安娜的夢，很想知道當中有多少是現實：森林、刀子、血。還是她因為知道可能有人監聽，所以故意玩弄我。這就是眼前的問題所在。哈麗葉自始至終都在那裡，所以沒有哪件事實是清白可信的。

莎莉．特納。史塔威爾殺人魔。安娜．歐格維。英迪拉．莎瑪。道格拉斯．比特。布魯教授。布羅德摩。

一九九九年。二〇一九年。

兩起關鍵事件，相隔二十年。

這一切肯定環環相扣，我知道一定是，但究竟如何相關？

哈麗葉．羅勃茲為什麼要幫病人X？

他們為什麼要挑安娜．歐格維下手？

他們計畫的最終目的是什麼？

哈麗葉是不是以某種手段強迫安娜在那晚犯下兩起謀殺？或者是哈麗葉殺了兩個被害人，然後嫁禍給安娜？或者恰恰相反：是安娜利用哈麗葉逍遙法外？

太多疑問。太多可能的答案。

我又讀了一遍「@嫌犯八號」的最後一則貼文。這場計畫布局之遠，欺瞞時間之長，矇騙對象的範圍之廣，我很少遇到具備如此專業知識和一流演技的罪犯。

事實在我腦中鼓噪。

哈麗葉．羅勃茲已死。

她承認謀殺布魯教授。

我獲釋了。

皇家檢察署可能會認為起訴我不符合公眾利益，這意味著我現在是自由之身，往後也將繼續是自由之身。

安娜．歐格維也一樣。

哈麗葉背了黑鍋，像海綿一樣吸收了所有想像得到的罪孽。安娜贏了，哈麗葉輸了，我則夾在中間。

我轉而開始想安娜。我想像她離開聖堂，邁入餘生。我只是這起案件的配件，她才是主角。一直都是。

和許多人一樣，我長久以來也深受安娜的才智、美貌和優雅所迷惑。社會不願相信美麗可以是邪惡的、精緻可能是野蠻的。於是，我們欺騙自己。我們寧願相信夢遊或放棄生存症候群這樣的謊言來消化不舒服的事件，也不願正視自己的錯誤觀念。

我一直以來都站在安娜這一邊。但現在，我改變主意了。我想起她躺在玻璃另一側的樣子，想到殺手就在隔壁房間。我在腦中回溯整樁案件的始末，以及艾蜜莉的那番警告，說安娜是會為了享受十五分鐘的名氣而不擇手段的人。我不禁懷疑自己是否一開始就被愚弄了。

我犯了信她的錯，成為一長串傻瓜中的最新一個。我把美貌誤認為道德，把年輕誤認為純真，把聰明誤認為智慧。

此刻，我對自己發誓：永不再犯。

「所以，哈麗葉．羅勃茲會承擔所有罪責，」我說。「哈麗葉死了。安娜得以自由。」

「是的，」克拉拉說。她喝完最後一口咖啡，發動車子。「童話就是這樣結束的。睡美人醒來，從此過著幸福快樂的日子。」

安娜的筆記本

二〇一九年八月二十五日

肯頓小窩。我鎖上房門，沒再採取其他防護措施。感覺牆壁像監獄一般向我逼近。這些人不是我的朋友，從來就不是。英迪的背叛最令我痛心。她就是猶大。那些談心、午夜散步、窩在沙發上的時光——全都是掩護他們簽署文件的障眼法。

GVM出的價碼不足以讓人退休，差得遠，但足以償還學生貸款、支付房子頭期款、為未來打算。讓過去幾年創業的艱辛變得值得。我犯了所有創業者都會犯的錯，把錢的事交給別人打理。他們把我當傻子耍。

我想像著對父母坦白時的屈辱場面。席歐肯定會把這事變成笑柄，嘲笑文青安娜是如此天真到可笑的輕信他人。爸會說這是「成長必經的教訓」，媽八成不會放在心上。當初還不是我自己邀請他們加入的。我只想著要為我的學生思維注入一點商業頭腦，搭上這波崇尚紙本與懷舊的復古風潮，打造一本針對千禧世代後段班和Z世代的實體刊物。我那本不得了的小雜誌。將搭建一個全新的管道，為品牌連結難以觸及的受眾。

這幫叛徒還有一項要求。我得交出我的夏季刊專題報導，不能再拖了。要是耽誤了這個，交易可能會泡湯。我微笑，像往常一樣流利地扯謊，為自己的拖延道歉。現在我總算看清他們那副吃裡扒外的笑。

但這還不是最糟的。

我還在偷看英迪和道格的手機，發現了別件事。我想起之前最早看見的那則訊息：

改用私人郵箱吧。我開了一個共用帳號，RO之類的事那邊聊。這句話隱藏著一個貫穿始終的謎團：英迪最初是怎麼和GVM接上線的？資金如此雄厚的大媒體公司，她是怎麼搞到對方的人脈、得知對方意願的呢？我們不過是一本在破爛租屋處營運的小型獨立紙本雜誌。

不可能。仔細想想，肯定還有人參與其中。整齣陰謀缺失的一角。現在我終於知道是誰了。每個小細節都有了全新的解讀。我生命中所有零散的片段突然拼上。不久前我在英迪手機看到的最新訊息，讓一切都豁然開朗。

這不是第一次背叛，而是一長串背叛中的最新一次。我真是蠢斃了。

我開了一個共用帳號，RO之類的事那邊聊。

RO不是「轉倉」，也不是某位窗口。它不是什麼金融縮寫，而是一個人名。

我要他們好看，給他們當頭棒喝，用盡一切手段報復。

我要復仇。

我知道是誰在幫英迪背叛我了。知道是誰被她的魅力迷得神魂顛倒。神祕男子和他的小三。

RO。

理查．歐格維。

Part 4

61 班

大開曼島

「人的一生平均有三十三年的時間在睡覺。」

她朝我湊近，好讓我聞得到她身上昂貴的香水。通常這時，就是我能預見結局的時刻。「這就是你的工作？」

「對。」

「睡眠醫生？」

「我研究那些在睡夢中犯罪的人。」我的名片還是寫著「博士」。班尼迪克・普林斯博士，聖堂，哈雷街。我是睡眠專家。我從未宣稱自己是醫生。

她看出我是認真的。「但這怎麼可能呢？」

「妳難道沒有好奇過，自己睡著時可能做過什麼壞事嗎？」

大多數人到了這時就會開始感覺不自在。多數犯罪都有遠因。我們喜歡聽那些跟我們一樣卻又不太一樣的人的故事。但是睡眠的世界無法這樣區分。

睡眠是普世皆然的現象，夜晚一如白晝恆常。

「怎樣的壞事？」

她沒有轉移話題。她還在聽我說話。「最惡劣的那種。」

「不是會醒來嗎？」

「夢遊的話就不會。我就遇過一些睡著時還能鎖門開車的病人。有些人甚至會殺人。」

「一定會有記憶的吧？」

「從妳眼睛周圍的紋路來看，我猜昨晚妳睡了五個半小時。」

她皺眉。「有這麼明顯嗎？」

「妳還記得那五個半小時發生了什麼事嗎？」

她頓了一下，用右手托住下巴。「我夢到一些事。」

「像是？」

「不記得了。」

「妳看吧。」

她的眼神突然變了，用不同的眼光看著我。她的音量更高，肢體語言也生動起來。「等等，我記得那個案子。叫什麼來著——」

最後一關來了。很少有約會能進行到這裡。我用職業介紹讓她們失去興趣，用睡夢中犯罪的故事嚇跑她們。要是這還不管用，最後這件事也一定會讓我得逞。

一旦得知這點，沒有人會留下。

沒有人。

「安娜歐，」我說。我啜了最後一口酒——名貴的梅洛葡萄酒，可惜了——然後伸手去拿外套。

「你就是那張照片裡的人。那個心理學家。」

我淡淡一笑，瞥了瞥錶。「是的，」我說。「我是。」

她說的是那張事發後登上各大頭版的照片——我的被捕，我的蒙羞。那天的悲慘似乎歷歷在目。

我不是當時的那個人了。我還是當時的那個人。

我等待那個問題到來，因為我總是會被問到那個問題，那個儘管事過境遷——哈麗葉之死、甦醒、家中的證據——仍舊揮之不去的謎。它讓幾個家庭、幾對眷侶，甚至幾段友情破裂。它似乎是誰都無法釋懷的問題。人們渴望一個幕後操縱者，一個暗中拉動線頭的神。

病人X。安娜．歐格維。

「她有罪嗎？」我的約會對象問道，或者說是前約會對象。「我是說，當她刺殺那兩個人的時候。她真的就這麼逃過了殺人的制裁？」

62
班

約會結束回來後，我下意識般拿起手機，按下手機快速撥號。

這是我每週都會算準時差打的電話。有點刻意，但必要。我依然是那個整晚守在女兒房門外的父親。有人視我的流亡為懦弱，是拋家棄子。事實恰恰相反。若我待在她們身邊，她們就會成為安娜歐事件的一部分。

我必須優先考慮她們。我用流亡換取她們的自由。這個代價很值得。

至少我是這樣告訴自己的。

我們的通話照例從問候開始，問問近況、寒暄幾句，然後我才提出那個沉重的問題。「最近還有人來找麻煩嗎？」

克拉拉很頑強，也很能幹。「只有一個，上週來的。某個歐洲新聞雜誌的記者在琪琪學校附近探頭探腦。警方已經提醒他了。」

「學校其他孩子呢？」

「你知道小孩子就是那樣。」

是的，我知道。「她還好嗎？」

「她還好。要是那些該死的狗仔能放過我們就更好了。」

「我懂。」

「我家那邊呢？」

她嘆氣。「有些鄰居還在抱怨有遊客擅闖。聽說上個月又有一個陰謀論網站洩漏了地址。」

「你們把它撤下了嗎？」

「努力中。」

「如果有什麼需要——」

「聽著，班，琪琪在叫我。我得走了。」

就這樣，她掛斷了。

我感到內疚，本該如此。我躲在與世隔絕的地方逃避關注，她們卻要應付陰魂不散的媒體，但我們都同意這是最好的安排。報社要的是我，我留在家只是徒增痛苦。她們現在只需忍受媒體偶爾的騷擾，但假如我還留在英國，那就是全面戰爭。

一想到有某個陌生人徘徊在路邊，試圖偷拍背著體育包和小提琴盒從學校出來的小餅乾，我就怒火中燒，心也碎了。我從未如此心痛過，痛到肝腸寸斷的那種。我想大力搒牆，對風咆哮，哭到淚腺枯竭。我竟然沒辦法保護自己的女兒。我無能、無用，是個失敗的父親。我每晚都在擔心她，被最壞的情況折磨。那些報社竟然開始派女狗仔了，扮成學校門口的媽媽掩人耳目，就為了寫一些關於「身敗名裂的司法心理學家班尼迪克．普林斯博士」家人的花邊新聞。

混蛋。一群狼心狗肺的混蛋。

我打開 WhatsApp，輸入新訊息，這也是我每日例行公事的一部分：嗨寶貝，是爹地。希望妳今天在學校過得愉快。送妳好多抱抱。爹地愛妳。

我看見 WhatsApp 訊息已經送達小餅乾的手機。兩個勾勾變成藍色。

沒有回覆。現在再也沒有回覆了。

畢竟今天是上學日。而且她必須聽克拉拉的。

這狀況每每令我心碎。

63

班

安娜歐案的最後一幕霸占了頭條數月之久。

毫不意外，新聞報導通通聚焦在最聳動的細節上：哈麗葉的自殺、她作為蘿拉的背景、她如何進出蘭普頓醫院和聖堂、她成功愚弄所有人的方式，以及「@嫌犯八號」部落格。那幾個月在倫敦發生的事件催起一整波媒體風潮。聖堂在醜聞中倒閉。「#安娜歐」的標籤連續五個月成為熱門話題。大眾對死亡、血腥、悲劇和創傷的胃口絲毫未減。

有傳言稱片商正在開發電影，也有消息指出安娜的回憶錄版權掀起天價預付金之戰。哈麗葉家中挖出大量證據，其中有一篇布魯教授一九九一年發表在《今日精神病學》雜誌上的論文〈美狄亞方法：人格與異睡症〉，上面滿是螢光重點和底線，還有一批俗稱「魔鬼之息」的東莨菪鹼，這種藥物常被用作迷姦藥或致幻劑，摻入酒精可以阻斷腦部神經細胞，使被害人短期失憶。

各式各樣的理論依然層出不窮：警方懷疑哈麗葉是用東莨菪鹼控制安娜在農場親自動手行凶，也用它來制服布魯並行刺；也有人宣稱是哈麗葉自己犯下了農場凶殺案，只是栽贓給安娜；還有更多人認為安娜才是整起事件的幕後黑手，她的沉睡可能只是在哈麗葉的協助下假裝的，用以逃脫殺害英迪拉和道格拉斯的罪名。「安娜歐派」和「睡美人派」的戰爭仍在持續。

與此同時，真正的病人X身分依然成謎。

正如克拉拉所預測，由於哈麗葉和安娜的親近關係，以及案發當晚她也在農場的事實，皇家檢察署正式撤銷了對安娜的指控，也決定不起訴我。司法部同意釋放安娜。她聲稱自從醒來之後就患有創傷後失憶症，想不起任何關於農場或犯罪的事。有人信她，有人不信。

我曾經是她的信徒，但現在已經倒向睡美人陣營。哈麗葉的自殺留下太多未解之謎。我曾經擔心自己站錯了邊，擔心自己喚醒安娜只是為了定她的罪。現在我想，也許史蒂芬・唐納利一直都是對的。

安娜在英國境外休養。我在她治療中的角色結束了，柏貝克學院的兼職教職也被終止。攝影師繼續蹲在我家門外，小餅乾在學校被騷擾，英國沒有診所或大學願意聘用我。我因受牽連而身敗名裂。

轉捩點出現在兩個月後。有位記者偷偷塞了張紙條進小餅乾的書包，企圖爭取採訪。克拉拉終於決定叫我走。那天晚上，我回覆了開曼群島大學學院的邀請，接受研究所課程的客座學者職位，然後飛來這裡。

那之後，生活便一如往常地繼續前進。據媒體傳聞，安娜變了容貌，自我流放。克拉拉辭去倫敦警察廳的職務，重回泰晤士河谷分局。她和小餅乾為了逃離媒體關注搬回牛津。布魯在伊斯林頓的房子被賣掉了。我則聘請了昂貴的律師和社群團隊，努力抹去我在網路上的痕跡。

但我內心一直有個什麼在蠢蠢欲動。

那些懸而未解的問題。

我開始彙整這起案件的資料。舊報紙、雜誌文章、手寫筆記。這是我自我治療的一環，試圖用理性梳理發生的一切。

安娜·歐格維自由了，我卻被迫流亡。我的家庭永遠破碎。哈麗葉成了代罪羔羊，但最重要的謎團仍未解開。

結案還不夠。遠遠不夠。

我必須找出真相。

哪怕賠上性命。

64 班

理論，各種理論。

我又開始檢視我過去的理論。這是我最近的例行公事。

我在牆上釘了自己的案情板。

第一塊板從哈麗葉・羅勃茲開始。沒有確鑿的證據能證明她是莎莉・特納的女兒，但也沒有證據顯示她不是。病人X依然是個幽靈，一格空缺，終究無法參透的過去。

我的看法依然傾向否定。日期對不上，邏輯也不通。布羅德摩不可能雇用病人的孩子當護理師。

哈麗葉是幫手，不會是主角。我回想布魯個案紀錄中的暗示，關於病人X那位神祕朋友的謎團：

布魯：你最近有見到你的朋友嗎？

病人X：有。

布魯：你的朋友有名字嗎？

病人X：有。

還有布魯的觀察，她認為該位「朋友」只是心理幻覺：

我仍然認為這位朋友多半是虛構的。是坐在X肩上的魔鬼。這是一種心理緩衝機制，是心理受創兒童常見的症狀。

要是布魯錯了呢？要是那位朋友其實真的存在呢？假如哈麗葉不是X，而是X的朋友呢？也就是個案紀錄中提到的那位密友。我的猜測是有人去探訪X，同情默默滋長。年輕男性（病人X）誘惑年輕女性（哈麗葉）的可能。病人X就是這樣控制哈麗葉的嗎？護理師與訪客的禁忌之戀。如果是這樣的話，安娜在這套理論中又扮演著什麼角色？怎麼可能有單一理論能涵蓋此案所有的變因？

我轉向其他板子。哈麗葉家中的筆記為事件帶來新的視角，包括九〇年代末在布羅德摩由一位V．布魯教授主持的所謂「美狄亞實驗」。

根據哈麗葉的筆記，莎莉．特納被單獨監禁（跟所有收治在克蘭菲爾的病人一樣），但不是關在普通的病房。考慮到案情重大、高自殺風險、對其他病人造成或受到的威脅，以及為了方便進行美狄亞實驗，莎莉．特納被安置在一間工作人員稱之為「籠子」的特製玻璃囚室，方便全天候監視。她的餐食通過一個狹縫送進去。每天一小時的運動時間需要六人護送才能解開。莎莉．特納的牢房並非首創：是仿照連環殺手——前布羅德摩住院者——羅伯．莫茲利在約克郡威克菲爾德皇家監獄的訂製房間設計的。他的玻璃囚室同樣被稱為「籠子」，和《沉默的羔羊》裡漢尼拔．萊克特的房間類似。

美狄亞實驗的具體細節仍眾說紛紜，但媒體已經把布魯的舊作扒了個徹底，大肆渲染她在《今日精神病學》十一月號那篇文章中列出的方法：剝奪睡眠、強化人身束縛、感官超載。精神崩潰。

我離開案情板前，再次打開筆電，調出昨晚收到的郵件：

收件者：benedictprince9@outlook.com
寄件者：socialservices@lambeth.gov.uk
主旨：查詢# 7HYU8902

普林斯博士您好：

很遺憾通知您，蘭貝斯區議會無法提供一九九九年一月至十二月期間，或與關鍵詞「莎莉．特納」相關的社會服務組檔案紀錄。若您對此決定有任何異議，請聯絡資料申訴專員。

祝好

蘭貝斯區議會 社會服務行政組

又是死路一條。

我把郵件拖入名為「病人X」的資料夾，和其他來自內政部、衛生部、司法部和內閣辦公室類似的官腔婉拒收在一起。莎莉．特納被捕時的報導證實，她育有一名青少年子女，當時顯然未滿十八歲，從未公開姓名。那是臉書和IG尚未普及的年代，也沒有全家福合照可參考。就算有，這個孩子也早已被社會服務機構保護起來，再者——根據布魯案卷中的暗示——還進入了證人保護計畫，如今這項業務已歸國家犯罪調查局轄下的英國受保護人士服務處管轄。

病人X的真實身分總是從指尖溜走。我知道我應該刪掉檔案，燒掉剪報，把布魯、哈麗葉、布羅德摩、克蘭菲爾病房和美狄亞通通拋到腦後。然而，這已經成了一種我至今無法戒除的強迫症，是調查給了我力氣熬過其餘的生活。

我現在每週兩天在奧林匹克大道的開曼群島大學學院教書，主持一門睡眠心理學夜間專題課程，其餘日子則在自己的私人診所看診。我的客戶不多但穩定，都是些尋求認知行為治療、焦慮症協助的病人，甚至偶爾也有睡眠問題的患者登門。我不再接警方的案子。

我過著安靜、半隱形的生活，但我知道這種日子不可能永遠持續下去。約會是不明智的，但我渴望與人接觸、交談。我的罪遲早會追上我。我的住處備著一隨時可以逃走的行李包。總有一天，我的約會對象會將消息透露出去，八卦會傳開，我的電子郵件和通話會被駭，媒體會蜂擁而至。我的日子過得提心吊膽，活在隨時會有人敲門，或有車停在辦公室外的擔憂之中。

我的時間都花在閱讀英國報紙，琢磨安娜歐案和放棄生存症候群的關連，以及與我的刺激理論的連結上，不然就是在巡視案情板、辯證各種理論中度過。多數約會都以安娜的話題草草收場，有些則以我拋棄家庭的故事告終。

我有的是時間沉溺於案件的謎團、疑點與矛盾之中。我清楚知道自己是如何被愚弄和背叛的。我繼續探尋，拒絕讓它淪為八卦或瑣事。我奮戰不懈並耐心等待。

我必須找出答案。我必須解開這個謎團。失敗的結果會有多悲慘，我想都不敢想。找出病人X，是我生活僅剩的意義。

安娜的筆記本

二〇一九年八月二十六日

小窩。我整天都面帶微笑。我起得很早，出去跑了一圈，回來時道格和英迪拉剛起床。我們圍坐在圓形玻璃桌。英迪拉吃穀片，道格吃可可米，我慢慢啃著香蕉，喝完果昔。我看見他們交換眼神，似乎在判斷我對昨晚的反應。這反而更堅定了我的決心。

我把傳單放在桌上，開始慫恿他們。媽收到一份獎品，邀請她參加一場週末假期。邀請函是用紙本寄來的那種，還真會搞行銷。不准使用手機。沒有干擾。地點叫「農場」。對，就是那個農場。說我想送他們當禮物，好一起慶祝我們三人的新旅程！

他們假笑著答應了。我出門前往聖詹姆斯廣場和倫敦圖書館。說謊就像塊肌肉，需要定期鍛鍊。

我查看手機。「@病人X」又發來一則訊息。我把農場的詳細資訊、我們的抵達時間、我能自由活動的時段傳過去。在那裡進行我們的第一次正式會面再適合不過了。

我終於能給這個名字配上一張臉。我的報導終於能問世了。

我重新燃起希望。

二〇一九年八月二十七日

漢普斯德，歐格維豪宅。為了規劃週末行程而召開的家族會議。

媽是執行長，爸是財務長，我是營運長，席歐是士氣總監。

行程如下：我們二十九日抵達農場。「家庭套餐」包含六位賓客，裝備、住宿和餐點全包。家庭套餐允許攜帶客人，英迪拉和道格就是以這個名義前往。

從下午四點到午夜十二點，我們將參與這趟假期的重頭戲，也就是行程上只寫著「森林」的活動。我們會分成兩組，獵人和倖存者。我猜想是那種 BBC 第四頻道和第五頻道經常播放的戶外實境秀。

今天，我在媽面前佯裝鎮定，避開爸的視線。我對他們所有人說謊，上演幸福家庭的戲碼。我暫時按耐想毀掉爸的衝動。他背叛我的帳，我晚點再跟他算。

我隻字不提 GVM 收購的事。我好奇爸知道多少，在英迪的哄騙下涉入多深。但我已經準備好了。如果我不能參與收購，那我就確保它永遠不會發生。我再次看向農場的傳單，想著和「@病人X」見面的事。

森林。媒體風暴。GVM 出局。

我會贏。我總是贏。

這可是歐格維家的規矩。

65
班

終點總是來得猝不及防。我在大開曼島的流亡生活無預警地中止。前一天還半隱居著，隔天就被人找到。這場帳被清算的瞬間讓我有了一個更深的體悟：流亡暗示著有朝一日能回歸，放逐則不然。要是我誤把兩者搞混了呢？要是我永遠無法離開這座島嶼呢？

這天一如往常展開。我到達診所時剛過十點半。天氣預報說本週將有大雷雨。我的兼職祕書蘇菲亞正忙著接電話。我泡了杯英式早餐茶，想到一句可以加進期刊論文的內容，然後打開今天的預約行事曆，熟悉一下名單。

蘇菲亞講完電話，走進我的診間。她端來一盤餅乾，自己拿走一塊，把剩下的放在桌上。

「今天恐怕不是個能打混的日子，」她說。她和我一樣是外籍人士，老公是總督府的外交官，有一個偶爾喜歡把我的診間當成賽車場的小兒子。「老面孔和新人都有。」

「安格斯喜歡我送的生日禮物嗎？」

蘇菲亞微笑。「心理學入門對一個六歲小孩來說可能有點超齡了。」

「胡說。我也是差不多那個年紀就開始讀佛洛伊德了。」

「難怪。」

我繼續翻閱第一位病人的資料。「伊莉莎白・卡萊特。我對這名字沒什麼印象。」

蘇菲亞忙著整理我的診間，以短跑選手的速度將文件整齊地堆在架上。「昨天突然打來的。她要求最快能預約的時段。」

「她有說是什麼問題嗎？」

「我還來不及問她就掛了。而且說真的，我們也沒那個本錢拒絕付錢的客人。」

「說得對。」我讀完伊莉莎白・卡萊特寥寥無幾的資料，往椅背一靠。「不過嚴格來說，我想他們比較喜歡被稱為病患而不是客人。她預付了嗎，還是又要來一次鎖門大作戰？」

我現在有時還會夢見哈雷街和聖堂，夢見那裡高貴的客群和奢華的氣氛。經營小診所的風險之一，就是得應付答應稍後付款卻神祕蒸發的病人。所以我現在都堅持他們離開前付清。這意味著蘇菲亞有時得把前門鎖上，直到錢確實到帳為止。

「全額付清了。」蘇菲亞說。

「她沒說明病史？」

「沒有。」

「那來找我的原因呢？」

「這方面也沒說。」

「這位卡萊特小姐有透露任何事嗎？」

蘇菲亞把一本亂放的書塞回原位，用食指抹過書架表面。「她倒是很在意是否由你本人看診，而不是其他人。」

「她以為我們有多少員工？」

「如果你太忙，我也可以先給她試駕一下。」

我露出微笑，這在近來算是罕事。蘇菲亞有一種直來直往又帶點女學生氣息的嗓音，這種聲音在英格蘭幾乎已絕跡。我能想像她忙著準備拉丁文高考的樣子。外籍人士似乎很容易誇張自己的特質，成為自己家鄉的諷刺版本。我有種可怕的預感，覺得這會是不順的一天。

我看了看時間，離看診還有十五分鐘。「等她來了就按鈴讓她進來吧。我來查查她是不是和什麼小報或八卦網站有關。」

我上網搜尋和「伊莉莎白．卡萊特」相關的蛛絲馬跡。有好幾百人同名同姓，但我根據各種條件縮小範圍，包括匯款紀錄上的銀行資料。什麼也沒查到。我努力甩開心頭隱約的不安。

十一點整，入口的門鈴響了。幾秒後，蘇菲亞開始接待這名新病患。她以每分鐘一．六公里的速度進行例行對話：要茶還是咖啡、還有一張表格要填、請在這裡等候醫生傳喚，同時悄悄觀察對方是否可疑，留意背包和口袋是否藏了什麼物品。

我想起哈麗葉，懷疑這位新病患會不會是她「@嫌犯八號」帳號的追蹤者之一，某個堅信我是魔鬼化身、認為我該替安娜去死的狂熱信徒。或者更糟，是「安娜派」的支持者，聲稱我把他們深愛的安娜囚禁在聖堂洗腦，如今上門來尋仇。

一貫熟悉的敲門聲傳來——指節彷彿在門上輕躍般的連續扣擊——門咿軋一聲打開。蘇菲亞探進頭來。「卡萊特小姐到了。」

「謝謝，」我拿出最沉穩專業的待客聲線說。「請她進來。」

我仍然是個專業人士，這是我往日的身分中唯一完好無缺的部分。我向來以優質的病患服務和親切的問診態度為傲。

我聽見蘇菲亞說：「您可以進去了。」

我起身準備迎接病患。蘇菲亞退出視線。我才剛上前幾步，抬頭一瞥，只見來者中等身高、肩膀纖瘦，略帶深色的短髮切齊下巴。她的上半張臉隱沒在遮陽用的寬簷帽下。此時，她伸手摘下太陽眼鏡，對我微笑。

儘管容貌有些變化，但我認得那個笑。那是一個彷彿能看穿我、直視我靈魂深處的微笑。

風暴闖入了我的天堂，遮蔽了陽光。

直到這時，我才頓悟。

悟得很突然、很痛，清晰如白晝。

我是逃不掉的，無論我跑得有多遠。

是安娜。

安娜的筆記本

二〇一九年八月二十八日

倫敦圖書館，聖詹姆士廣場。我埋首工作。復仇是我唯一的動力。向英迪拉、道格拉斯和爸復仇。讓他們遭天譴。我真希望他們都去死。

不，工作才是我的救贖。研究過去——布魯、美狄亞、莎莉．特納、史塔威爾殺人魔——讓我保持理智。自從「@病人X」提起那篇文章標題後，我已經找了好幾週了。好不容易，一位助理終於在他們的閒置館藏深處挖出一本。一九九一年十一月號的《今日精神醫學》，實體副本只剩下這最後一本。我翻到目錄頁，看到第二十二頁的文章時，心中一陣興奮：〈美狄亞方法：人格與異睡症〉，作者：維吉妮亞．布魯博士。

頂部的作者簡介寫著：「布魯博士，現任布羅德摩醫院臨床心理師顧問，專攻睡眠障礙和睡眠相關犯罪，目前正在撰寫第一本著作。」這篇文章總共有五頁，每一頁都密密麻麻。我坐下來，做好心理準備，然後開始閱讀。

這篇文章是寫給專業人士看的，絕大部分的內容都超出我這個外行的理解範圍，但有幾段文字倒是還看得懂。就是它沒錯。一篇被遺忘的、刊登在九〇年代初期某本已停刊的心理學期刊上的泛黃文章，可能就是解開整個謎團的關鍵。

我把最後一節重讀一遍：

結論：擬定美狄亞方法

美狄亞方法係一套新型態的心理介入治療提案，旨於應對最極端的案例，更準確地說，是戒護醫院環境中最極端的罪行，例如成人殺害兒童，父母殺害子女，成年人殺害父母或祖父母。就像尤里比底斯劇作中的美狄亞，這些罪行打破了西方社會最大的禁忌，超越了常規道德界線及傳統倫理，亦即佛洛伊德以「本我」概念所普及化的那種反常、缺乏社會化的思想。事實上，尤里比底斯以伊阿宋發現美狄亞所作所為時的台詞，完美詮釋了大眾對該類犯罪的普遍反應：「犯下如此謀殺，你怎敢面對天地／汙穢不堪！願眾神毀滅你的性命！」

本文主張，如此極端的犯罪，只能以同等極端的療法治療。當病人的心智明顯失常，單靠微調、矯治或藥物治療是無法修復的。相反，必須徹底打碎重建。美狄亞方法雖仍處於構想階段，卻已針對特殊案例及司法環境提出數種作法：長期隔離、全天候監控、剝奪睡眠、強化人身束縛及感官超載。唯有如此，方能移除當前受損的思考模式，於原處重建更健康的心智。外科醫生不會保留腫瘤以治療腫瘤。切除乃痊癒的第一步。現代心理學終於走出精神分析的陰影。我們不再認為治療是無止境的，不再將它視為永不停止的談話療法。我們需要成果，需要指標，而這套方法正是達成此目標的方式之一。

針對美狄亞提案的質疑大多出於人道立場。這些手段是否已構成酷刑，亦即日內瓦公約所定義之「殘酷且不尋常的懲罰」？是否違反歐洲人權公約？

筆者的答案很明確：否。事實上，長期來看，讓這些病人無限期監禁，遷就他們的瘋狂而不設法治癒，才是更殘酷之舉。將病人強制送入精神病院關到死的時代必須結束。戒護醫療機構每名病人的安置費用每年高達六位數。我們必須縮短布羅德摩這類機構的平均住院時間，這意味著我們要採取強硬手段根治，而非單純防堵。

要為此假說提供適當的數據，實地研究必不可少。基於主題的特殊性，要執行完整的實驗會有後勤上的困難。儘管如此，筆者仍主張，應在受控環境中，分階段實施此類介入治療，作為治癒病人的手段。有句老話說：「一時殘忍，是為了永遠仁慈。」筆者堅信，美狄亞方法中任何潛在的殘忍，都遠不及給予極端病人康復機會的長期仁慈來得重要。

筆者期盼這項新型態心理介入治療的構想能早日被採納，並在不久的將來建立對照實驗。

我搜尋「美狄亞方法」，但什麼也沒找到。我試著搜尋其他著名的心理學實驗，搜出了很多：從惡名昭彰的（史丹佛監獄實驗）到滑稽的（超心理學領域的菲利普實驗）再到嚴肅的（針對思覺失調症的邁達斯實驗）都有。

我一直讀到深夜，再熬夜讀到天亮。史丹佛、菲利普、邁達斯、羅森漢、第歐根尼、米爾格蘭、受難節——但就是沒有美狄亞。

我再次想起我的嫌犯馬拉松。這個案子充滿了M字頭。我不禁懷疑自己的推測是否有誤。也許我的嫌犯根本不是莎莉·特納的孩子。也許永遠不會有確切的答案。那張照片、那本年鑑、那一絲關連——全都淹沒在過去的混沌之中。

快凌晨兩點時，我突然冒出一個想法。這個想法之前一直在我腦中角落蠢動，潛伏在一切之下。那個隱隱約約的恐懼。

我回到《維基百科》，搜尋「英國衛生部國務大臣」，查看「職責」欄列出的條目，一路往回翻到一九九〇年代末。

那行字，我讀了一遍，然後又一遍。我真希望自己不要這麼好奇。但我已經懂了。全身都感受到那種痛楚。

我的懷疑——我的恐懼——被這白紙黑字證實了。

我能感受到過往的重量全部壓在我身上。審判即將到來。

我想起媽和爸，想起我家那齣令人作嘔的鬧劇，以及迄今為止發生的一切。

我明白了一件事。

我們從一開始就注定要遭受天譴。

66
班

我害怕這一刻很久了，也想像過無數次，但從未料到會是這樣的場面。我在這裡的流亡生活，和過去的人生是如此迥異。

儘管我一直在尋找病人X的身分，內心深處卻希望過去能被徹底封存，正式成為歷史。我努力定別人的罪，好遺忘自己的過失。現在，那段前塵往事突然捲土重來。有些祕密拒絕死去。舊日的罪孽必須償還。

沉默縈繞在我們之間，我們誰都不夠勇敢打破它，至少不是立刻。我們心甘情願周旋對峙。我想起那些希臘神話，想起復仇女神追捕獵物、討伐仇人的場景。安娜的出現是個預兆。無論我如何掙扎反抗，局面都遠超出我能掌控的範圍，悲劇英雄逃不出命運的掌心。一陣寒意襲來，我突然預感到自己的死期將至。

安娜的形象徹底變了。所有與安娜歐相關的經典特徵——傳說中的奶油金髮、厚重的研究生眼鏡，以及曾風靡無數網站橫幅、電視螢幕和報紙副刊的慵懶風格——全都消失了。她完全變成了另一個人，只對原版的樣貌致以最低限度的敬意。她的頭髮不再濃密蓬鬆，不再如精靈般俏皮，而是剪得整齊對稱。我第一次在她臉上看見理查的影子，那俐落的短髮框住了她的臉頰和下巴線條，將青春的痕跡洗刷殆盡。光陰勝出。款款面具都被擱置一邊。

她不再受逝去的青春糾纏。她的身形已定，歲月在臉上留下痕跡，皮膚起皺，頭髮老去，但其他一切依舊。安娜的打扮變得更俐落、更時尚，臉上的眼鏡換成了隱形眼鏡，原本殘留著痘印的素顏如今變得像嬰兒屁股一樣光滑，還略施脂粉。彷彿之前的每一個版本都只是原型，而這個，終於是真正的她。

我花了點時間打起精神。我想我在她眼中也肯定像個陌生人。我的臉被大開曼島的豔陽晒得又乾又黑，手臂彷彿經過皮革鞣製，頭髮也被晒得更淺，多了幾分北歐人的氣息。當年接到關鍵電話後趕往哈雷街的班尼迪克．普林斯，是那個世代典型的英國人——蒼白、肥肉鬆垮，因為吃太多微波食品而氣喘吁吁。但現在不是了。

我瘦了很多，肌肉緊實地包裹在皮膚下，體重維持在九十公斤出頭，頭髮兩側剃得平整，只在頂部蓬鬆，跟鬍型完美搭配。這是我生平第一次和有型沾上邊。我會站在破舊的浴室，拿著剃刀，欣然削去那些讓我想起舊我的痕跡。我也開始運動了。儘管歲月不饒人，我的身材卻是人生巔峰。

死亡，不再令我害怕。

這倒是件好事。因為我正站在一個殺手面前。

「請坐。」我說。我的大腦進入自動駕駛模式，這是我唯一能想到的話。我想知道她知道些什麼、為什麼來這裡，以及我的處境有多危險。

我還得及趕回住處拿那個裝著足夠讓我活一兩個月的物資小包，逃向另一段流亡生活？

但我知道為時已晚。某種程度上，我一直都知道。

安娜點頭，坐了下來。我沉默不動。外面傳來微弱的碰撞聲和幾聲高昂的嗓音。

我的膝蓋又開始隱隱作痛。房間裡濃稠如湯的熱氣散發著一股酸味。我猶豫要不要請人送水進來。我所有的本能都消失了。她的出現徹底將我擊潰。

針落可聞的寂靜繼續蔓延。安娜終於報以微笑。我在晤談時聽過她的聲音，沒錯，但她嗓音新添的深度仍令我吃驚。安娜歐的傳奇一向都更著重形象而非聲音，每個人都將自己投射到睡美人永恆的青春上。她成了神話與怪物的化身，既是掠食者又是受害者，被定格在照片和靜止畫面裡，以一百種不同的方式被物化。但現在，她又鮮活了起來。

安娜環顧我簡陋的辦公室，開口說：「告訴我。這是一場失而復得的美夢，還是提早來臨的中年危機？」

她的語氣帶著一種我說不上來的揶揄。她不再是我的病人。她像個劍客一樣，時而挑逗時而出擊。我無法想像有人在這種情況下還能如此冷靜。她已經占了上風。我的折磨者，我的追捕者。

「兩者都有一點，」我說。我知道這回答聽起來有多空洞。「也許是夢想成真吧。」

「我明白了，」她說。「我們都知道夢有多危險。」

67
班

我們的地位從未平等過。這是第一個矛盾。我在她甦醒後不久就被逮捕了。哈麗葉自殺後我獲釋，她卻消失了，轉而像個幽靈一樣糾纏我。我們對彼此而言只是個名字。我想像威靈頓公爵在艾普斯利之家裡來回踱步，牆上掛著拿破崙的畫像，或是邱吉爾在查特威爾莊園觀看希特勒的錄影帶。

既陌生又親密，亦敵亦友。英雄與宿敵。

我把視線轉回就診資料上。「這次是公事還是私下拜訪？」

安娜想了一下，或是假裝在想。她故意賣關子，享受我的不自在。最後，她說：「你賭哪一個？」

又是那種語氣。我感覺她這次不達目的絕不罷休，這只是眾多攻勢的第一波。我說不上來，但我確信她的現身肯定暗示著什麼。死亡在我周圍徘徊。生命唯一的確定性就是它的終結。

「我不確定，」我說。「所以才問。」

「你早就知道我會找到你。你只是躲起來，而不是真的消失。這是故意的嗎？」

「有趣，」我說。「其他記者都找不到我。看來我一定做對了什麼。」

「我惹你不高興了。很明顯。」

「我倒覺得這正是妳的目的。」

「不過，我很意外你竟然還把我歸類為記者。」

我被她牽著鼻子走，漸漸走入她的圈套。她會鑽進我的腦袋，再用我自己的心智來對付我。我必須抽離，保持專注。「我稱妳記者，只是覺得這樣比較客氣。當然還有其他選擇。知名被害人、全球媒體的風雲人物、犯罪紀實的看板女郎。或是說，如果經典永遠是最好的，也可以用那些老掉牙的稱呼，好比說，睡美人？」

「你這話說得很酸。」

我停頓片刻，吞嚥，吸氣。「如果我沒記錯的話，我因為接手妳的案子失去了婚姻、女兒和事業。我幫妳喚醒，卻發現自己成了輿論的獵物。我站在妳這邊，以為你是個蒙受不白之冤的無辜女子。現在，我什麼都不確定了。如果妳是來跟我道歉的，恐怕已經太遲。」

最後一句話擊中要害。「普林斯博士扮演受害者，」她說。「這個角度倒是新鮮，雖然不是你最好的表現。」

「是嗎？」

安娜打量起書架。這間診間的裝潢和聖堂那種香氛繚繞、子宮般的舒適風格相去甚遠。有時候，我坐在這裡，會為聖堂裡竟然有電梯而發笑。那實在太誇張、太不必要了。

就連哈雷街本身，都像是從我的夢中擷取的景象。我經常想像自己穿越過去，觀察那些身穿長大衣、拄著枴杖、揣著鼻煙盒從馬車上下來的奇特人士。我會看著他們匆匆登上我曾經進出過的建物階梯，像朝聖者般尋找靈丹妙藥。

我想念那裡，有時甚至想到心痛。但即使如此，我也不會回去。

「妳到底為什麼要來這？」我問。「為什麼大老遠跑到加勒比海來？」

安娜看著我，彷彿能讀懂我的思緒。她篤定的凝視讓我很不自在。「過去是治癒現在的唯一解方。」

「我書裡還不錯的句子之一。」

「是的，」她說。「但如果你是對的呢？」

68

班

天氣燠熱難耐，天色比剛剛更陰，彷彿預示著暴力的來臨。我想起天氣預報說這幾天隨時會有大雷雨。周圍的一切多了層新的緊張感，空氣中瀰漫著濃濃的可疑氣息。

我提議到外面走走。離診所五分鐘路程的地方有間小咖啡館。我點了兩杯冷飲——她要的氣泡水，和我的健怡可樂。我們脫掉鞋子，漫步在七里灘較空曠的一區。我眺望大海，望著蓄著白色鬍鬚的波浪，聽著海浪撞擊岸邊發出的鈸鳴。這裡一片祥和，金光閃閃的表面掩蓋著腐敗的真相，恰如許多事的寫照。

我經常想像帶小餅乾來這裡，想像她那黏糊糊的小手握在我手中的觸感。我想像我們一起在海中戲水。她練習游泳，排練著回到雨季的牛津後要怎麼講述這個神奇的熱帶天堂。但這些只是白日夢。我來這裡之後，唯一來拜訪我的英國人只有安娜。

我們繼續朝海濱走，將腳趾浸入冰涼的海水中，然後找了個地方坐下。我們溼漉漉的腳趾把沙子變成糊狀。我想起小餅乾兩歲時，我們一起堆沙堡的情景。我害怕幸福就像青春，擁有的人揮霍，失去的人飽受煎熬。

那股預感再次找上我。但現在，我必須維持偽裝，保持禮貌，順著演下去。「妳住哪？」我問。

安娜嗅著海風，被眼前的景色吸引。她在這裡顯得更嬌小了，更有人情味。微風吹亂她的頭髮，鹹鹹的水霧噴在她臉上。「麗池卡爾頓，」她說。「政府撤訴後給的賠償金還剩一些。沒什麼比觀察人群更有趣的了。」

「被害人變成了偷窺者。」

「差不多吧。」

我一時想著，若沒有這起案子，她的人生會是什麼樣子。我想像她離開《基石》後重新獨自闖蕩，說不定會進軍下議院，參加政論節目，成為對每件事都能發表高見的社群網紅。有其母必有其女。

我一邊喝著飲料一邊環顧四周。沒錯，天氣變了，這股悶熱是雷雨的前奏。明朗的日子一去不復返。安娜的到來改變了一切。

我不是不知道自己犯了哪些錯：沒檢查是否有隱藏的麥克風，她包裡是否藏著攝影機，附近是否有警方或私人保鏢埋伏，但我厭倦了逃亡。我還有好多事想問她：關於哈麗葉、魔鬼之息、農場、森林、病人X。而最最根本的，則是那個簡單的問題：那天晚上，她是否蓄意殺害英迪拉和道格拉斯？她當時是清醒的嗎？她是否佯裝放棄生存症候群，利用自己的夢遊病史逃脫雙屍案的罪名？她是否設下圈套，利用我成就她的宏大陰謀？

「如果過去是治癒現在的唯一方法，」我問，「妳的計畫是什麼？」

安娜抱著膝蓋，像回到了童年。她眺望這幅全景，欣賞最後一眼——陽光、海洋、沙灘相互交融，連綿成一片黃藍與乳白的狂歡——然後轉向我，露出悲傷的微笑。

「今晚八點，麗池卡爾頓，」她邊說邊站起來。她的手輕掠過我的肩膀。「別遲到，醫生。還有，盡量穿得像樣一點。」

69

班

最後那句叮嚀在我腦中不停循環播放。那種口吻讓我想起當年與克拉拉在一起的時光，那時離婚就像死亡或衰老一樣遙不可及。縱然我現在比當時更健壯，但在其他方面卻放任自己頹靡不振。這就是我們祖先筆下所嘆那種的憂鬱。

熱度仍在攀升，外頭雷雨蓄勢待發。每朵雲都在嘲弄我，威脅著要傾瀉而下。這種懸而未決是最折磨人的部分。我知道傾盆大雨會無預警降臨，就像聖經所述的淨化一般，沖走先前的一切。

我回到住處，同樣的家在我眼中已然不一樣了。垃圾桶旁的空酒瓶，沾著食物殘渣的碗盤，空間瀰漫一股缺愛的氣息。我不禁懷疑，地獄是否大多都偽裝成某種天堂的模樣。我站在玄關的小鏡子前，迅速挪開視線。

我沖了個澡，換上唯一一件像樣的襯衫和長褲，修剪鬍子，梳了梳頭髮。幾個月來，我第一次這樣打扮自己，感覺幾乎像是要去約會。我想起安娜在診所裡的微笑，想起哈麗葉，還有那絲若有似無的相互吸引。

我沿著海灘走，一路走到麗池卡爾頓飯店斑斕的燈火前。這是島上最大的飯店之一。我想像其他用餐的客人會突然舉著相機和麥克風跳出來，把這一幕包裝成煽情聳動的紀錄片，又或者國際刑警和倫敦警察會在我走進大廳時將我團團包圍。即使到了現在，過了這麼久之後，我還是覺得處處遭人窺視。

我抵達飯店入口，努力保持冷靜。我進洗手間用冷水洗把臉，和自己約定一件事。

別再逃了。到此為止。

我向前望去，發現安娜已經入座。那股恐懼又在心頭一跳。我很想相信她是清白的，但在內心深處，我知道她不是。她絕對有能耐奪人性命。她能做到明知手上沾滿鮮血，無論是真的血，還是象徵性的，卻依然有臉端坐在這文明社會之中。如果哈麗葉是代罪羔羊，那就代表安娜在行凶時並未被下藥。這說明她是蓄意為之。夢遊和放棄生存症候群都只是幌子。哈麗葉利用那瓶偽裝成傑克丹尼黑牌威士忌的隨身酒瓶，助她假裝罹患放棄生存症候群。安娜．歐格維冷血殺害了兩人，卻逍遙法外，還將哈麗葉推上自殺的絕路。

三條人命。三具屍體。

我即將和殺人凶手共進晚餐。

安娜的筆記本

二〇一九年八月二十九日 早晨

高速公路向後飛馳。離合器輕得像根羽毛。這輛克里歐小鋼砲是出發前臨時起意租的。我開車，道格在後座，英迪拉坐副駕。導航有點問題，所以英迪拿出手機找路。媽、爸和席歐在另一輛車，會比我們先到。

我看得出道格在忍耐，英迪拉則努力維持表面和諧。夏季刊還沒搞定，GVM的交易還沒簽，他們沒錢可拿。這個週末過後，他們再也不可能拿到了。

一輛車按我喇叭。我重新專心看路。一切成敗都取決於今晚能否見到「@病人X」背後的藏鏡人，確認對方的可信度。唯有如此，我才能證實我的嫌犯馬拉松是否真是莎莉．特納的親生骨肉。一旦證實，我的第一條大獨家就底定了。這篇報導的影響力將遠遠超過雜誌本身：全國性報導、大報、小報、BBC《晚間新聞》、紀錄片和電視劇。我會找個好律師告道格和英迪。我會公開羞辱我那拈花惹草的父親。我會帶著我的才華自立門戶。這一次，我一定會親自處理所有文件。

我想起布魯在期刊文章裡的自圓其說：一**時殘忍是為了永遠仁慈**。我想起那些在精神病患身上實驗的「方法」和「假說」。我查到一些案例，像是精神科醫師人為引發癲癇，手術移除牙齒，切除脾臟、子宮頸和結腸，故意讓病人感染瘧疾，人工製造胰島素昏迷，注射馬血清引發腦膜炎……其中最惡名昭彰的，要屬前額葉腦組織切除手術──也就是經眼窩腦白質切除術。

這些實驗全都是受人敬重的臨床醫師所為，為的是找出尚未參透的疾病的解藥。幾乎所有最慘無人道的精神病治療都以女性為實驗對象。我想起昨晚《維基百科》上那行看似無害的文字。我想到莎莉．特納，想著一九九九年夏天在布羅德摩克蘭菲爾病房進行的美狄亞實驗有多可怖，想著想著都快吐了。

農場本身正如其名，藏身在科茲窩蜿蜒的單行小道盡頭。柏油路越來越坑坑疤疤，最終變成裸露的泥路，租來的車子在水坑和高低不平的泥巴路上顛簸前行。

終於，目的地出現了。我看見標示，還有一輛濺滿泥濘的家用車，爸和席歐正在從後車廂卸貨。天空烏雲密布，紫得發黑。我們一停好車，雨就下了起來。

泥濘漫到我們腳踝，道格的運動鞋陷進褐色的泥漿。四周遼闊無垠。狂風在右側的樹林裡呼嘯，左側的樹木沙沙作響。場地管理員歐文．萊恩帶我們前往小屋。他是個蓄著大鬍的陽剛漢子，胸膛像酒桶一樣壯碩，說話帶著繞來捲去的蘇格蘭腔。英迪和道格住進紅色小屋，我獨得一間較小的小屋——藍色小屋。牆上掛著一張場地平面圖。我記熟這裡的地理位置：森林、小屋群、廢墟。我很高興能離開倫敦，幾個月來，我第一次感到自由。我拿出手機，再次傳訊息告訴「@病人X」我的位置。

森林之後。午夜之後。我們才能碰面。

一定得等到那時。

雨點在窗上嘶響，藍色小屋在雨中飄搖。某處傳來鐘聲，我們列隊出發享用行程內含的晚餐。廢墟的宏偉令人屏息，彷彿某座荒廢了數世紀的城堡殘骸，依然籠罩著神祕和輝煌的氣息。廢墟中立有臨時搭建的遮蔽處，我們坐在兩條長木凳上，用矮胖的木杯喝酒。道格一臉無聊，英迪討厭克難的旅行，爸在我眼中前所未有地可悲，儼然各種軟弱的集合體。看他們過得不好讓我龍心大悅。

餐點走的是高級酒館路線，以淺盤和木板盛裝，刻意營造隨性的美感。媽卸下了影子大臣身分，不再焦慮重重，回到我熟悉的老樣子。放下手機後的爸也變得略顯高貴，像拿掉鬍子也沒戴眼鏡的甘道夫。道格狼吞虎嚥，英迪則興致缺缺地撥弄著一盤野豬肉。席歐用木杯痛飲啤酒，我也跟著喝，喝得暈暈的。

雨勢稍緩。農場負責人梅蘭妮．福克斯現身了。她身邊跟著場地管理員歐文、一名男實習生，還有一位年約三十歲後半、腰身纖細的女子，說是活動的健康安全顧問蘿拉。蘿拉講解基本規則。手環分發下來，黑色代表獵人，白色代表倖存者。我們六人被分成兩組：爸、媽和席歐一組；我、英迪拉和道格拉斯一組。我們是獵人，其他人是倖存者。我們被告知先回房各自準備，下午四點在森林入口集合。

我看著英迪和道格消失進紅色小屋，看見爸媽像兩座孤島分開。我回到藍色小屋，被雨淋得渾身溼透。我坐著看錶：還有二十三分鐘，森林的考驗就要開始了。我想著其他事：收購案、小窩、雜誌、英迪拉和道格拉斯的眉來眼去、背叛、爸的外遇。聽起來很瑣碎，也許確實如此。但就算是更微不足道的事，也能成為引戰的導火線。

我幻想自己會如何下手，想像道格拉斯和英迪拉被律師和會計帳單淹沒，雜誌停刊，公司倒閉。我幻想他們那張自鳴得意的臉在恍然大悟後蕩然無存。我想像爸因為真面目曝光而蒙羞：被年輕女子迷昏頭的父親，竟然甘願騙親生女兒的錢。他們誰也料不到會有這一天。

他們逃不過這一劫的。我要向他們所有人復仇。

再見了安娜。再見了傻氣夢想家、孤狼、夢遊者，「安娜．歐」小姐。不會再發作，不會再有抵住上鎖房門的椅子。

與過去迥異的新生即將展開。

睡眠不盡然是弱點，而是超能力。

活在當下。

70 班

安娜換了身衣裳。她現在穿的這件洋裝更正式，但設計上更為低調，不是令人眼花撩亂的款式。我讀對了氛圍。我已準備好迎戰。

她點了一杯店家招牌紅酒，我還是喝水就好。我再次對她鎮定的表現感到驚嘆。她所展現的堅韌近乎病態。

我們點完餐。她問起這座島的事。我游刃有餘地介紹大開曼島的亮點。我聊起那些糟糕的約會，提及我對人際往來的渴望。我忘了講天氣越來越壞、隨時可能下起雷雨的事，但那股氛圍早已籠罩我們四周，既像期待也像威脅。過去幾週的輕鬆氛圍一掃而空。其他客人被宛如天空突然清痰的雷聲弄得坐立難安。空氣瀰漫不祥的預感。

主菜上桌時，安娜問起診所的事，問我的治癒率如何，問我治好病人是否反而失去生意。

我反駁。「在我看來，不存在所謂『前病人』這種事，只有重拾健康的病人。康復後，他們就不再是我的病患了，只是健康的普通人。」

我密切留意她的反應。

安娜啜了一口酒。「你有和前病人交往過嗎？」

「這得看『交往』的定義是什麼。」

「每個心理師肯定都動搖過吧。你可是比病人的配偶或家人更了解他們。」

她在刺激我，這次造訪和這頓晚餐都是。都是為了分散我的注意力。我不禁想，這是否就是她對付所有受害者的手法，讓他們露出破綻。

「戀愛在醫病關係中是嚴格禁止的，」我說。「不論哪一科。」

「啊，但你剛才說過，前病人——那些被你妙手治癒的人——其實已經不算是病人了。只是普通人。心理師總該能和一般民眾談戀愛吧。」

「如果時間間隔夠久，而且不再有任何進行中的醫病關係，或許吧。」

「那依你的標準，隔多久才算夠久？當然，純粹就假設而言。」

「當然。」我們在玩一場遊戲，彼此試探。她繼續延續這種氛圍，目光緊緊鎖住我的。

「一般來說是一年。妳聽起來好像思考過這個問題。」

她沒有反駁。相反，她吃完主餐，往後一靠，用餐巾輕拭嘴唇。「這和我的新計畫有關。我需要為計畫重新檢視這個案子。一開始，我只想逃避，但那太天真了。我的創傷後失憶症還沒完全好，完全不記得攻擊事件是怎麼發生，對事件前幾個月、前幾週的事沒印象，不知道事情怎麼會變成這樣。我只記得第一次被告知這些事的場景。」

她可真會演。說真的，簡直無懈可擊。

「是誰告訴妳發生了什麼事？」

安娜停頓了一下，重溫那段痛苦的回憶。「我媽。」她說。

「妳真的什麼都不記得？」

「記得一些片段，但都很模糊。媽很努力解釋，但說不太清楚。她知道，等我恢復行動能力後遲早會看到相關報導，所以有天晚上，她就跟我說了。關於案件、創傷後失憶症，所有的一切。」

「妳相信她嗎？」

安娜瞄了我一眼。「一開始不信。聽起來太不可能了，可怕到無法想像。後來，我才慢慢開始接受。媽試圖阻止我，但我一拿到能上網的設備就開始搜尋自己的名字，努力理解這些事某種程度上都和我有關，嘗試接受自己在不知情的情況下成了公眾財產。」

今晚的我是同情心的化身，於是把疑心和憤怒都吞了回去。如果她能裝無辜，我也可以。

「感覺一定很像生活被人侵犯了吧？」

「某種程度上吧。我知道正常的生活是再也回不去了。我成了怪胎、邊緣分子、蒙羞的代名詞。一直到後來，我才想通，如果我想繼續活下去，就必須設法奪回自己的故事。活出自己的真實。如果我這輩子注定要以『安娜歐』的身分過活，那麼，我就得搞懂這個名字是如何而來、以及為何而來，而且要徹底搞懂，不能有半點虛假。我得找回被創傷後失憶症抹去的記憶。以記者的身分，而不是病人。」

「真相會放妳自由。」

「是的。」

這番話被精心美化過，顯然是說給出版社聽的。我知道各家編輯不惜重金搶簽睡美人的回憶錄，這些新聞我在《每日郵報》上都有讀到。她的措辭是如此精準，彷彿每個細節都經過排練，就為了在我面前演出。她很危險，她想讓我乖乖就範。

我看向窗外灰濛蓬鬆的雲，一朵朵飽含雨意。雷雨蓄勢待發，等待著這座島嶼，等待著我。等待著我們所有人。

我現在能確定了，這股感覺和我在布魯家的預感是同一種。死亡是如此沉重、如此真切。她不是要我幫她奪回故事，而是想寫一個更好的結局。而為了要讓安娜有個美好結局，壞人只能由我來當。不是她，就是我。這是一場零和遊戲，一直都是。

「所以妳要重操舊業了。報紙說妳只要動筆，賺夠退休金絕對不是問題。」她擦完嘴，把餐巾整齊地折好，放在盤子旁邊。「長睡四年就是這點麻煩。世界一直在前進，我已經過時了。」

「從我讀到的東西來看不是這樣。」

「怎麼說呢，媒體寫的東西不能全信。」

「從妳的文章能看出很深的文學底子，我以為整個出版界都在巴著妳要這本本世紀最重要的回憶錄呢。」

「我只能說，那你就錯了。」

「電影版權呢？」

「他們要的不是我的自傳。他們要的是她的自傳。」

我注視著說出這句話的她。此刻，坐在我對面的人，和我曾經治療過的那個人有著天壤之別。不論是聲音、眼神、個性，甚至連靈魂都不同。一個是血肉之軀的現實，另一個則是大眾想像的產物、代代相傳的原型，是永恆的女性及墮落的女人，被每種文化重新詮釋。既是吃蘋果前的夏娃，也是吃蘋果後的夏娃。我不禁想，我之所以感覺被深深背叛，是否多少跟我相信其中一版而非另一版有關。我懷疑自己是否和她一樣，都被那個原型所困。

「你說的她，指的是……」說出那個名字幾乎像是褻瀆。就像《馬克白》一樣，讓人神魂顛倒，卻又詛咒纏身。

安娜順著我的視線。「沒錯，另一個人。那個不存在的神話。」疲憊在她平靜的臉上盪出波紋。這一刻，我終於看見面具滑落。「他們不要我。從來都不想要，」她說。「世人要的是安娜歐。」

71 班

長途旅行讓她累了。我們結帳。沒多久，我們就回到飯店大廳道別。我等著她提出任何臨時的邀約——咖啡、干邑、雪茄。

但什麼都沒等到。

我安全了。至少到明天早上前都是。

我慢慢踱回外頭的黑暗，一直走到海灘。冰冷的海水滲進肌膚。我望著眼前的景色，那陣不安的顫慄再次爬上心頭。我在腦中重播晚餐的每一瞬間。回憶錄肯定只是幌子，我很確定。她是來收拾我這個最後的爛攤子。

我繼續走了十分鐘，然後短暫轉身。就在那時，我發現身後朦朧的月光下藏著一個人影。那個身影纖瘦，是女性，身高也對得上。我揉揉眼睛，努力理清思緒。這頓晚餐吃得我心神不寧，可能也是天氣太熱的緣故，才讓我眼花。

但當我再看第二眼，那個影子還在。

我加快腳步繼續走。

每走一分鐘我就回頭一次，那個身影依然跟在後面。我的步伐越來越快，最後幾乎跑了起來。熱氣、烏雲和暴雨的預感。我真蠢，居然躲到這麼偏僻的地方。我需要人群和干擾，需要城市的噪音和混亂。

我跑啊跑，不停地跑，跑到沙子刮破我的皮膚。終於，我再次回到人造光的領域。我看見其他人，看見我住的小屋入口。

我停下來喘氣，大口吸著空氣。我環顧四周，左手邊有群青少年圍著篝火，音樂從他們的手機大聲放出。空氣中躍滿歡聲笑語，酒瓶叮噹作響，一根大麻菸來回傳遞。我試著回想上次體驗這種喜悅是什麼時候。好像已經是很久很久以前了。

我抵達我家大門，進門後上了兩道鎖。我靠著門滑坐在地，心跳失控般砰砰作響。忍住的淚在眼眶打轉。我想起克拉拉和小餅乾，想起我將拋下的一切。

剛才是她嗎？還是自己在幻想？

這就是布魯在臨死前的感受嗎？

今晚是睡不著了。我換掉襯衫，喝了點水。此刻，在小屋的死寂中，我開始懷疑是不是自己在疑神疑鬼。

我已經分不清楚究竟什麼是現實什麼不是。布魯被殺時，安娜還在沉睡。至少我們都以為她在沉睡。安娜、病人X、哈麗葉。這一切要怎麼連在一起？該怎麼把零散無關的事實碎片湊成一個答案？

我重新回到牆上的案情板。我曾發誓再也不碰這個案子，但安娜的出現讓一切捲土重來。她找上我是有原因的。答案一定就藏在案情板的某處。這裡一定藏著能解開謎團的缺失環節和關鍵線索，只是我還捉摸不到。這是我唯一能理清頭緒的方法，把所有線索連起來。一定有答案。事情總是有答案。

我站在那，凝視著案情板，在黑暗中摸索。我這就像獵捕影子，追逐幻象。但有件事我很確定。

安娜・歐格維不是來這裡幫助我的。

她是來埋葬我的。

72 班

那個印有漢普斯德佛洛伊德博物館標誌的舊杯墊，至今仍留在我書桌上。我還記得他那間被原封不動保存的書房長什麼模樣。佛洛伊德認為，心理學其實就是一種偵探活，一種挖掘歷史層層面紗的工作。現在聽來，有種奇特的親切感。

我想起在海灘上跟蹤我的黑影，海岸線的低語，以及擔心被浪潮吞沒的恐懼。找出真相是獲得解脫的唯一途徑。我必須撕開偽裝，找出布魯在臨死那晚看見的關連，揭開躲在那單一字母後面的人的面具。

X。

如果病人X不是哈麗葉，那會是誰？

我習慣性地回頭檢視其他嫌疑人。那些掉隊的、被遺忘的的人。替補球員。每個人都有自己的案情板。我重新環顧這些板子。

梅蘭妮・福克斯。農場老闆，這些活動背後的商業首腦。

歐文・萊恩。農場的場地管理員，負責維護場地與處理各種緊急情況。

丹尼・哈德森。當晚的實習生，領現金袋辦事，偶爾幫萊恩和福克斯跑腿賺小費的當地人。

這些人的下場都貼在房間的牆上。

第一個案情板有張列印出來的《泰晤士報》短文，內容與丹尼爾・高登・哈德森一等兵有關。他在二〇二二年參加特種部隊選訓時死在布雷肯山，死因是在熱浪中行軍時中暑。

嫌疑人一號——死亡。

第二塊案情板的主人翁是梅蘭妮·福克斯。她在安娜歐事件後與酒精和藥物成癮的奮戰過程被許多八卦報導記錄下來。農場商業體宣告破產，福克斯失去所有財產。

我把社群媒體上的種種片段和部落格圈的大量資料拼湊起來——有些是公開的，有些則需要層層解密——終於被我在澳洲報紙上找到一份訃聞：「福克斯，梅蘭妮·K。自盡身亡。無最近親屬。」

嫌疑人二號——自殺。

再來是第三個案情板。歐文·萊恩比較好找。安娜歐事件發生時他已屆七十，是團隊中的老將。這些年，歲月對他也不太友善。臉書上有一張他和兩個女兒的生日照片，上面出現牛津郡柏福德郊區一間療養院的招牌。另一頁則貼了中風協會的連結和捐款網頁。

嫌疑人三號——喪失行為能力。

正統的嫌疑人名單到此結束（不包括歐格維家族成員），接下來，讓我來看看非典型嫌疑人。最後一塊案情板包含所有額外的資料，可說是安娜歐案的外傳，諸如那些荒誕的理論、異端嫌疑人和瘋狂的陰謀論等。

頭幾則是關於芬諾偵緝主任督察的。我在頂部釘著幾則精選的小報頭條：

頂尖警探與睡美人：牛津的丟人祕密（《每日郵報》）

大警探與大作家：隱藏的關連？（《太陽報》）

即便到了今天，網路上只要介紹到牛津大學的「傑出校友」時，必定少不了這兩個名字。在眾多學者、外交官、哲學家和次要皇室成員之中，安娜．歐格維（英國文學學士）和克拉拉．芬諾（應用犯罪學碩士）榜上有名，參考資料部分還附上這兩則小報報導，當成有效資料來源。她們修讀不同課程也從未謀面的事實似乎沒人在意。一個真相能衍生出上百個謊言，而謊言總比事實更難抹滅。

我轉向下一個非典型嫌疑人。班尼迪克．普林斯博士。自從哈麗葉自殺後，怎樣的罪名我都揹過：反社會人格、精神病患、掠奪成性的心理學家、偽造學歷、分不清現實與虛構、在外面養第二個家庭、在著作中抄襲他人作品，甚至還說我幫警方偵破的那些睡眠犯罪都是我自己幹的。我被捕後，衍生的文章更是與日俱增。一大批安娜歐的信徒仍然相信無風不起浪，深信不管怎麼說，我一定哪裡有罪。

最後，是專門討論安娜本人的區塊。這區的論述更精采了。安娜成了睡美人與反基督的綜合體。她不再是個人，反而成了讓人投射各自偏見的靶子。各種論點都有人提出：她是幕後黑手、她是病人X、她自導自演整件事。各種文章、推文、貼文、訊息和部落格遍布各大洲、各個時區。說她是光明會成員，祕密共濟會女性會所的一分子，地下邪教的首領。我個人最喜歡的一個說法是，說她是主流媒體想像出來的產物。真正該關注的問題都淹沒在陰謀論的洪流中。

我終於在客廳睡著已經是破曉的事。睜開眼時看見案情板在上方俯視著我。我頭髮油膩、眼睛發痛、嘴裡乾得像被膠水黏住、骨頭痠痛僵硬。我煮了咖啡，用iPad看報紙。我瀏覽工作郵件，發現收件匣多了一封來自名為「伊莉莎白．卡萊特」Gmail帳戶的郵件。發信時間是昨晚，上面只有一行主旨：

三點，峽谷灣？

峽谷灣是一條古時的走私路線，距離我的住處只有十分鐘路程。它像個模樣古怪的奇觀，坐落在七里灘上，是當地人和書呆子型遊客的聚集地。

我沒有立刻回覆，而是先沖了個澡，一邊吃著一碗泡軟的玉米片，一邊看完《泰晤士報》數位版。我再次點開安娜的郵件，打字，同意在峽谷灣見面。我聯絡蘇菲亞，請她取消我下午的所有預約。我查看手機，發現小餅乾還是沒有回覆我的任何語音留言和訊息。

外頭烏雲密布，雷雨即將來臨。

安娜歐的故事中有太多人受害，太多的傷亡。

我會是最後一個嗎？

安娜的筆記本

二〇一九年八月二十九日 晚上

活動就快結束時我看見了。

看見我再也無法視而不見的東西。在我夢中作祟的幽靈。佛洛伊德稱之為凝縮作用，即多重夢境元素融合成一個連貫故事的過程。

我必須把這件事記下來。在此之前，我只是理論上相信。如今，我親眼看見了。

我們在森林裡。藍黑色天空在頭頂疏疏落落，雨點零星。荒野包圍著我們，吞噬一切。這裡完全沒有自然光，有種中世紀般的黑暗。我不禁想像活在沒有電燈的年代是什麼感覺。人們端著蠟燭潛行摸索，夜晚的黑暗更接近某種惡魔般的存在。因為這裡就是那種感覺。這片森林裡有惡魔。這已經不單只是遊戲了，要比遊戲更深層得多。這是煉獄，是擺渡之境，不受一般生活規則約束。

獵人對上倖存者。

決一死戰。

不過，這說法並不算完全正確。我們身上確實帶著手電筒，是我們對這個電池和電力時代唯一的讓步。我們也有槍，只是裡面裝的是顏料而非子彈，但就算是顏料，在近距離射擊下也可能致命。

兩隊人馬的分配頗有些詩意的公平。英迪拉、道格拉斯和我一隊。三劍客、火槍手、神聖的三位一體。我們是獵人。媽、爸和哥是另一隊，他們是倖存者。我們的任務簡單明確，幾乎令人神清氣爽。倖存者必須躲在森林裡，在野外活過接下來的八小時。獵人，顧名思義，則必須獵捕他們的獵物。我們每個人都有不同顏色的子彈。如果每位倖存者都被每種顏色的漆彈射中，我們就贏了。要不全殲，要不全敗。

黑暗讓我感覺自己遊走在清醒與睡眠之間。我又進入了那種狀態，夜驚將我包圍。只有手中和肩上槍枝的重量告訴我：我還醒著。道格和英迪就在附近。一道手電筒光線閃過，我看見他們在竊竊私語，胸口頓時湧上一股熱流。

天氣惡劣，狂風大作。倖存者有半小時的時間在森林裡散開，藏匿起來。據說這個遊戲是根據特種空勤部隊選訓的一環改編的。新兵在布雷肯比肯斯山上被武裝哨兵和緝毒犬追捕，須在不被發現的情況下生存過夜。一旦被抓到就算落選，將被遣返原單位。

這遊戲很蠢很幼稚，有失身分，像是躲貓貓和捉迷藏之類童年玩意的翻版。但我想贏。我要證明我的精神沒被擊垮。我不會落在後面，眼睜睜看著英迪和道格大開殺戒，用顏料把我家人噴得亂七八糟。我也不會向爸認輸。他必須被漆彈狙擊，而且必須是由我來做。

道格堅持我們應該待在一起，英迪則明智地主張分頭行動。我們得採突襲戰略，三個人一起行動太顯眼了。我們應該分頭負責各自的獵殺。英迪竟然還有那個臉說我們該互相信任。如果我們每個人都把分內事做好，團隊就會獲勝。互利互惠。屠夫、麵包師、蠟燭製造者。我現在就想殺了她。爸是個蠢蛋，道格也是，但英迪更糟。她故意摧毀我重視的一切。我邀請她進入我的巢穴，和她分享我的祕密，她卻偷走我的職涯，粉碎我的私生活。她是最應該受到嚴懲的叛徒。

道格厲聲反對，我投下決定性的一票。一人往左，一人往右，我向森林中央出發。三個目標，三個靶心，一整晚冥河般的黑暗。沒人告訴你這類行動其實包含著漫長的等待。我想到那些寫實的動作片，看見阿諾、巨石強森和史特龍在電影最後三十秒才爆發的溫吞槍戰前，足足悶了兩小時，場面最後還被暗淡的光線搞砸了。

森林的範圍夠小，小到足以給獵人機會，同時又大到得以存活。這就是這塊區域的絕妙之處。我完全喪失時間感。身上沒錶。感覺像個失眠的人，以為過了好幾小時，結果發現只過了幾分鐘。絕望籠罩著我。我在這片神棄之地上遊蕩，半睡半醒，找不到任何生命跡象，只有黑暗和樹林的沙沙聲，視野中沒有其他人影。我漫無目的地走了幾個小時，一無所獲。我會輸掉森林的考驗。回到基地。

叛徒們會贏。英迪會擊垮我。

然後，終於，我聽見前方傳來樹枝斷裂的聲音。我測試自己是否能單憑腳步聲辨識目標，就像小時候半夜偷開著燈，猜現在上樓來的是爸還是媽一樣。又一批落葉被踩碎，又一根樹枝斷裂。我聽見一聲嘆息，還有費力的呼吸聲。我認得這些聲音。

我保持低姿，藏在一棵樹後面左右張望，發現爸就在前方。他半蹲著，像是準備好隨時躍出。我按照指示舉起漆彈槍，無聲地就定位。只要一發紅色顏料打在背上，我就能拿下第一個獵物。那個頭號騙子。解決一個後還有兩個。我們每個人都配發了防護衣來減緩衝擊，但沒有什麼脊椎疼痛會比羞辱更難熬。

我的手指撫過板機。爸動也沒動，完全沒察覺到我。我在心裡倒數五秒，這才明白這麼做有多令人上癮。殺戮這種事，有一就有二。這個動作蘊含了莫大的力量，如此絕對的權威。拿下這個首席叛徒。我還有時間找到另外兩個，來挽回我的戰績。

就在這時，我看見了。起初，那抹人影只是模糊的陰影和反光。我看見人影朝爸走去。兩個倖存者竟然聚在一起，太大意了，簡直是活靶子，差勁的諜戰技巧。只見第二個人影的右手拂過爸的胸口，左手被某樣東西遮住。我看見漆彈槍的輪廓。他們正在竊竊私語。爸靠得更近，他們雙唇輕觸，露出微笑。他們身上沒有半絲畏懼。他們受森林包庇，被樹木圍擋，由夜的聲響掩護。這正是我既害怕又期待的時刻。

三、二、一……

他們很親暱，是經過數月而非數小時培養出的親密。他們的動作協調。他們再次相吻。那人影指著某處，爸開了個玩笑，拍了拍那人的臀部。那人轉過身，第一次露出背影以外的部分。

我認得那頭髮，還有那副自以為高尚的得意表情。

我想起我最早發現的那則關於加密電子郵件帳號的訊息。想起爸因為再次出軌的證據曝光而被趕出家門。我想起那個小三，想起在上議院餐廳假裝幸福家庭戲碼。

我這才發現，我又錯了。他們是同等的叛徒。英迪沒有利用爸。兩個人都有罪。爸有選擇，而他選擇英迪而不是我。不止一次，而是一次又一次。他選擇慾望而非愛。

我看著那人影悄悄離去。我看見那最後的吻別。我查看手機，藏在男性場地管理員絕對不敢查看的地方。我檢查照片，確認構圖完美。這下，所需的證據我都有了。足以讓他們倆身敗名裂的視覺證據。

我的父親。我的朋友。

理查和他的小三。
從現在開始，他們的生活將被毀滅。
今晚，將改變一切。

73

班

石像鬼般的洞窟和空氣中的海水水霧，讓峽谷灣依然保有幾分海盜氣息。我浪漫的一面開始發作，開始想像頭髮黏膩的走私犯將一桶桶的烈酒藏進這些洞穴中。當然，真相想必沒那麼吸引人。傳說都是巧心雕琢過的。據傳，峽谷灣至今仍是古柯鹼的走私據點，賣給那些富豪遊客。某種程度來說，這世界從未真正改變過。

安娜已經到了。她坐在其中一個洞穴入口附近的岩脊上，眺望著海面，連我走近時也沒抬頭。飯店裡的神祕感消失了。她穿著簡單的圓點洋裝，戴著稻草色的帽子，腳上的露趾涼鞋沾滿了沙。她小口啜飲著瓶裝水。樸實的度假用手提包——就是克拉拉以前常背的那種——掛在她右肩上。看起來如此平凡。

但危險就藏在這份平凡之中。她總能迷惑那些沒有戒心的人。我想起小餅乾、想起狗仔隊，想起我家人遭受的種種屈辱。憤怒和悲傷在我心頭延燒。我絕不能忘記她的真面目。她是尚未被繩之以法的殺手，是沉睡在玻璃帷幕後的怪物。

我在岩脊上坐下。她沒有反應，只是繼續望著大海。我想知道她昨晚是否有睡著，又為什麼選在這裡見面。她背上散落著未抹勻的防晒霜。一陣悶熱的風吹過我們身邊。

良久後，我開口：「我是個不錯的心理師，但還不值得你千里迢迢來找。別告訴我妳是為了風景才來的。」

她這才打破沉默，瞥了我一眼。她今天沒化妝，臉上一片素淨。「就當是為我的新計畫做研究吧，聽說還能抵稅，作家生活的小確幸。又或者說，是治療創傷後失憶症的方法。這片景色確實療癒。」

「妳不是說世人只想要安娜歐？」

「是說過。」她停頓片刻，深吸一口氣。

又一道浪打上沙灘，我幾乎能嘗到飛濺的水霧。那種童年時的孤獨感又來了。她的存在令人著迷。我們放在岩石上的手相隔只有幾公分，令我心癢難耐。我已經很久沒和另一個人如此接近了。我感覺自己彷彿帶有傳染病，像個痲瘋病患，像個被詛咒的人。

「所以，我才要給他們想要的，」她說。「一部真實的安娜歐歷史。我的第一本書。不是什麼揭密回憶錄，而是更棒的東西。」

我腦中浮現一則遙遠的記憶。我想起一年前的那些晤談。安娜的寫作抱負，偉大的作品，文學遺產。「屬於妳自己的《冷血》。」

「史上最經典的犯罪紀實作品，」她說。「讀起來像小說，但每樁事件都是真的。莎士比亞就是這樣寫他的歷史劇的，也是福音書作者在聖經中所做的。最偉大的戲劇向來都是用虛構技巧呈現事實。憑什麼我就不行？」

「把寫作當作個人治療？」

「也可以這麼說。」

「透過進入那些錯怪妳的人腦袋，從他們的角度理解事情，來跟過去和解。」這是我在一本寫作指南中看過的話。我撰寫那本在司法部第一次會議中提到的大眾心理學著作時，曾參考過這本指南。每個反派都認為自己是自己故事中的英雄。我不禁想知道這話是否屬實。

安娜把玩著寶特瓶，然後托腮。「是時候奪回敘事權了。說到底，這是我的故事。歷史會善待我，因為我打算自己來寫它。」

「溫斯頓．邱吉爾。」

「答對了。」

氣氛忽然轉變。我感到一陣燥熱不安。我抬頭望天，又看見那片灰雲。雷雨遲遲未至，反倒像個不祥的預兆，懸在上空威脅我們。我想起家裡的案情板。她把玩著答案不說，吊足我胃口，不愧是個作家。

我要怎麼證明她有罪？要怎麼證明她是否蓄意殺死她的兩名摯友？無意識的慾望和有意識的、該負責的意圖，兩者中間的界線何在？

那些夢境，那些答案，現在又多了這些。

安娜．歐格維還在玩弄我。

我想起數月前解除拘留後，和克拉拉坐在車裡的場景。想起我立下的誓言，我會遵守的誓言。

安娜也許曾經騙過我一次。

但她騙不到我第二次。

74 班

「讓我猜猜，」我說。「我是妳訪談名單上的第一人。這趟填補記憶空白之旅的頭號證人。」

「你太看得起自己了。」

「這個故事可以有很多種說法，」我說。「我想一切都取決於妳從哪個角度切入。」

「是嗎？」

「所有故事都是如此。」我想起自己過去對希區考克的痴迷，想起那些藏在日常生活下的危險，平凡事物中的恐怖。我現在還是會在晚上播放我最愛的片子：《美人記》、《火車怪客》、《擒凶記》（黑白原版，不是後來那個更炫的重拍版）、《北西北》、《懺情記》、《房客》。

「說說我有哪些選擇？」她說。

「首先，是意外捲入事件的普通心理學家。把我變成妳的主角。妳透過我的眼睛來看這個案子。凸顯其中的懸疑，對讀者有所隱瞞，像上帝一般折磨他們，像撒麵包屑一樣一路留下線索。」

「這確實有種古典的優雅。還有呢？」

「或者，妳也可以用戲劇性反諷來製造震撼。一開頭就揭露祕密，讓讀者成為共犯。凶手在故事一開始就認罪，把哈麗葉塑造成反英雄，看看她能否全身而退。讓故事變成一個開放式的謎團，而非封閉式。敘述者不是上帝，而是魔鬼，一字一句腐蝕著讀者。觀眾開始期待凶手能成功脫身。」

「就這些？」

「或者，當然，妳也可以兩種手法混合。」

「嗯哼。」一陣敵意閃過。安娜又笑了。上一瞬間她還用懷疑而冷漠的眼神打量我，下一刻就把我重新兜入羊圈。我拒絕認輸。我雖然被逼入角落，可還沒淘汰出局。

「妳找到出版社了嗎？」我問。

「還沒。我想先從事實開始，把案件呈現給讀者，讓他們了解其中的心理，而不只是時間順序。」

「妳說得好像很容易。」

「犯罪紀實作品中的心理層面經常處理得不好。大家都只關心是誰做的、怎麼做，卻往往忘了為什麼。枯燥的來龍去脈抓不住案件精髓。只有戲劇，藝術——也可以說是小說——才能觸及事物的情感真相。」

「也許我該在病人身上試試。別管什麼佛洛伊德的沙發、抗憂鬱藥或認知行為治療了。直接給他們 A4 筆記本和滾珠筆，叫他們寫出偉大的英國小說。」

「你在嘲笑我。」

「不。我沒有。」

沙灘上開始出現其他散步的人。我們不再完全獨處。我的肚子叫了起來。我看了看錶，這才發現已是傍晚。她在這裡待得夠久了。安娜可不是為了在海邊聊天才來大開曼島的。她不像島民一樣在等待風雨來臨。她是獵人，而我是獵物。

「我才是沒看出她的人，」我說。「要嘲笑的話，該嘲笑我才對。我太沉醉在自己的理論，竟然沒發現哈麗葉就在眼前。」

安娜沒有反駁。「她很有說服力，卻又顯得脆弱，這兩種特質很少並存。其他人也都沒看出來。」

「除了一個人，」我想起那場關於莎莉・特納和美狄亞的關鍵對話。「布魯看出來了。這就是哈麗葉下手的原因。布魯發現有些地方不對勁，正準備揭發一切。到頭來，她看得比我們都透徹。說不定她甚至發現了哈麗葉不是單獨行動，只是更大謎團中的一環，是通往她曾經治療過的那個孩子的線索。病人X。」

安娜沉默了一會兒，像是被某個念頭擊中。她沒有質疑我的推論，只是說：「或許有個方法能告慰布魯教授的在天之靈。贖罪。」

終於。繞了這麼多圈子，我們要進入正題了。一步一步，步步驚心。

我環顧海岸，四周一片寂靜。復仇女神在敲門，催狂魔蓄勢待發。該來的罪孽終究逃不了。

我望向天空，渴望暴雨快點降臨，解我心中乾渴，洗淨我的罪。

我深吸一口氣。「怎麼做？」

75

班

很快，我就為這些談話起了個名字——「安娜晤談」。這對我來說是全新的體驗。平時我才是問問題的那方，現在卻反倒成了證人。安娜聲稱她的寫書計畫很簡單：由當事人親述的案件真實歷史。她說，這麼做能找回被創傷後失憶症奪走的一切。

我在自己的小屋裡小口喝著啤酒，思考安娜的提議。能正眼看著她讓我比較安心，總比那晚在海邊不停回頭張望要好，那才是最危險的時刻。在我們這場貓捉老鼠的遊戲中，背對敵人就是最致命的失誤。

我試著分散注意力。我去了喬治城中心附近的當地小書店，店員幫我找到一本破舊的楚門．柯波帝《冷血》。我看了一眼銀色的書脊，翻到扉頁，副標題寫著：一宗滅門血案及其餘波的真實紀錄。然後，瞄了瞄封底的摘錄：

> 迪克漸漸確信派瑞是罕見的「天生殺手」——全然理智，卻毫無良知，不論有無動機，都能以最冷酷的手法致人於死。

太貼切了，相似處令人毛骨悚然。理智，卻毫無良知。安娜．歐格維並非需要拯救的落難少女或睡美人，而是天生的殺手。每個殺手都有自己獨特的手法，安娜偏愛戲劇化的大場面：

刀子、鮮血、壯觀，低語誘導哈麗葉自殺。最後這項指控，我無法證實，也許永遠都證實不了。但我現在信了，安娜是謀殺這門藝術的煽情主義者。我從靈魂深處感受到這一點。

我上網搜尋這本書，發現《冷血》是「史上第二暢銷的犯罪紀實之作」。我點開頁首的連結，繼續讀：

> 紀實小說是一種文學類型，描寫真實的歷史人物與實際事件，但同時摻入虛構對話，運用小說的敘事技法寫成。這種類型有時被俗稱為「紀實文學」（faction），是 fact（事實）及 fiction（虛構）混合而成的詞。

我想起我和艾蜜莉．歐格維沿著維多利亞街散步採訪時，她對安娜迷戀犯罪紀實的行為感到擔憂。那聲警告跨越了大西洋，再度於我耳邊響起：

> 安娜就是那種會為了十五分鐘的名氣而去殺人的人。她渴望待在聚光燈下……我女兒不想當好作家。她想當的是偉大的作家。

我在回憶中看見哈麗葉，或者說蘿拉，照顧著床上的人影。把所有發生的事都想過一遍後，我便知道，安娜晤談就是尾聲，是故事的最終章。

我們約好在我海濱小屋外的棚屋裡訪談並錄音，那裡看得見金黃的沙灘和大海。棚屋雖然搖搖欲墜，但還算安全。安娜晤談的規則很明確。我只是眾多受訪者之一。我假裝相信她。

克拉拉、艾蜜莉、理查和其他原案相關人士也都會接受同樣的採訪。我的回答會被用於戲劇重現，赤裸的事實將經由敘事過濾，再打磨成故事。

這就是安娜歐的故事。

或者換個說法：一宗滅門血案及其餘波的真實紀錄。

只不過，這次是由凶手親筆撰寫。

訪談的形式出奇簡單原始。安娜負責飲料和咖啡。她有一帖神奇的解酒方，由濃縮咖啡、奶油和其他神祕成分調製而成。沒有攝影機，只有一台略顯破舊的索尼ＭＰ3錄音機。安娜讓錄音機開始運轉，在黃色的速記簿上塗寫筆記。

我還是有種不妙的感覺。理智告訴我該起身離開，搭下一班飛機走人，另尋藏身之處。但內心深處告訴我，這麼做也是徒勞。我們兩個都被困在這個迴圈裡，被彼此的謎團深深吸引。我已經做出了選擇。這場戲必須演到只剩一人存活為止。

第一天我們談了案件的早期階段。我只顧喝酒，忘了吃飯。我一邊談著布魯、那通電話、史蒂芬．唐納利、哈麗葉和刺激理論，一邊觀察安娜的反應。我們就像倖存者，見證過大多數人都不理解的事件。安娜的反應就像是第一次聽到這些細節。我等著她出錯或露出破綻，但她沒有。又是一場完美演出。

當天的訪談結束後，我們又沿著海灘散步。沙子比平常更軟。太陽漸漸西沉，但氣溫還是熱得讓人難以入睡。我喉嚨發乾。我灌了啤酒又灌了威士忌，感覺自己像個跪地求雨的農夫，乞求雨神垂憐，降甘霖於大地。

我們坐在沙灘上，夜幕總算降下。我怕的不是白天，而是夜晚。我疲憊不堪、昏昏欲睡，正如她所願。安娜挪得更近，頭甚至靠到了我肩膀上。這些全都在她計畫之中。我與人相隔太久，難以招架他人肌膚的溫軟。

我努力撐著眼皮。睡意步步進逼。我等待著動靜，等著她突然伸手拿東西，等著鮮血如潑灑的酒液般妝點這一幕。

但到目前為止，什麼都沒發生。我還活著。

假如我能保持清醒的話。

睡眠即危險。

睡眠即死亡。

無論如何，我都不能閉上眼睛。

安娜的筆記本

二〇一九年八月三十日

午夜的供餐結束了。

新的一天開始，但世界再也不一樣了。

我不斷回想獵人隊與倖存者隊的事。我看見英迪拉那張狡詐的臉孔，看著父親油膩的吻。我聽見自己對人性的最後一絲信念化為灰燼。

我不吃東西，只喝酒。我看著酒杯一再被重新斟滿，然後一杯接一杯地喝，直到肝臟發出抗議。我感覺和平常不太一樣。

我在等，等著碰頭，會面。沒錯，我就像那些潛入敵方陣線的特勤女特務，等待我的祕密線人。那個能拯救我的人。

讓我答應來這鬼地方的唯一原因。

這時，小屋的門打開了。一陣敲門聲，有人進來。我看見一個身影，是剛才餐期在我酒杯旁晃來轉去的人。我認出她就是開場說明上的那位，負責健康安全的人，腰很細的那位。我懷疑自己是不是眼花了。

她沒把門關上。她戴著手套，說了些什麼。要我揮軍前行的指令。我在想她是否就是「@病人X」。

她身後還有一個人。我認得這人，是我筆電裡那張照片中的臉。是我的嫌犯，馬拉松的臉。

我這才驚覺自己嚴重誤判了。我發現自己大錯特錯。來農場是個可怕的錯誤。災難性的錯誤。

快跑啊，安娜，快跑。使出吃奶的力氣跑。

太遲了。我的視線開始模糊，世界傾出一個角度。

我突然想到森林活動結束後在廢墟喝的那些酒。他們很可能在酒杯裡動了手腳。和「@病人X」的會面正好成了完美的藉口。

蠢死了，蠢死了，蠢死了。

奇怪的感覺愈發強烈，幾乎像病毒一樣，攻占身體每個角落。變化來得模糊卻實在，有什麼可怕的事正發生在我身上。轟然巨響，砰然震撼。我從未有過這種感覺，彷彿我的身體和大腦都被別人劫持了。我冒出不屬於自己的念頭。思考著他人的想法。

來自無意識的想法。從禁錮中釋放。我身邊有把刀。它就像我夢裡的象徵，懇求我使用它。我成了馬克白夫人，那個邪惡的女人。

意志怎如此不堅！

把匕首給我。睡著的與死去的

都不過是圖畫；只有孩子的眼睛

才會怕畫出來的魔鬼。

現在，這些想法變得無法阻擋。

他們兩人在我身邊。是他們對我做了這件事。稍早，我喝下自己的滅亡。我已經無法控制自己的大腦，成了他們的傀儡，任他們擺布，受他們折磨。

我一定會逮住他們。我會揭發這些叛徒。那些聲音站在我肩上，鑽入我腦中。這兩個入侵者正催促我採取行動。

睡著的和死去的。

我不能讓森林裡發生的事就這樣算了。

英迪拉偷走了我的公司、我的家人和我的人生。

沒錯，現在一切都清楚了。一直都很清楚。

那個賤人，非死不可。

76 班

我猛然驚醒。

夢裡淨是血腥與怪物。

我睜開眼，嘗到第一滴雨的味道。花了幾秒鐘才回過神來。

我抬頭望向天空和烏雲，知道今天雨終於要下下來了。我好像經歷了某種儀式，安撫了雨神。睡意雖然擄獲了我，但我還活著。我檢查身體，又深吸了幾口氣。

我還活著。

心臟在跳，呼吸在流轉。是的，我居然活過了這一夜。沒有刀傷，沒有血跡。沒有驚天動地的場面，也沒有警笛。

我環顧四周，安娜不見蹤影。這短暫的喘息時光令我感到一絲慶幸。我再次懷疑，是不是我的妄想和孤僻在我腦中植入了這些令人不安的念頭。我是不是快瘋了。也許我需要幫助，需要休息，得停止窺探罪犯的心靈深淵，才能慢慢恢復正常和理智。

我頭痛欲裂。昨晚喝太多了。耳邊彷彿有鐘樓的鐘聲在響。如釋重負的心情開始轉為困惑。我凝視著天空和灰濁的雲層。那滴雨水大概是我想像出來的，是夢的餘音。

我起身去找水，順便找安娜，走到小屋時聽見淋浴的聲音。過了一會兒，安娜終於裹著毛巾出來，身上還滴著水。她又調了一批神奇的解酒飲料，親手把自己的馬克杯洗乾淨放回櫥櫃。如她所說，解酒飲料真的很神奇。我的腦袋清醒了，暫時恢復了秩序。我沖了澡，做好準備，然後我們重新開始。更多的錄音，更多的訪談。安娜晤談的第二天。

連續進行了好幾小時後，我們才開始偏離案件的嚴格時序。一如所有優秀的審問者，她對某些部分特別關心。我繼續配合她的問題，依然在懷疑我是不是誤會了什麼。我是不是也許能活下來，離開這座島。重新找回理智。

「但為什麼是你？」她問。

她比之前更直截了當。我抿了口威士忌，這問題令我有些猝不及防。「什麼意思？」

「為什麼只有你，沒有別人採用這種治療方式？」安娜說。「是不是你過去的什麼事件促使你提出刺激理論？為什麼你會認定『希望』能為放棄生存症候群這樣的精神疾病帶來重大改變？」

我清了清喉嚨。心理學界至今還在爭論，究竟安娜是因我的方法醒來，還是哈麗葉在背後操縱，用她的小瓶子偷偷餵食安娜東莨菪鹼，知道此藥事後驗不出來。還有，哈麗葉究竟是幕後主謀，或只是依安娜最初的指令行事，偽裝昏睡以逃脫雙屍案的罪名。

我只能先繼續堅持原有的信念，堅信普林斯療法。繼續假裝。

「現代社會將科學與藝術、心智與身體、精神與物質視為對立，」我說。「但皇家學會的科學家同時也是神學家和煉金術士。牛頓鑽研聖經就和研究物理一樣積極。亞里斯多德既寫戲劇詩歌，也寫生物學和政治。這就是為什麼我對神經系統功能失調這麼感興趣。」

「這聽起來不像醫學的答案。」

「的確不是，至少不完全是。神經系統功能失調改變了傳統醫學認知的本質。大腦中查不出器質性疾病，但病症卻完全真實，且徹底摧毀人的生活，這可能嗎？無形的事物是否能徹底物質化？如果我們能回答這些問題，就等於逐漸逼近生命本身的謎團核心。」

以前，每次我說到這裡時，克拉拉總會逃去廚房，小餅乾則打著呵欠玩她最新的玩具。聖堂的員工，尤其是頂樓那些人，會開一些挖苦的玩笑。如今，我反而懷念起他們的嘲諷。生命就是這麼奇怪又善變。

「但為什麼？」

她的堅持再次令我驚訝。此刻的她是作家安娜，不是病人安娜。

「誰知道為什麼呢？」我沉吟片刻後說。「『為什麼』是最難回答的問題。」

「除非你是心理學家，以研究心靈為業。」

「過獎了。」

「我還是想知道。是什麼讓你發現希望的力量能和海洛因一樣強大？是什麼讓你認為幸福和其他興奮劑一樣刺激？」

我深吸一口氣。「歷史事實。」

「比如？」

「心智是人類獨有的，沒有別的動物擁有如此強大的大腦，但這項天賦同時也是一種詛咒。這就是彌爾頓那句名言的意思，也就是妳母親在聖瑪格麗特教堂初次見面時對我引用的那句：『心靈自成一境，能將地獄化作天堂，也能將天堂化作地獄。』詩人比心理學家和精神科醫師更早明白這個道理。」

「所以不是更私人的原因？」她說。「你過去發生的某件事？你親身經歷過的救贖？」

終於來到重點。問題變得更私人、更尖銳。我們之間的氣氛驟然轉變。安娜嗅出我臉上的不安。我能聽見外頭隱約的雷聲。空氣突然變得清新，允諾著什麼。

復仇女神要來找我了，就像從前一樣。

「妳在說什麼？」

「這本書要談的是真相，班，」安娜說，她的語氣平靜得駭人。「我們說好的。全部的真相，只有真相。」

我等著。

「我想是時候兌現你的承諾了，你不覺得嗎？」

77
班

前戲結束了。我們終於開始說亮話，褪去所有偽裝。

安娜靜得可怕。這是第一個不尋常的跡象。她的聲音有力，近乎詭異。錄音機持續運轉，瞪著紅燈控訴著我。危險的溼黏觸感緊貼在我皮膚上。

我對面坐著一位殺手。我從沒想過要做認知行為治療，也不想坐在諮商室裡跟憂鬱的有錢人談心。危險就是我呼吸的空氣，罪犯就是我診治的病人。而安娜是所有病人和罪犯中最有趣的一位。

「為什麼不肯說實話，班？」

她像是在法庭上詰問般尖銳質問。她想開戰。稍早的試探正式演變成壕溝戰——在泥濘中拚個你死我活。

錄音設備的指示燈眨著眼。外頭傳來浪花拍岸的聲音。我聽見有人在海裡呼喊，不遠處有隨身音響播放著震耳欲聾的音樂，與大自然的聲音一較高下，直到一切聲響——海浪、叫喊、喇叭、雷聲——混成一團音爆，分不清誰是誰。

我出了比平時更多的汗，很不舒服，甚至發起抖來。

暴雨、雨水，要是能快點來就好了。

「我沒說謊，」我說。「我在聖堂的工作就是尋找真相。那是我唯一關心的事。就像妳一樣。」

安娜幾乎沒出汗。「你還是在說謊，」她說。「你做的每件事，寫的每個字，都是謊言。有時候，你甚至說服了自己。你們心理學家是怎麼說的？虛假記憶症候群。解離性身分障礙。心因性失憶症。壓抑記憶。隨你怎麼說。你將自己區隔得如此徹底，以至於一部分的心智甚至不承認另一部分的存在。這讓你得以過著雙重人生。過去不只是遙遠的國度，而是另一個銀河系。你只活在自己重新塑造的假象之中。」

虛假記憶症候群。解離性身分障礙。心因性失憶症。壓抑記憶。

是的，我現在明白了。全都明白了。這就是她選擇的角度。我早該看出來的，我早該預測到這招。這就是她打算構陷我的手段，讓我被自己的理論毀掉。

斗大而油膩的汗水從我前額滑下，重重滴在褲子上。我猛咳起來，伸手去拿更多威士忌。我的視線開始模糊。我強迫自己撐著，不能承認自己如此軟弱。「這聽起來越來越不像一場訪談，更像是審訊了。」

「審訊只適用於有罪的人。你有罪嗎，班？」

我再次看向錄音機。我腦中閃過昨天躺在沙灘的畫面，安娜就躺在我附近，當時那種本能的親近感一下子湧上心頭。這一切——調情、晚餐、這幾天在小屋獨處的刻意親密——都是精心排練和計畫好的。我孤獨又脆弱，緬懷著失去的一切。所有優秀的殺手都知道該如何擺布自己的獵物，找到他們的弱點。

安娜看見我的威士忌杯空了。她冷眼看著我大汗淋漓，聽見我那刺耳的咳嗽卻無動於衷，反而說：「布魯教授知道你有罪嗎？」

我耳邊響起布魯過世那晚我與她的最後對話，聽見她囑咐我去保險箱取出那份檔案。沒有第三個人聽到那天晚上的通話。我把檔案藏得很好。這仍是布魯和我之間的祕密。

記憶的盲點，被遺忘的行動。當然了。她想讓我自白，這就是我還在這裡的原因。安娜想要證明她的診斷是對的。

「以一個創傷後失憶症病患來說，」我說，「妳的記憶似乎異常清晰。」

「這就是整個案件的癥結所在，不是嗎？就像一手魔術，轉移觀眾注意力的同時，真正的障眼法在暗中進行。這是我全部採訪下來得出的結論。你是我的最後一個證人，不是第一個。我做了記者該做的事，仔細梳理了我被冤枉的所有細節。」

「為自己洗清罪名的記者。」

「沒錯。這從來就不是關於布魯、哈麗葉或我的故事。而是關於另一個人。布魯教授曾經稱為病人X的那個人。」

我花了這麼久的時間去尋找，同時又試圖忘記。我的執念，我的毀滅。我的另一半。刀還沒出場，我沒背對著她，夜晚也尚未降臨。但我內心深處明白，就這樣了。不可能有第二種結局了。

她盯著我看。我需要喝水。「我不知道那個孩子是誰。或者說，我無法證實。沒人能證實。」

「全世界都相信是哈麗葉。」

「是的。」

「但你不這麼認為？」

「除非布魯檔案裡的資料有誤。布魯的個案紀錄明確指出，一九九九年，病人X未滿十八歲，在布羅德摩接受治療。醫院不可能雇用在院病人當護理師，也不可能雇用未滿十八歲的人。當然，除非這兩個事實有誤，或布魯的案卷被人動過手腳，那就另當別論了。」

「我同意。不是哈麗葉。」安娜再次停頓。「找到病人X，就能找出農場事件的真相。關於為什麼的真相，而不是發生的過程。所有人都認為那晚的謀殺是針對被害人。但假如，那兩個被害人只是附帶的呢？假如這場謀殺的目標從來就不是道格拉斯和英迪拉，只是為了『殺人』這個行為本身？如果所有人一直以來都搞錯了方向呢？」

「我不太明白你的意思。」

「如果這是一場精心策劃的演出呢？刀傷的數量，紅色小屋周圍的血跡，屍體擺放的方式。一切都是為了製造並最大化恐怖的效果。為了成為媒體焦點，為了引發現在所謂的放棄生存症候群。」

我這才聽懂她的意思，或者我以為我聽懂了。「哈麗葉是受過訓練的專業護理師，有一定的醫學知識。跟她合作的人知道這點，說不定也利用了這點。」

安娜微笑。「沒錯。不過，像這樣的計畫，需要的不是醫學知識，而是睡眠心理學領域的最新發展。需要知道要怎麼做才能觸發病人。某個天天治療病人的人，了解刑事司法系統和司法心理學的人。」

我理了理一團亂的思緒。我看見陷阱已經就位，努力想辦法脫身。「也就是說，蘿拉．理吉威，或者哈麗葉，一直都只是代罪羔羊。真正的凶手利用她達到自己的目的。她只是誘餌。」

「沒錯，」安娜說，「就是這樣。」

「這麼說，就需要另一個嫌犯了？符合病人X特徵的人？」

「我們知道這個被稱為X的孩子很聰明，很會操縱人心，是個出色的演員。很可能是個能主導全局的人，能操縱哈麗葉並策劃整件事的人。」

我等待下文。我知道接下來會發生什麼。某種程度上，我一直都知道。從她出現在診所、找到流亡中的我的那一刻起，我就知道了。不是她，就是我。一直都是如此。從她出現的那一刻起，我就成了個活死人。「妳有懷疑的人選？」

「是的，」安娜說，直視著我的眼睛。「我有。」

安娜的筆記本

二〇一九年八月三十日

就這樣，我做了那件事。雖然我還不確定「那件事」究竟是什麼。

我能看見的只有血。

黏在我的衣服和皮膚上。

血濺在我的脖子周圍，溼潤的血從我下巴滴落。

即使是現在，當我寫下這些文字時，紙頁上都沾滿了血。

我在做夢。然而，這個夢境感覺太真實了。不過，所有的夢不都很真實嗎？這就是夢的本質。

焦慮逃跑的夢。血腥復仇的夢。學校考試的夢。連考卷的觸感、原子筆的刮擦聲、校服領子的硬度都真實得彷彿摸得到，甚至能品嚐得到。

所以現在一定也是如此。

我只能看見他們兩個躺在那裡。英迪拉和道格拉斯。我的室友。我最好的朋友。背叛我的人。兩個和我一起度過初出茅廬歲月的人，那段邁向真實生活的煉獄之旅。

只是此刻的感覺像是終點。我的頭腦不聽使喚。有人對我做了什麼，我想是稍早之前，森林裡的事之後。那之後一切都不一樣了。

獵人對抗倖存者。

我必須逃離這裡，但睡意似乎比什麼都強烈，緊緊抓住我。我感到前所未有的疲倦。

我看見自己站在紅色小屋的門口。英迪拉和道格拉斯都嗑嗨了，睡死在床上。

我的腳步無聲無息，動作僵硬但小心，同時還帶著點狡猾的醉意。

我身邊有個聲音，在我腦中迴盪。是個女人的聲音，但不是我自己的。那個聲音像念咒般重複著某種口號，字字句句都帶著音樂般的韻律。聲音既在我體內，又在體外。但它推動著我前進。

我站在門口看著那兩個身影我抓緊刀刀柄冰冷地抵著我的手掌我聽見那近乎禱詞般吟詠的字眼然後下一刻我就站在床邊俯視著他們到了必須做出決定性選擇的時刻。就像夏娃，像美狄亞，像她們其他所有人一樣。

然後，那件事就發生了。一下、兩下、再一下，四、五、六、七、八、九，開始陷入狂亂。道格拉斯微弱地動了一下，血濺到他的鼻子和嘴唇。但我沒給他反應的時間。那道聲音很清楚。他們兩個非死不可。於是我轉身重新開始。一下，兩下，三，四，再一下，六……

睡意正在襲來。他們很快就會來抓我。但那些話依然縈繞不去。要我揮軍前行的指令。這就是我要執行的步驟。說辭早已寫好，照著指示打出：**對不起。我想我殺了他們。**

小時候，我的眼睛從未闔上過。從現在起，我的眼睛將不再睜開。

這就是噩夢的結局，也是夢境的開始。

我從床邊退開。

我就是這樣脫身的。

78

班

病人X。

太熱了，外頭的海浪聲太吵。我渾身發癢，需要空氣，卻一點也沒有。我看著錄音機和那惱人的、眨著眼的血紅色指示燈。我的懷疑是對的，但我的時機已逝。

「我為什麼要殺害兩個二十幾歲的年輕人，然後嫁禍給妳？」

安娜鎮定自若。她的語調跟剛才一樣平靜自信。「因為這就是你一直以來做的事的目的，班。成為司法心理學家，在聖堂做布魯的門生，畢生著迷於睡眠問題。你花了二十多年計畫這一切。從你還是那個名叫X的孩子算起，已經過了二十年。這從來就不是一場滅口行動，只是看起來像而已。那正是你想要我們所有人相信的。其實，這一直都是一場復仇行動。」

我的後腦隱隱作痛。我感覺有什麼東西掙脫了，那東西的本能正吞噬著我。時間出現了我無法填補的空白。夢魘不再是夢魘，而是被記憶壓抑的真實事件。在我夢中糾纏的影子。「向誰復仇？」

「執行美狄亞實驗的人。布魯是最明顯的一個。她也是讓我花了這麼久才看清的原因。為什麼她不是第一個被殺的？她主導了美狄亞實驗。她是布羅德摩這個計畫的負責人。時間順序蒙蔽了我。直到後來。」

我等著。我沒有回答，只是看著她。

「你原本的計畫是打算在莎莉・特納逝世二十週年時動手，」安娜說。「二〇一九年。但我為雜誌做的調查完全打亂了你的盤算。如果我繼續挖下去，就有可能發現莎莉・特納親生孩子的真實身分。病人X。這件事改變了你所有的計畫。這意味著你得先除掉我。」

「那我為什麼不直接動手？如果我是病人X，為什麼要搞得這麼複雜？」

「我說過。你的計畫不是為了滅口，是為了報復美狄亞實驗。就那樣殺掉我太簡單了。太不痛不癢。」

「荒謬。」

「莎莉・特納。史塔威爾殺人魔。在上個千禧年的尾聲，她曾短暫成為全世界最受唾棄的人。她是那個冷血殺害兩個孩子的女人，是小報的素材，邪惡的化身。就連莎莉這個名字都因為她而不再流行。她是殺人犯中的賤民，不容於人類社會。這就是為什麼布魯被允許在她身上實驗美狄亞研究論文提出的那些方法。莎莉・特納的行為某種程度上讓她不再被視為人。在大眾心中，她罪有應得。」

「這和妳的案子有什麼關係？」

安娜打開包包，拿出一本書。她舉了起來：企鵝經典版的尤里比底斯《美狄亞》。「這樣的情節自古以來就有了。讓我閉嘴不是你的最終目標。不，羞辱我才是。這宗案件打從一開始就是場復仇悲劇。」

我保持沉默。

「你想把我變成小報上的反派，一個只用名字就能喚起記憶的罪犯。一則神話，一個原型。莎莉・特納是邪惡的繼母，所以我成了被寵壞的小公主。我必須像她一樣受苦。謀殺只不過是達成目的的手段。」

那些其他的念頭又浮現了。那些無以名狀的想法。「但為什麼？」我盡量讓自己聽起來很有說服力。「為什麼我要那麼做？」

「我也想不通，至少一開始不行。但其中有個連結被我漏掉了，一個從一開始就很明顯的事實。你想報復的不是我，是我家的另一個人，」她說。「想通這點後，一切就說得通了。打從一開始，那個人才是整件事的核心。」

79 班

我低頭看著手中的玻璃杯。

我想起安娜今早親手清洗她的玻璃杯。不過，不會留下任何痕跡，看起來會像是自然死亡。

她不需要刀子，這次不用。我的身體會替她完成剩下的工作。我的死無須太戲劇化。我只是一枚需要清除的棋子。最後一塊拼圖。

我們四目相對。安娜看著我，我看著她。我們兩個一起困在這獨特而致命的時刻。

我能從她的表情讀出一切：那種被證明自己是對的滿足感，那種精心算計，以及曾經做過這種事並全身而退者所具有的掠食者的冷靜。

她一定想像過這一刻，提前品味過這份榮耀與勝利。

這就是她移除最後障礙的方式。一杯飲料。

經歷了這麼多，結局竟是如此。

我在這座島上死去，成為惡人。她離開，成為英雄。

從此過著幸福快樂的日子。

安娜繼續說：「一九九九年，我才五歲，根本連莎莉．特納的案子都不記得，被當成目標一切都說不通。除非，當然了，目標根本不是我，只是看起來像是。」

我的力氣已經開始流失，說話含糊不清，身體每個部分都開始失靈。「我不懂。」

「我不認為你不懂。」

「那是誰？誰才是真正的目標？」

「有一種痛苦比死亡更難受。只有一種。那就是活在煉獄之中。眼睜睜看著摯愛的親人遭受痛苦，卻無能為力。那是難以承受的折磨。奪去了所有獲得安寧或解脫的可能。這種折磨是世界上最大的痛苦。」

說話會痛，但我逼自己說出來。「所以是妳的家人？」

「一九九九年時，我媽是衛生部國務大臣，她的職權範圍包括直接管轄英國的三間戒護精神病院：利物浦附近的艾許沃斯醫院、諾丁漢郡的蘭普頓戒護醫院，以及柏克郡的布羅德摩醫院。你復仇的目標從來就不是我。是**她**。」

我努力維持著一絲鎮定。我的言語緩慢而鬆散。每個音節都得用力吐出來。一切似乎都變得不可能且永無止境。「聽起來還是沒道理。」

「二十五年前，布魯教授只是個臨床心理師。雖然是顧問，但還沒到能在布羅德摩病房批准實驗計畫的層級。不，像美狄亞實驗這樣的事——一旦曝光就會鬧成轟動頭條的事——遠超出她的職權。這種事需要直接批准，而且不僅是醫療層面，必須上達最高層。」

「部長級政務官？」

「準確地說，是精神衛生事務國務大臣。肯辛頓的艾蜜莉·歐格維女爵。她正是那位授權布魯測試美狄亞論文療法的大臣。如果不是我母親，這一切都不會發生。莎莉·特納可能還活著。更重要的是，身為她親生孩子的你，也不會被迫眼睜睜看著自己的母親遭受那種痛苦。」

這一切有著整齊、近乎數學般優雅的邏輯。「直接對付艾蜜莉還不夠，」我順著這個邏輯說下去，通往我極力避免的結論。「唯一能比她自己受苦更讓她痛苦的事，就是站在一旁看著自己家人受苦。就像孩童X一樣。」

「就像你一樣，沒錯。承認吧，班。說出來。以眼還眼，以牙還牙。最終的復仇。你籌謀了二十年的終極復仇。」

「妳有任何證據嗎？」

「布魯把你當成她從沒有過的兒子一樣對待。她在一九九九年遇見你。我想她幫你重拾了人生，我想她看出你對心智的興趣，試圖引導你走向正途。布魯相信救贖，相信沒有靈魂是無可救藥的。孩童X一定能過上充實有意義的人生。不是以莎莉．特納之子的身分，而是全新打造的班尼迪克．普林斯。」

我搖頭，但這些想法揮之不去。那些空白，那些省略，那些盤踞在我腦中的陰影。「這太荒謬了。」

「不，班。逃避嫌疑最好的方法就是故意引起嫌疑。這就是為什麼你在犯罪現場故意漏洞百出。一旦你有了嫌疑又被排除，你就自由了。一切都能推到哈麗葉身上。你逼她早早送了命。她就是你在和布魯晤談時提到的特別朋友。你們是在她還是克蘭菲爾病房實習護理師時認識的。她一直陪在你身邊，直到失去利用價值。你甚至連掩飾都不屑，在第一本書的書衣上就承認自己曾在多間戒護精神病院當過護工。沒有人比你更了解那個世界。」

我快撐不住了，肉體和精神都在崩潰。我的肺部漸漸罷工，簡單的呼吸都變得艱難。思緒在腦中黏滯、結巴。我的胸口陣陣抽痛，肘擊著我。虛假記憶症候群、解離性身分障礙、心因性失憶症、壓抑記憶。這真的可能嗎？

但我知道這是可能的，患病者甚至意識不到虛構與現實之間的鴻溝，他們確信那些虛假的記憶是真實的。心智被一分為二，保護著自己最深層、最黑暗的祕密。記憶與行為不相符。處處是空白與缺失。

我正要回應時，終於聽見了。大自然的咆哮從外頭傳來。它來得速度如此之快，我幾乎想不起沒來前是什麼樣子。上帝應允大地的甘霖。暴風雨雲層破裂，暴雨如注，積累數日的雨水瀑瀉而下，雨彈擊打著棚屋的牆。喉嚨、嘴唇、脖子、胸口、腹部、腸胃——全都棄我而去。雨水模仿著掌聲，彷彿這是我最後的謝幕，即將被轟出這個世界。我最後的安可表演。

我口渴若狂。巴不得喝雨水解渴。

「不對，」我結結巴巴地說。這是我唯一擠得出口的話。每一個小錯誤，每一個錯誤的轉折，此刻全在我眼前閃現。我的一生在倒轉。我以為她會在昨晚動手。我受的心理學訓練預測會是個大場面，會有安娜的風格。但她料到了這點，選擇了相反的策略。她比我聰明，永遠領先一步。我敗給了自己思維的局限。「不對，妳這是在顛倒是非。」

「這次不是。」

我直勾勾瞪著威士忌杯，心臟狂跳。「這整套理論太瘋狂了。妳無法證明，沒有證據。」

「我們知道莎莉．特納有個親生孩子，知道布魯在進行美狄亞實驗的同時也在為那孩子做心理評估。最可能的情況是，那孩子在莎莉．特納死後被送去寄養，換了新名字，所有和莎莉．特納的關連都從紀錄中被抹去。自從巴爾傑案洩密事件發生後，新立的法條便確保同樣的媒體亂象永遠不會再發生在未成年人身上。舊名字死去，只剩新名字存在。只有布魯知道他們是同一個人。」

「妳還是無法證明那個人就是我。」

病人X。

安娜伸手關掉錄音筆。瞪著的紅燈熄滅了，房間的氣氛變得危險起來。顫抖逐漸蔓延到我的雙手。我的胃部頂端開始抽搐，一股刺痛直襲我的肋骨。我的全身正在瓦解。感官一一消失。

雷雨持續用雨水淹沒我們。我被迫衝著雨聲大喊：「妳不懂。」

安娜不發一語，靜止不動，就像先前一樣。「那就幫幫我，班。幫我搞懂。」

我已經能想見接下來的事。幾天後，甚至幾週之後，才會有人發現我的屍體。現場不會有威士忌杯，不會有酒瓶。我只是個飲酒過量的中年人，稀鬆平常，世界各個角落都有像我這樣的案例。我倒下了。我聽見身體撞地的悶響。膝蓋，背部，頭。

「妳錯了，」我勉強擠出話語。「拜託，妳一定要相信我。妳全搞錯了。只有一個人有辦法進入哈麗葉的牢房。只有一個人能做到這一切……」

我抬頭，棚屋已空無一人。我將對著虛無咆哮。這裡將只剩我、牆壁和滿是塵土的地板。各種聲響互相碰撞，合奏成一首噪音交響曲。等待著雷雨過去，像是入侵者洗劫小鎮，徒留一片狼藉。

一旦一切恢復正常，安娜就會消失。所有她存在的痕跡都被抹去，只剩海浪拍打岸邊、印象模糊的聲音碎片、如液態火焰般灼燒我眼睛的太陽，還有我們牛津老家的幽魂，以及生活本該有的樣子，和那個不敢說出口的真相。

我再次回憶起安娜的夢。在黑暗的森林裡奔跑，意圖在名為馬拉松的小鎮找到答案。

我費盡全力朝門口爬去。雨水從薄弱的牆邊滲入，雷聲撼動著空氣。我的指甲抓撓著探尋出口，尋找最後一絲空氣的可能，最後一次逃脫的機會。我很快就會仰躺在地，凝視棚屋的木頭天花板，想起小餅乾躺在床上問我下次能不能換她來演死人。

她是我死前最後記得的臉。那些我無緣見證的歲月。成功與失敗，男朋友與伴侶，生兒育女，整個人生跨度。其餘的一切都無關緊要，唯有這樣的愛得以超越肉身而永存。

我多希望能最後再抱小餅乾一次。告訴她我對她的愛比天還寬，比海還深，遠遠超過她能理解的範圍。

「這樣的故事該如何結束？」我問。

「就像所有故事的結局一樣，」安娜說。「正義者生，不義者亡。邪惡被消滅，秩序被重建。再見了，博士。」

就在那一刻，睡美人離開了她的王子，前往遙遠的國度。

從此再也沒人見過她。

AO筆

於倫敦，於紐約市，於瑪麗亞港

Part 5 一年後

80

克拉拉

那本書在機場等著她。

她領到行李，走過一排免稅店，便看見那醒目的封面鋪天蓋地展示在WH史密斯書店的櫥窗，一疊精裝本歪歪斜斜地堆在店門口的桌上，回國的旅客想錯過都難。這本書已經在社群媒體上宣傳好幾週了，報紙也登了廣告，還有名人推薦。本世紀最重要的犯罪紀實回憶錄。

哈利王子和蜜雪兒．歐巴馬的書固然重要。

但是，安娜．歐格維可是睡美人本尊。

克拉拉買了一本《安娜歐：真實故事》，塞進包包留著之後看。

她在機場停車場繞了一陣，終於找到她那輛小雪鐵龍。夕陽淡淡灑下，將萬物染上一層嶄新的柔和光暈，彷彿生命平凡的那一面再次獲准進入她的人生。她繫上安全帶，在腦中核對待辦事項：接琪琪回家、採買生鮮、洗制服、簽課外教學同意書，然後回去面對繁重的工作。

她駛出停車場，打開廣播第四台。她檢查照後鏡，等待是否有車輛跟著她一起離開。但到目前為止，路上空無一人。

第四台正在播放一檔對談節目，克拉拉聽著節目裡的人熱烈地討論安娜．歐格維的回憶錄。各種輿論、爭議、謀殺與謎團的誘惑。伊底帕斯王、該隱與亞伯、哈姆雷特、阿嘉莎．克莉絲蒂。一想到那些製作有聲節目的人、部落客和推特寫手是何等真摯地將這本書捧為重要的轉捩點，克拉拉不禁覺得好笑。所有時髦的詞彙都被他們用上了：現身說法、重塑敘事、男性凝視下的物化、從主流媒體解放、「她的」真相。

但其實，這件事比那些概念都古老得多。殺人是亙古不變的情節。

人類天生愛聽故事。只要包裝得當，人們什麼都願意相信。就像安娜歐的故事，以及班尼迪克．普林斯墮入黃泉的始末。直到現在，還是有人堅信安娜．歐格維是出於報復而殺害了她最好的朋友，然後在她那問題重重的同謀幫助下佯裝罹患放棄生存症候群。自從這本書出版後，另一些人則讚揚安娜追查真凶、逼他說出真相的勇氣。不是安娜，就是班。非她即他。

兩個完美的故事，兩種完美的結局。

克拉拉有時會懷疑，這世上是否還有單一的、客觀的真相存在。以前，事實與虛構之間的區分涇渭分明，如今卻只有無數種真相，每一個版本都一樣正義凜然。

她記得那晚，當她站在農場藍色小屋旁，看見後援小組的藍色光暈從漆黑夜空浮現時，她便知道，從這一刻起，一切都將與從前不同。升上資深偵察官後的第一樁案子。奇蹟似地趕到。她的人生即將發生天翻地覆的改變。

她比原先希望的更早抵達接送地點。她從白日夢中驚醒，關掉收音機，稍作停留。

一會兒後，琪琪終於從屋子出來。克拉拉下車，切換到媽媽模式，進行肉麻的例行歡迎儀式。表現熱情的樣子是人生九成的重點所在。她像其他媽媽一樣擁抱、親吻、撫摸。她們回到車上，琪琪開始語焉不詳地分享昨晚的睡衣派對。

終於，等琪琪咯咯笑著講完第一件好笑的事，好不容易平靜下來後，她看著克拉拉，幾乎像是突然想起般問道：「出差如何？」

「很好，」她回答。「妳知道最棒的部分是什麼嗎？」

「是什麼？」

克拉拉微笑。她傾身親吻女兒的額頭。

「就在我眼前。」

81 克拉拉

現在，去公園已成了例行朝聖。擁有一張長椅的感覺很奇怪。克拉拉總是把長椅和樹木跟老年人聯想在一起，是為那些過去曾主持教區委員會、帶領過當地合唱團的智者準備的。長椅不該屬於還有幾十年可活的前夫。她偶爾會後悔申請製作這張長椅，但這是個不得不維持的表面功夫，好顯示她是堅定相信丈夫清白的忠誠前妻。

當初會做這張長椅原本也是為了琪琪，好讓她有地方可以紀念她的父親。班的遺骨最後走的是火化而非土葬。設立追悼長椅既能留下實體紀念，又能免去墓碑。她們走到平時的位置，一看見長椅雖然被人留下痕跡卻沒人占用，克拉拉差點湧上感恩的心。自從故事曝光，尤其是《安娜歐：真實故事》的試讀段落刊登在媒體上之後，這張長椅就成了眾矢之的。她們偶爾的造訪已經成了定期清潔工事，而非追思之旅。

她再次凝視椅上的文字，感覺既熟悉又陌生。

班尼迪克·普林斯博士——心理學家，為人父者。心靈自成一境。

她感覺琪琪溼潤的小手緊握著她的。每走一步，握得更緊、更猛烈。即使隔著毛絨外套和層層衣物，克拉拉也能感覺到女兒的心臟在身體裡跳得劇烈。

琪琪鬆開手，跑向長椅一屁股坐下。她像往常一樣撫摸著銀色銘牌，讓雙腿在椅邊晃蕩。她的腿現在長了，幾乎能碰到地面。她越來越有自信，甚至變得有點好動。這又是班永遠看不到的一面。不久後，這張長椅會變得老舊粗糙，而他們的小女兒也會長大成人。

克拉拉在琪琪身邊坐下，拉開包包拉鍊，拿出她們固定會帶的野餐菜色。兩人都很安靜。琪琪已經問盡了所有問題，克拉拉也耗盡了所有答案。關於那段顛覆她們世界的日子，已經再也沒什麼好說的了。

班的屍體在開曼群島的租屋處小屋被發現。屍檢結果發現巨量酒精，沒有留下遺書或自白。儘管後來爆出安娜曾經去過那裡，但現場也找不到第三方涉入的跡象。最初的結論很單純：班尼迪克·普林斯博士，孤獨、離婚的流亡者，死於飲酒過量。就這麼簡單。但接著，警方在他家中搜出了令人不安的物品。一些能連結到莎莉·特納、美狄亞和過去的重要物證。

消息一爆出，克拉拉發現自己坐在當年班接受偵訊的同一個房間，聽著前同事像發射武器般拋出問題。班可曾提過他的過往？他可曾談過他的童年，以及他是如何認識維吉妮亞·布魯教授的？他對妳可有暴力行為？妳是否妨礙過任何進行中的警方調查？他可曾提過任何關於莎莉·特納的事，或他在布羅德摩的時光？

她大多保持沉默，只有偶爾才會因為被迫面對真相並分析她曾經愛過的男人而崩潰。他很聰明，她說。是的，現在回想起來，確實有一些徵兆。但反社會人格就是那樣，他們不會表現出來，控制和操縱都巧妙地被隱藏在模仿巧妙的日常行為之下。不，他從不多談他的童年。他的家庭生活聽起來很完美，儘管相識時他的父母都已過世。至少他是這麼說的。這也是她一直相信的。

最後，他們放她走了。沒有確切證據坐實班就是病人X，抑或證明他患有虛假記憶症候群。但是，也永遠不會有定論，就像哈麗葉的案子一樣。兩人都死了，案件已結，只剩謠言、臆測、影射和閒言閒語在流傳。克拉拉在警隊多撐了六個月便辭職，用娘家姓氏在私部門找到工作。琪琪的姓也改了，她們不再是普林斯。

她們靜靜地吃完野餐，慢慢走回家。直到晚上，做完晚餐把琪琪哄上床後，克拉拉才端著第二杯酒在沙發上坐下，關掉手機。那本《安娜歐》躺在咖啡桌上，正面依然朝下。她撫摸著書，感受那昂貴書衣的觸感。

她輕輕翻開厚重的封面，吸入那股無可取代的新書香氣。她看著前折口，讀著出版社那些讀來令人喘不過氣的宣傳詞，什麼「十年來最重要的非虛構作品」和「二〇二〇年代的《冷血》」。裡面有一段案件的簡史。她想，這或許是這樁案件首次以過去式而非現在式來敘述。

克拉拉翻到後折口上的作者簡介：

安娜．歐格維畢業於牛津大學英文系，其後創辦了曾被譽為「世代的真實之聲」的文化雜誌《基石》。擔任雜誌創意總監期間，她帶起紙本媒體復興風潮，並針對當今二十代年輕人所面對之社會議題發表多篇具突破性的報導。二〇一九年，安娜罹患一種稱為放棄生存症候群的神經系統功能失調，此事件以「安娜歐案」之名被全球媒體報導，衍生出諸多書籍、電影、紀錄片及無數社論文章。康復後，安娜重返她最初的摯愛：新聞與寫作。這是她的第一本書。

克拉拉再也忍不住，翻到書名頁。比起其他情緒，她率先感覺到的是一股深深的解脫。蝴蝶結已經繫上。謎團已然解開。威脅想必終於結束了。

克拉拉開始閱讀。

82 克拉拉

她讀完最後一頁時，天已破曉。現實世界被另一個世界覆蓋，只有這部小說是真實的。安娜用上了所有訪談的素材。她完全按照克拉拉描述的方式寫出克拉拉的想法。

窗簾還敞開著，幾小時後就該叫琪琪起床了。儘管發生了這麼多事，但感覺起來像是新的篇章。某種東西的開始。

克拉拉打開手機，看見整夜累積的郵件。這本書在美國的出版又掀起一波對案件的關注熱潮。她新公司的公關團隊整理出重點：《紐約郵報》想要一篇明天刊登的專文。大電視網都想敲定採訪。每家小報、大報和時尚雜誌，都在爭取獨家。

短暫沉寂之後，睡美人和她的王子再度重返頭條。

克拉拉指示公關團隊婉拒所有邀約，然後走進廚房準備早餐。她叫醒琪琪。她們在陽光下吃完早餐，牽手走去上學。每件事現在都多了種奇妙的美感。儘管有這本書，儘管有這個案子，但都已經過去了。

她們終於能繼續向前了。

她在校門口向琪琪揮手道別。回家的路上，她在社區報攤買了所有報紙和國際雜誌，翻閱著各家報導和人物專題。這種感覺真是無與倫比。徹底的大勝永不嫌膩。她現在看清了他們所有人：道格拉斯．比特、英迪拉．莎瑪、安娜．歐格維、維吉妮亞．布魯、班。她看清了他們的理念、他們的自負。

她回到家，關上門，再泡了一杯熱飲上樓去。克拉拉取出梯子，打開閣樓的燈。那個箱子藏在最遠的角落。她把箱子拖過來，打開鎖，看見日記和那份文件藏在底部。

日記，是最容易的部分。事發後，它就放在藍色小屋裡，四年後安娜醒來時，甚至不記得自己有寫日記，也不記得凶案那晚在農場瞥見過哈麗葉的臉。東莨菪鹼確保了這點。當然，先拿到日記的人是哈麗葉，克拉拉隨後趁警方搜查哈麗葉家前拿走了它。現在，知道日記裡祕密的人，只剩下克拉拉一位了。

她翻動著書頁，看見上面寫著八月三十日的最後一篇。使用的墨水相似，哈麗葉也很努力模仿筆跡，但這是唯一一篇後來才加上的假條目。到了最後，可憐的哈麗葉已經分不清事實和虛構。她寫下最後一篇只是為了讓故事更完整。從紙上的痕跡看來，她甚至試過好幾個版本。她不甘心只是替補，更想當一次主人翁。即便只是間接參與，也要成為事件的中心。

她轉向下一個物件。那份文件是在最初調查時透過警方命令取得的。那段刺激、腎上腺素飆升的資深偵察官時光，隨時監控著證據，搜查安娜的肯頓小窩時親自到場，確保安娜的部分數位足跡永遠不會被發現。她懷念那些日子。當個警探還是有好處的。

克拉拉拂去文件上的灰塵，攤平紙張，再一次讀起上頭獨特的九〇年代字體：

官方文件：機密／限閱

衛生部／一九九九年四月二日

部長授權書 #A7890WE

本部依據一九八三年精神衛生法所賦予之緊急權力，在此直接且明確授權對莎莉．特納女士（病人 BSH28904）執行「強化」治療，作為布魯博士在布羅德摩醫院主持之美狄亞實驗計畫的一部分。此項部長級直接授權之範圍涵蓋第三十七條限制清單上的各項權限，包括：剝奪睡眠、隔離、全天候監視、A 級抗精神病藥物與加強人身束縛。依據一九八三年精神衛生法第四十一條，此授權在英格蘭暨威爾斯法院的效力高於歐洲人權公約第三條及第十五條第二項。

簽署人：

艾蜜莉．歐格維

艾蜜莉．歐格維閣下（國務大臣，專責精神衛生事務）

衛生部

里奇蒙宮，白廳 79 號，SW1

白紙黑字的紀錄就在這裡。

歐洲人權公約第三條，禁止「不人道或有辱人格之待遇或處罰」的法條。或者更簡單地說，「禁止酷刑」。

這是最後一項證實。

她再次想起安娜的錄音中，後來被拿去用於書中重建高潮場景的，班說過的那些話。

你全搞錯了。只有一個人有辦法接觸牢房裡的哈麗葉。只有一個人能做到這一切。

克拉拉想起幾年前的驚險片段，像是琪琪在她包包裡發現她一直隨身帶著紀念的屍體照片，以及被班看見她和哈麗葉之間簡訊的那次，那個她不小心存成「醫院」的號碼，讓班以為她和某個男外科醫生或顧問外遇。

那幾次是最危險的時刻。琪琪那時還小，控制不住，容易說溜嘴引起懷疑。班老愛用自己的視角看待一切，是個有問題就一定要追根究柢的大嘴巴。

克拉拉雖然順利化解危機，但還是嚇得心驚膽跳。

那之後，她便加倍小心。

她不得不。

她有時還是會做噩夢，夢見安娜的日記和那個代號：「馬拉松」。這個代號取得可真妙。幸好妙得過頭了，真是謝天謝地。完全就是那種二十歲中半、受過牛津教育的記者會想出的浮誇代號，像孔雀開屏一般炫耀。

從那之後，克拉拉便一直擔心安娜是否告訴過別人這個代號，但現在已經過了夠久。創傷後失憶症讓安娜之後，什麼也沒想起來，反而埋在她的潛意識裡，在夢境分析時流露，成為夢裡象徵著解答與真相的小鎮名。

只要上《維基百科》上搜尋一下就能揭穿代號的真相。克拉拉直到現在還背得出那句話，當時死裡逃生的刺激仍歷歷在目：

茴香（fennel）的希臘文是 marathon（μάραθον）或 marathos（μάραθον），而著名的馬拉松戰役發生地的字面意思，就是長滿茴香的平原。

克拉拉．芬諾*。馬拉松。

多虧了一個緊守獨家新聞的記者，一個對自己的聰明才智沾沾自喜的二十五歲年輕人，記憶和筆記本都已遺失在歷史的長河。安娜在日記中提到的年鑑，是克拉拉在牛津攻讀應用犯罪學碩士時的入學照，裡頭的她眉眼間有點莎莉的影子。正是這股帶領她找到確鑿證據的直覺，催生出後續的整套理論。

克拉拉幾乎有點同情起班了。她一直計畫要幹件大事紀念莎莉逝世二十週年，得知《基石》的調查只是火上加油而已。英迪拉和道格確實只是附帶傷亡。安娜從來就不是目標，至少不是唯一的目標。不，整個歐格維家族都該嘗到苦頭。

不過，有些地方安娜倒是說對了，比如東莨菪鹼。克拉拉第一次得知這種被稱為「魔鬼之息」的神奇控制藥物，是倫敦警察廳緝毒組聽說來的街頭傳聞。這種藥物打著新型古柯鹼的名號被走私進倫敦，殺傷力卻強上百倍，對綁匪和強盜來說再完美不過，對她也一樣。她在暗網買到藥物，讓哈麗葉在農場時混進安娜的酒杯，給英迪拉和道格的劑量則少一點。無色、無味、無法追查。

克拉拉還記得親眼看見催眠效果發作的樣子。短期記憶受阻，極端的非快速動眼睡眠異睡症。那天晚上，她可以唆使安娜做任何事。讓安娜親自行凶一直是最有效率的做法，也更能擺脫嫌疑。艾蜜莉和理查收到WhatsApp的自白後如她所料地陷入恐慌，把安娜從紅色小屋移回藍色小屋，破壞犯罪現場又對警方說謊，因此把自己也捲了進去。

但沒有哪樁犯罪能完全照計畫進行。安娜有些地方想錯了。好比說，放棄生存症候群就是唯一的意外。克拉拉不得不即興發揮，安排哈麗葉進入蘭普頓醫院。

不過，安娜倒是猜對了動機：這一切不是為了噤聲，而是為了雪恥。這從來就不是一樁單純的破案故事，至少嚴格來說不是，而是一場復仇悲劇。克拉拉要艾蜜莉・歐格維嘗嘗她遭受過的痛苦。是艾蜜莉簽發了折磨莎莉的命令，她是害死莎莉的元凶。克拉拉要艾蜜莉親自體會，看著自己的骨肉被世人凌遲是什麼感覺。她要艾蜜莉體會被同類唾棄的無盡憤怒，在自己的土地上流離失所。艾蜜莉必須失去一切，淪為人人喊打的賤民。

畢竟，大眾要的是故事，而不是真相。沒人想過英迪拉・莎瑪和道格拉斯・比特不過是為了更崇高的目標而犧牲的兩顆棋子，就像沒人注意到多年前臥室裡的那位，活在毒販繼父和兩名糟糕繼弟陰影下的無助少女。她渴望逃離，展翅高飛，離開那間充滿失敗氣息和低級犯罪臭味的史塔威爾社會住宅。她不值得忍受這些：康沃爾一家、她酗酒的母親和那場寄生販毒騙局。這麼做是唯一合乎邏輯的決定。這是她博取自由的機會。

計畫準備得滴水不漏。她會從廚房拿一把刀發動攻擊。她比繼弟們年長，也更強壯。她會打電話給湯姆・康沃爾，說家裡出事了，假裝莎莉試圖攻擊自己。然後，她會扶莎莉起來，領她走進臥室，把刀放在她手裡。等場景布置好，湯姆快到家時，她就會喚醒莎莉，欣賞自己導的完美大戲上演。

一切都計畫好了：莎莉會被送進精神病院，湯姆會逃走，克拉拉會在一個正常的家庭過上更好的生活，擁有更光明的未來。本來一切都快成功了，直到事情出了差錯。克拉拉被社工帶走，接受維吉妮亞・布魯的評估，暫時被稱為「X」。不久之後，她有了新名字、新的身分證

* 芬諾與茴香（fennel）同字同音。

件和新的寄養父母，她作為莎莉．特納女兒的過往被徹底抹去。

她成為了克拉拉．芬諾。

但在這之前，局面完全失控了。莎莉本該安然無恙地待在醫院裡，那個放殺人犯在菜圃幹活、房間裡還能聽音樂的地方，克拉拉在書上讀過。然而，莎莉並沒有被隔離，也沒被人遺忘。美狄亞實驗從來不在計畫之中。玻璃牢籠、媒體風暴、莎莉身上「英國最邪惡女人」的指控——這些都不該發生。布魯醫生和她的幫凶毀了一切。這意味著他們也該付出代價。也許不是今天，但總有一天。

哈麗葉是布羅德摩時期唯一發生的好事，十八歲的護理師和十六歲的孩子意外建立起深厚的羈絆。和哈麗葉在一起時，克拉拉可以展現不同的一面。哈麗葉是唯一記得以前的她是什麼樣子的人。對班、琪琪和世上的其他人來說，她是另一個新的存在，扮演著克拉拉這個角色，把過去的自己隔離開來。哈麗葉就像一劑她戒不掉的毒品。而愛情——愚蠢的、慾望滿溢的初戀——會讓人做出瘋狂之舉。哈麗葉崇拜她，心甘情願地參與。這對她們都有好處：哈麗葉要的是愛，克拉拉則需要一個同謀。克拉拉引導哈麗葉，讓她看見規則之外的人生。即使在克拉拉嫁給班之後，哈麗葉也不曾放下。那份初戀永恆不滅，她們依然願意為彼此做任何事。

不過總的來說，布魯活著還是有用的，這就是為什麼她能活這麼久。布魯的愧疚化為同情，成了導師。布魯太願意相信克拉拉是個純真的孩子，雖然在暴力中長大，但只要有對的治療、對的解藥，就能選擇走上正途。如果說莎莉是布魯最大的失敗，克拉拉就是她最大的成功。

不，還需要另一個目標。布魯上面的人，一開始批准美狄亞實驗的人，這一切真正的罪魁禍首。是那個人允許他們建出那個玻璃牢籠，允許他們嘗試那些方法，沒能保護好莎莉，讓她蒙受醫護人員和醫院大門外暴民的傷害。

其餘的事就都順理成章了。整套準備工作花了好幾年時間精心策劃：確認艾蜜莉．歐格維就是簽署授權備忘錄的大臣；假扮成「@病人X」這名假扮吹哨者滲透安娜的生活；安排哈麗葉以廉價健康安全顧問的身分陪同歐格維一家參觀農場，並協助修飾警方報告好讓哈麗葉免受懷疑；利用自己在執法機關的人脈把哈麗葉安插進蘭普頓工作。當她聽說司法部考慮把安娜移轉到聖堂時，這個能更進一步控制案情的機會簡直來得天賜良機。

不得不承認，布魯的死亡時機有點不湊巧，但克拉拉一直以來都發誓要等到布魯成為累贅時才動手。她在班的手機裝了竊聽器，一聽見班和布魯的通話後就知道非採取行動不可。刻意模仿先前的手法確實冒險，卻有美感上的必要。這種對稱性美妙極了，增添的風險更令最後的獎賞加倍美味。

她原本沒打算對付班，至少不會特別針對，但他在共同監護權一事上依然不願放手。克拉拉自己的母親就是被人奪走的，她絕不會讓琪琪也落得同樣下場。班這是自掘墳墓。她也很了解他的思維模式。班發現布魯的屍體後一定會把她喚到現場，這樣她留下的任何痕跡都能被排除。她可以在他的筆電上栽贓放入其他線索，確保他和哈麗葉一起被捕，徹底把他踢出局。

事後回想起來，或許她應該從布魯的保險箱拿走自己的檔案。但這也是遊戲的一部分。就像那晚在農場附近繞路的說辭，給了她第一個抵達犯罪現場的藉口。是很冒險，卻很有必要。她必須立刻控制現場，鞏固自己資深偵察官的位置，否則某個偵緝主任督察就會搶走這個案子，危及整個計畫。

安娜對班的追查也幫了她大忙。不過在這點上，克拉拉也該記上一功。克拉拉為書接受訪談時就故意在對話中提到東莨菪鹼，引導安娜朝這個方向思考。這種藥物最適合溶在神奇的解酒飲料裡了。其他方面也是如此：虛假記憶症候群、解離性身分障礙、心因性失憶症、壓抑記憶。揭露的手法也很天才。這本書虛實交錯，半是小說半是回憶錄。沒有檢察官能靠引用一本非虛構小說來定罪。安娜等於在認罪的同時又不認罪，奪回事件的話語權，卻又逍遙於法網之外。直到最後一刻，都領先一步。

至於「@嫌犯八號」的自白和偷渡進去的指甲刀——沒錯，這是唯一仍讓她心痛的安排。愛人最後的犧牲。但那是她和哈麗葉一開始就立下的誓言。她們絕不會讓對方入獄。她們會給彼此一個人道的出路。命運就是這般捉弄人。

為什麼要等二十年？首先，她們要是提早行動，就沒有逃脫的可能。殺死艾蜜莉．歐格維雖能復仇，卻太過魯莽。克拉拉和哈麗葉肯定會被逮捕並判刑。再說，艾蜜莉也不適合被塑造成神話般的惡魔，只有安娜能擔此重任。其次，克拉拉那時還不是母親。班總說自從生下琪琪後她就變了。那才不是產後憂鬱，而是更根本的改變：回歸她的舊我——不，是她最真實的自我。狂怒、封閉、傷害琪琪的可怕念頭，全都是她過去、成為克拉拉之前的人格的一部分，是她壓抑已久的本性。

有了自己的女兒後，當初目睹莎莉被媒體凌遲、被號稱要幫助她的人折磨所累積的怒火全都回來了。生養女兒、為人母親改變了一切。她再也無法逃避過去。為了琪琪，為了自己的幸福，她找到了非復仇不可的理由。這是她唯一能繼續活下去、繼續呼吸的方法。她就是這樣一步步走過來的。

但現在這些都已經不重要了，不過是過往雲煙，重要的是當下。克拉拉今天休假。她花了大半個下午整理琪琪的房間，洗了好幾輪的衣服。一如往常，接孩子的時間很快就到了。今天是星期五，有她們絕不能打破的放學後傳統要做。克拉拉開車載琪琪到牛津市中心她們最愛的咖啡廳，點了一杯香蕉奶昔共享。

她們面對面坐在高腳椅上，嘴裡各叼著一根吸管，那股解脫的感覺再度湧上克拉拉心頭。她現在深信一切都是值得的。

「媽咪？」

「怎麼啦，寶貝。」

琪琪用手抹掉唇上的牛奶鬍鬚。「妳為什麼在笑？」

「因為有妳在身邊，」她說。「妳就是媽咪這輩子唯一想要的一切。」

「我愛妳，媽咪。」

「我也愛妳，寶貝。」

一路走來，說過太多的謊言。

這次終於是真心的。

致謝

這本書的誕生要感謝許多人。我想特別向以下幾位表達謝意：

給 Maddy —— 妳是這世上最棒、最有活力、最有創業精神的經紀人。妳用兩通電話改變了我的人生，那兩通星期五打來的電話令我永生難忘。二〇二二年六月爆發的全球出版熱潮是我人生中最神奇、最超現實的兩週。妳是身為作者所能奢望最棒的支持者，我會永遠感激在心。我迫不及待想在未來多年繼續和妳合作。

致 Madeleine Milburn 文學經紀公司所有在職與曾經任職的同仁 —— Giles、Liane、Rachel、Valentina、Hannah、Georgina、Emma、Amanda、Georgia、Saskia、Esme。感謝你們以如此熱情、熱忱且成功的方式，把《沉睡的殺手》賣到世界各地！

致 CAA 經紀公司的 Josie —— 謝謝妳率先把我的書比擬為湯瑪斯．哈里斯的作品，讓我一整年都備受鼓舞，也謝謝妳為我的好萊塢冒險之旅指點方向。

致 Blake Friedmann 文學經紀公司的 Conrad —— 謝謝你在劇本方面不間斷的支持，在我最需要建議時指點迷津，始終當個睿智友善的傾聽者。

致 Rhian —— 謝謝妳精湛細膩的文字編輯，以及無微不至的校對工作。

致 HarperCollins UK 的 Charlie、Kim、Charlotte 和其他所有人 —— 謝謝你們大力支持這本書，在上市前四處推廣，製作出出版史上最好看的打樣！

致 Harper US 和 Harper Canada 的 Sara 和 Iris —— 謝謝你們相信這個故事，把這本書送到北美的讀者手中！

致我世界各地的出版社 —— 謝謝你們以如此的熱情與熱忱將《沉睡的殺手》帶到世界的各個角落，讓它成為一場真正的全球出版盛事。

致 Suzanne O'Sullivan、Guy Leschziner、Andrew Scull、Jonathan Levi、Emma French 和其他許許多多的人 —— 你們的作品帶我認識了睡眠犯罪、放棄生存症候群，以及精神醫學和心理學的歷史。特別感謝 Helen Pepper 在法醫鑑識方面提供的所有建議。

致 Ilaria —— 妳早在這一切發生之前就待在我身邊，消息傳來時妳也在，一路走來的每個階段都有妳相伴左右。謝謝妳讓我明白，有些事情遠比實現工作上的畢生夢想來得更重要。

致 John、Peter、Sarah 和 Mary —— 謝謝你們的支持，以及每天無數的幫助。

最後，致 Ruth —— 妳是這世上唯一讀過我所有作品的人。妳見證過我悲慘的低谷與勝利的巔峰。妳是我剛寫下《沉睡的殺手》最初幾頁時尋求意見的人。這一切都歸功於妳的愛、指引、善意、專業與關注。三個字不足以回報我畢生所接受的奉獻、愛與關懷，卻是我僅有的 —— 謝謝妳！

文字森林 READING FOREST 文字森林系列 42

沉睡的殺手

Anna O

作者	馬修・布萊克（Matthew Blake）
譯者	艾平
封面設計	Dinner Illustration
內文排版	黃雅芬
出版二部總編輯	林俊安
出版者	采實文化事業股份有限公司
執行副總	張純鐘
業務發行	張世明・林踏欣・林坤蓉・王貞玉
國際版權	劉靜茹
印務採購	曾玉霞・莊玉鳳
會計行政	李韶婉・許俽瑀・張婕莛
法律顧問	第一國際法律事務所　余淑杏律師
電子信箱	acme@acmebook.com.tw
采實官網	www.acmebook.com.tw
采實臉書	www.facebook.com/acmebook01
ISBN	978-626-431-045-1
定價	480 元
初版一刷	2025 年 7 月
劃撥帳號	50148859
劃撥戶名	采實文化事業股份有限公司
	104 台北市中山區南京東路二段 95 號 9 樓
	電話：(02)2511-9798　傳真：(02)2571-3298

國家圖書館出版品預行編目資料

沉睡的殺手 / 馬修・布萊克（Matthew Blake）著；艾平譯 . –
台北市：采實文化，2025.7
432 面；14.8×21 公分 . --（文字森林系列；42）
譯自： Anna O
ISBN 978-626-431-045-1（平裝）
873.57　　114007444

Anna O